福建省教学成果奖一等奖
学前教育专业方向拓展系列教材
依据《幼儿园教师专业标准（试行）》《中小学和幼儿园教师资格考试标准（试行）》编写

婴幼儿文学教程（基础理论卷）

（第2版）

主　编　陈世明
副主编　吴建荔　郑　伟
主　审　蒋　风
参　编　（按姓氏笔画排序）
王　川　朱湘云　杨　佳
陈珊珊　戴力芳

YINGYOU'ER
WENXUE JIAOCHENG
JICHU LILUN JUAN

北京师范大学出版集团
BEIJING NORMAL UNIVERSITY PUBLISHING GROUP
北京师范大学出版社

图书在版编目(CIP)数据

婴幼儿文学教程．基础理论卷/陈世明主编．—2版．—北京：北京师范大学出版社，2016.11(2025.8重印)

ISBN 978-7-303-21385-6

Ⅰ.①婴… Ⅱ.①陈… Ⅲ.①婴幼儿－儿童文学－文学理论－中等专业学校－教材 Ⅳ.①I058

中国版本图书馆CIP数据核字(2016)第253874号

出版发行：北京师范大学出版社 https://www.bnupg.com
北京市西城区新街口外大街12-3号
邮政编码：100088
印　　刷：河北品睿印刷有限公司
经　　销：全国新华书店
开　　本：787 mm×1092 mm　1/16
印　　张：16
字　　数：360千字
版　　次：2016年11月第2版
印　　次：2025年8月第16次印刷
定　　价：49.80元

策划编辑：于晓晴　　　责任编辑：齐　琳
美术编辑：焦　丽　　　装帧设计：焦　丽
责任校对：陈　民　　　责任印制：赵　龙
封面插图：蔡爱文

读者服务电话：010-58806806
如发现印装质量问题，影响阅读，请联系印制管理部：010-58800608

再版说明

2013年8月，在蒋风教授、林文宝教授的亲切关怀和指导下，在福建省四所高校儿童文学教师学者和幼儿园一线教师的通力合作与努力下，在北京师范大学出版社的大力支持下，我们编写出版了《婴幼儿文学教程(基础理论卷)》和《婴幼儿文学教程(教育实践卷)》，并有幸被福建省教育厅评为“福建省教学成果奖一等奖”。

在获此殊荣的同时，我们也在思考着，如何从时代发展需求出发，从培养人才目标出发，不断更新儿童文学教育思想，有所发展、有所创新，让这套教材更好地为学前教育教学服务，为发展中的教育改革服务。为此，根据部分高校学前教育系和幼儿园教学实践检验结果和学生的学习反馈，我们对《婴幼儿文学教程(基础理论卷)》第五章“婴幼儿文学与学前教师”、第八章“童话”、第九章“婴幼儿故事”、第十章“幼儿散文”等章节做了修订。本教材的编写分工如下：

陈世明执笔前言、第一章、第二章、第四章；郑伟执笔第三章、第五章、第十章；吴建荔执笔第六章；王川执笔第七章；陈珊珊执笔第八章、第九章；戴力芳执笔第十一章；朱湘云执笔第十二章；杨佳参与第五章部分内容的编写；陈世明负责确定全书的编写提纲、体例以及编写组织工作，吴建荔、郑伟负责统稿工作。

修订后的教材力求通过婴幼儿文学的教学，落实立德树人的根本任务，促使未来的学前教育教师树立“师德为先”“幼儿为本”的专业理念，构建积极、健康的阅读生态，形成符合时代精神的儿童文学观；关注婴幼儿生活与精神成长，掌握必备的婴幼儿文学知识，以贴近婴幼儿的视角解读婴幼儿文学作品，提高婴幼儿文学鉴赏力、创作能力与应用能力，并能够将课程所学转化为有效的教育资源以服务于学前教育实践。

本教材的编写参考了一些教材、资料和专业文献，在此对原作者表示诚挚的谢意。由于编者水平有限，若读者在使用过程中发现书中有疏漏和不当之处，敬请批评指正，我们会根据具体情况进行修改。

对本教材的相关意见和建议请发至 1046296544@qq. com。

《婴幼儿文学教程》编委会

序

婴幼儿文学是儿童文学的一个分支，也是学前教育专业的一门必修课。它是对婴幼儿进行教育的一种不可或缺的手段，对婴幼儿的成长和健康发展，有着十分重要的意义和作用。

包括婴幼儿文学在内的儿童文学是随着以儿童本位的教育思潮兴起应运而生的，在漫长的人类文明发展史上，还很年轻，但应和着时代的脚步和教育的发展，越来越被人们重视，越来越繁荣兴盛。我国自改革开放以来，特别是进入21世纪以后，城乡早期教育机构如雨后春笋般纷纷成立，呈现出蓬勃生机。教育的发展对幼师素质的要求也越来越高，各地培养幼师的院校都开设了“婴幼儿文学”课程，因此对相关教材的需求也十分迫切。这一大好形势，大大促进了对“婴幼儿文学”课程和教材的研究，各具特色的教材和专著纷纷面世，形成了“百花齐放，百家争鸣”的喜人局面。但是在当今已经面世的相关教材中，顾及婴儿文学理论及其教育实践的文本仍较少，难以满足中高级职业教育院校开设“婴幼儿文学”课程的需要，更难以满足遍布城乡的早教中心、幼儿园、亲子园等幼儿教育机构教师进修的需求。这一缺陷，不利于学前教育一线教师质量的培养和提高。

“婴幼儿文学”课程资深教师、厦门城市职业学院的陈世明教授有鉴于此，凭她的人格魅力和学术威望召集了八闽大地富有儿童文学、幼儿文学教学经验的部分院校的专业教师，发挥集体智慧编成了这套《婴幼儿文学教程》，确实是值得赞扬的一件好事。

本教材分理论和实践两卷。翻开编委的名单，能看到不少熟悉的名字，他们曾经都是我的学生。编写组同仁对婴幼儿文学的理论和实践作了一番深入的探索，力求从我国社会发展的客观要求和幼儿师资的特点，以及日益发展变化的学前教育改革需求出发，体现时代的前沿性、知识体系的科学性、师范教育的专业性、理论和实践的应用性，紧密联系实际，无缝对接专业课程。通读全书，首先，知识全面，表述周到，自成完整的体系。内容的编选注重针对性、实用性，不唯经典，不苛新旧，兼收并蓄。

其次，突出了婴儿文学和幼儿文学的实践性和可操作性的特征。教材遵循职业教育“理论够用就好”的原则，故即使在理论部分也引用大量的作品实例作为印证：对基本知识展示精要，腾出大部分篇幅提供教学案例，演绎应用过程。在活动设计上，鲜明体现现代教育的新理念；在许多细节的处理上，可以说是手把手地对学生做出了文学应用的演示。最后，图文互见，体现出美观、易读的编排特点，增强了生动活泼的表达效果。当然，由于编者知识经验有差异，编写时间仓促，本教材的语言还欠精练，结构和内容也有待精雕细琢，更上一层楼。

教材只是支持这门课程的信息资源。教材是死的，课程是活的。课程是教师和学生共同组成的一个相互作用的整体，要开发、发展优秀的早期教育，少不了婴幼儿文学知识。每位幼师都应学好“婴幼儿文学”这门课。幼儿教师只有真正做到以学生为中心，处处为学生着想，并发挥教师的核心指导作用，才能使婴幼儿文学教育变得富有成效。而生动实用的教材及配套的教学信息化建设，能为教与学提供充分的信息资源，帮助教师在教学过程中发挥其才华，帮助学生积极主动地学习。这套教材之所以值得鼓掌，就是因为它从学生出发，在提供必需的理论知识的同时重视结合实际，建构便于师生互动的整体，让教师发挥主导作用，让学生在实践中获取有效的知识和技能。

在这套《婴幼儿文学教程》问世前夕，主编陈世明教授将书稿发到我的电子信箱，请我帮忙审读，并写篇序。盛情难却，我答应了下来。20 世纪 80 年代，她曾到浙江师范大学进修，我是看着她从一位青年幼师教育工作者成长为一位资深高校教授的。她有一股韧劲，对儿童文学有着始终不渝的追求。古希腊哲人德谟克利特说过：“只有天赋很好的人能够认识并热心地追求美的事物。”她就是一个天赋很好的人，她追求的既不是荣誉，也不是别人的称赞，而是最美的儿童文学事业。她热切地追求，却是冷静地去做。她带领的这支编写队伍，也有多位跟我进修过儿童文学，他们都是热情的儿童文学教育工作者，他们在坚持不懈的追求中完成这样一套有新意的教材，为儿童文学事业做出贡献。他们的集体成果体现了集体的奉献。

我深信，未来的美好都是用现在的汗水换取的。

蒋风

2013 年清明节于中国儿童文学研究中心

前　言

1960 年，国家教育部就组织编写过《儿童文学》，作为全国中等师范学校统一使用的教材，“文化大革命”期间停用。1980 年，教育部又组织人员在上海幼师编写全国幼师统编教材《儿童文学》，应用了十几年。改革开放以来，特别是近十年来，编写儿童文学教材的学者不少，如蒋风、韦苇、黄云生、郑光中、王泉根、朱自强、方卫平、王昆建等，但编写的教材大部分是面向大学本科，面向高职高专院校的较少。习近平总书记强调：“在全面建设社会主义现代化国家新征程中，职业教育前途广阔、大有可为。”党的二十大报告中指出“强化学前教育”。目前，全国高职高专院校设立学前教育专业的有一百多家，随着教育改革的不断深入，学前教育对象年龄的提前(已由原来的 3—6 岁，拓展至 0.5—6 岁)，学前教育教师知识结构的重组，儿童文学学科地位的提升，以及日益凸显的儿童文化产业化趋势，加上理论必须紧密联系实际的高职教育特征，人们强烈地意识到，现有的儿童文学理论知识框架及儿童文学课程教材已经难以适应现代社会发展的需求，难以适应幼儿师范高职高专教育发展的自身规律和培养目标，面临着必须改革的问题。因此，厦门城市职业学院闽台儿童文学研究所牵头，联合其他高职高专院校儿童文学教师和幼儿园高级教师共同编写了这套《婴幼儿文学教程》，积极探索高职高专院校儿童文学教材的新特点，力图使之既承载知识和技能，更渗透思维方法的给予、认知结构的优化、实践能力的形成和创新精神的培养。本教材的编写，可填补国内“婴幼儿文学”教材方面的空白，同时为高职教育学科教材的建设做出积极的贡献。

本教材总称为《婴幼儿文学教程》，分为《婴幼儿文学教程(基础理论卷)》和《婴幼儿文学教程(教育实践卷)》。

教材特色：

1.“婴幼儿文学”的提法是一种创新，其文学理论上的探究和婴儿期文学教育的应用实践探究，是为了适应当前国家提出的中长期教育发展战略的需要，适应学前教育对象年龄前移的发展需要。为此，书中对 3 岁前的婴幼儿文学理论和实践方面提出了不少独到的新观点，如《基础理论卷》第一章中关于“婴儿文学”的界说、第二章中“3 岁前儿童对文学的反应”、第三章“婴幼儿文学的美学特征”，以及《教育实践卷》第二章中早教中心婴幼儿文学作品的赏析及其应用案例、6个月—3岁儿童“推进式的听、说故事活动”指导策略、专为3岁前儿童欣赏的“三分钟影视短剧的创编”等。

2.《基础理论卷》和《教育实践卷》皆渗透了儿童心理学、美学、儿童教育学及现代教育科学的新理念，达到以理论基础为指导，以作品赏析为基础，以写作训练为提升，以早教中心(6个月至36个月的婴幼儿教育机构)和幼儿园的文学教育实践操作能力的获得为目的，相互结合，互为补充，突出专业基础课程特色。同时，关注图像时代儿童文学传播媒介的特点，关注亲子共读和社区儿童文学教育活动的发展趋势，关注高职高专学前教育专业学生适应学前教育发展需求所应具备的能力，使学生能站在时代的前沿，积极参与思考和实践。

3. 教材编写力图贯彻课程改革新理念，通过作品选读赏析、思考与探索、自检自测、拓展学习书目、文学创作、实践园地和活动设计等板块，培养学生自主学习的意识、解决实际问题的能力以及人文精神和创新思想。考虑到高职高专学生的特点，教材以简明顺畅、易于理解为原则，以增进学生的学习兴趣。此外，教材提供一定数量的婴幼儿文学作品赏析、阅读，以及多种的教育教学实践方法与策略，能有效拓宽学生的视野，为其今后的学前教育工作奠定良好的基础。

4.《基础理论卷》的选文注重做到经典性与时代性的统一，民族性与多元性的统一，倾向性与艺术性的统一。《教育实践卷》则力求做到优秀传统教法与现代教法的相互渗透，婴幼儿各种年龄段文选与教育教学的相互适应，教学案例与一线教学需求相互吻合。此外，教材注意吸收最新研究成果，包括厦门城市职业学院“闽台儿童文学研究所”与台湾地区“台东大学儿童文学研究所”合作性研究的成果，如“闽台早期阅读教育比较研究”(厦门市社科重点项目)、“闽台儿童戏剧教育比较研究”(教育部重点课题)等，以凸显教材的个性与特色。

本教材编写酝酿的时间较长，往返于高校课堂与幼儿园、早教中心之间的教学实践与教学研究也比较扎实。尽管编写本教材是一种全新的挑战，但编写组的全体成员始终抱着一颗赤诚的心，为了下一代的健康成长，为了儿童文学事业的发展，精诚合作，辛勤耕耘，充分发挥每个人的聪明才智，使编写教材的过程成为自身学习与思考、实践与提高的过程，最终也取得了可贵的成果。

感谢蒋风教授和林文宝教授的鼎力相助，他们对本教材的编撰与出版居功至伟。蒋风先生原为浙江师范大学校长，现为中国儿童文学研究中心主任，一辈子致力于中国的儿童文学事业，曾获国际格林童话理论贡献奖。蒋风先生特地为本教材写序并担任主审，足见他对儿童文学教育事业的热切关怀和重视。作为他的学生，我们出版这套教材，犹如一群小学生向一位尊敬的师长递交作业。林文宝先生是台湾儿童文学界的资深学者，多年来致力于海峡两岸儿童文学的学术交流与沟通。他看过初稿后，立刻打来电话说：“这样的教材一定要出，大陆太需要有一本探讨婴幼儿文学理论与实践方面的教材了，特别是服务于‘婴儿文学’方面的!”而后寄来了不少低幼文学方面的资料供我们学习参考。前辈的期望，便是我们的动力。在本教材即将问世之际，我们深深感受到师友情谊的力量和从事儿童文学教育事业的荣光！

本书的编撰分工如下：

陈世明（厦门城市职业学院教授）负责前言，《基础理论卷》的第一章、第二章、第四章，《教育实践卷》的第四章、第五章及第二章的第六节；

郑伟（福建幼儿师范高等专科学校副教授）负责《基础理论卷》的第三章、第五章、第十章；

吴建荔（福建泉州幼儿师范高等专科学校副教授）负责《基础理论卷》的第六章，《教育实践卷》的第二章第一节、第三章第一节；

王川（漳州城市职业学院副教授）负责《基础理论卷》的第七章，《教育实践卷》的“编写说明”以及第三章的第二节、第三节、第四节、第五节；

陈珊珊（福建泉州幼儿师范高等专科学校副教授）负责《基础理论卷》的第八章、第九章，《教育实践卷》的第二章第四节、第五节；

林彦（厦门城市职业学院讲师）负责《基础理论卷》的第十章；

戴力芳（厦门城市职业学院讲师）负责《基础理论卷》的第十一章，《教育实践卷》的第二章第二节、第三节、第七节；

朱湘云（厦门城市职业学院副教授）负责《基础理论卷》的第十二章，《教育实践卷》第二章第八节的早教中心动画片作品的赏析及其应用案例；

杨佳（福建幼儿师范高等专科学校海西宝贝早教中心指导老师）负责《基础理论卷》第五章、《教育实践卷》第一章中早教中心婴幼儿作品的选评与应用示例，以及《教育实践卷》第二章第一节、第二节、第三节、第四节中的早教中心图画书作品、儿歌作品、幼儿诗作品、童话故事的赏析及其应用案例；

王焰（厦门松柏实验幼儿园副园长、高级教师）负责《教育实践卷》第二章的第二节、第三节、第八节中幼儿园儿歌、诗歌、动画片作品的赏析及其应用案例；

姚莉娜（厦门华侨幼儿园园长兼厦门市思明早教集团运营总监）负责《教育实践卷》第二章中“婴幼儿文学教育实践示例”的审核与修订工作。

各章节编写完成后，吴建荔与郑伟、王川与戴力芳分别负责《基础理论卷》《教育实践卷》的加工与合成，陈世明则负责全书的编写组织与统稿工作。

在编写过程中，我们参考了大量文献，引用了众多例文，除书中注明、书末列出的之外，还有一些文献因涉及量少而没有列出。在此，谨向上述所有文献的编著者表示衷心的感谢。

由于水平有限及编写时间仓促，本教材的不当之处在所难免。欢迎广大教师、学生及普通读者批评、指正。

编者

2013 年 5 月

目 录

第一章 婴幼儿文学的界说

学习目标

1. 了解儿童文学的概念与范畴；
2. 理解儿童文学与民间文学、文学传统之间的关系；
3. 掌握婴儿文学、幼儿文学的概念。

第一节 儿童文学的缘起与概念

一、儿童文学的缘起

（一）成人对儿童的发现与教育

在人类社会很长的一个历史时期内，儿童只是被当作成人的附庸而存在。在童年的独特价值被真正发现之前，儿童不太可能成为文学的主要描写对象。在 14—16 世纪欧洲兴起的文艺复兴运动中，人文主义者在充分肯定人的价值、尊严，确立人的主体地位的同时，也意识到应该审慎地对待儿童，主张应当尊重儿童的人权，关注儿童的人性与独立性，激发儿童的创造力，给儿童的读物要有吸引力。这种启蒙思潮促使一些思想家、教育家和文学家开始关注儿童读物问题。

17 世纪捷克教育家夸美纽斯（Johann Amos Comenius，1592—1670）是“发现儿童”历史进程中的一位重要人物，他主张把孩子看作独立的个体。

他于 1658 年专门为儿童编绘了一本拉丁语教科书《世界图解》（图 1-1），以文字配插图的形式，向孩子介绍各种自然与社会知识。夸美纽斯关注到了孩子对直观图像的特殊需要，他的以儿童为本位的编写思想及对儿童图画书形式的大胆尝试，对西方教科书的编写和儿童读物的创作产生了深远的影响。《简明不列颠百科全书》认为该书“体

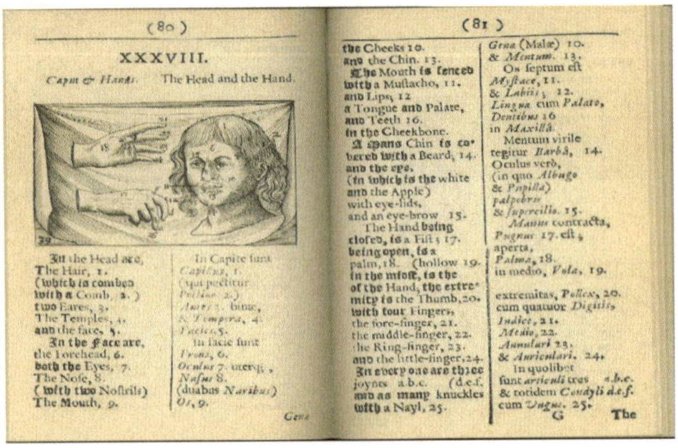
(80)

XXXVIII.

Caput & Manus. The Head and the Hand.

In the Head are, The Hair, 1. (which is combed with a Comb, 2.) two Eares, 3. The Temples, 4. and the face, 5.
In the Face are, the Forehead, 6. both the Eyes, 7. The Nose, 8. (with two Nostrils) The Mouth, 9.

In Capite sunt Capillus, 1. (qui pectitur Pectine, 2.) Aures, 3. binæ, & Tempora, 4. Facies, 5.
In facie sunt Frons, 6. Oculus 7. uterq; Nasus 8. (duabus Naribus) Os, 9.

Gena

(81)

the Cheeks 10. and the Chin. 13.
The Mouth is fenced with a Mustacho, 11. and Lips, 12 a Tongue and Palate, and Teeth 16. in the Cheekbone.
A mans Chin is covered with a Beard, 14. and the eye, (in which is the white and the Apple) with eye-lids, and an eye-brow 15.
The Hand being closed, is a Fist; 17. being open, is a palm, 18. (hollow 19. in the midst, the extremity of the Hand, the extremity is the Thumb, 20. with four Fingers, the fore-finger, 21. the middle-finger, 22. the Ring-finger, 23. and the little-finger, 24.
In every one are three joynts a.b.c. (d.e.f. and as many knuckles with a Nayl, 25.

Genæ (Malæ) 10. & Mentum. 13.
Os septum est Mystace, 11. & Labiis; 12. Lingua cum Palato, Dentibus 16 in Maxillâ.
Mentum virile tegitur Barbâ, 14. Oculus verò, (in quo Albugo & Pupilla) palpebris & superciliis. 15.
Manus contracta, Pugnus 17. est; aperta, Palma, 18. in medio, Vola, 19. extremitas, Pollex, 20. cum quatuor Digitis, Indice, 21. Medio, 22. Annulari 23. & Auriculari. 24.
In quolibet sunt articuli tres a.b.c. & totidem Condyli d.e.f. cum Ungue. 25.

G The

图 1-1 《世界图解》内页

现出一种新的洞察力，即儿童读物应属于一个特殊的级别，因为儿童不是缩小了的成人”。专门以儿童为读者对象的读物的问世，是人类对儿童认识开始走向自觉的一个重要标志。

法国思想家让·雅克·卢梭(Jean-Jacques Rousseau，1712—1778)对童年价值的发现发挥了重要作用，他于 1762 年出版了自传体教育小说《爱弥儿》，提出教育要顺应儿童的本性，要尊重儿童的年龄与个性特点。卢梭的儿童观、教育观为现代儿童文学的发展提供了重要的思想资源。《一千零一夜》等民间故事和《鲁滨孙漂流记》等优秀小说在当时也产生了广泛的影响，这一时期的儿童读物更强调作品的趣味性和可读性，许多图文并茂的经典之作应运而生，如 1789 年英国诗人兼画家威廉·布莱克的彩色儿童书《纯真之歌》、1845 年德国海因里希·霍夫曼的《满头乱发的彼得》等。

值得一提的是，约翰·纽伯里(John Newbery，1713—1767)于 1744 年创办了世界上第一个儿童图书出版社“圣经与太阳社”，出版了带有大量插图的儿童读物。集编辑、作家、印刷工、出版商、书店老板于一身的纽伯里，从《漂亮的小书》(*Little Pretty Pocket Book*)一书开始就一门心思聚焦儿童，以作品娱乐儿童，满足儿童对图书的特殊需求。许多研究者认为，约翰·纽伯里出版的儿童图书是英国乃至世界儿童文学发端的标志之一。这种一心为儿童写作和出版的精神，鼓舞了作家和出版界，当时人们对儿童图书出版的淳朴信仰和执着追求由此可见一斑。早期的儿童图书以今天的眼光来看，虽然显得稚嫩了些，但从业者那种对孩子的忠诚、对人性的真实解读，以及图书中所透出的秀骨清风，都深深地使我们感动。

进入 19 世纪，资本主义政治、经济的发展和生产方式的现代化，对人的素质提出了新要求，欧洲教育开始从贵族向平民普及，朝着大众化、民主化的方向发展。在教育大解放的潮流中，涌现了一批著名的儿童教育家和儿童心理学家，他们的研究成果为儿童的身心发展提供了科学的依据。蒙台梭利(Maria Montessori，1870—1952)用医学和生理学眼光来探究儿童心灵的奥秘，提倡“独立教育”，并创办“儿童之家”；杜威(John Dewey，1859—1952，图 1-2)提倡注重思维、经验与教育的关系；皮亚杰(Jean Piaget，1896—1980，图 1-3)则从认知心理的层次上开垦儿童心智的沃土。他们教育思想的核心就是尊重儿童的独立自由性，在这种新思潮的主导下，“注重启发”“摒弃教训”“儿童本位”成为20世纪儿童教育思想的主流。人们意识到，以培育“小大人”为目的的传统儿童读物已经落后于时代的要求，儿童读物应站在儿童的立场上，以儿童的发展为目标，顾及儿童的兴趣与需要，以“儿童的心理”“儿童的语言”“儿童的价值观”为创作依据。

图 1-2　杜威

图 1-3　皮亚杰

20世纪，人类的思想文化、科学技术和社会结构都发生了巨大变化，人们关于童年的思考也进入了一个全新的阶段。以人为本的人文思想与脑科学的实证研究共同促进了儿童教育、儿童阅读、儿童文学观念的全面更新，人们把以儿童为本位的儿童文学的发展水平视作社会文明进步的一个重要标志。观念的进步与出版技术的成熟极大地提升了儿童读物的内外在品质，文图兼美的读物吸引了大量的儿童读者，催生了一个儿童文学的繁荣时代。可见，儿童文学的发展是一个动态的历史过程，与人类文明的发展和儿童教育思想的进步密切相关。

（二）民间文学是儿童文学的重要源流

1. 民间文学与民间儿童“教育”

在近代学校教育诞生之前，民间文学发挥着“教育”儿童的重要作用。无论是贵族阶层的孩童，还是社会底层的孩子，都曾接受过民间口头文学是非观念的影响及其艺术美感的熏陶。一首童谣可以给他们带来快乐，一篇神话故事可以加固集体的向心力，一则寓言有可能阻止孩子们的过分行为。在现代儿童文学发生之前，民间文学所发挥的教育与审美功能是令人惊奇的。例如，在海峡两岸流传了数百年的闽南童谣《点油点丁丁》：“点油点丁丁，舍人英雄好汉去做兵？点油点安安，舍人英雄好汉去做官？点油点贼贼，舍人英雄好汉去抓贼？……”这首童谣以朴素的民族情感、浓郁的乡土气息、鲜明的形象性和诙谐的表达，体现了童谣的认识与审美价值。在当今学校、家庭、社区开展的各种形式的阅读活动中，传统童谣、民间故事依然扮演着重要角色。

2. 民间文学催生了儿童文学

民间口传文学在人类文明发展进程中发挥过重要作用，人们借此传播文化，交流情感，传递见闻，使远古时代的初民在艰辛的生产劳作和低水平的物质生活条件下，享受着淳朴的口头文学带来的心理满足。民间文学中的神话、传说、故事、歌谣对儿童有着莫大的吸引力。例如，童谣《摇摇摇》：“摇摇摇，摇到外婆桥。外婆娘娘真要好，买条鲤鱼烧烧，头弗熟，尾巴焦，刮起尾巴再烧烧，外婆吃了快快摇。”故事《十兄弟》中的十个兄弟以各自奇特的方式对付坏人的传奇经历等，抒发了儿童的生活愿望，对他们道德观念的形成发挥了积极作用。儿童文学理论家蒋风先生曾说：“在没有儿童文学的那些古老年代，民间文学不仅以自己适合儿童口味的神话、传说、故事、童话、儿歌、童谣、谜语、谚语等填补了空白，而且还对儿童文学的萌芽有着直接的影响，起了催生、孕育的作用。”①有的学者认为，在儿童文学被作为一个独立的文学门类之前，民间文学涵盖了儿童文学，民间文学对现代儿童文学的产生发挥了不可替代的作用。

3. 民间文学对儿童文学的影响

民间文学对儿童文学的影响主要体现在五个方面。第一，民间文学典型的三段式重复性叙事模式对后来儿童文学的叙事模式产生了深远影响。第二，强调故事的完整性、过程性，以圆满的结局表现乐观向上的生活态度，也为儿童文学作家提供了丰厚的文学智慧。第三，民间文学的夸张、变形、拟人等创作技法，在儿童文学创作中也得以继承，在童话中演化为常人体、超人体、拟人体等不同的形象类型。第四，在文体形式上，民间文学的神话、传说、故事、歌谣等为儿童文学创作提供了文体样式上的参照。第五，民间文学成为儿童文学创作直接而有效的蓝本。早期的儿童文学基本上是对民间文学的改编和再创造，如被尊为“民间故事之父”的法国作家夏尔·贝洛根据民间故事改编的童话故事集《鹅妈妈的故事》(1679)，是西方儿童文学诞生的标志之一。德国著名语言学家格林兄弟(雅各布·格林，1785—1863；威廉·格林，1786—1859)在大量收集整理民间故事的基础上，编写了广为儿童读者所接受的《格林童话》。现代童话大师安徒生的创作也深受民间文学的影响，他在自传《我的童话人生》中写道：“我的第一本童话集，只是像玛萨乌斯那样，把我孩提时代听到的童话用自己的语言复述出来。那是最自然不过的叙述语言，它发出的悦耳音调至今仍在我耳边回响。”②安徒生童话中的《豌豆上的公主》《打火匣》《皇帝的新装》等，在题材与艺术手法上都与民间文学颇有渊源。中国现当代儿童文学也从民间文学中汲取了丰富的养分，如洪汛涛的《神笔马良》、葛翠琳的《野葡萄》、张士杰的《渔童》、阮章竞的《金色的海螺》等均取材于民间文学。进入21世纪，民间文学依然是儿童文学取之不尽用之不竭的珍贵资源。近年来，海峡两岸儿童文学创作成果中，仍然有不少是以本土民间文学为母本的。台湾作家根据台东民间故事改编的儿童戏剧《熊》、福建作家根据水仙花民间传说创编的图画书《魔术师水仙花》等，都因继承了民间文学的精华而获得成功。

(三)文学传统是儿童文学的土壤

民间文学为儿童文学提供了丰厚的资源，文学传统则为儿童文学提供了发育的土壤。文学传统指的是古代典籍、历代启蒙教材和近现代文学经典，主要接受对象虽是成人，但其中的人文思想和艺术品格如果能够被合理利用，就有可能转化成适合儿童

---

① 中国民间文艺研究会浙江分会．民间文学研究文集，1982：14.

② [丹]安徒生．我的童话人生．傅光明译．北京：中国文联出版社，2005：283.

欣赏的文学作品。例如，《西游记》写的是唐僧师徒四人西天取经的故事，其佛教思想虽不在儿童的接受范围内，但故事中幽默夸张、生动有趣的情节，性格鲜明的人物形象，却可以加工成《孙悟空大闹天宫》《孙悟空三打白骨精》《猪八戒吃西瓜》等儿童文学读物。《水浒传》的叙事风格及人物塑造个性独具，人物的尚武精神也备受世人敬仰，由此可以改编成《武松打虎》《李逵救母》《林冲风雪山神庙》等受儿童喜爱的作品。

历代启蒙读物中，诸如《三字经》《太公家教》《幼学琼林》《弟子规》等，其中的故事、哲学思想和教育理念，都对后来的儿童文学创作有所影响。西方近代文学经典对儿童文学的影响则更为直接。例如，英国诗人布莱克的《扫烟囱的孩子》《笑歌》《春》、华兹华斯的《一个三岁孩子的特征》《两个懒散的牧童》等诗篇，它们对儿童行为和内心世界的刻画，为后来的儿童诗创作提供了可贵的艺术借鉴，英国诗人斯蒂文森的儿童诗《我的影子》的艺术构思和语言风格就受其影响。在叙事文学方面，大文豪们在儿童小说创作上的成功尝试，发挥了很好的示范作用，如狄更斯的《雾都孤儿》《大卫·科波菲尔》、高尔基的《我的童年》、托尔斯泰的《跳水》等。托尔斯泰在他的《儿童故事集》中回忆道："它们中间的每则故事我都加工、修改、润色多达十来次，它们在我的作品中所占的地位，是高于其他一切我所写的东西的。"

二、儿童文学的概念与范畴

儿童文学是指以儿童为读者对象，具有丰富的审美内涵和艺术价值，适合于各个年龄阶段儿童身心发展特点、审美需求以及接受能力，悦心益智，寓教于乐的文学作品的总称。我们可以从以下三方面来理解儿童文学概念的内涵。

其一，儿童文学与成人文学作为文学大系统中的两个分支，都具有文学的一般属性，即以语言文字为媒介，通过塑造生动、具体、可感的文学形象，表达作者对生活的认识、感受、评价和愿望。艺术生命力是检验儿童文学与成人文学品质高低的共同尺度，二者在艺术生命力的标准面前，没有高下之分。区别仅在于儿童文学因读者对象的特殊性，形成了独具特色的艺术个性，这也决定了儿童文学在人类文学宝库中的独特地位。

其二，儿童文学的接受对象是 1—18 岁的儿童，根据不同年龄阶段儿童身心发展的特点和审美需求，儿童文学可以相应地划分成四个层次，即婴儿文学(为 1—3 岁婴儿服务)、幼儿文学(为 3—6 岁幼儿服务)、童年文学(为 6—12 岁儿童服务)和少年文学(为 12—18 岁少年服务)。

由于不同年龄阶段的儿童在审美能力、阅读经验、身心发展水平上存在着显著的差异，各层次的儿童文学也就相应地呈现着各自的生活内容和艺术面貌。童年期孩子的生活以学习为主，他们富于幻想，好奇心十足，求知欲旺盛，特别喜欢充满浪漫幻想色彩的叙事性作品，对友情、生死、性等话题的关注程度在不断增强。因而，童年文学更加注重想象与认知，既满足了儿童发展想象的需要，开阔了他们认识世界的视野，又能引导他们思考人生。其创作手法往往以浪漫主义与现实主义互补为特色，人物形象较为丰富饱满。童话、幻想小说、儿童小说、儿童诗、科学文艺等是童年文学重要的文体类型。

少年文学的服务对象是 12—18 岁少年。少年期是儿童向成人过渡的重要时期，性的成熟、主体意识的确立使他们产生强烈的成人感，在心理上表现出敏感与自我封闭的特点。他们渴望理解和友谊，希望受到关注、信任与尊重，力求摆脱对大人的依赖。同时，随着学习内容的扩展与难度的增加，他们的抽象思维水平有了很大发展，思维的深刻性和批判性日益增强。他们已不再满足于童话、寓言之类的虚构故事，以及情节简单的儿童故事，对传记小说、历史故事、科幻小说等表现出更多的阅读兴趣。在阅读中更加关注社会人生，积极思考人物命运。因而，少年文学在题材的广阔性、主题的深刻性、人物性格的多元性以及艺术手法的丰富性方面，与童年文学有着很大的区别。

其三，由于儿童文学是一个较晚才走向自觉的文学门类，在历史上又与民间文学有着深厚的渊源，创作形态也较为复杂多元，因而可以将以下几类的文学作品归入儿童文学的范畴。

(1)经过收集整理、加工改编的民间文学作品，如《列那狐的故事》《格林童话》等。

(2)古典文学名著中与儿童阅读趣味相吻合的故事，如《西游记》中的《孙悟空三打白骨精》和《三国演义》中的《空城计》等。

(3)并非专门为儿童创作，但出版后被儿童读者广泛接受，继而被纳入儿童文学领地的文学名著，如《格列佛游记》《汤姆·索亚历险记》等。

(4)以经典名著为底本，专为儿童编创的读物，如《莎士比亚戏剧故事集》等。

(5)具有较强文学色彩的传统蒙学读物，如《幼学琼林》《龙文鞭影》等。

(6)专门为儿童创作的儿童文学作品。

第二节　婴幼儿文学概念的界定

婴幼儿文学是“婴儿文学”和“幼儿文学”的合称，是广义儿童文学的重要组成部分。以下我们将在界定两个概念内涵的基础上，于文学和教育两个维度上讨论相关问题。

一、婴儿文学

婴儿文学是指为0—3岁儿童服务的文学，它是根据入园前儿童生长发育的特点，从他们情感、认知及审美需求的特点出发所界定的一个儿童文学的分支。

1. 婴儿文学产生的时代背景

婴儿文学被视为一个相对独立的文学类别，有其社会文化和教育方面的背景。21世纪以来，随着人类对个体精神成长规律认识的不断深化，人们强烈地意识到0—3岁早期教育的重要性。个体在身心发育的萌芽阶段如果能够获得环境和教育良性因素的影响，生命潜能被激发后所产生的积极效应将超乎人们的想象。

早期教育对婴儿的文学接受提出了新需求。对于1周岁后的儿童，其语言、思维、动作、情感与社会等方面的发展，都离不开文学元素的滋养。再者，婴儿文学的独特性与早期教育的基本原则间有着密切的关联。1—3岁儿童的教育原则有五。其一，顺应儿童的天性，把握每个阶段的发展特点和水平，关注儿童经验获得的机会和发展潜能，促进儿童全面和谐发展。其二，重视儿童的情感关怀，强调以亲为先，以情为主，尊重儿童的意愿，创设宽松、温馨的家庭式氛围，满足儿童成长的需求。其三，从日常生活中选择儿童感兴趣的、富有价值的教育内容，将教育贯穿在一日生活之中，丰富儿童的认识和经验。其四，让儿童在丰富多样的、快乐的游戏中开启潜能，推进儿童的发展。其五，重视0—3岁儿童在生长与发育、动作发展、语言发展、认知发展、情感与社会性等方面的发展差异，关注多元智能，促进每个儿童富有个性地发展。①

近年来的早期教育实践表明，无论是婴儿生活所处的家庭、社区，还是专业化的早教中心，婴儿文学在渗透式、综合式的保教活动中都扮演着越来越重要的角色，婴儿文学作为在孩子和成人之间互动的独特媒介是其他方式难以替代的。例如，通过一首短小的儿歌，成人可以教孩子边学习吟诵，边进行小手指的动作训练，再配以音乐律动或是涂鸦活动。儿歌于是成为综合性教育活动的一条主线。适合婴儿接受的儿歌、童话、故事、图画书、动漫等作品，如果能够被家长和教师合理地运用到早期教育的活动中，便能让婴儿通过快乐的文学接受，获得身心的健康发展。

2. 婴儿文学发展的可能空间

研究表明，孩子出生后大脑就具备了视、听、触、嗅等多种感觉能力，对外界信息的接收有着高度的敏感性，如果能适时适度地施以良性的刺激，将会激发出巨大的发展潜力。例如，6个月的婴儿获得越多的安全感，就越能适应与亲人分离的情境。温柔的摇篮曲、欢快的儿歌在给这个时期的婴儿提供安全感方面发挥了积极作用。2岁的孩子正进入既不愿离开母亲又想独立活动的挣扎期，父母如果能够和孩子分享《抱抱！》《走小一步，再小一步》等图画书，将有助于孩子以积极的情绪面对这一心理矛盾。

婴幼儿的视觉、听觉与整个心理发育有很大关系。孩子满1周岁后，学会了走路，开始学会说话，出现了表象思维和想象等心理活动，能够记忆头脑中出现的表象，并加入想象的成分(特别是2岁后能够借助物件进行游戏和想象)。形象鲜明的图画书、悦耳动听的儿歌、短小有趣的动漫片段，有助于刺激其感知觉功能的成熟，促进注意力、记忆力、言语与思维能力以及社会性的发展。1—3岁的婴儿尚未具备完整的文学接受能力，但却能够通过接触文学获得快乐成长机会。维果茨基认为：“儿童文化符号所产生的‘情境化的心智功能过程’，为孩子的语言、动作、情感和社会性发展提供了可能。”②因而，对婴儿文学的相关问题做出更为全面的理论阐释是早期教育的现实需要，同时也为儿童文学自身的理论建设开拓了一个新的生长点。

在儿童文学大家族中，婴儿文学与幼儿文学、童年文学、少年文学相比，有着迥然不同的特殊品质。婴儿文学作为“人之初文学”的起点，在题材内容和表现手法上要受到诸多限制，但其文学艺术上的独特性与教育实践中的重要性，都决定了它在儿童文学领域乃至文学大系统中有着不可替代的价值和地位。

二、幼儿文学

幼儿文学是以3—6岁幼儿为主要接受对象，为适合他们的发展需要和审美需求，

① 福建省教育厅．福建省0—3岁儿童早期教育指南(试行)，2008.

② [美]劳拉·贝尔克等．鹰架儿童的学习．谷瑞勉译．南京：南京师范大学出版社，2007：43.

促进他们身心健康发展而创作或改编的文学作品。

3—6 岁是儿童大脑发育最快的时期，是孩子身心发展的一个关键阶段。如果在此阶段能够根据儿童的年龄特点，提供优良的环境和教育条件，将为其终生发展奠定良好的基础。幼儿文学在促进幼儿发展方面可以发挥十分独特的作用，形象生动的文学可以为幼儿提供认识世界和自我的美好体验。迷人的图画书、变幻多端的童话、直观感人的故事，对于形象思维占优势的幼儿来说，是他们获取生活经验、探索内心感受、体验言语美感的优良媒介。幼儿文学的奇特魅力是其他教育手段难以取代的。

幼儿好幻想，模仿能力特别强，善于关注那些能引起他们兴趣的事物，但他们的注意力不易集中，也不易持久。同时，幼儿活泼好动，游戏是他们重要的实践活动，这决定了为他们服务的文学要具有很强的游戏性，常常与动作、音律、色彩等要素相伴。他们喜欢在动感的游戏和律动的过程中吟唱儿歌，在鲜艳的图画中了解世界，在听成人绘声绘色的故事讲述中展开想象。浅易性、趣味性、娱乐性是幼儿文学的鲜明特征，其主要文体有儿歌、幼儿诗、图画书、幼儿童话、幼儿故事、幼儿散文、幼儿戏剧等。

从教育的角度上看，幼儿文学还可以为幼儿的知识获取、社会交往、品德养成、语言学习提供丰富的教育资源。

思考与探索

1. 收集八篇民间故事，说说民间文学的特征及其与儿童文学的关系。

2. 婴幼儿文学与其他层次的儿童文学有何区别？界定的根据是什么？

3. 婴儿文学产生的背景是什么？请到早教中心做一次专访，了解其对婴儿文学的需求与应用的情况。

拓展学习书目

1.［美］劳拉·贝尔克等．鹰架儿童的学习．谷瑞勉译．南京：南京师范大学出版社，2007.

2. 楼必生，屠美如．学前儿童艺术综合教育研究．北京：北京师范大学出版社，1997.

第二章

婴幼儿文学的特殊性

学习目标

1. 了解0—6岁儿童的发展、文学需求及其文学反应的阶段性特点；
2. 把握婴幼儿文学的文本特征。

第一节　婴幼儿读者的特殊性

一、3岁前儿童对文学的反应

儿童对文学的反应受其心理与生理发育条件的制约。3岁前儿童的发展特征，以及符合发展需求的文学活动及其反应如下。

大约年龄	发展特征	文学活动	文学反应
2个月—1岁 （早教班段1）	·感官发展迅速； ·对富有节奏感音响特别敏感，尝试模仿简单的声音； ·喜欢被大人抱着走出家门“看世界”； ·对重复性动作和事物感兴趣，并从中获得情感上的满足； ·开始使用单一的词汇；	· 聆听节奏韵律优美的摇篮曲及其他儿歌； · 在大人帮助下欣赏形象鲜明的图片； · 在大人帮助下欣赏构图简约、色彩鲜明的图画书； · 在听大人讲述故事的过程中学习词汇； · 感受情节重复、有简单问句的故事。	·两个半月，听到朗诵儿歌、故事的录音，能把头和视线转向声源； ·5个月，看图片时眼睛能关注新图片，并理解新旧图片之间的相似之处； ·9个月，开始能在无意识层面上对图画书作品的感性形象做出反应，但对图片的关注时间只能持续几秒钟；

续表

大约年龄	发展特征	文学活动	文学反应
2个月—1岁 (早教班段1)	·专注力持续的时间有限。		·能够对故事中人物单一的特殊行为做出反应(例如,对小猪摔了一跤的行为会发出笑声)。
1—2岁 (早教班段2)	·喜欢用感觉器官探索周围环境; ·对乐音和语言表现出较大的热情(做出扭动身躯的动作等); ·语言发展加速,喜欢玩声音的游戏; ·学习基本自助技能,动作逐渐内化; ·象征思维萌芽,对符号与实物之间表征与被表征的关系产生初步、朦胧的意识,出现早期的符号化活动(这是审美艺术创造的开端); ·建立人际的信任关系; ·对语言的理解能力超过语言的表达能力; ·开始知道书的概念。	·阅读练习自助技巧的图画书或故事; ·阅读描写日常生活的故事; ·阅读各种材质与设计的玩具书; ·阅读可以预测结果的短小故事; ·阅读拟声词丰富、动作感强的故事; ·在大人帮助下学习朗读短小诗歌。	·喜欢成人用夸张的语调讲述故事,喜欢和成人一起念诵短小的儿歌或古诗; ·对儿歌声律特征的兴趣超过对语义内容的兴趣; ·喜欢看图画书,喜欢翻动书页,对图画书的视觉形象特征感兴趣(表现出审美直觉倾向,如看蚂蚁搬家、听小猫叫等); ·模仿作品中动物的叫声和动作; ·出现早期符号化活动,喜欢听新奇的、新鲜的故事; ·注重听讲过程,并能适当加入涂鸦、捏塑、拼插等创造性活动。
2—3岁 (早教班段3)	·积极词汇发展、语言理解力增强; ·能对鲜艳的色彩、图形做出“好看”“喜欢”的判断; ·思维具体化特征鲜明,开始对美的事物做出自发性的选择,认为好玩的也就是美的; ·对“涂鸦式”的图像反应迅速,做出直觉判断,没有固定的参照体系,随意性、创造性强; ·自我意识萌芽,出现各种可以表现独立性的言行。	·吟诵形象鲜明、情趣浓郁的儿歌; ·阅读引发联想的童话故事、动物故事; ·阅读与他们生活经验贴近的儿童生活故事; ·欣赏写意性、抽象性的图画书作品,阅读色彩鲜艳、造型生动、情节有趣的图画书; ·欣赏配乐抒情性散文。	·能把儿歌中的语言转换成头脑中的表象,并在加工过程中,与大脑相关的表象发生联系而产生新的形象; ·对故事产生兴趣,可以通过听故事间接地感受各种生动有趣的形象,能把听到的语音和已经内化的相关表象建立联系(例如,提起老虎,就会想到狮子等野兽),并由此引起审美愉悦; ·开始引用书上的话,模仿书中的人物,生成新的情景。

二、3—6岁幼儿对文学的反应

大约年龄	发展特征	文学活动	文学反应
3—4岁 (小班段)	·懂得用声调表达情绪； ·以自我为中心，对自己的世界好奇，视万物皆有生命； ·喜欢玩富于想象力的游戏； ·精细化动作、手眼协调能力进一步发展。	·念唱手指谣等游戏性儿歌； ·欣赏有一定意境的幼儿诗歌和短小的幼儿散文； ·阅读拟人化和想象性故事； ·运用故事提供的人物和情境做表演游戏； ·通过故事扩展生活经验； ·欣赏幽默、想象、冒险的故事； ·参与初级的儿童戏剧活动； ·欣赏短小的动画片。	·喜欢跟读韵律感强的儿歌、童谣； ·主动要求成人讲故事、读图书，在听讲故事过程中，会提出许多问题，希望听到自己易于理解的故事； ·每一次阅读都能发现新的事物； ·可以长时间心满意足地与文本进行交流，初步做到不乱撕、不乱扔图书； ·能用听过的故事片段编出自己的故事； ·开始对儿童戏剧活动感兴趣，有参与表演的欲望。
4—5岁 (中班段)	·心理发展发生质变，认识活动的概括性和行为的有意性明显增强，思维呈具体形象性特点； ·词汇与句法的运用趋于成熟，能使用复合句子表达意思； ·能有声有色地与人交谈，并不断地调整自己的表达内容； ·主动参与创造性活动的欲望增强，想象力、创造力得以提高； ·对事物有自主选择的倾向，比如能自主选择读物； ·学习迁移知识经验，初步理解同类事物之间的内在联系。	·阅读绘画形式多样(如水墨画、水粉画、油画、铅笔画等)、故事性强的儿童图画书； ·欣赏童谣、故事、诗歌、散文等不同体裁的儿童文学作品，以及与其他领域整合的文学教育活动； ·观赏并参与木偶戏等戏剧表演活动； ·观赏并讲述短小精致的动画片内容。	·反复阅读自己喜欢的图书； ·喜欢把听过的故事或读过的书讲给别人听； ·根据连续画面，大致讲述故事情节，对图画书的标识、符号感兴趣，能理解其表达的意义； ·体验通过阅读获取信息的乐趣； ·随着作品情节的发展进程出现相应的情绪反应； ·在整合教育活动中进一步理解作品，获得美的熏陶。

续表

大约年龄	发展特征	文学活动	文学反应
5—6岁(大班段)	·心理发展产生较大的飞跃，小肌肉开始发育，能较自如地进行画画、写字活动； ·脑重量已达成人的90%，脑功能不断趋于成熟； ·兴奋与抑制力增强，对事物的分辨更加精确； ·能对事情做出是非判断； ·抽象思维萌芽； ·喜欢表达自己的看法，能自如地进行日常口语表达； ·开始发展时间概念； ·在人际交往中寻求安全感，渴望同伴认可，对集体产生归属感； ·自我表现的欲望增强； ·迁移知识经验的能力有了提高，情感需求与被认同感增强，社会性得到进一步的发展。	· 阅读图文并茂的图画书，对文本中的文字产生好奇； · 能够续编故事结尾或改编故事情节； ·喜欢阅读画面感强的诗歌、散文； ·在阅读无字书过程中，展开想象和表述； ·阅读多元文化背景的童话、民间故事、寓言故事等； ·欣赏优美意境的儿童诗歌、散文； ·阅读学习时间概念的图书； ·观赏和表演儿童戏剧，开展创造性戏剧活动； ·欣赏儿童影视作品，借此学习多元的文化； · 参与以文学作品为媒介的整合教育活动(与社会、健康、科学、艺术等领域的整合)。	·对绕口令感兴趣，能够有感情地朗读诗文； ·借助图像或语言感受和理解诗歌、散文的意境； ·特别喜欢看图画书，主动听、讲故事，对故事的理解与成人接近，能够对作品中的人物情感做出反应，产生共鸣； ·能较自如地复述故事，编创故事的能力增强； ·欣赏文学作品时的专注力增强，并由感性认识渐渐转向于理性认识(部分孩子具备了把握作品主题意义的能力)； ·会转述故事，但讲述过程不完整，有时会插入别的故事； ·喜欢参与表演，以引起他人的注意，获得自信，创作的欲望强烈； ·能够对读物做出自己的判断，对文学语言的美感有了一定的鉴赏能力。

第二节　婴幼儿文学的文本特征

一、多姿多彩的文体形式

婴幼儿文学的文体形式丰富多样。就文学本身的特性而言，婴幼儿文学最能呈现生动活泼的开放精神与超越成规的美学追求。除了与一般文学分类相对应的四种常见文体(儿童诗、儿童小说、儿童散文和儿童戏剧)之外，还有儿歌、童话、寓言、故事、科学文艺等文体。这些文体中，儿歌和童话是儿童文学所特有的；成人文学中虽也有故事、寓言、科学文艺等文体，但就重要性而言则要逊色许多。

婴幼儿文学的文本形式还呈现出跨领域的特征。多媒体技术的普及为儿童审美提供了更为多样化的选择，婴幼儿文学通过与其他艺术门类与技术手段的融合，产生了不少新的综合性艺术样式。卡通片、有声文学读物、多媒体立体书、网络文学游戏等，都是现代科技与传统文学结合的产物。下面对最具婴幼儿文学自身特点的文体形式做具体的介绍。

第一，图文并茂的图画书。图画书最适合婴幼儿阅读，其故事画面优美生动，形象直观，构图连贯，充满趣味，让孩子们为之神往。特别是专供"亲子阅读"的婴幼儿图画书，在故事、构图、人物关系和语言上，为父母和孩子共同参与文学接受活动提供了非常适宜的文本形式，如《鳄鱼怕怕，牙医怕怕》《猜猜我有多爱你》《逃家小兔》等。

第二，易吟易唱的儿歌（古称童谣）。儿歌与婴幼儿的审美需求最为吻合，它采用韵语形式，自古以来就在孩子的世界里吟诵传唱，常与儿童的游戏活动相伴随。儿歌形式生动活泼，音韵性和节奏感强，篇幅短小，富有情趣，充满愉悦感。问答调、连锁调、颠倒歌等为童年生活平添了无穷乐趣。

第三，动画片。婴幼儿类动画片每集几分钟到十几分钟，短小精致，主题鲜明，情节生动，人物简单，娱乐性、知识性和趣味性强，是孩子们生活中的常见伴侣。

第四，幼儿戏剧。幼儿戏剧深受幼儿喜爱。戏剧内容富有游戏性，矛盾冲突单纯而有趣，语言具有动作化、形象化的特点，适合幼儿欣赏和模仿。其中，幼儿木偶剧能以其诙谐幽默的戏剧形象以及舞台上下互动的表演形式，使幼儿获得参与式的美感熏陶。

第五，幼儿散文。幼儿散文以优美、抒情为主要特征，内容浅显，篇幅短小，语言精致，意境优美，主要表现大自然的美丽、幼儿生活情境及其内心感受，如《小太阳》《谁会脸红》《圆圆的春天》。

二、浅易形象的语言表达

婴幼儿文学的语言比一般文学语言更具体，更形象，更生动，更富有趣味性。1—6岁的儿童处于语言学习的关键期，浅显简洁、准确流畅、形象生动的文学作品为他们的语言发展提供了优质的学习资源。

首先，语言表达的韵律之美。婴幼儿在听觉上对语言的韵律之美有着特殊的敏感，婴幼儿文学的语言表达在音韵节奏上满足了他们的审美需求。儿歌、幼儿诗、幼儿散文等文体在这一点上体现得尤为突出。

如胡木仁的幼儿散文诗《圆圆的春天》：

小蜻蜓，尾巴尖，弯弯尾巴点点水。小蜻蜓，做什么？我给春天灌唱片！青蛙唱"呱呱"，雨点敲"叮咚"，活泼可爱的鱼娃娃，跳起水上芭蕾舞……灌呀灌，灌好了：圆圆的池塘，圆圆的唱片，圆圆的春天。

全文押"an"和"ang"韵，加上对称的三、三、七句式，读起来朗朗上口，可以让婴幼儿在想象春天美丽画面的同时，感受到特殊的音韵之美。

其次，语言表达的趣味性。童年的生活中充满了对趣味的渴望，而儿童的语言表达本身又充满了特有的童稚趣味，婴幼儿文学在表现儿童生活情境时尤其注重捕捉鲜活生动的儿童语言，这是构成婴幼儿文学语言美感的重要方面。例如，《婴儿》中的人物对话，傅天琳儿童诗《我是男子汉》中的儿童主观视角的抒怀，都很好地体现了儿童语言的灵动与趣味。

最后，婴幼儿文学中动作性的语言特别丰富，在人物塑造、事件叙述、环境描写的过程中注重运用富有色彩感和动作感的语言，使文学形象获得更为鲜活的视觉效果。作者往往通过拟声词、叠声词，以及摹状、比喻、比拟、夸张等修辞手法，赋予作品画面感和音响效果，把小读者带入“如闻其声，如临其境”的境地。我们从儿歌《伞》中就可以体会出婴幼儿文学这种语言表达的特性。

雨儿雨儿在下，
“嘀嗒！嘀嘀嗒！”
撑开伞儿一把，
我们站在伞下。
伞上“噼噼啪啪”，
伞下“嘻嘻哈哈”。
伞像母鸡翅膀，
我们像群鸡娃。

当然，婴幼儿文学对儿童语言的驾驭，不仅要考虑到读者理解上的浅易性，同时还要顾及促进儿童语言发展的功能，必须具备一定的超前性，让孩子“轻轻一跳就能够得着”。婴幼儿文学的语言不是原生状态的“娃娃语”，而是经过作家艺术加工熔炼后，高于婴幼儿实际语言水平的文学语言。

三、富于游戏性和互动性

游戏是婴幼儿生活的主要内容，在游戏中孩子创造了一个属于他们自己的世界，并从中获得无限的乐趣。婴幼儿通过各种身体和动作的经验建立起对环境的基本感知，并以此为基础发展新的经验。与成年人将文学接受主要作为一种精神性的审美活动有所不同，婴幼儿读者在接受文学时往往还伴随着各种身体动作的参与，他们往往将文学阅读当作一项游戏，希望与文本中的情境产生互动关系。正是在这样一种带有游戏性质的阅读活动中，婴幼儿读者的文学接受能力得以逐步发展。

具有鲜明游戏性的儿童文学作品很受孩子的喜欢。例如，广为传唱的闽南童谣《斗蟋蟀》《抛沙包》《点油点丁丁》《天乌乌》等，都是在儿童游戏时相伴吟唱的歌谣。空闲时大人们走门串户，孩子们也常常进出邻居家，与伙伴捉迷藏、拍手掌、扔沙包，在这些活动中自然就产生了很多富有游戏性和娱乐性的童谣佳作。

儿童文学作家在创作适合婴幼儿读者接受的作品时，也会十分注意体现文本的游戏精神。郑春华的幼儿故事《大头儿子和小头爸爸》、挪威埃格纳的童话《豆蔻镇的居民和强盗》、日本作家中川李枝子的童话《不不园》等，都体现了鲜明的游戏特征。

婴幼儿读者与文本之间的互动性，往往是以作为故事讲述者的父母与教师为中介来实现的。由于婴幼儿的审美理解力受心智发展水平的制约，他们需要在成人的帮助下完成对文本更为完整的理解和把握。成人恰当的引导和启发有利于年幼儿童审美、语言、认知方面的能力发展。在阅读过程中与孩子进行讨论，如“你喜欢这故事吗？为什么”“你喜欢谁？为什么？不喜欢谁？为什么”，或者将故事情节与现实中的孩子生活经验相联系，都有助于发挥阅读活动的多维效应。

婴幼儿文学作品经由成人恰当的引导和参与，可以使作品的内涵在得以准确传达的同时，也使其拓展成为一种可能。成人读者在阅读原作的基础上，可以适当地加入自己的理解，对文本进行补充、延伸。成人读者在讲述过程中还伴随着讲述者个性化的语气、表情和肢体动作，这一方面有助于年幼读者更为顺利地实现对文本的接受；另一方面也使阅读活动本身的价值得以升华，成为一种两代人之间情感交流的独特途径。

思考与探索

1. 结合婴儿、幼儿心理学、教育学等专业理论，谈谈0—6岁儿童文学接受的阶段性特点。

2. 你认为婴儿文学的文本特征与幼儿文学文本特征有何共性和差异性？

3. 试以一篇作品为例，谈谈婴儿文学的游戏性和活动性。

4. 多媒体时代，婴幼儿文学的文本特征主要体现在哪几个方面？

第三章 婴幼儿文学的美学特征

学习目标

1. 了解并掌握婴幼儿文学的美学特征，提高对婴幼儿文学教育的审美认识；
2. 提升学生鉴赏分析作品的能力。

儿童文学作为文学系统的一个组成部分，除了具备一般文学的美学属性之外，也必定拥有属于自己的独特美学特性。童年期作为个体生命成长的最初阶段，从物我难分的婴幼儿到主体意识渐次分明、心智不断走向成熟的儿童、少年，其间所经历的身心变化是巨大的。以0—6岁孩子为读者对象的婴幼儿文学，最为鲜明地展现着儿童文学自身的特性，与成人文学之间有着迥异的艺术个性差异。以“幽默”这一审美品质来说，成人文学和婴幼儿文学中都有不少以幽默见长的作品，但却表现出完全不同的美学风格。成人文学中的幽默追求让人会心一笑的同时，感悟某种富含哲理的人生意蕴，有的幽默则指向了对人生百态的辛辣讽喻。而儿童文学中的幽默所表现的往往是儿童生命中特有的情趣意味，从整体的艺术气息上说，欢愉的氛围更为突出。以下我们将从五个方面来讨论婴幼儿文学的美学特征，不过，因为广义的儿童文学(婴幼儿文学、童年文学、少年文学)各层次之间存在着模糊地带，所以在阐释相关问题时所涉及的某些作品的读者对象具有跨越年龄界限的特点，希望读者们予以注意。

一、纯净真挚的童心世界

社会化程度较低的儿童，尤其是婴幼儿，受到来自环境的不良影响相对较少，因而在心智上显示出较为纯净、真挚的特点。他们往往以好奇的眼光打量成人世界，以透亮的心灵感知周遭事物，并在此过程中逐渐形成对于世界的基本认识。

童心是真诚而坦白的，其最鲜明的特点就是“真”。对儿童精神特点的这一基本认识，在人类思想史上已有了较为丰富的积淀。李贽认为：“夫童心者，绝假纯真，最初一念之本心也。”(《童心说》)鲁迅说：“小孩子多不愿意‘诈’作，听故事也不喜欢是谣言，这是凡有稍稍留心儿童心理的都知道的。”(《二十四孝图》)英国浪漫主义诗人更是童心美好的颂赞者，威廉·布莱克是英国早期重要的浪漫主义诗人，在其代表作《纯真之歌》的序诗里，他将儿童与羔羊、天使等具有神圣性的诗歌意象相融合，作为对工业革命导致的物质主义盛行的成人世界的一种反面参照，凸显了纯真童心普遍的人性意义。华兹华斯在《虹》中则写道：“婴孩本是成年人的父亲，因而今后的岁月，我可以希望贯穿着对自然的虔诚。”“儿童乃成人之父”的命题对习惯于居高临下俯视童年生命的成人而言，具有振聋发聩的功效。童心的纯真是我们考察儿童文学尤其是婴幼儿文学审美特性的一个重要视角，同时婴幼儿文学所展现的童心世界，又为反观成人世界的种种问题提供了一个十分独特的参照。

儿童纯真的精神天性早就被儿童文学的创编者所关注。格林兄弟作为民间童话收集整理的集大成者，他们工作的初衷是为了进行语言学和民俗学的研究，而不是为儿童提供文学读物，但童话出版后却深受儿童读者的喜爱。他们意识到民间童话中普遍存在的血腥暴力的内容，有悖于儿童纯真的精神特点，就花费毕生精力对早先出版的童话进行大篇幅的删减改写。这种在民间文学基础上的再创作，虽然使其作为语言学、民俗学研究素材的价值大受影响，却成为儿童文学的幸事。

安徒生开创了文学童话的新纪元。在他的童话名篇《皇帝的新装》中，当全城的达官贵人、男女市民一齐拜倒在皇帝脚下，赞美皇帝的新装是如何华贵、如何漂亮时，只有一个小孩子大声叫了出来：“可是他什么衣服也没有穿呀!”童心戳穿了一切谎言，犹如一声惊天雷，掀开了这场荒唐闹剧的全部真相。孩子的父亲首先被童言的真诚所感动，他惊呼道：“上帝哟，你听这个天真的声音!”全体老百姓都一齐叫了起来：“皇帝实在没有穿什么衣服呀!”这个富于戏剧性的场面将成人的势利、虚伪与儿童的真诚、执着置于极端对照的位置上，那个说出真相的孩子已超越了儿童文学的范畴，成为勇于直面真理的文学典型形象。

婴幼儿文学中所展示的纯真童心往往与爱的主题相关联，亲子之爱、伙伴之爱与自然之爱是婴幼儿文学最为常见的题材类型。

亲子之爱是人世间最原始、最深远的情感，母子亲情是年幼儿童最为真切的情感体验。英国图画书《猜猜我有多爱你》通过小兔子和大兔子的睡前对话，为我们别致地展示了感人至深的亲子之爱。在这本图画书中，小兔子通过张开双臂、举起胳膊、倒立双脚、高高跳起等肢体动作来表达自己对妈妈爱得有多深，妈妈则以相同的动作来回应小兔子。不论他怎样努力，妈妈都用同样的肢体动作表明，妈妈对他的爱总是远远多于他对妈妈的爱。两只兔子用肢体伸展的幅度来表达彼此爱的程度，这种富于动作感的比喻是婴幼儿所乐于接受的。当肢体动作还不足以将浓浓亲情表达得十分充分时，他们把目光投向了远方的小河，小兔子告诉妈妈：“我爱你，从这条小路一直伸到河那边。”妈妈的回答是：“我爱你，过了那条河，再翻过那座山。”这时已经发困的小兔子用朦胧的睡眼遥望夜空中的月亮，说出了在他看来最为深远的表白：“我爱你，一直到月亮那么高。”没想到妈妈的回答更加动人心扉：“我爱你，到月亮那么高，再——绕回来。”如此天真、浪漫又充满智慧的对话，将人世间最为纯真的母子亲情表达得感人至深而又意味深长。

伙伴间的交往是婴幼儿家庭生活之外最为重要的一项活动。与同龄伙伴建立和谐友善的关系是他们未来美好生活的预演，也是他们获得良性情感体验的需要。方轶群的童话《萝卜回来了》将这种伙伴之爱表现得十分真挚感人。一群动物在严寒的冬日里寻找果腹的食物，小兔子在雪地里发现了一大一小的两棵萝卜，它吃掉小萝卜，留下大的，希望和饥饿中的好友小猴分享。于是，一棵带着友情的萝卜开始了它奇妙的温馨旅行。小兔将萝卜留在了外出觅食的小猴家，而小猴此时也在做着和小兔一样的事，他在雪地里发现了几颗花生，想到要与小鹿分享，路过自己家时，发现了小兔子留下的萝卜，于是它带上萝卜直奔小鹿家，把萝卜留在了外出觅食的小鹿家。随着这个简单情节的循环演进，这棵萝卜经由小猴、小鹿和小熊的手，最后又回到了小兔身旁。从甜美梦乡中醒来的小兔，看着床边的萝卜，惊奇道："咦！萝卜回来了！"简约的故事写出了伙伴之间纯真的友情。这部作品自 1955 年发表以来，得到了广泛的传播，也曾被改编成动画片和图画书。

人类是自然之子，年幼儿童与自然界之间的关系则更为密切，他们对变化万端的自然现象抱有极大的好奇心与探索欲。由于他们还缺乏对自然现象做出理性解释的能力，因此往往将自己的奇异幻想投射于身边的自然环境中，将自然万物都当作可以与自己进行情感交流的朋友，使各种的自然现象呈现出纯净透亮的诗意之美。我们从儿童诗诗人林武宪创作的《小树》中就可以看出这样的特点。

院子里新种的小树，
叶子一片片地掉落。
也许他是想家吧，
才忍不住地哭啦。
我天天请小树喝水，
蝴蝶为他飞舞，
麻雀为他歌唱，
微风也轻轻地安抚他。
有这么多朋友关心他，
小树渐渐喜欢这新家。
悄悄地伸出嫩绿的小芽，
笑了，在暖暖的阳光下。

这首诗抒写了一个孩子与刚被移植到院中的小树之间的情感交流。小树落叶是因为想家的缘故，在蝴蝶的舞姿、麻雀的歌声、微风的轻抚和"我"的关爱下，小树终于爱上了新家，长出了嫩芽，在阳光下微笑。这样的诗句之所以能够打动年幼的孩子，是因为它所抒发的情感与儿童真实的情感体验相吻合。像小树那样离开父母离开家的孩子，哪个没有与小树相似的情感经历？哪个没有哭过鼻子想过家？诗歌给小读者带来了情感上的安慰与升华。

纯净、真挚并不足以描绘童心世界的全部面貌。现实世界中的童年生态因文化背景、社会阶层的不同而呈现出巨大的差异性，对于具体的个体而言，家庭经济条件、生活环境、父母的文化水平、教育资源等因素，也会对儿童的精神成长产生深刻的影响。况且，童年生活也并非一个封闭的系统，它会受到各种社会文化因素的影响。真实状态下的童心世界，除了纯真善良之外，也存在着嫉妒、虚荣、不诚实等负面元素。随着年龄渐长，儿童精神世界的复杂性也随之增长。婴幼儿文学的创作者是成人，婴幼儿文学所呈现的纯净真挚的美学特性，一方面是基于作家对童年生命特点的把握；另一方面也寄寓了成人希望通过文学审美活动，为童年生活赋予诗意色彩的美学理想。

二、稚拙可爱的认知特点

婴幼儿对世界的认知是懵懂的，他们尚未将自身从环境中分离出来，常常把自己的主观感受推及周围的生命与非生命的事物上，形成自我中心的思维特点。生活经验少、认知能力弱、逻辑思维尚未充分发展等，这些在发展心理学视野中被当作不足的要素，恰恰是婴幼儿文学构成稚拙之美的基本条件。稚拙之美是一种傻得可爱的美，这种“傻”并不是智力水平的低下，而是婴幼儿在认识能力发展过程中，处于似懂非懂状态下种种富有美感的表现。冰波的微型童话《小鸭子吃星星》就是一篇充满稚拙之美的作品。

小鸭子啪嗒啪嗒在外面走，看到天上有许多星星！
来到池塘边，小鸭子看见池塘里也有星星。
小鸭子跳进池塘里，咕嘟咕嘟吃星星。
池塘里荡起了一圈圈的波纹，星星没有了！
小鸭子说：“我把星星吃完了。”
小鸭子跑去告诉妈妈：“妈妈，你看我的肚子这么大，我把水里的星星吃光了！”
小鸭子拉着妈妈去池塘边，妈妈说：“你看，星星不是还在池塘里吗？”
小鸭子看着水塘里的星星，又看看天上的星星，心想：“这是怎么回事呢？”

小鸭子喜欢星星，但天上的星星可望而不可即，当它看到自己觅食嬉戏的池塘里也布满了星星时，心中的欣喜是可想而知的。这种对于自然现象的好奇心理是科学知识相对缺乏的婴幼儿所特有的心智状态，这篇童话的趣味与美感正是建立在婴幼儿认知能力相对不足的基础上，但要使这种不足上升为一种美学意义上的趣味，还有赖于作家演绎出足以吸引孩子的故事情节。小鸭子对倒影的无知仅仅是稚拙之美产生的一个契机，真正的趣味产生于对这一无知做出的合理而巧妙的解释。张秋生的幼儿诗《蝴蝶在读香喷喷的报纸》也可以为我们认识稚拙之美提供很好的范例。

清晨，一只花蝴蝶停在窗前的月季花上。
她停了好久好久。
弟弟说：“小蝴蝶是在读一张香喷喷的报纸！”
我说：“报纸上说的是什么呢？”
弟弟说：“大概是个非常有趣的童话。”

我说："童话里说的是什么呢？"
弟弟说："对不起，
我不认识她们的字！"

晨光、花朵、蝴蝶等自然景象完全具备成为诗歌形象的条件，但要使之成为一首优秀幼儿诗中充满稚趣意味的诗歌形象，则有赖于诗人对婴幼儿心智特点的准确理解与独到的言语表现力。蝴蝶恋花本是十分常见的自然景观，诗人从一个孩子的想象视角出发，将其说成是一只蝴蝶在阅读一张香喷喷的报纸，报纸的内容是婴幼儿最为喜欢的童话，这与小读者的文学接受经验相符。当进一步追问童话的具体内容时，孩子给出了令人称奇的回答："对不起，我不认识她们的字！"婴幼儿尚未系统识字，这本是语言能力上的一项不足，而正是这一欠缺构成了这首幼儿诗别样的稚拙情趣。

保加利亚作家笛米特·伊求的《婴儿》也是一篇表现稚拙美感的佳作。故事中孩子们看到邻居桐尼叔叔结婚了，娶回一个漂亮的太太，但这位漂亮的太太很快就发胖了。于是孩子们就开始为自己喜欢的桐尼叔叔担心了，要是他的太太再这么胖下去，桐尼叔叔可就没地方睡觉了，他们外出开车时，车子一定会被压得倾斜下来。两个稚气未脱的孩子展开了一段关于结婚的对话：

"你将来会和这样胖的太太结婚吗？"拉拉问我。
"才不呢！"
"我也是！"她说。
桐尼叔叔看来根本不因他太太这么胖而受影响，他们手拉着手走，好像不知道她是全街最胖的女人。这简直把我们给弄糊涂了。可怜的桐尼叔叔！
拉拉认为："爱情是盲目的。"
我想知道为什么爱情是盲目的，但是拉拉也不知道。

"我"和伙伴拉拉找到桐尼叔叔，把电视台即将播出快速减肥节目的好消息告诉他。桐尼叔叔以委婉的方式将太太就要生娃娃的事告诉给孩子们，他们居然认为只有他们幸运地知道了桐尼叔叔的太太发胖的原因，并暗暗发誓要保守好这个惊喜的秘密。这个故事的所有趣味都源自两个孩子对婚姻和生育知识的懵懂无知，但这种无知又不是绝对的，"爱情是盲目的"这样的话显然是从成年人的谈论中获得的，尽管孩子们并不理解这句话的真正含义，却隐约觉得这与他们看到的桐尼叔叔的"遭遇"发生着某种联系。作者在年幼儿童"懂"与"不懂"交互的认知状态中，找到了营构故事的最佳节点，将婴幼儿所特有的憨态表现得情趣盎然又恰到好处。

稚拙之美是与婴幼儿心智特点最为契合的一种美学特征，但文本中所呈现的稚拙表现与婴幼儿读者真实的认知水平之间，并非一种完全对等的关系，两者间的差异并不会形成阅读障碍，只有当后者略高于前者的情况下，稚拙之美才可能被婴幼儿读者乐于接受。喜欢《小鸭子吃星星》的孩子并非对倒影的知识一无所知，被《婴儿》所吸引的读者可能对婚姻知识没有多少见识，但也不至于会像故事中的孩子那样做出如此令人捧腹的事情来。在信息化的社会环境中，婴幼儿获得知识的空间和渠道得以极大的拓展，为他们认知能力的发展提供了更为有利的条件，但这并不妨碍他们欣赏婴幼儿文学中的稚拙美感，这也从一个侧面说明文学的第一要义是审美接受而非知识获得。

三、欢快动感的书写基调

人们常用“快乐”“幸福”“浪漫”等富含诗意的言辞来描绘童年生活，年幼儿童备受长辈的呵护，无须承担家庭与社会责任，有着更多闲暇的游戏时光，为他们服务的婴幼儿文学常被称为“快乐的文学”。婴幼儿具有身心一元的特点，他们对外界事物的认识更多地依赖于身体的参与。《艺术与人的发展》的作者美国心理学家加登纳曾以自己女儿为例，描述了幼儿以身体来认识美的过程：他和女儿在海边玩的时候，发现了一只特别可爱的贝壳，就捡起来问女儿：“这好看吗?”令他颇为惊奇的是，女儿并没有用语言来表达对贝壳美的看法，而是一把抢过贝壳，塞进了嘴里。这说明只有身体感知上的充分体验，才能使幼儿把握到美。

与婴幼儿的生命特征相适应，婴幼儿文学在整体的书写基调上呈现出欢快、动感的特点。在英子的儿童故事《神奇的棍儿》中，一群孩子把一堆竹棍当成了可以上天入地的工具，在想象和身体的共同参与下，充分体验着游戏的乐趣。

呀！原来是一堆竹棍。

小强抽出一根，跨上去。嘿！

这哪里还是竹棍，明明是匹马，金色的宝马。“嘚儿——驾!”呱嗒呱嗒，宝马撒开四蹄，在草原上奔驰起来。

在另一个男孩手里，神奇的竹棍变了，变成了红色小汽车。嘀嘀嘀嘀，院子就是马路，又宽又长。汽车飞跑着，四个轮子转呀，转得离开了地。

在有些男孩子手上，竹棍变成了飞机，变成了火箭，变成了宇宙飞船。在他们眼里，院子就是天空，蓝蓝的，还飘着白云，他们飞得才快哩，个个都喘着粗气。一个男孩手上的竹棍成了金箍棒，他就是孙悟空，一个跟头，十万八千里。多了不起！

有个小不点儿娃娃，拖根短竹棍，慢慢地走，也是一辆“车车”……

这个充满动感的欢快场面是孩子游戏生活的生动写照。在儿童的精神世界里，一切都可以随心所欲，得心应手。他们沉醉在由自己的愿望构筑起来的幻想世界里，彻底打破了主体与客体、现实与幻境的界限，消解了现实世界的一切制约，充分展现着个体生命原初状态的欢愉与幸福。

婴幼儿的审美与各种生理性需求的满足有着密切关系，婴幼儿文学的欢愉气息有时是在展示年幼孩子生理欲求得到满足的过程中被营造出来。意大利作家贾尼·罗大里的《冰淇淋宫》就表现了儿童满足自己口腹之欲的奇妙想象。童话描绘了广场中央建起的一座冰淇淋大楼，从屋顶、烟囱到门窗、家具都是由糖果、蜜饯、冰淇淋构成的，这样的美食宫殿自然吸引了无数贪嘴的孩子。

一个小不点儿的孩子走近一张桌子，他顺着桌子腿转着圈地舔个没完。桌子腿给舔化了，桌子倒塌下来了，连同桌上的盘子一股脑儿全掉在了他身上。盘子是巧克力冰淇淋做的，更是香甜可口。

一个守卫突然发现一扇窗子化了。因为玻璃是草莓冰淇淋的，所以就融化成玫瑰色的浆液了。

“快来呀，快来呀！”守卫大声嚷，“再快些，加油！”

孩子们都跑过来了，一个劲地舔，舔得快极了，连一滴浆液也没能溜掉。

“一把安乐椅！”一个可爱的小老太太想从人群中挤过来，她哀求道，“给我这可怜的老太婆一把安乐椅吧，谁能帮个忙？最好给我一个带扶手的。”

这样一个畅快淋漓享受美食的情景，对于年幼的孩子是极富吸引力的。食物除了满足婴幼儿正常的食欲之外，还传达着将被吃的食物与自身融于一体，以获得肌体快感的心理愿望。婴幼儿文学中的此类题材实际上发挥了一种代偿作用，让孩子在文学审美过程以想象的方式满足口腹之欲。

我们还应看到，婴幼儿文学的欢愉气息，未必都以充满动感的方式呈现，有时也可以通过相对静态的幽默加以传达。郑春华的短篇故事《红围裙》就是一篇在幽默中透着欢愉气息的优秀作品。妈妈是家中最忙碌的人，最喜欢戴着红围裙操持家务，围裙妈妈往厨房一站，一桌美味佳肴就有了着落；围裙妈妈在阳台上一站，一家人的脏衣服就干干净净地晾上了竹竿。有一天，妈妈心爱的红围裙突然不见了，原来是爸爸为了给妈妈庆祝生日，决定亲自下厨一展身手，特意把红围裙藏了起来。爸爸在厨房忙碌了半天，最终忙出了一碗面。这样的故事情节似乎显得有点平淡，但之前的叙述似乎都是为结尾处爸爸妈妈的对话而预设的：“围裙妈妈吃生日面，吃得又香又快又开心。丈夫问：‘味道怎么样？’围裙妈妈说：‘好极了！好极了！就是没放盐……’”爸爸自以为得意的表现与妈妈不露声色的奚落，营造出了特有的幽默效果，家庭生活的温馨与快乐得以自然地流露。

我们可以将婴幼儿文学视为快乐的文学，但这不应成为一种僵化的美学教条，婴幼儿精神面貌是丰富多元的，童年生活也绝非尽善尽美的乌托邦世界，他们需要面对来自环境和人际关系的各种挑战，也会产生寂寞、孤独、无助等情绪状态。林良的《蘑菇》就是一首抒发寂寞情感的儿童诗：“蘑菇是／寂寞的小亭子／只有雨天／青蛙才来躲雨／晴天青蛙走了／亭子冷冷清清。”诗中的拟人化形象与现实生活中的孩子有着相似之处。

四、浅语构筑的文学世界

文学是语言的艺术，婴幼儿文学独特的美学个性在很大程度上是由其语言所决定的。作为成年人的作家，要驾驭有别于其主体精神特点，又能够被稚嫩生命所接受的语言进行艺术创造，是一项不可小视的挑战。不少作家对儿童语言的特殊性有着十分独到的理解。老舍认为：儿童文学的语言应当“用不多的词儿，短短的句子，而把事物巧妙地、有趣地述说出来，恰足以使孩子们爱听”。茅盾主张：“语法(句法)要单纯而又不呆板，语汇要丰富多彩而又不堆砌，句调要铿锵悦耳而又不故意追求节奏。儿童文学作品要求尽可能少用抽象的词句，尽可能多用形象化的词句。”鲁迅在翻译俄罗斯班台莱耶夫的《表》时，“想不用什么难字，给十岁上下的孩子们也可以看。但是，一开译，可就立刻碰到了钉子了，孩子的话，我知道得太少，不够表达出原文的意思来，因此仍然译得不三不四”。这样的表白虽含有鲁迅自谦的成分，但也从一个侧面反映了作家或译者进入儿童语言世界时遭遇的特殊困难。

儿童文学作家林良将儿童文学视为“浅语的艺术”。他认为有志于儿童文学写作的人应当放弃自己原有的文字修养，寻觅一种新的、性质不同的语言。“每一个儿童文学作家，都要具备运用‘浅语’来写文学作品的能力。这也就是说，他必须懂得把他所知道的种种文学技巧用在‘浅语的写作’上……在‘文学技巧’还没有跟‘浅语’连接起来以前，你必须先有写作‘浅语’的能力。这样，你的文学修养技巧才能够有地方依附。”以上引述的作家言论，指涉的是一般意义的儿童语言，就驾驭的难度而言，婴幼儿文学显然处于更为凸显的位置上。

婴幼儿语言的浅易性，并不意味着它在美学品质上的浅薄，更不应被视为一种低层次的文学语言系统。以浅语传达特殊的文学意味，恰恰是婴幼儿文学独特美学价值的体现。这不仅需要作家在创作实践中的探索与努力，还需要其在精神气质上与童年生命有着某种天然的契合。贺敬之和柯岩是当代文坛的一对伉俪，他们的儿童文学创作经历就颇能说明这一问题。20 世纪 50 年代，贺敬之响应作协为孩子们写作的倡议，着笔创作儿童诗，他挑灯夜战，竟然毫无所获。柯岩见状十分惊奇，决定亲自尝试创作。她连夜写成了多首儿童诗，其中三首在《人民文学》上发表，广受欢迎。柯岩由此逐渐成为儿童文学领域颇有影响力的诗人。

婴幼儿文学在语言上的美学特征主要表现在以下几个方面。

第一，韵律性。

人类具备借由语言的自然节奏表达思想感情的天性，以韵语写成的儿歌是最受婴幼儿喜爱的文学样式。儿歌的节律感与年幼孩子以身体参与认知活动的心智特点之间有着高度的契合，同时，韵语文学还能有效地激发婴幼儿语言学习的潜能。从某种意义上说，儿歌诗句中所流淌的音韵节奏本身的价值甚至超过了诗句所要传达的意义。摇篮曲是最体现韵律美感、融音乐与文学于一体的艺术样式，感知母亲口中柔绵的哼唱，成为人生最早获得的艺术滋养。民间摇篮曲的歌词简单而不固定，可由哼唱者任意增删。儿童文学成为自觉的文学门类后，摇篮曲作为儿歌的特殊艺术形式，也进入了作家创作的视野，在诗句的凝练性与内涵的丰富性上，较民间摇篮曲有了长足的进步。文学品质的提升为哼唱者提供了更佳的表达爱意的文本，但襁褓中的婴儿所能接受的，依然只是带着爱意和安全感的柔美韵律。

婴幼儿文学中的叙事性作品，也会以某种方式呈现出韵律性来。儿童文学学者朱自强在翻译日本著名幼儿文学《不不园》时，为了准确地传达原作叙事语言的韵律感，就反复将译文大声读出来，而不像在翻译其他作品时，只要将语句在心中默念即可。“郁金香幼儿园里有三十个孩子，三十个孩子里有十八个是星星班的，十二个是玫瑰班的，星星班的孩子明年就要上小学所以个个都觉得了不起。玫瑰班的孩子是些明年不能上学的孩子，有些孩子才三四岁，帽帽今年四岁……”译者认为这样的表述类似于儿歌里的顶针格笔法。

第二，对话性。

婴幼儿不具备系统的文字阅读能力，“听赏”成为他们接受文学的重要方式，讲述者、文本与接受者之间能否建立起一种良性互动的关系，决定了文学听赏活动的成效。婴幼儿文学的语言是基于年幼儿童所熟知的日常口语，具有很强的可讲述性，就像作者和读者在进行着现场的对话。孙幼军的《小布头奇遇记》开头部分就集中体现了这一语体特点。

有那么一个小布头……

小布头？小布头是什么哪？

小布头，嗯——他是一个很小很小的布娃娃。我现在就来讲他的奇遇。也就是说，讲他遇到的许许多多新奇的好玩儿的事情。这个小布娃娃……这个小布娃娃有名字吗？

有呀！当然有名字！“小布头”不就是他的名字吗！对的，他就叫小布头。这个小布娃娃……这个小布娃娃干吗起了这么一个奇怪的名字呀？他怎么不叫胡小燕，怎么不叫陆梅，怎么不叫豆豆呢？

那是因为……因为……

哎呀，孩子们，要是你们老是这么插嘴，我的故事就要讲得乱七八糟了！现在轮到我讲，你们就别说话。我从头讲起，一定把小布头的奇遇讲得清清楚楚，明明白白。等我讲完了，还有什么没讲明白，大家再问。你们看好不好？

好！大家都同意，那我可就开始讲了。你们听着。

这样一种鲜明的对话体表达是在创作过程中自然形成的，孙幼军在写作过程中，不断将正在构思的故事讲给身边的孩子们听，并根据听众的反应对故事的写作做出调整。世界经典儿童文学名著《爱丽丝漫游奇境记》《长袜子皮皮》等，都是在孩子想听故事的强烈愿望驱使下，先进行现场口头讲述，继而才书写成书的。

尽管从事婴幼儿文学创作的作家具有鲜明的读者意识，但要让每一篇作品的创作都获得受众的直接反应是不太可能的。由于作家不同的创作个性与语言意识，对话性在不同作品中的表现也存在较大的差异。这就要求讲述者要对文本进行口语化加工，以增强其对话效果，这是幼教工作者必备的职业素养。20 世纪五六十年代的孙敬修和八九十年代的鞠萍，分别是在收音机时代和电视时代，通过大众传媒讲述儿童故事，并产生广泛影响的典型代表。他们精湛的口语化加工技艺，值得初学者学习。

第三，反复性。

喜欢重复是婴幼儿文学接受的一个显著特点，他们反反复复地沉迷于同一个故事的现象，甚至会让缺乏经验的年轻父母感到困惑。重复代表着可以预见的、有规则的情景再现，婴幼儿缺乏足够的力量去自如地把握身边的环境，文学世界里规则性的情景再现，可以给他们带来身心的舒适与安全，补偿他们面对环境时的无力感。同时，反复性的叙述也有利于他们掌握词汇意义和句法规则，处于母语习得关键期的婴幼儿，可以从反复性的文学语言中获得语言学习的极好机会。

反复作为一种文学表现手法，可以理解为为了达到某一特定的叙事目的，有意让同一情节或同一语句在作品中多次出现的写作技法。儿童文学作家基于自己丰富的创作经验，对此有着自己的独到见解。周锐认为："重复符合幼儿听故事的习惯，重复会让幼儿印象深刻，重复本身也具有趣味性，熟悉中有变化，是孩子乐于接受，且便于接受的。从文学接受的角度看，幼儿很喜欢大人重复讲他们自己喜欢的故事，可以说幼儿接受故事需要重复。"冰波认为："重复易于引起幼儿注意。从创作技巧上讲，成人文学称之为铺垫，用在幼儿文学上能增强故事性，便于幼儿对故事理解，有审美情趣。"管家琪认为："幼儿文学作品逻辑性不可能很复杂，重复应该属于幼儿文学作品的形式上常见的。"

从这些言论可以看出，作家们对于婴幼儿文学中反复叙事的理解，主要是基于两个方面的考虑：一是婴幼儿的认知能力尚处于初始发展阶段，反复性表述有利于他们对作品的理解，激发他们接受文学的兴趣；二是反复性表述本身就是一种富有审美意味的艺术表现手法。

图画书《第五个》十分典型地体现了婴幼儿文学反复性的叙事特点。故事最初的画面为小读者展示的是，在昏暗的灯光下五个受伤的玩具坐在房间外的过道里。接着从打开的门里走出了一个瓢虫玩具，原来坐在最挨近房门位置上的企鹅走进了房间，其他四个玩具继续在座位上等候。与画面相配合的文字简约而又反复："门开了，出来一个。进去一个。还剩四个。门开了，出来一个。进去一个。还剩三个……"当最后一个木偶走进房间时，随着画面视角的转换，房间里的秘密才得以揭晓。原来这是一个给玩具看病的诊所，里面有一位态度和蔼的医生，正迎接走进诊室的玩具"病人"。小读者在这种带有反复性的叙述语言中，体验着故事可能的发展方向，猜度着那个房间里隐藏的秘密。

木子的童话《长腿七和短腿八》、林焕彰的儿童诗《小猫走路没有声音》、五味太郎的图画书《鳄鱼怕怕，牙医怕怕》等都体现了婴幼儿文学叙述语言的反复性。

五、丰富深刻的主题蕴含

婴幼儿处于生命发展的最初阶段，但我们不能将婴幼儿精神世界的所有方面都视作较为低级的、有待被超越的存在。婴幼儿在感性直觉、想象与幻想、好奇心与探索精神等方面有着成人所不及的优势，甚至在哲学这一被视为高度抽象化的领域中，儿童也有着自己独特的智慧表现。美国哲学教授马修斯在20世纪60年代就开始探讨"儿童哲学"的问题，他在1980年的著作《哲学与幼童》中就指出，儿童能够自然而然地提出问题，发表评价，甚至进行哲学家式的思考和推理。马修斯在书中举过这样的例子：4岁6个月的丹尼斯试图对爸爸詹姆斯解释，一个东西可以同时既在前面，又在后面。詹姆斯不能理解，于是丹尼斯在圆桌旁边给爸爸演示："假装我们现在绕着桌子一直走、一直走——现在你在前面，我在后面——然后我在前面，你在后面。"

基于这样的认识，我们就不难理解为什么中外优秀的婴幼儿文学在看似浅易的文本中隐含着丰富深邃的主题意义。儿童文学学者方卫平认为："在看似天真简单的故事中隐藏着深邃的意义，是幼儿文学最基本的艺术智慧之一。"他以苏联作家安德烈·乌萨丘夫的《大海的尽头在哪里?》为例，分析了幼儿文学以简驭繁、举重若轻的主题呈现方式。故事中，一只蚂蚁和一头大象来到了海边。他们对大海的另一端充满了好奇，看不见大海尽头的现实令他们十分伤心。这时一条金枪鱼游到了岸边，他不解地问他们为什么哭。

"大海的尽头看不见。"蚂蚁和大象回答道。

"怎么?"金枪鱼感到奇怪，"这难道不就是大海的尽头吗?我认为大海在这里正好到头了!"

"对呀!"蚂蚁兴高采烈地叫道，"乌啦，大象!我们见到大海的尽头了!"

"乌啦!"大象高兴地欢呼起来，并开始从棕榈树上下来。但他突然顺便思考了一下，问道："那么大海的开头又在哪里呢?"

"作品在充满童趣的故事中，发出了具有某种终极关怀意味的追问。而关于大海的尽头与开头的追问与转换，更隐含着一种关于追问与思考的智巧与吊诡，对于幼儿读者来说，能否领略和接收这种隐藏意义也许并不绝对重要，但是对于幼儿文学来说，具备这样一种气质却是绝对重要的。"①

在早期阅读的教育实践中，如何引导孩子接受主题蕴含丰富深刻的婴幼儿文学作品，一直是困扰父母和幼教工作者的一个难题。有人认为作品中的哲理性主题太过艰深，婴幼儿难以接受，因而会影响他们对阅读的兴趣。其实，这种担心是多余的，文学的接受未必都是一次性完成的，文学经典的一个显著特征，就是值得被读者反复阅读，这一点对于经典的婴幼儿文学也同样适用。年幼的孩子首先是被形象生动、妙趣横生的故事所吸引，但随着年龄的增长，童年愉悦的审美经验完全有可能吸引他们重新阅读这些作品，或唤起对故事内容的回忆，并结合自己的生活经验，生成对文本意义的深刻理解。《猜猜我有多爱你》《活了100万次的猫》《爱心树》《缺失的一角》等经典图画书的读者对象的年龄跨越度就很大，呈现出"老少咸宜"的特点。

我们还应看到，婴幼儿对作品主题内涵的接受与成人的讲述方式密切相关。有人曾经给五六个小、中班的幼儿园小朋友讲述图画书《你出生的那个晚上》，作品表达的主题意旨是：每个孩子都是独一无二的，都是上天赐予我们的珍贵而神圣的礼物。作者对生命奇迹的感叹，显然不是年幼孩子所能领悟的，故事的讲述者没有刻意向年幼的孩子解释这一切，而是略去诸如"生命因为有你而不同""你的名字充满了神奇的魔力"等较为抽象的表述。听故事的孩子们完全被充满想象力的画面所吸引，他们看到一个孩子生出来后，月亮都笑了，星星偷偷地钻出来想瞧瞧他；看到一个孩子的名字会随风而飘，飘过田野、海洋、树林；看到瓢虫和小鸟看到孩子笑容就不肯离去，所有的孩子都沉浸在阅读的欢愉中。讲述者向他们提问："你记得你出生的那个晚上发生了什么吗?"这个看似无厘头的问题，却激发了孩子超然的想象。有的孩子说："我出生的那个晚上很冷，很冷。"有的孩子说："我在妈妈肚子里的时候就知道要出生了。"有的孩子甚至说："我看到妈妈把我生出来了。"学龄前儿童的早期阅读，往往是通过成人、儿童与读物三者之间的互动交流来完成的，故事讲述者如果能够对文本内容做适当的增

① 方卫平．思想的边界．济南：明天出版社，2006：78.

删，把故事所呈现的美妙的想象世界与婴幼儿可能的生活经验加以恰当的联系，一些看似深奥的作品，也能被年幼的孩子以独特的方式所接受。

婴幼儿文学中的教育性主题也是一个值得关注的话题。受“文以载道”文化传统的影响，中国的不少婴幼儿文学作品过于凸显作品的道德教训意义，教师和父母也常常将孩子是否明白了一个生活的“道理”，作为早期阅读的功利性目标。某些故事的情节仅仅是教训意义的华丽包装，失去了文学的本体意义。此类缺乏美学内涵的糖衣药片式的作品，在当下学龄前教育课程以及婴幼儿读物市场中，依然占有相当的比例。优秀的婴幼儿文学并不排斥教育性的主题，关键在于作者是否有足够的文学智慧，将这一主题真正融汇于文本的美学肌理中。

善于讲故事是儿童文学作家不可或缺的一项本领，他们必须能够借助形象的故事与孩子们进行心灵的对话，以简洁朴素的文本形式巧妙地表达深层的教育性主题。苏联奥谢叶娃的《好事情》为我们提供了一个很好的范例。

早上，小尤拉醒了。他看看窗外，太阳照耀着，天气很好。于是小尤拉想：我今天一定要做点什么好事情才行。对，假使我妹妹掉进井里，我就奋不顾身地去救她……

“哥哥，今天天气真好，你陪我去玩好吗？”妹妹恰好走来了。

“去去！走开！别扰乱我想事情！”

妹妹受了委屈，抹着眼泪走开了。

尤拉又想：假使狼来抓奶奶，我就用猎枪打它！

奶奶恰好在叫他：“小尤拉乖乖，帮我把碗碟收拾一下。”

“你自己收吧，我在想好事情，没有工夫！”

奶奶摇摇头，进厨房去了。

尤拉接着往下想：假使哈巴狗掉进井里，我就冒着危险把它捞上来。

哈巴狗恰好来了，它摇摇尾巴：“请给我点水喝吧，尤拉！”

“滚开！别打搅我想好事情。”

哈巴狗讨了个没趣，夹着尾巴跑开了。

尤拉想了一阵，便来到妈妈身旁：“妈妈，我想做点好事情，可做什么好呢？”

妈妈抚摸着尤拉的头说：“跟妹妹去玩，帮奶奶把碗碟收拾好或者给哈巴狗喝些水。”

这个精致短小的故事所要表达的主题是——做好事要从身边的小事做起，但作者在文中并没有做直接的表述。故事中的小尤拉是一个彰显着童年生命活力的孩子，而不是承载主题意义的简单化符号，就连他身上的缺点都显得那么可爱、率真，充满了孩子所特有的奇幻色彩——营救掉进水井的妹妹和哈巴狗，用猎枪打死来抓奶奶的狼。这些不切实际的念头与现实的需要不断地发生着矛盾冲突，让他感到沮丧。作品所要表达的主题意义虽不着一字，却已尽在其间了。

思考与探索

1. 根据你的童年阅读记忆，结合本章所学理论知识，试分析某一本书或某篇故事的美学特征。

2. 通过图书馆或互联网，找到一篇你感兴趣的童话故事，谈一谈该故事体现了哪些儿童文学的美学特征。

3. 在本章中，我们讨论了婴幼儿文学的审美特征。你认为在幼儿文学中表现死亡等悲剧性的内容合适吗？请结合谢华的两篇童话对死亡的描写，谈一谈自己的观点。

《岩石上的小蝌蚪》是这样写小蝌蚪之死的：

快到中午了，太阳晒得好厉害！小水塘里的水给晒干了，岩石老公公难受极了，不停地叹气。小蝌蚪觉得像浑身着了火，一会儿，就什么也不知道了。

……

只有岩石老公公还记得两只可怜的小蝌蚪，它们已经变成了两个小黑点了，紧紧地贴在它的身上。它们在做梦呢，梦见漂亮的杯子，清清的泉水，绿色的水草，圆脸蛋的小哥哥。

《月光和麻雀》是这样写小麻雀被黑猫糊里糊涂地当作小老鼠吃掉的：

风来了，一些散落在地上的羽毛摇摇摆摆地飞了起来。这是小麻雀的羽毛呀！可现在，没有了小麻雀，它再也飞不高了，只低低地打了个旋子，就软软地飘落在空荡荡的平台上。

……

牛乳一样的月光又在林子里漫开了。很远很远的地方，有一支歌飘飘忽忽地响起：

一滴露珠，咿啦啦，
一片草叶，咿啦啦，
蓝天白云真漂亮啊，
咿啦啦，咿啦啦，
呼啦一下太阳跳出了山岗岗！

可是，在月光里出门的小麻雀，再也看不到太阳升起来了。

拓展学习书目

1. 孔起英．儿童审美心理研究．南京：江苏教育出版社，2004.
2. 姚全兴．儿童文艺心理学．重庆：重庆出版社，2007.

第四章 婴幼儿文学的功能

学习目标

1. 了解婴幼儿文学的功能；
2. 认识婴幼儿文学在学前教育中发挥的独特作用。

多媒体时代的童年生活置身于网络、电视、电影、广告等各种图像信息的包围中，儿童的生存状态、文学选择和消费方式发生了根本性的变化，他们对视觉媒介的依赖性较父辈要强得多，似乎更喜欢沉湎于由影像构成的审美幻想情境中，这种现象在幼儿期的孩子中也已十分常见。时代的变迁对婴幼儿文学发起了挑战，因而，如何在多媒体的文化环境中正确地认识婴幼儿文学的功能，发挥文学审美在童年成长中的正面作用，成为儿童文学面临的新课题。

第一节　营造温馨快乐的精神家园

一、创建文学游戏的家园

优秀的婴幼儿文学作品总是充满了儿童情趣，充满了快乐明朗的色调，这对天性快乐的儿童来说，增添了更多的生活乐趣，所以婴幼儿文学也被称为快乐的文学。婴幼儿文学又是充满爱心和温情的文学，孩子们一旦接触到它，便会感受到人间最真、最纯的爱。在快乐中成长，才有益于身心健康，有益于塑造乐观开朗的性格。

文学给孩子们的快乐，不同于孩子们玩玩具、做游戏时的快乐，它是以美的形态感化儿童，以富有内涵的意义影响孩子，满足孩子们强烈的求知欲、好奇心和游戏心理。否则，我们就难以理解孩子们沉迷于同一个故事、百听不厌的现象。我们曾在某早教中心观察两岁半的孩子接受金近的儿歌《大西瓜》时的表现。孩子们在老师的带领下，一边念着“大西瓜，圆又圆，切开就变两大碗。你吃一大碗，我吃一大碗，留下空碗当小船”，一边乐呵呵地扭动着屁股，挥动着小手做各种各样的动作，一副欢天喜地的模样，似乎真的刚尝过甜甜的大西瓜。

婴幼儿文学的快乐元素给孩子们营造了温馨的生活氛围，对儿童的心理成长起着重要作用。《0—3岁早期教育指南》提出，早期教育要“重视儿童的情感关怀，强调以亲为先，以情为主，尊重儿童的意愿，创设宽松、温馨的家庭式氛围，满足儿童成长的需求”。《3—6岁儿童学习与发展指南》也指出，“要创设一个能使幼儿感受到接纳、关爱和支持的良好环境，避免单一呆板的言语说教”。“幼儿阶段是儿童形成安全感和乐观态度的重要阶段。发育良好的身体、愉快的情绪、强健的体质、协调的动作、良好的生活习惯和基本生活能力是幼儿身心健康的重要标志，也是其他领域学习与发展的基础。”婴幼儿文学正是完成这种教育使命的最佳选择，因为婴幼儿文学是深入浅出的口头文学，是启蒙的文学，是快乐的文学，自然也是最美的文学，它是孩子们沉醉其间乐此不疲的精神家园。

婴幼儿文学给予孩子们快乐的情感体验，也有益于让幼儿充分感受到亲情的关爱，从而形成积极稳定的情绪状态和乐观开朗的性格。例如，幼儿故事《鸟树》，讲的是两位孩子在幼儿园里捡到一只受伤的小鸟，便悉心照料之。小鸟死后，他们将它埋在土里，并顺手在小坟上插根柳枝做记号。春天来了，柳枝长成一棵小树，引来许多小鸟栖息在上面，于是两个小孩高兴得四处报喜：鸟树长出小鸟来了！小鸟之死虽然带有悲剧色彩，但死去的小鸟又以树的果实的形态重获新生，则带有梦幻般的欢愉气息。

二、进行良好道德情感的熏陶

婴幼儿文学是孩子们认识社会、适应社会最直接的“教科书”，可促进他们实现从自然人到社会人的转变。例如，在黄云生的《咳嗽》中，蔚蔚因好玩而模仿奶奶咳嗽，待蔚蔚得了感冒真的咳嗽时，奶奶悉心照顾她，结果蔚蔚病好了，奶奶又咳嗽了。蔚蔚体贴地去帮奶奶拍背，意识到自己之前的举动很不尊重长辈。在马光复的《雪花飘》中，小雪发现妈妈对爷爷不太友善，要把妈妈给自己的围巾、笑脸和爱送给爷爷。这类作品从正面或侧面对婴幼儿进行有针对性的伦理品德教育，让他们在这些既生活化又艺术化的故事中找到自己的影子，不断地修正和完善自己的道德观。

优秀的婴幼儿文学作品总是能激发孩子们最为纯真的情感，作品中人物的善良品性也会对孩子产生潜移默化的作用，引导孩子学习如何处理人际关系，逐步形成对他人和自我的正确评价。例如，列夫·托尔斯泰的儿童故事《谢谢你》：

> 一个小男孩玩的时候，不小心打碎了一只漂亮的碗。谁也没有看见是他打碎的碗。爸爸回来，问道：“谁打碎的？”
>
> “我。”
>
> “谢谢你，因为你说了真话。”

小男孩因诚实而受到爸爸的表扬，爸爸的一句“谢谢”给孩子以莫大的鼓舞，一种朴素的美德从此在孩子心灵扎下了根。幼年的孩子可以从故事中体会“谢谢”的含义，明白诚实的意义。

婴幼儿文学对孩子的道德理念的影响，像雨露一样美美地浸润着孩子的心田。例如，散文诗《回家》：

风，就要刮，树叶妈妈放心不下娃娃，要是被风刮走就找不回家。妈妈，妈妈，您别牵挂，让我变只小船送落水的蜻蜓回家，它的妈妈一定也在盼它。雨，就要下，蜻蜓妈妈放心不下娃娃，要是被雨淋湿了翅膀就飞不回家。妈妈，妈妈，您别牵挂，让我变架飞机送迷路的蚂蚁回家，它的妈妈一定也在盼它……风，呼呼刮，雨，哗哗下，妈妈的娃娃都平安地回到了家。

作品以通畅浅丽的语言，把一片树叶、一只小蜻蜓乐于助人的情怀抒写得十分感人，在孩子幼小的心灵里夯筑起和谐人际关系的根基和道德标准。

正因为婴幼儿文学有着这样的特殊功能，所以能给孩子以美好的道德情感熏陶，培养孩子良好的人格。《狼来了》教孩子要诚实；《皇帝的新装》告诉了孩子做人不要爱慕虚荣，要讲真话；《乌鸦喝水》提醒孩子凡事都应多动脑筋，只要自己坚持不懈，就一定能获成功；《三只蝴蝶》则让孩子们懂得珍惜友谊、乐于助人是美好的事情。诸如此类的婴幼儿故事还有很多，它们所隐含的生活道理对儿童良好人格的形成发挥了重要的作用。

《幼儿园教育指导纲要(试行)》指出，幼儿社会态度和社会情感的培养尤应渗透在多种活动和一日生活的各个环节之中，要创设一个能使幼儿感受到接纳、关爱和支持的良好环境，避免单一呆板的言语说教。婴幼儿文学在孩子的一日活动中随时可以渗透其中，如参考《猴子捞月亮》《白雪公主》《月亮婆婆》等童话故事创设早教中心的环境，让孩子一进入早教中心就处于温馨、美丽的童话世界中。孩子们参加的各项活动，同样可以有婴儿文学相伴随，如摇篮曲、数数歌、游戏歌、童话故事等，都可以渗透到语言、运动、艺术等课程中，让孩子在美的熏陶中发展各种能力。

三、增加人际互动的机会

如何建立起正常的人际交往关系是个体成长面临的重要课题，是其最终实现社会化发展目标的重要方面。婴幼儿文学作品能为孩子创设温馨的人际环境，增进他们人际互动的自信心和热情，是孩子学习与人相处的好老师。

其一，文学作品本身有许多题材涉及此方面的内容，可以让孩子借此学会与他人相处。例如，苏联女作家奥谢叶娃的《蓝色的树叶》，写一位小女孩美术课上要画树，可是忘记带绿色的画笔。当她向同桌的小男孩借时，小男孩总是以“我还没有画完呢”“我怕你把笔尖弄断了”“你要注意，不要削，画的时候不要用力，不要画得太多”等为借口，舍不得将画笔借给小女孩。当小女孩用自己的蓝色画笔给叶子涂上蓝色而引起老师注意时，小男孩才似乎明白了什么。故事虽然短小，却给小读者以提醒，即当别人需要帮助时，应该伸出热情的双手真诚相助，这样才能获得同伴间的真诚友谊。又如故事《小碗》，从正面赞美了在少了一个饭碗的情况下，互相谦让的两个孩子，让小读者感受到了互让的美德。孩子在与同伴交往中由于缺乏经验，时常会产生矛盾，婴幼儿文学可以通过富有趣味和美感的方式为孩子们提供模仿和借鉴的对象。

其二，婴幼儿文学可增进孩子与成人之间的人际互动。亲子阅读本身就是一项重要的人际互动活动，阅读时与家长亲密的肢体接触可以让孩子体验到温暖和安全。家长和孩子一起朗读诗歌，阅读图画书，听讲故事，观赏动画片，其间的一种语调、一个动作、一种情绪、一种创意，都产生于孩子与成人积极互动的关系中，这种充满温馨和乐趣的互动关系也有益于儿童更好地理解文学作品。

第二节　给孩子人生之初必备的能力

一、阅读兴趣和习惯的培养

“早期阅读为人的一生奠定良好基础”的观念已成为一种国际共识。让幼儿通过图画书接受文学，进而培养阅读兴趣和阅读习惯，养成自主阅读的能力，已在世界各国学前教育界获得广泛认同。儿歌、幼儿童话、寓言、幼儿散文、幼儿生活故事等文体，都可借助图画书这一平台得以生动地展示。图像时代的到来为幼儿图像文化的发展提供了有利条件，也向幼儿文学提出了新挑战。人生的第一本书——儿童图画书——的价值与地位应当引起我们足够的关注。

早期阅读注重培养幼儿的阅读习惯和阅读兴趣。幼儿期是口头语言学习向书面语言学习过渡的重要时期，阅读可以让孩子获得前阅读、前书写、前识字的丰富经验，促进语言、思维、想象与个性的协同发展。幼儿的阅读习惯和阅读兴趣(包括喜欢看书，爱听成人朗读图画书，对文字有好奇感和探索愿望)越早形成，对以后自主阅读能力的发展越有利。早期阅读有助于提升幼儿对书面语言的敏感性，帮助幼儿认识语言符号和书面图案的对应关系。此外，早期阅读还可以促进幼儿神经系统发育，开启智慧，丰富知识，发展良好的个性。

二、想象力和创造力的培养

幼儿尚处于自我中心的思维发展阶段，面对变化莫测的大千世界，他们常常表现出物我不分的心智特点。在他们的想象世界中，溪水与他们嬉戏，花儿为他们开放，动物和他们交友，鸟儿为他们歌唱。当作家把儿童的这种想象在作品中加以重现时，万物都显出了灵性，世界也变得那样神奇：七色花可变出如愿的东西(卡达耶《七色花》)；知恩图报的小金鱼一次次满足老渔翁的要求，并惩罚了贪婪的老太婆(普希金《渔夫和金鱼的故事》)。这一切充分表现了儿童文学作品想象的奇异之美，对幼儿想象力的培养有着极为重要的意义。

在教学中我们发现，幼儿文学能够有效地激发孩子的创造力。例如，《神奇的蓝色水桶》：

宝宝有一只蓝色小水桶，在宝宝的一次次心念中变成了洗脚的大水桶、洗澡的大澡盆、有小鱼嬉戏的小河、有许多鲨鱼的大海，当宝宝在大海中逃避鲨鱼的追击时，大海决堤了，蓝色的大海变回了蓝色的小水桶。

孩子们听完故事后非常兴奋，不少孩子说："这桶真好玩，我们也要变一个。"他们用绳子、纸棒、橡皮筋、旧挂历等材料动手制作，嘴里还念叨着"变变变，变成×××"，几个小朋友合作把这些材料变成小水桶、大水桶、大澡盆、小河、大海等。他们在变出的水桶里洗脚，在变出的盆里洗澡，在变出的小河里和小鱼一同躲避鲨鱼的追杀……幼儿在整个游戏中忘我地演绎着生活的情景，其间的言语交流虽不多，但却能在充满乐趣的"变"中，更为深入地理解作品，体验创造的快乐。

喜欢听故事的孩子有较强的创编能力，在某些场合甚至有脱口而出的表现，进入小学后，他们在口头作文、戏剧表演等方面也呈现出较为明显的优势。

三、获得替代性经验

学龄前儿童的活动空间有限，生活经验和知识积累相对不足，对事物的感知局限于表面层次，优秀的幼儿文学能够为孩子们打开一扇通向世界的窗口，引导幼儿更为真切地认知事物，理解生活。

童话《借你一把伞》讲述的是小姑娘娜娜在雨中得到小动物们热情帮助的故事，小读者在体验故事情节的过程中，同时也对各种动物的特征、物体的大小关系以及数序排列等知识有了直观的认知。孩子读了幼儿散文《收集东收集西》，会得知妈妈为孩子所付出的艰辛，也可以了解到各种事物的归类特点。当孩子随着图画书《猫和猫头鹰》去"旅行"时，会欣赏到加勒比海的迷人风光，对那里的地理环境、风土人情等也会有所了解。《风到哪里去了》充满了优美意境的画面，会引起孩子们好奇地发问："为什么白天过去是黑夜，黑夜过去又是白天？""云在天上飘，它们要飘到哪里去？""风停下来的时候，风到哪里去了？"幼儿文学在美感的传递中诠释着科学，帮助孩子了解社会人生，满足孩子的好奇心和求知欲。

四、促进语言能力的发展

幼儿期是语言发展的关键期，生动形象的幼儿文学无疑是幼儿学习语言的好材料。语言表达能力体现了一个人的综合素质，作为浅语艺术的幼儿文学，既是培养幼儿综合素质的重要精神食粮，又对幼儿的语言发展有着积极的影响。这主要表现在以下三方面。

(一)培养幼儿善于倾听的良好习惯和能力

幼儿接受文学的方式主要是通过听觉。人们在日常交际中有一半的时间是在听，良好的倾听习惯和能力是实现良性人际交流的重要基础。学会倾听、善于倾听是幼儿成长的重要内容，是他们语言发展的重要环节。

幼儿文学在培养倾听能力上有着独特的优势。篇幅较短的幼儿文学作品，尤其适合有意注意持续时间较短的年幼孩子，故事的趣味性对幼儿有着天然的吸引力。幼儿总是在强烈的审美期待中倾听，由此引发的提问以及与讲述者之间的言语交流，都能使他们的倾听能力得以培养。

(二)为幼儿语言习得提供蓝本

幼儿文学语言优美浅显、准确规范、丰富生动。成人的诵读和讲述，可以将优美和谐的音律、趣味盎然的情节、意境优美的画面呈现给孩子，让幼儿在美感的熏陶中习得语言。张国南的幼儿诗《春天是这样来的》：

叮咚叮咚，
小溪试了试清脆的嗓子，
啊！春天是唱着歌来的！

呼啦呼啦，
柳枝弯弯柔软的腰，
啊，春天是跳着舞来的！

哔剥哔剥，
春笋在泥土里快乐地拔节，
啊，春天是放着鞭炮来的！

诗歌的语言简洁明白，自然流畅，音韵有致，生动描绘出清新绚丽的春天美景。幼儿可以声情并茂地诵读，也可以根据诗歌的语言和结构特点进行仿编。通过欣赏诵读，幼儿丰富了词汇；通过仿编，幼儿获得了表达自然之美的言语经验。“淅沥淅沥，小雨轻柔地飘着细发，啊，春天是悄悄地来的！”“咪波咪波，桃花张开粉红的小嘴，啊，春天是化了淡妆来的！”从这些孩子们编创的“作品”中，我们可以感受到幼儿文学对语言习得的重要意义。

(三)激发幼儿学习语言的热情

快乐优美的幼儿文学能激发幼儿学习语言的热情。孩子们乐于模仿柯岩《坐火车》中的拟声词，也喜欢把包蕾的《猪八戒吃西瓜》中个性化的角色语言表现得惟妙惟肖。言语的创造给他们带来了无限的乐趣，在幼儿园的区域活动中他们喜欢和小朋友分享他们的表演，还乐于回家后表演给父母看。快活的文学活动激发了幼儿的语言表现力，帮助幼儿有效地进行口语交往，提高了幼儿在公众面前说话的心理素质。

五、审美能力的培养

审美能力对学前期儿童完美型人格的塑造有着重要的意义。艺术审美是一项富含情感因素的心灵活动，可以使当下与未来、有限与无限、理智与情感得以沟通融合。优秀的幼儿文学以其特有的情趣、富含感性力的语言，给孩子以美的熏陶。俄罗斯作家阿肯姆的《给你写信》这样写道：

我往信封里装一张纸，
信纸上什么字也没有写。
信纸里只包一片柳叶，

能让你闻到春天的气息。

写上你的地址，
写上你的姓名，
找到那绿色的邮筒，
我邮出了我的信。

你收到我的信，
你会打心坎里高兴，
一个朋友惦念着一个朋友，
这是人世间最美好的事情。

你一定会立刻给我回信！
你也不用写什么，不用写信，
就往信纸里包一片羽毛，
我一拆信就能听到鸟雀的欢叫声。

诗歌看似朴素平常的意象深藏着奇巧和意蕴，以及对朋友的关爱与忠诚。诗中“一个朋友惦念着一个朋友”，没有其他物质化的交流，只是在“信纸里只包一片柳叶，能让你闻到春天的气息”。请朋友立刻给我回信，也只求朋友往信纸里包一片羽毛，让我“一拆信就能听到鸟雀的欢叫声”。幼儿会跟随这样美的诗句展开想象的翅膀，去感受来自大自然的美妙声音，去体会朋友之间的美好友情。

当文学教育与美育结合时，幼儿能够在审美接受的基础上进入创造美的活动。林武宪的儿童诗《阳光》这样写道：“阳光，在窗上爬着，阳光，在花上笑着，阳光，在溪上跳着，阳光，在妈妈眼里亮着。”孩子们在学习这首诗歌后，在老师的指导下创作出这样的诗句：“阳光在呼啦圈上转着，阳光在蝴蝶翅膀上飞着，阳光在我们脸上笑着，阳光在老师的眼里亮着。”孩子们能够把从诗歌中获得的审美经验用于观察自然，使他们对自然美有更敏感、更深刻的体验，而大自然的神奇又成为他们艺术创造的丰富源泉。幼儿园的文学教育让孩子们经历了“欣赏—理解—创造”的过程，幼儿文学让幼儿感受美、体验美、理解美，进而创造美，幼儿文学的审美教育价值是其他艺术形式所无法取代的。

第三节　维护婴幼儿的心理健康

保护儿童的生命和促进儿童的健康是学前教育工作的首要任务。我们要在重视幼儿身体健康的同时，高度重视幼儿的心理健康。婴幼儿文学就是维护婴幼儿心理健康的好帮手。

一、调节情绪

情绪调节能力包含两层意思：一是指根据场合个体对情绪的表达方式、情绪反应的状态进行调整和控制；二是指对蕴涵在个体内的情绪发生过程、表现在外的行为方式，以及同社会的相互作用这三者进行调整和控制。孩子常常以真实而强烈的情绪支配自己的行为。一件成年人看起来微不足道的小事，有时会引起孩子十分强烈的情绪波动，并通过肢体动作、面部表情和言语声调表现出来。与成年人相同，孩子的情绪也有消极与积极之分，心理学认为婴幼儿的情绪发展经历了一个不断分化的过程，从最初的愉快、不愉快的两个极端，逐渐分化出更为细腻的情绪反应。愉快的情绪分化为喜欢、好奇等，不愉快的情绪分化为愤怒、厌恶、害怕等。2—3 岁的幼儿的情绪发展几乎与成年人相当，快乐、愤怒、悲哀、恐惧、好奇、嫉妒、害羞等情绪反应基本上都已具备。

年龄越小的孩子情绪自控能力越低，越容易受外界环境因素的影响。3 岁以下婴幼儿的情绪就呈现出冲动性与易感性强的特点，时而大哭大闹，时而又破涕为笑。富有美感的婴幼儿文学可以帮助这个年龄阶段的孩子提高情绪调节能力。婴幼儿童话中的情节对孩子有着特殊的吸引力，有利于他们从中获取面对困难的心理力量，有的孩子听过《勇敢的小兔》的故事，摔倒时会喃喃自语地说：“我是勇敢的小兔，我不哭。”3 岁左右开始幼儿园集体生活的幼儿，也会出现情绪上的不稳定，如果能在教师和家长的指导下欣赏《快乐的幼儿园》这样的图画书，就能减轻因与亲人暂时分离而产生的焦虑情绪。

下面以《菲菲生气了》为例，谈一谈图画书如何帮助五六岁的孩子获得调整和控制情绪的经验。该书讲的是小姑娘菲菲因与弟弟抢玩具而愤怒不已，跑到外边不回家。她独自经过一片草地和树林来到海边，望着美丽的大海，她觉得不应为一件小事而与弟弟闹得不开心。最后，她迈着轻快的步伐回到了温馨的家，重新与弟弟开心地玩起了游戏。这个故事为孩子提供了情绪管理的间接经验，它提醒孩子，不开心的时候可以离开不开心的地方，去接触美好的事物。图画书通过视觉形象，加之成人与儿童一起阅读时声音和表演行为的有效介入，实现了认同、释放情绪和领悟三个过程，让孩子获得平静与慰藉，发挥了图书的“治疗”作用。

婴幼儿文学的内容贴近孩子的生活，生动幽默、形象具体的故事情节中贯穿着人物情绪转换的过程，可以给孩子提供情绪调节的引领。童话故事《滴答雨》讲的是小老鼠、小乌龟和小鸭子在草地上捉迷藏，这时突然下起了大雨，游戏被迫中断。动物们感到沮丧，但他们从山洞里的“滴答雨”获得灵感，于是，在地上挖坑接水建起了“游泳池”，高兴地玩了起来，并为自己的创造感到自豪。故事中的角色经历了从沮丧到高兴的情绪变化过程，善于动脑筋解决问题在这一过程中发挥了关键作用，这对年幼的孩子有着很好的心理暗示作用。

相关研究显示，接受文学熏陶有助于增强孩子的情绪自我调节能力。具体表现为稳定情绪状态的持续时间延长，不良的冲动性情绪反应减少，受环境影响的程度降低。婴幼儿文学独特的心理抚慰功能，值得教师和家长们珍视。

二、养成同理心

同理心就是站在对方立场上设身处地面对问题的一种思考方式，也可以称为换位思考。同理心是情商的重要构成要素，养成同理心是促进婴幼儿情商发展的重要内容。优秀的婴幼儿文学在提升孩子的情商素质，培养他们学会做人、学会学习、学会生存等方面，发挥着十分独特的作用。金波的《老爷爷和小娃娃》这样写道：

一个小娃娃，摔了一跤，老爷爷扶他起来，连连说：别哭啊，别哭啊！一个老爷爷，摔了一跤，小娃娃扶他起来，连连说：别哭啊，别哭啊！他们俩，都笑了！忘了谁是老爷爷，谁是小娃娃。

在这首小诗中，老爷爷扶起摔了跤的小娃娃是生活的常态，而随后小娃娃也扶起了摔了跤的老爷爷，他们都安慰对方“别哭啊，别哭啊”。在角色的互换中，故事既传达了两代人之间的至真情感，又隐含了换位思考的寓意，有助于帮助孩子通过审美体验获得人生经验。

图画书《借你一把伞》通过小动物为小女孩送伞的情景（尽管小动物送的伞都太小）渲染了温情与友谊，让孩子感受到帮助别人的快乐。特别是图画书的最后一页，动物们一边打着伞一边问：“还有谁没有伞？”把为别人着想的情景渲染得十分感人。美国作家李奥尼的经典图画书《小蓝和小黄》中，故事的角色只是蓝和黄两个色块，却巧妙地向孩子们传达了人与人之间沟通的重要性，让孩子们认识到每种颜色都有各自的价值，懂得伙伴之间相互包容、相互接纳的意义。

学习如何与弱者相处，也是婴幼儿情商发展的重要内容。现代都市儿童大多生活在长辈的重重呵护下，优越的物质生活条件使他们对身心存在缺陷的孩子缺少同情心。帮助正常孩子养成接纳、关爱弱者的心态，是人生之初的重要一课。婴幼儿文学中的此类题材，或是表现身体残疾、精神乐观向上孩子的可爱之处（如《我的姐姐不一样》）；或是通过反映困难群体的真实生活情景，引导小读者进行换位思考。珍妮·威利斯与汤尼·罗斯合作的《珊珊》中，作者试图引发小读者做这样的思考：“假如你的健康生命遭到了毁坏，你该怎么办？”此类题材整体格调上虽显得有些沉重，却也是幼儿文学所不可或缺的。

三、积极的行为选择

文学是婴幼儿了解自身以外世界的窗口，也是他们形成积极自我评价的重要渠道，“怎么做才对”的行为意识是婴幼儿身心成长过程中的重要环节。优秀的文学作品可帮助孩子勇于面对环境的压力，通过别人的行为观照自身，在与环境的互动中建立起积极的自我形象，养成良好的行为准则。圣野的儿童诗《雷公公和啄木鸟》就是有助于幼儿选择积极行为方式的一个范例。

我装雷公公，
“轰轰轰！”

去敲奶奶的门。
敲了老半天，
敲得越是响呀，
里面越是没声音。
我装啄木鸟，
“笃笃笃！”
请奶奶给我开开门。
奶奶奔出来，
像闪电一样，
欢欢喜喜打开门。

诗中的“我”是一个喜欢自我扮演各种自然角色的天真孩子，他先后以“雷公公”和“啄木鸟”两种方式敲门，获得了两种截然不同的结果。诗歌避免了生硬的说教，而是以年幼儿童乐于接受的游戏情境，让孩子对敲门的文明行为有了直观而快乐的认知。

人类自出生起就面临着行为选择，从远古的民间故事到当代小说以不同的方式呈现着社会共同的道德准则，潜移默化地影响着人们的行为方式。有一则民间传说，说的是印度人为捕捉猴子制作了一种木笼，笼中放着食物，猴子伸手抓取食物后抽不回手，除非再把食物放下。但猴子不肯放手，于是始终得不到食物。这个故事关于“放下”的智慧，对幼儿有着某种启迪作用。普希金在童话诗《渔夫和金鱼》中讲述的故事家喻户晓，贪得无厌的老太婆最终落得个一无所获的下场，它启示小读者凡事总有限度，一旦过度必受惩罚。这是朴素的人生哲学，也是自然界诸多事物的规律。

优秀婴幼儿文学作品总是力求让孩子在作品中时常看到自己生活的影子，进而从作品中获得应对环境的精神力量。张秋生的《给狗熊奶奶读信》写的是狗熊奶奶接到远方的小孙子的信，请河马先生和夜莺姑娘给她读信的故事。事情虽小却让小读者懂得，同样一句话，用不一样的声音来传达，会有完全不同的效果：

当河马张开大嘴，高声地读了一句“奶奶您好！”时，狗熊奶奶就不那么高兴了：“他是这样粗声粗气地称呼我吗？连‘亲爱的’也不加。这个没礼貌、不懂事的小东西！”

当信中说到他想吃奶奶做的甜饼时，狗熊奶奶更不高兴了：

“他就这样用命令的口气，叫我给他捎甜饼吗？这办不到！”

狗熊奶奶气鼓鼓地从河马先生手中拿回信，步履蹒跚地回家了。

走在半路上，她越来越想小孙子了。正巧，夜莺姑娘在树上唱歌。她请夜莺姑娘把信再读一遍。

夜莺姑娘喝了点露水，润润嗓子。当她念了第一句“奶奶，您好！”时，狗熊奶奶听了浑身舒服：“小孙孙你好！虽然你没用‘亲爱的’，可是我从语气中听出来了，这比加‘亲爱的’还要亲爱……”

当念到小孙孙想吃奶奶做的甜饼时，狗熊奶奶的眼眶湿润了：“这多好，我可爱的小孙子，他没忘记我，连我做的蜂蜜甜饼也没忘记，他是一个有良心的孩子……”

狗熊奶奶乐呵呵地从夜莺姑娘手中接回了信，迈着轻快的步子，回家给小孙子做甜饼去了。

童话故事让孩子认识到，声音在传递消息的同时还传递着情感，不一样的声音代表着不同的情感态度，尝试用甜美的声音和真诚的态度与人交往就能把事情做好。

行为选择是孩子学会做人做事的重要一环，孩子在人生路上若有优秀的文学作品相伴，就能更好地学会如何善待他人与自我，善待自然与社会，为幸福的一生奠定美好的人性基础。

思考与探索

1. 婴幼儿文学与成人文学在功能上有何区别？试用一两个例子来说明。

2. 以一两篇作品为例，谈谈你对婴幼儿文学维护婴幼儿的心理健康功能的认识。

3. 深入早教中心或幼儿园与教师访谈，了解当今社会(家长)以及幼儿园对婴幼儿文学的需求情况。

4. 结合个人的成长过程，谈谈儿童文学对自己的影响。

第五章

婴幼儿文学与学前教师

学习目标

1. 知道学前教师应具备的儿童文学素养；
2. 能发现自己在儿童文学素养上的不足，愿意不断提升个人文学素养；
3. 了解儿童文学对培养学前教师儿童文学素养的作用，激发学习儿童文学的兴趣。

第一节　学前教师的儿童文学素养

婴幼儿尚不具备独立的阅读能力，他们对文学的接受需要借助成人的帮助。学前教师承担了为婴幼儿选择阅读材料、讲读文本、引导理解、尝试创造等教育任务，这就对学前教师的儿童文学素养提出了相应的要求。

一种素养的形成有赖于经常性的积累研习，学前教师的儿童文学素养也是在长期阅读婴幼儿文学作品，研习婴幼儿文学理论的过程中逐渐养成的。但由于儿童文学长期以来在教师教育体制中没有受到应有重视，学前教师儿童文学的素养无法达到应有的水准。其主要的缺失表现为：缺乏足够的儿童文学阅读积累和必要的文学鉴赏能力；教学或过度强调文学性，或过度强调教育性，缺乏将两者有机整合的能力；朗读、讲述、表演儿童文学作品的技能存在不足；根据教学活动的需要对原作进行再加工的能力较弱；儿童本位意识较为淡薄等。

学前教师儿童文学素养的现状显然与学前教育改革的要求不相符。《幼儿园教育指导纲要（试行）》（以下统称《纲要》）指出："要引导幼儿接触优秀的儿童文学作品，使之感受到语言的丰富和优美，并通过多种活动帮助幼儿加深对作品的体验和理解。"《3－6岁儿童学习与发展指南》（以下统称《指南》）也指出："为幼儿提供丰富、适宜的低幼读物，经常和幼儿一起看图书、讲故事，丰富其语言表达能力，培养阅读兴趣和良好的阅读习惯，进一步拓展学习经验。”为了实现《纲要》《指南》的目标，就要求学前教师具备一定的儿童文学素养。我们可以从以下几个方面来理解学前教师的儿童文学素养。

一、培养自身阅读行为习惯，形成符合时代精神的儿童文学观

广泛而深入的儿童文学阅读是学前教师的一项基本职业素质，它对早期阅读教育的成效产生深远的影响。幼儿阅读习惯的养成是一个长期渐进的过程，这一过程除了来自成人的引导与监督，成人尤其教师的阅读行为也会对孩子的阅读倾向产生潜移默化的影响。一个爱书的老师办公桌上陈列着许多书籍，孩子们就会觉得身边有书是一件正常的事；一个乐于阅读的老师有许多新鲜有趣的故事可以和孩子们分享，孩子们在佩服老师的同时，也渴望着自己能像老师一样从书中获得快乐；一个有良好阅读行为的老师也会将自己的阅读经验渗透到教学活动中去，生成个性化的教学方案。广泛而深入的阅读还可以让教师关注婴幼儿文学最新的创作成果，使自己的教学行为富有时代气息。

广泛而深入的儿童文学阅读有助于教师形成符合时代精神的儿童文学观。儿童文学观是指成人如何看待儿童文学，以及如何对待婴幼儿阅读儿童文学的基本观念，教师的儿童文学观将影响他们文学教育活动的价值取向。符合时代精神的儿童文学观应综合关注儿童文学的文学审美性、教育性与娱乐性，任何一方面的缺失都将大大削弱文学作品的价值。

二、掌握必备的幼儿文学知识，培养文学审美鉴别能力

学前教师不但要有丰富的文本阅读积累，还需要对儿童文学的学科知识有较为系统的掌握。学前教师应具备的幼儿文学综合性知识包括：幼儿文学产生的历史背景；幼儿文学与童年精神成长的关系；幼儿文学区别于其他文学门类的基本特征；幼儿文学读者、作者的特殊性；幼儿文学的教育功能及其在教育实践中的应用等。在掌握幼儿文学基本知识的基础上，能够多维度地鉴赏各种文体的幼儿文学作品，将优秀的幼儿文学转化为教育教学资源，是学前教师一项最为基本的职业能力。这一能力基于文学审美，又以教育为旨归。

幼儿文学在美学上具有纯真、稚拙、欢愉等特性，在语言修辞上常常运用韵脚、双声、叠韵、连锁等手法，在叙事结构上具有线性、反复、回环等特征。学前教师通过系统的课程学习，应具备运用这些文学知识进行文本分析，较为准确地把握文本的审美特点与意义内涵。

三、关注幼儿生活，以儿童视角解读文学作品

婴幼儿文学所反映的生活内容、所表现的内心体验都与现实的童年生活有着密切的关联。丰富而张扬的想象是童年生命的一大特征，优秀的婴幼儿文学总是充满想象的张力，优秀的婴幼儿文学作家总能以儿童的视角看世界，用儿童的语言叙事抒情。作为婴幼儿文学的领路人，学前教师必须准确地把握儿童的阅读心理，学会以孩子的眼光来解读文本，站在幼儿的心理视角上，与幼儿一起全身心投入到或虚或实的故事情境中，才能在教学活动中与孩子一起进入物我交融的想象世界，建立起教师、孩子、

文本之间的和谐对话关系。

四、对幼儿文学进行再加工，使之转化为有效的教育资源

幼儿的发展具有一定的独特性与差异性，为提供适宜不同需求幼儿的文学作品，要求学前教师具备一定的文学再加工能力。

《一千零一夜》《西游记》等经典作品最初并不是为儿童创作的，宏大的篇幅中也并不是每一部分的内容都适合幼儿接受。虽然现在出版了很多名著改写本，但编著者选取的视角与实际的教学需求之间还有一定的差距，这就需要学前教师基于自身教学活动的实际情况，参照有关的改编本对原作进行必要的改编，以符合现实读者的接受水平。戏剧活动也是幼儿园教学常见的形式，除了现成的幼儿戏剧剧本可资利用外，如果还能将童话、故事乃至诗歌、散文等用戏剧活动的形式加以表现，就能极大丰富幼儿园文学教育的内容，也有助于幼儿通过更为直观的艺术形式来把握文学作品。戏剧活动要求语言口语化、场景集中化，这都需要教师对原作进行合理的艺术再加工。

对幼儿文学作品的再加工还体现在师幼共同参与对文本进行创造性改编。《指南》指出："要在阅读中发展幼儿的想象和创造能力。如：鼓励幼儿依据画面线索讲述故事，大胆推测、想象故事情节的发展，改编故事部分情节或续编故事结尾。鼓励幼儿用故事表演、绘画等不同的方式表达自己对图书和故事的理解。鼓励和支持幼儿自编故事，并为自编的故事配上图画，制成图画书。"这些活动都需要教师有较好的幼儿文学理解力，以及一定的文学表现力和创造力，这样才能给予孩子积极的引导与帮助。

幼儿教师文学创编能力的形成不仅有赖于汲取优秀幼儿文学作品中的艺术养分，还应该善于从幼儿的日常语言表达中发现灵感。人们常说"孩子是天生的艺术家"，幼儿的日常表达有时会不经意流露出诗意的色彩来。这些源自幼儿自然状态下的言语创造，是学前教师进行文学创编的鲜活素材。例如，一个小朋友在吃点心时，玉米粒总是从勺子里滑落到桌上。他好奇地问老师："老师，玉米是不是很怕疼。它害怕我把它吃了？一直从勺子里跑出来。"这是一则采集自幼儿园现场的实例，教师如果有较好的儿童文学素养，就能从中发掘出文学创作的素材来。

五、通过丰富的形式呈现幼儿文学的独特魅力

幼儿对文学的接受主要通过成人有声语言的讲述，讲述者的音容笑貌、肢体动作都会对接受过程产生重要的影响，带表演性质的故事讲述能够充分激发幼儿对文学的兴趣，也有助于他们更好地理解作品的内容，这就对学前教师的艺术化讲述技巧提出了较高要求。

蔡淑媖在《说故事也是一种表演》一文中强调，面对听故事的人，当我们努力地用声音把装在头脑里的那个故事说出来时，为了把故事说得好听，我们可以运用声音、肢体、表情、场景音效、辅助材料来搭配故事内容。此外，通过有效组织开展艺术、社会、科学等整合性活动，也能充分挖掘文学的内在魅力。

第二节 儿童文学对学前教师专业成长的作用

中外优秀的儿童文学作品不仅在儿童的精神成长中发挥着不可替代的作用，对学前教师的专业成长的价值和作用也不容低估。良好的儿童文学素养是教师从事学前儿童文学教育与早期阅读指导的必备前提，同时也有助于教师建构儿童本位意识，涵养人文情怀，提升个人的审美情趣与文化品味。

一、有助于构建学前教师的儿童本位精神

《幼儿园教师专业标准》基本理念的第一条就体现了“幼儿为本”的精神：“以幼儿为本就是要尊重幼儿权益，以幼儿为主体，充分调动和发挥幼儿的主动性；遵循幼儿身心发展特点和保教活动规律，提供适合的教育，保障幼儿快乐健康成长。”中外儿童文学发展史实际上就是人类对儿童认识的演变史，儿童文学的学习能帮助学前教师以更感性、更直观、更具体的方式体验童年，认识儿童，关爱儿童。

(一)以形象的方式认知儿童

人类对儿童的认识经历了一个漫长的历程，从古代的“小大人说”“原罪说”“宗教等级论”“性本善恶论”，到近现代的洛克“白板说”、卢梭的“自然说”、蒙台梭利的“儿童中心论”，以及皮亚杰、维果茨基、杜威、陈鹤琴、张雪门等中外著名儿童教育家的各种儿童观，人们逐步认识到：“儿童是独立的个体，是具有独特性与差异性的个体，是整体发展的个体。”对儿童的认识当然可以基于教育学、心理学的理论思辨和实证研究，而儿童文学则为我们开拓了一个通过文学形象认识童年的独特渠道。

在管用和的幼儿散文《星星》中，我们透过那个将萤火虫粘在额头上，让妈妈猜她是谁的小女孩，看到了孩子天真烂漫的心灵特质，以及自由想象的心理特点；在谢采筏的《植物小诗》中，透过孩子对植物的认识，我们看到了孩子们对大自然的热爱与好奇，以及具象化的认知特点；在望安的《今天我很忙》中，透过那个忙碌的孩子，我们看到了孩子们对社会交往的渴望，对成人的崇敬，以及力图模仿成人的认真与执着。

随着年龄的增长，童年的梦幻色彩在我们的生活中渐行渐远，儿时的纯真记忆被庸常的生活逼仄得无处容身。失去对童年的本真生命体验，对于一般的人来说只是一种人生的缺憾，而对于以幼儿为教育对象的教师来说，则意味着失却了职业最基本的精神底蕴，使他们难以体悟到自己所从事的教育工作的价值。儿童文学不但是孩子的审美接受对象，也是学前教师建构自己童年观的重要精神资源。

(二)了解童年成长面临的困境

儿童文学所展示的童年生命状态是丰富而多元的，它不但表现童年生活的天真、浪漫与快乐，也呈现儿童必须面对的孤单、恐惧、害怕、无助、无辜等精神困境。约翰·伯宁罕的图画书《莎莉，离水远一点》，描写了到海边的小莎莉，因为爸妈的束缚，只能在假想中的大海里嬉戏的情景。悠闲躺在躺椅上晒着太阳的父母与被大人严厉控制的小莎莉形成了强烈的对照，读者从那些热闹的假想场景中读出了小莎莉内心的渴

望、无助与孤单。与那些无法看到大海的孩子相比，小莎莉的物质生活显然是富足的，但大海近在咫尺却不能投身其间，让我们看到因成人的自大导致的童年成长困境是多么普遍的现象，这对于学前教师反思自己的教育言行无疑是深具意义的。

(三)以宽容的心态接纳儿童

成长总是与犯错相随，孩子是在试错的过程中累积与周遭的人、事、物打交道的经验。如何以正确的态度对待幼儿的犯错行为，怎样包容孩子可以原谅的淘气行为，是学前教师的一项基本职业素质。大卫·香农的《大卫，不可以》向我们描绘了一个不断制造麻烦的顽童形象，他爬高、挖鼻孔、挑食、裸奔、玩弄食物、模仿超人、在墙壁上乱写乱画、把浴室变成一个沼泽地、头戴铁锅敲得叮当乱响。从成人的视角来看，这样的孩子没有一点可爱之处。但世界上又有哪一个孩子不渴望像大卫一样将生活中的一切变成随心所欲的游戏呢？与大卫的恶作剧相伴随的是妈妈不断的呵斥声：“大卫，不可以！”作者不单是让孩子透过大卫看到他们自己的影子，也让每一个大人看到了自己的童年时代。几乎所有的孩子都是在家长“不可以！不可以！”的管教声中长大的。如果仅仅是展现孩子的顽皮和妈妈的斥责，这本书就没有资格跻身经典。图画书的最后一页展示的是一幅非常具有视觉冲击的温馨画面：大卫被妈妈紧紧地搂在怀里，幸福地闭上了眼睛，妈妈一句“大卫乖，我爱你”化解了大卫所有的眼泪和委屈。一场童年的恶作剧在一个充满爱意的动作里得以收场。画面刻意没有表现妈妈的脸部表情，而是让读者自由想象那一张脸上的爱怜是怎样的感人。

优秀的儿童文学作品能够让我们真切地理解孩子令人头疼的言行背后隐含着的童年生命活力，以及孩子对自由的渴望。基于此我们才可能以宽容之心对待孩子，接纳他们成长中的过失与任性。

二、有助于提升学前教师的文化品味与审美情趣

狭义来说，文化指社会的意识形态以及与之相适应的制度和组织机构。文化品味则是对普遍文化、高级文化和文化话语在内的一个整体同时吸收、判断、选择、鉴赏和运用，最后形成个体的一种综合性的文化知识、素养和情怀。审美情趣是以个人爱好的方式表现出来的审美倾向性，审美情趣来源于人的审美理想，审美情趣又决定着人的审美标准。

儿童文学虽然是为儿童服务的文学，但中外优秀的儿童文学在呈现童年生活面貌的同时，也传递着丰富的社会文化信息，承载着人类文化的精髓。不论是儿童文学作品所拥有押韵、排比、对仗、双声、叠韵等语音修辞构成的声音效果，还是儿童文学图画书所拥有的色彩美、线条美与结构美，或是婴幼儿文学所传达出的与幼儿生活密切相关的稚情稚趣和生活领悟，无一不闪耀着婴幼儿文学特有的美丽，等待着读者的发现。通过对儿童文学的阅读积累与理论习得，可以提升学前教师多维度把握文本的能力，使他们能根据教育对象的接受水平，恰当地开展教学活动。

三、有助于提升学前教师的道德修养与人文情怀

道德修养是人们为实现一定的道德理想而对自己的品行进行锤炼和陶冶的功夫，是个人在道德上的自我修炼，以及由此达到的道德水平和道德境界。师德为先是《幼儿

园教师专业标准》的基本理念之一："学前教师应热爱学前教育事业，具有职业理想，践行社会主义核心价值体系，履行教师职业道德规范；具有良好职业道德修养，为人师表。富有爱心、责任心、耐心和细心；乐观向上、热情开朗，有亲和力；善于自我调节情绪，保持平和心态；勤于学习，不断进取；衣着整洁得体，语言规范健康，举止文明礼貌。"儿童文学的诗情画意、奇丽幻想与爱意表达，客观上发挥了对读者尤其是成人读者的道德熏陶作用。格林兄弟在解释《儿童和家庭童话》的书名时说："这些给儿童的故事能以它们的纯洁和温柔去唤起孩子对生活的向往，在人生之初就培养起一种美好的思想和感情。"这不仅适用于接受教育的孩子，也同样适用于从事教育工作的教师。

新美南吉的《去年的树》，讲述了一只鸟与一棵树的约定。为了遵守来年为树歌唱的诺言，小鸟发现树已被砍后，费尽千辛万苦，找到了已被燃尽的树，并为其歌唱。从中，我们看到了感动人心的高贵品质：赤诚、坚贞、执着。王尔德的《快乐王子》讲述死后被塑成石像的王子为他人奉献一切的故事，传递着关于责任、关于爱的道德感召力。一篇篇感人至深的儿童文学作品充满了孩子的稚气，让我们清晰地看到了一颗颗闪亮清澈的童心在跳动。接触这些作品，给教师带来了对人生的感悟、对童年生命的理解，并由此生成学前教师对自己职业的道德情感与道德认识，儿童文学以润物无声的方式濡染出美丽的师德之花。

人文关怀是对人的生存状况的关注，对人的尊严与符合人性的生活条件的肯定，对人类的解放与自由的追求，其核心在于肯定人性和人的价值，关怀人的精神生活。从学前教师的职业角度来看，人文关怀主要是指对儿童生命的关注与尊重。《幼儿园教师专业标准》把以幼儿为本作为核心理念，强调："学前教师应关爱幼儿，重视幼儿身心健康，将保护幼儿生命安全放在首位；尊重幼儿人格，维护幼儿合法权益，平等对待每一个幼儿；不讽刺、挖苦、歧视幼儿，不体罚或变相体罚幼儿；信任幼儿，尊重个体差异，主动了解和满足有益于幼儿身心发展的不同需求；重视生活对幼儿健康成长的重要价值，积极创造条件，让幼儿拥有快乐的幼儿园生活。"

安徒生的《卖火柴的小女孩》蕴含着悲天悯人的情怀，张秋生的《数楼梯专家》里那群爱数楼梯的孩子身上闪烁着纯真与质朴，冰波的《小猫尿床》中那只犯了错的小猫得到了谅解与帮助，这一切源自儿童文学的美好都可以给学前教师以人文的滋养。儿童文学的诞生源于人类对儿童的爱，其本质是爱的文学。作家以博大的爱为儿童书写，这种爱是作家发自内心最温柔、最亲切的生命传递与体验，不仅能为儿童深深地理解和接受，也能让成人为之动情，对儿童文学有着深刻体悟的成年人自然会对童年怀有尊重与关爱。

思考与探索

1. 请对自己的儿童文学素质做一次综合评价，分析还有哪些方面需要提升，并提出具体的提升计划。

2. 谈谈自己喜欢的儿童文学作品，思考一下，这个作品对自己产生了哪些影响。

拓展学习书目

1.[匈]阿格尼丝·赫勒. 现代性理论. 李瑞华译. 北京：商务印书馆，2005.

2. 班马. 中国儿童文学理论批评与构想. 武汉：湖北少年儿童出版社，1990.

3. 方卫平. 幼儿文学教程. 北京：高等教育出版社，2012.

4. 黄耘. 小学教育专业本科生儿童文学素养的培养研究. 高教论坛，2009(7).

5. 教育部. 3—6岁儿童学习与发展指南. 2012.

6. 教育部. 幼儿园教师专业标准. 2011.

7. 教育部. 幼儿园教育指导纲要(试行). 2001.

8. 李繁. 浅谈农村小学语文教师儿童文学素养的培养. 教育理论与实践，2012(26).

9. 林文宝，陈正治等. 婴幼儿文学. 台北：五南图书出版股份有限公司，2010.

10. 欧华恩，潘利锋. 鉴赏英美文学作品，提升大学生的审美情趣. 湖南科技学院学报，2012(12).

11.[日]松居直. 我的图画书论. 季颖译. 长沙：湖南少年儿童出版社，1997.

12. 锡金. 儿童文学论文选. 北京：中国少年儿童出版社，1981.

13. 肖涓，李晓燕. 关于幼儿教师选择幼儿读物的调查和分析. 学前教育研究，2005(2).

14. 张金梅. 浅谈怎样选择低幼文学读物. 早期教育，2005(11).

15. 郑健成. 学前教育学. 上海：复旦大学出版社，2008.

第六章

图画书

学习目标

1. 了解图画书的基本概念、构成形式及发展历史；
2. 掌握图画书的艺术特征、种类及其特点；
3. 掌握图画书的选择及欣赏指导的基本原则和方法。

第一节　图画书的概念及结构形式

图画书在英文中叫“Picture Book”，在中文中一般叫“图画书”或“图画文学”，有时也称“绘本”。作为儿童文学的一种重要而又独特的艺术表现样式，图画书是儿童最常阅读的一种图书品种，在幼儿早期阅读中扮演着重要角色。它是幼儿阅读的起点，被认为是“孩子人生的第一本书”①。图画书不仅仅是文学，也是以图画为主体的儿童读物。它使用的是图画和文字两种符号系统相结合的艺术表现形式，有着与其他文学体裁不同的美学特征和表现形式。广义的图画书包括含插图的儿童读物，如儿童刊物、连环画、小人书等，狭义的图画书主要指用图画与文字共同叙述一个完整的故事，是图文合奏的一种童书样式。

一、图画书的概念

人们常说，现在是个读图的时代。无论是图书还是影音，都充斥着图像。如今的书店被各式各样的“带图的书”占据着，图画书、漫画、幼儿画报……这些书被模糊地

① 彭懿．图画书：阅读与经典．北京：二十一世纪出版社，2008：10.

统称为“图画书”。我们常常见到一些有图有文的书，尽管其图画画得十分有趣，但只是文字的补充，而不具备“图画语言”功能。这类书多见于教材和教辅类图书，并不是图画书。那到底什么才是图画书？

关于图画书的含义，日本的图画书研究者松居直曾做过这样的解释：“用再创造的方法，把语言和绘画这两种艺术，不失特性地结合在一起，形象地表现为书这种独特的物质状态。”①英国儿童文学研究者利利安·H. 史密斯在《儿童文学论》“图画书”一章中列举了一个例子来说明：一个男孩子和弟弟坐在一起看威廉·尼克松的《聪明的彼尔》。哥哥对弟弟说：“托米，你不认识字也没有关系，只要挨页儿翻，看画就能明白故事。”我国图画书研究者彭懿也曾做过这样的论述：“图画书是用图画和文字共同叙述一个完整的故事，是图文合奏。说得抽象点，它是透过图画和文字这两种媒介在两个不同的层面上交织、互动来讲述故事的一门艺术。”②几位专家关于图画书的阐述，表明了图画书是同时运用图画和语言双重媒介来完成叙事抒情、表情达意的，即便是一个不识字的幼儿，也可以通过直观的图画了解、感受到图画书所蕴含的艺术信息和叙事内容。它变单纯用文字表现故事为用图画和文字共同表现故事内容，变幼儿用耳朵听故事为用耳朵听的同时也用眼睛看故事，可以说是适合幼儿直接阅读的“视觉化的儿童文学”。因此，一本真正意义上的图画书应该包含图画、文字与叙事三个基本要素，三者不是简单的叠加，而是相互渗透，相互融合，共同表现同一个主题。

图画书是由有插图的图书演变而来的，要真正把握图画书的内涵，必须区分它与图书中的插图的关系。图画书与带插图图书的区别主要体现在表现形式、作用和地位三个方面。

第一，表现形式不同。插图是间隔地出现在图书作品中，呈现为意义不连贯的画面；而图画书的画面具有连续性。例如，《母鸡萝丝去散步》的每幅图画都具有表达叙事的功能。通过翻页，我们几乎像看电影一样看到母鸡独自散步，狐狸跟在后面想偷袭母鸡的全过程。

第二，作用不同。插图在作品中是表现作品内容的辅助手段，不能构成完整的故事，其作用在于对作品进行直观的演绎、补充和说明，文字是作品的主体；而在图画书里，画面本身具有很强的表述性，图画不再是文字的附庸，而是图书的生命。莫妮克·弗利克斯的《颜色》就是一本无字书，完全用绘画来讲述故事，只要挨页翻，故事情节就会随着图画自然展开。

第三，地位不同。插图从属于原文，居于次要地位，如连环画、教材和教辅类图书的图画只是文字的补充和说明，不具备独立讲述完整故事的功能；而图画书中的图画承担直接表现意义的任务，在作品中占主要地位。

因此，日本学者松居直就用了公式中的加法和乘法来说明图画书和有插图的书的差

---

① [日]松居直．我的图画书论．季颖译．长沙：湖南少年儿童出版社，1997：47.

② 彭懿．图画书：阅读与经典．北京：二十一世纪出版社，2008：10.

别：文＋画＝带插图的书，文×画＝图画书。[①] 这说明在图画书中，图和文的关系是互相融合，互相协调，图文合奏，共同创造一个独特的多元艺术世界。图画书与我国传统的连环画、漫画相比，后者好比传统舞台剧，而图画书却好比一部电影，它既展示宽广的视野，又有细节的特写，既有有趣的故事情节，又暗藏起、承、转、合的节奏设计。

二、图画书的结构形式

图画书是一个从封面到封底到处都隐藏着秘密的故事世界。一般说来，图画书都有一个精心设计的版式，从封面、扉页、正文到版权页、封底，左右两页的文字与图画相互依存，共同构成一个完整的文学故事。

(一)封　面

一本图画书首先映入读者眼帘的是它的封面。封面常常透露出这本书的某些重要信息，如书名、作者、出版社等，同时也可能是这本书品位的一种象征。多数图画书的封面都是取自正文里的最能突出故事，最能传达故事情趣，绘画风格、图画表现力也最强的那一幅图，因此，从封面就可以大致猜测出书的故事内容。例如，图画书《猜猜我有多爱你》(山姆·麦克布雷尼/文，安妮塔·婕朗/图)的封面就是一只小兔子抓住大兔子的耳朵面对面地在交谈，我们轻易就能猜出这本书要讨论的是关于爱的话题。图画书《爷爷一定有办法》(菲比·吉尔曼/ 文·图)的封面所展现的是一位慈祥而又睿智的老爷爷牵着活泼可爱的小孙子，让人觉得书中的故事一定是发生在爷孙之间的。

(二)环　衬

打开封面后，封面与书芯之间的一张衬纸就叫环衬(简装本则没有)。环衬通常一半粘在封面的背后，一半是活动的，因其以两页相连环的形式被使用，也有人形象地称之为“蝴蝶页”。有的图画书封底与书芯之间也有环衬，叫后环衬；而封面与书芯之间的那张就叫前环衬。

这是成人最容易忽略的一页，一般人匆匆翻过，往往会错过作者和编辑的独具匠心。许多图画书的环衬仅仅是白纸或色纸，但都是大有讲究并经过精心挑选的，其颜色往往与讲述的故事十分吻合。例如，图画书《菲菲生气了——非常、非常的生气》(莫莉·卞/文·图)的环衬是象征愤怒情绪的红色，因为故事里的女孩菲菲一生气，就像一座快要喷发的火山，会发出火红、火红的怒吼。因此，图画书的环衬绝对不是多余的，它与正文的故事息息相关。

有的图画书的环衬承担着特殊的表意功能，前后环衬遥相呼应，甚至说出故事之外的另外一个结尾。《我们去猎熊》(迈克尔·罗森/文，海伦·奥克森伯里/图)说的是一家人又蹦又唱地去捉熊，结果熊没捉着，一家人反而却被熊追得落荒而逃……它的前后环衬是同一个场景，都是一片看得见熊洞的海滩。但前环衬风和日丽，远处有帆影，天上还有海鸟在飞翔(图 6-1)；到了后环衬，不但天变黑了，帆影和海鸟也都不见了，只有一头孤零零的熊失落地走在阴霾满天的海滩上(图 6-2)。本来读者还担心门外的熊会不会破门而入，这下放心了——熊垂头丧气地回去了。

---

① ［日］松居直．我的图画书论．季颖译．长沙：湖南少年儿童出版社，1997：178.

图 6-1 《我们去猎熊》前环衬

图 6-2 《我们去猎熊》后环衬

环衬印上图案的图画书也不在少数，它们不仅仅起装饰作用。《我爸爸》(安东尼·布朗/文·图)这本幽默的图画书，透过孩子夸张的幻想，塑造了一个让人笑破肚皮的爸爸形象：这个爸爸一天到晚穿着一件长长的睡衣，他不怕狼，一跳就可以跳过月亮，吃得像马一样多，游得像鱼一样灵活……《我爸爸》的环衬上的图案就是爸爸身上那件棕黄色睡衣的小小的局部(图 6-3)。

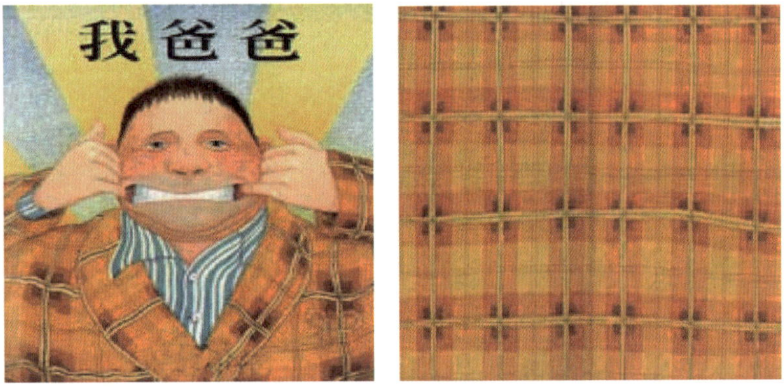

图 6-3 《我爸爸》环衬

(三)扉　页

扉页是图画书正文开始前的一页。上面一般写着书、作者和绘者以及译者和出版社。大部分图画书的扉页总是阅读的起点，因为多数图画书往往是从扉页开始就有图画，就开始讲故事。扉页不仅仅是通向正文的一扇门，有时还为正文作好铺垫或营造情境。例如，图画书《猜猜我有多爱你》扉页上的小小画面就传递了这样的信息：大兔子和小兔子在一起快乐地玩耍，小兔子在精神上特别满足之后才会有下文天真的问题："猜猜我有多爱你?"试想若没有这样一个铺垫，一开始便产生这样的问题，会让人觉得唐突甚至矫情，反而不能体现出那份浓浓的爱意。有时作者还故意在扉页埋下一个悬念，如在图画书《三个强盗》(汤米·温格尔/文·图)中，扉页是三个头上戴高帽子的人，漆黑的帽子，漆黑的脸，只有眼睛是白的(图 6-4)。扉页的颜色令人惊叹，暗蓝色的背景中，三个强盗宛如剪影一般，具有强烈的视觉效果。今晚他们到底要去抢什么?这个疑团在扉页提出，之后才会吸引读者去正文中找答案。有的图画书的扉页就是一张阅读地图，也许刚开始阅读并没有发现，但当读完整本书之后，读者会发现扉页其实已将故事的重点一一指出。这也有助于让读者产生再次阅读的欲望。

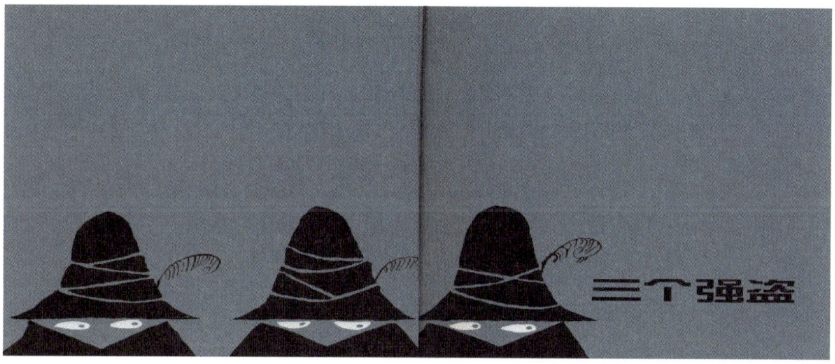

图 6-4 《三个强盗》扉页

(四)正　文

一般人读书总是以为正文才是书的开始。纯文本类的读物也许是这样；但对于图画书而言，正文则代表着书的主体部分开始呈现，其主题、情节、情感、语言等都是通过正文的叙述得以传达的。在读图画书正文的时候，总是会有许多惊喜和意外的收获，从而使阅读充满神秘和刺激。尤其对于看图听文的幼儿来说，正文更是一个多姿多彩的天地，因为每一个孩子都是读图的天才。

(五)版权页

每一本正式出版的图画书都有一个版权页，有时是被放在前环衬和扉页间，有时是放在正文后与后环衬之间，主要用以呈现与该书有关的基本版权信息，如图书在版编目(CIP)数据、出版时间、出版社、开本、版次、书号等。

(六)封　底

封底的信息有时非常丰富，可能是这本书的简介与导读，也可能是这本书的评论。优秀的封底设计常让人产生回味无穷的感觉。有时读者必须结合封底和封面内容，才能真正领悟故事的真谛。例如，《胆小如鼠的巨人》(安娜格特·富克斯胡贝尔/文·图)的封底与封面有着不同的书名，一为"胆小如鼠的巨人"，一为"胆大包天的睡鼠"，这就要求读者把封面与封底平行翻开来领悟这本书要讲述的故事。又如图画书《爷爷一定有办法》的封底是小老鼠一家正阅读一个温馨的故事。这个故事是什么呢？约瑟的纽扣在哪里？这完全可以引发新一轮的阅读。有些图画书的故事，要到读者掩上书并看到封底才得以完结。例如，图画书《第一次上街买东西》(筒井赖子/文，林明子/图)的封底并没有重复书里的故事，而是把故事的结尾延续到封底，回应了读者的期待：美美和小婴儿喝着美美通过冒险之旅买回的牛奶，美美还把贴有创可贴的膝盖搁在妈妈的腿上。

可见，一本图画书的阅读和欣赏应该从封面一直读到封底，图画书中的每一个构成部分都可能成为故事信息的来源。无论是封面、扉页、环衬还是封底，图画书的作者都为读者献上了很多精美的图画。这也是图画书有别于其他图书的重要特征。

第二节　图画书的发展

一、国外图画书的发展

图画书的起源是一个极难考证的问题。它的渊源可以追溯到早期原始居民的岩画、中国的象形文字等，但真正为儿童编绘图画书并出版发行，则是在17世纪。14—16世纪的欧洲文艺复兴运动促成儿童的被发现与被尊重，1658年教育家夸美纽斯的《世界图解》在德国纽伦堡出版，这是目前所知的欧洲最早有插画的儿童书。这本儿童百科全书以儿童为本位，用图画表现大自然、人类生活、社会文化等知识，进行了大胆的尝试，对西方儿童读物的创作影响深远。

18世纪，在以儿童为主体的新的儿童观的影响下，英国的出版商约翰·纽伯里在1744年出版了他的《漂亮的小书》(图6-5)。这一本封面亮晶晶，里页配有木刻插画的小书，成了儿童们争相阅读的书。纽伯里创立了一家专为孩子们的书店，店门前的广告牌是这么写的："儿童们的图书馆——各位，这儿是为你们开的图书馆。"他在出版方面更是格外用心，创办了世界上第一个儿童图书出版社。他不但亲自把古老的故事加以改写、整理、单纯化，又请了帮手做出纸张好、有插画、装订优美的儿童书籍，并出版了大量插图优美、印刷考究、装帧精致、价格较为低廉的图画书。

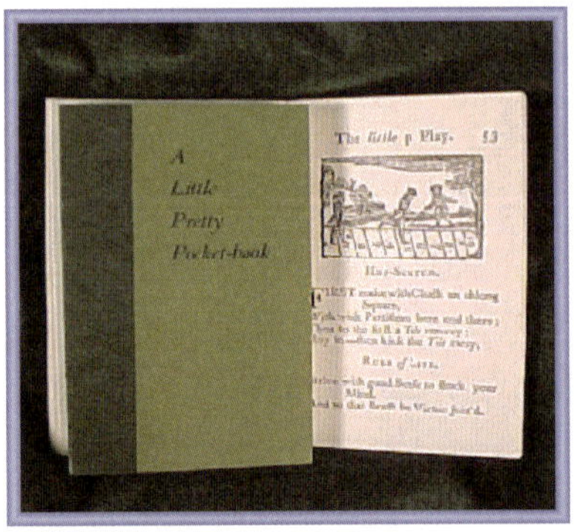

图6-5 《漂亮的小书》

进入19世纪，在浪漫主义思潮的感召下，作家的想象力得到前所未有的解放，世界儿童图画书坛上出现了四位杰出的图画故事作家：瓦尔特·克雷恩(1845—1915)、埃凡斯、兰道夫·凯迪克(1846—1886)及凯特·格林纳威(1946—1915)。其中兰道夫·凯迪克被人称为"现代图画书之父"。瓦尔特·克雷恩认为图画故事书的图和文是和谐统一的整体，因而他特别讲究精细的设计装帧，风格沉着，其中《婴孩的歌剧》就体现了作者的创作风格。埃凡斯的信念是给儿童的书籍不仅要漂亮、廉价，而且要富于艺术性。为了达到这个愿望与信念，他找到了格林纳威和凯迪克合作，出版了彩色图画书。格林纳威善于写诗配画，并将自己的内心情感化为极富感染力的画面，1878 年她以《窗下》为名出版了童诗集，首版就卖了 15 万册，使她一举成名。1888 年她又画了《鹅妈妈》一书的插画，更受欧美各地的儿童所喜爱。凯迪克也是埃凡斯发掘的著名插画家之一。他从小就非常喜爱动物，时常描画英国农村景色、小鸡、小马等，也用黏土塑造动物。他的作品大多以动物为主题，画起来不仅栩栩如生，又有一股幽默的情趣，代表作品有《吉尔宾趣史》《木头里的婴孩》等。

20 世纪初，儿童的权利越来越受到世界各国的重视与保障，儿童图画书在此基础上发展繁荣起来。1902 年，英国图画书作家比特克斯·波特(1866—1943)的《小兔彼得的故事》图文合一，为图画书的发展树立了一个里程碑。20 世纪 30 年代是世界图画书出版的全盛时代，因受第一次世界大战的影响，欧洲许多优秀的插画家移居美国，他们的艺术天分和不同的文化背景极大地促进了美国图画书的发展。1919 年后美国推行儿童读书运动周，1922 年设立了“纽伯里儿童文学奖”，1938 年创立了“凯迪克大奖”，颁给美国优秀的图画书画家。这使得这个时期的美国成为图画书的发展中心，优秀的作品随之大量涌现，如李奥尼的《小蓝和小黄》、维吉尼亚·李·巴顿的《小房子》、麦克洛斯基的《给小鸭让路》、万达·盖的《一百万只猫》等。

第二次世界大战结束后，欧美图画书进入一个百花齐放的时代，虽然仍以美国为中心，但在英国和欧洲各国也出现了图画书创作的盛况。1952 年“IBBY”(国际少年儿童读物联盟)成立后，1955 年英国设立“格林威大奖”，德国设立“图画书大奖”，国际青少年读物委员会 1966 年也设立了“国际安徒生图画故事书奖”。由捷克联合国教科文组织赞助的“布拉迪斯国际插画双年展”创办于 1965 年，每两年举办一次，是专为儿童举办的国际性图画书原画展。这些奖项进一步激发了作家的创作热情，推进了图画文学的繁荣。20 世纪 50—60 年代，欧美图画书被译介到日本，由于经济的复苏，日本的图画书创作后来居上，达到世界一流水平。从 1960 年到 2006 年，获得“国际安徒生插画奖”的代表作有：瑞士卡瑞吉特的《大雪》，瑞士约克·米勒的《挖土机年年作响——乡村变了》《森林大熊》，美国桑达克的《野兽国》，丹麦依卜·斯旁·奥尔森的《月光男孩》《跳不停的小红球》，美国李欧·李奥尼的《小黑鱼》，日本赤羽末吉的《苏和的白马》《追追追》，安野光雅的《旅之图画书》，澳大利亚罗伯特·英潘的《暴风雨中的男孩》，捷克柯薇塔·波兹卡的《小小花国国王》，德国克劳斯·恩希卡特的《四个孩子环游世界》《布莱梅的音乐家》，法国汤米·温格尔的《三个强盗》《月亮先生》，荷兰马克斯·维尔修思的《青蛙弗洛格的故事》等。

综观图画书的发展历程，世界各国都试图为图画书创作者提供一个展示自我艺术才能的舞台，图画书的创作在内容与形式上也更加丰富多彩。

二、国内图画书的发展

中国的壁画可以算是图画书的原始形式。但在漫长的封建社会里，儿童被看成缩小的成人，几乎没有专门供儿童阅读的图画书。不过明朝嘉靖本《日记故事》已有插图，是世界上第一本有插图的儿童故事书，其中多篇是讲述古代儿童智慧的生活故事，如曹冲称象、灌水浮球、司马光砸缸等。尽管它比《世界图解》早一个世纪，但此后中国儿童图画书基本没有得到发展。在图画书的发展进程中，儿童图画书的鼻祖“小人书”(也叫连环画)的问世对中国儿童图画书的创作影响很大，它实现了图书由文字符号向视觉形象的转变，是造型艺术和文学艺术的完美结合，具有图文并茂的特点。真正意义上的连环画雏形在两汉魏晋时期形成，到明代才有进一步的发展。连环画虽然只有短短百余年的时间，却发行了上百亿册，影响了数代人。在那个缺乏精神生活的年代，“小人书”成为儿童们最喜爱的读物，代表作有改编版的《红楼梦》《三国演义》《水浒传》等。

20 世纪 20 年代，郑振铎主编的《儿童世界》、黎锦晖主编的《小朋友》发表了不少适合低幼儿童欣赏的、图文结合的作品，如《两个小猴子的冒险》《河马幼稚园》等。但当时正值社会动荡，处于萌芽阶段的图画书创作因缺少肥沃的生长土壤，最终没能够枝繁叶茂。

20 世纪 50 年代起，很多杰出的作家和画家都参加图画书的创编和出版，开始有了一些优秀的图文并茂的低幼文学读物面世，如中国少年儿童出版社出版的《渔童》《三毛流浪记》《小蝌蚪找妈妈》《小马过河》《金瓜儿银瓜儿》等。但总的来说，这时期我国对幼儿文学的重视不够，对图画书的认识不足，缺少深入研究。直到 20 世纪八九十年代，学前教育普遍受到重视，加之英国、法国、美国、日本等发达国家的影响，在幼儿文学理论界、幼儿读物出版界，渐渐刮起令人炫目的图画书风暴。1997 年，季颖先生翻译出版了松居直的《我的图画书论》；一批从各种途径接触到世界优秀图画书的学者与艺术家，如理论领域的方卫平、彭懿、梅子涵教授等，还有幼儿读物与出版界一批优秀画家，如沈苑苑、周翔、俞理等，他们都有志于图画书的开发；同时，台湾地区一些出版公司也开始翻译出版优秀图画书系列，使我国图画书的创作与出版取得长足的进步。

目前，我国图画书的出版很是红火，但热销的大多是一些引进的作品，本土原创类图画书尚处在成长与发展阶段，还未完全成熟。相信随着人们对图画书的认识逐渐深入，我国图画书的创作质量将进一步提高，内容和形式上也将更加丰富多彩。

第三节　图画书的艺术特征

图画书是幼儿文学中的一个特殊品种。它不是简单地以画面直接描述主题的图书，而是通过图画与文字的巧妙组合，共同创造出一个崭新的艺术世界。因此，它具有与儿童文学其他文体不同的艺术特征。

一、画面形象的直观性

幼儿图画书不是以文字叙事，主要以画面叙事。看画就能明白故事，这是图画书最本质的东西，因此图画本身就是语言。图画是我们用眼睛直接便能感受到的，是第一性的，能使我们在一瞬间就能领悟；而语言的阐述却要经过大脑一连串的推理才能把握，是第二性的。不识字或识字不多的幼儿在阅读时是通过图画进入故事世界、感受故事的。它是以直观的故事形象直接作用于儿童的视觉，作品的内容直接呈现为可感可视的连续图像。这一点与纯粹的语言艺术完全不同，因此其画面形象、直观、鲜明、具体，充满趣味。与语言文字相比，图画语言具有形象性、直观性，色彩鲜明，信息更丰富，比文字符号更符合幼儿形象性思维的特点，更容易引起幼儿的注意，激发其阅读兴趣。美国作家佩特·哈群斯的《母鸡萝丝去散步》就是一本文字含量极少的图画书，幼儿在一页页翻阅书籍时，图像本身就表现出极强的叙事功能。他们几乎可以像看电影一样看到母鸡独自散步，而狐狸跟在后面想偷袭母鸡的全过程。画家以幼儿感兴趣的线条、色彩，以直观、浅显、有趣的绘画，吻合了幼儿的视觉心理，极易让幼儿欣赏、理解和接受。画家通过流动的画面营造出可视的故事空间，让看似静态的画面真实地制造了紧张的气氛，创造出跌宕起伏的动态感，从而让幼儿领略文学作品的精彩(图 6-6)。

图 6-6　《母鸡萝丝去散步》

二、画面构图的连续性

图画书的图画有别于有插图的童书的主要特征，在于它具有单幅插图所不具有的连续性。一本图画书通常有几十页画面，画面连贯起来就构成了一个故事。插图大多表现的是发生在瞬间的情境，是一种静态的凝固的艺术；而在图画书里，随着一个画面向另一个画面推移，就形成了动态的故事情节。

这一幅幅画是怎么被连接起来的呢？其实每一位优秀图画书的绘者都会在构图时给我们读者埋下阅读的线索。在图画书《阿罗有枝彩色笔》(克罗克特·约翰逊/文·图)中，画家就是通过阿罗手中那支彩笔画出了一条条变幻无穷的线。这一条条看得见的线就引导着幼儿在想象的世界里让它有时是月亮，有时是一条路，有时是苹果树，有时是波浪线……这些充满想象力的线条贯穿了全书，并串联了一幅幅生动的画面，带领着婴幼儿跟随阿罗从想象的世界回到现实。

由于书的画面是有限的，因此看图画书的过程中时常有一种中断感，这种中断的图要产生连续性有时是需要“语言”来帮助铺路。竹内雄寒在《图画书的表现》一书中论及：“只要包含横跨两页的相似的‘色彩’‘事件’‘情绪’这些信息就可以了。有了这些照应，读者就会感受到画面是接续的。”[①]这种语言可以是某种事物、色彩、情感或是事件的照应。例如，图画书《逃家小兔》(玛格丽特·怀兹·布朗/文，克雷门·赫德/图)对画面的衔接和处理就十分有创意。当小兔子说：“如果你来追我，我就要变成溪里的小鳟鱼，游得远远的。”“如果你变成小鳟鱼，”妈妈说，“我就变成捕鱼的人去抓你。”这是两张黑白钢笔画，但紧随后两页则是两张横长的彩色的跨页，没有任何对白，只是一幅色彩浓烈的想象的画面：小兔子已变成河里的小鱼，妈妈穿着黑色长靴，一手拿着鱼篓，一手抛出了鱼竿，最有趣的就是鱼钩上竟然拴着一根胡萝卜。这样画面的衔接和穿插一次次将故事推向了高潮。虽然前后翻页没有相似的色彩，但在情绪上，作品中每组画面都在一点点积累起关于“爱”的情感内容，前一组画面为后一组画面做了情感的铺垫，直至最后我们真正体会到了妈妈对孩子无与伦比的爱。如果我们单独观赏每一幅画，是没有这样强烈的情感效果的。

三、文意叙述的跳跃性

图画书的形式是绘画，内容是故事，而故事是动态、完整、有相对长度的。从文学叙述角度看，图画书是以连续的画面讲故事的，而连续的画面就要有节奏，否则整体的图画阅读就会出现混乱。因此，像图画书这样用连续画面的组合进行文学叙事必然具有跳跃性，犹如电影的蒙太奇镜头，是连续、动感又跳跃的。这种画面的叙述方式会形成图画书的潜在的节奏感，从而使图画的叙事具有了张力。例如，在图画书《逃家小兔》中，作家没有沉甸甸地去写母爱，而是以游戏的方式轻松地加以呈现。第一页以黑白钢笔画呈现大兔子追小兔子的画面，通过两张黑白画面与一张全景式跨页彩色画面的穿插，每组画面就构成一个叙事单元。当我们一页页翻阅作品时，就能感到画面叙事体现出来的节奏和韵律，而且通过视觉将幼儿的想象力拓展到了一个无限的空间。有时，图与图之间的转换也具有文字所没有的跳跃性。例如，《月亮，生日快乐》(法兰克·艾许/文·图)讲述的是一只孤独的小熊找朋友的故事，表现小熊送帽子给月亮的情节共用了四个画面表现。第一幅画：小熊将帽子挂在树上。第二幅画：小熊在

---

① 朱自强．儿童文学概论．北京：高等教育出版社，2009：354.

树下等着。第三幅：月亮开始升起来，穿过树枝。第四幅：月亮爬到树枝头，戴上帽子，小熊高呼："哇！戴起来刚刚好耶。"这个故事的画面内容是连续的，但彼此又是独立的，其页与页之间已构成流动的故事情节。画面文意表达的跳跃性显现出画面语言的空白，它期待着读者充分调动想象，充分利用语言去充实画面所隐含的细节，从而感受作品情境和人物心理。

四、艺术表现的夸饰性

在儿童的文学教授中，"兴趣"是阅读的起点，夸饰是实现图画文学画面之趣的主要表现方式。所谓夸饰，是指通过不同的艺术手段（如拟人、夸张、特写、漫画等）来灵活组织画面，实现叙事。在图画书中，作者常将动植物拟人化，或将某一细部特征加以特写、放大，或将画面整体漫画化。例如，《猜猜我有多爱你》将爱这个抽象的概念用形象生动的画面、简短的对话表现得淋漓尽致。当这本图画书把抽象转化为具体形象的感知时，在图中就用夸张的手法将大兔子的形象加以特写式放大，以突显爱的伟大与崇高。又如图画书《鳄鱼怕怕，牙医怕怕》（五味太郎/文·图）被誉为日本最有创意的图画书大师的经典之作。书中，鳄鱼牙痛需要看牙，却害怕看牙；牙医也害怕鳄鱼。但鳄鱼不得不去看牙，因为牙痛；牙医不得不接见鳄鱼，因为这是他的工作。作者在塑造这两个形象时采用了夸张、变形的手法，比如当牙医拔鳄鱼的大牙时，两人的眼球由以前的小黑点变成了星星，充分表现出鳄鱼的痛苦及牙医的紧张；当终于拔牙成功时，作者用豆大的白点当汗水，表明对自身而言两人都经历了一次巨大的冒险。总之，在图画书那些画面中，通过夸饰手法表现的可爱的动物及卡通世界都是充满孩子气的，都是放大了的孩子自己。

五、色彩运用的协调性

色彩会引发人们的联想。作为视觉艺术，图画书的色彩是一种丰富、特殊的语言，图画叙事功能的发挥必须依靠色彩、形状、光线等方式。但图画书里的色彩处理必须与故事内容相协调。迪克·布鲁纳在《我与米菲兔的故事》中说："颜色之所以重要，是因为每一种颜色都会产生唯有那种颜色才会有的特别的力量。"①图画书《米菲在海边》的封面采用黄色为背景，与米菲将去玩耍的沙滩的颜色一致，对正文也起到一个暗示的作用。《猜猜我有多爱你》中的草绿色，清新宜人，是大自然的颜色，代表纯真，给人特别宁静的感觉，与晚间临睡前的氛围特别吻合。《鳄鱼怕怕，牙医怕怕》主要采用的是赤红、漆黑、深蓝、土黄、雪白等颜色，色彩明朗，让幼儿一下就能清楚地记住并分辨出牙医和鳄鱼；而且整本图画书以雪白为底色，较为明亮，为整个故事的喜剧效果起到烘托作用。《菲菲生气了——非常、非常的生气》里的女孩一生气，就像一座快要喷发的火山，会发出火红、火红的怒吼。从封面到内页，如火焰般红色的环衬及背景形象生动地表现了女孩菲菲愤怒的情绪。这绝对不是多余的，因为它与正文的故事息息相关。

---

① 彭懿．图画书：阅读与经典．北京：二十一世纪出版社，2008：38.

六、文字表达的丰富性

在图画书里，令图画产生意义的最明显的语境就是与图画相配合的语言文字。一般认为，图画书以图为主体，文字只是从属的地位。尽管不同的学者对图与文的关系有不同的论述，诸如“图与文字相互依存”“图文合奏”等，但本质都是一个意思。佩里·诺德曼在《儿童文学的乐趣》里说：“一本图画书至少包含三种故事：文字讲的故事、图画暗示的故事，以及两者结合后所产生的故事。”①在图画书中，当图画和文字共同来完成一个叙事任务时，图画与文字之间必须彼此依存与配合，使得文意表现得到充分的发挥，达到日本图画书研究者松居直所说的“图×文”的效果。

例如，图画书《鳄鱼怕怕，牙医怕怕》是一本文字含量极少的书，只有 190 字。同一句话说了两遍，实质上只有 95 个字。刨去重复的字眼，只剩下 57 个字。书里最独特的地方表现在语言上——同一句话重复说一遍，即每一页中鳄鱼和牙医的语言设计都是一模一样的，但语气不同，相同的语境下潜藏的话语含义是不同的，所反映的心理状态也不同。例如，来到诊所的鳄鱼坐在拔牙的椅子上，作者给的文字处理是“我好害怕”，而对于牙医，作者给出的台词依然是“我好害怕”。前一个害怕是鳄鱼面对病痛的自然反应，而后一个害怕是人面对鳄鱼这种动物所产生的自然反应。这两种反应的状态一样，但意义存在差异。如果我们不看画面，仅凭重复的文字很难读出故事充满趣味的情节；而如果不读文字只看画面，我们就可能只读到一个鳄鱼去看牙的普通童话故事。所以，在这本图画书中，文字与图画的有机结合共同构建了一种奇特的效果，叙述出了一个令人捧腹的故事。在日本，常有妈妈拿着这本书与幼儿进行角色扮演阅读，让孩子从小就知道同一句话意思可能不同。可见，文字在图画书中并不是对图的解释、说明和补充，而是有机的组成部分。

有时，文字的应用与呈现方式还有着最大程度的自由。在绝大多数的图画书里，文字还仅仅是一个叙述者，默默地承担着和图画一起讲故事的任务，在排列设计上并没有什么出格的地方。但在有的图画书里，一行行排列得好好的文字会像脱缰的野马，变得又大、又粗、又黑，甚至歪七扭八——这时的文字就不仅仅是文字了，而是图画，是情绪。图画书《南瓜汤》(海伦·库柏 /文·图)说的是一个关于友情的故事：只有猫把南瓜切成片、松鼠搅汤、鸭子加盐熬出来的南瓜汤，才是世界上最好喝的南瓜汤。可有一天，鸭子起了个大早，想去拿墙上那把本不属于他的汤匙。伴随着“咣啷”一声巨响，汤匙掉了下来，画面里的猫和松鼠被震醒了。在书中，“咣啷！汤匙噼里啪啦掉下来”几个字的字体突然被醒目地放大了、变形了，好像和汤匙一起掉了下来，连读者也被吓了一跳。这种排列方式，显然是突破了一般图画书文字排列的规律，给读者带来了视觉上的强烈冲击。

同时，优秀的图画书的文字总是具有简洁、优美、诗化的特点，它不仅连接了画面，表现图画难以表现的内容，引导读者阅读的方向，也拓宽了故事内容。它能让读者感受图画书所蕴含的深层内涵，体会画面的幽默与智慧。在表达上，图画书即使相

---

① [加]佩里·诺德曼，梅维丝·雷默．儿童文学的乐趣(第三版)．陈中美译．上海：少年儿童出版社，2008：483－484．

对完整地讲述了整个事件，也更像一个故事梗概，和纯语言形式的故事表达明显不同。在面向幼儿的图画书中，为避免读者受识字量的影响，文字有时更多地让位给图画。《母鸡萝丝去散步》就是一篇共用32个字讲述的母鸡散步的童话。在文字叙述部分，我们看到的就是一只母鸡高昂着头颅，优哉游哉地享受着散步的美好时光。但若将文字与图画进行比照阅读，我们就会发现，画面上出现了一只狡猾的狐狸，于是母鸡散步的故事就变成了一只狐狸企图偷袭母鸡的故事。读者由此能感受到那种悠然与紧张、滑稽与幽默并存的艺术效果。

第四节　图画书的种类

图画书的创作和出版形式是多种多样的，丰富多彩而又充满个性。但在内容上它的题材拥有无限的可能，包括儿歌、童诗、童话、生活故事、幻想故事等，几乎涵盖了多种儿童文学文体。因此，要给图画书分类是件很难的事，国内外学者的分类林林总总各有不同。如果按特定目的设计，可分为玩具书、立体书、字母书、概念书、数数书、预测性图书；按版式分，可分为拼图书、口袋书、洞洞书、纸板造型书；按材质分，可分为纸质书、布书、塑料书、触摸书；按读者对象分，可分为成人图画书（几米的《向左走，向右走》）和儿童图画书；按字数和图文比例划分，可分成无字图画书（莫尼克·弗利克斯/文·图的《颜色》）和有字图画书；若按文体分，可分为诗歌型图画书（马格丽特·怀兹·布朗/文，克雷门·赫德/图的《月亮，晚安》）、童话型图画书（恩德/文，施吕特/图的《犟龟》）、故事型图画书（中江嘉男 /文，上野纪子 /图的《鼠小弟的小背心》）、散文型图画书（利奥·巴斯卡利亚的《一片叶子落下来》）、小说型图画书（芭芭拉·库尼的《花婆婆》）。下面就图画书的几种特殊样式做个简单的介绍。

一、玩具书

玩具书是图画书的特殊种类，它最能体现图画书的创意。与一般图画书相比，这类图书好玩，具有玩具性；与玩具相比，它又具有知识性。它能超越平面书的设计，让孩子用眼去看，用手去触摸，启发婴幼儿的心智，如一些撕不烂的书、洗澡书、立体书等。撕不烂的书不怕撕、不怕咬，深受婴幼儿喜爱；洗澡书可以让婴儿在洗澡时玩耍，不仅可以让婴儿爱上洗澡，也可以引导他们认知，训练婴儿手腕的抓握能力。

有些玩具书并非纯玩具的图画书，它通过版式设计使画面具有更丰富的变化，从而使内容具有了游戏的特点，达到寓教于乐的效果。如图画书《好饿的毛毛虫》（艾瑞克·卡尔/文·图）在书页上通过挖洞的形式，形象生动地告诉幼儿这些小洞是毛毛虫留下的足迹，从而让幼儿明白毛毛虫是通过何种形式来获取食物的。

二、互动书

互动图画书是指由出版社、作者（或绘者）与幼儿共同互动完成的图书。这类图画书不再只是用来阅读，幼儿还可以参与编撰。它通过互动，让幼儿在图画书阅读的基础上，增加体验式的参与，从而把每一本图书都变成独一无二的版本，让图画书变得更具亲切感、融入感和归属感。一般这类图画书都从孩子的日常生活开始，以直接、精确且具娱乐性、游戏性的方式回答孩子的问题。图画书内页通常含多项动画画面：转盘、可翻开的小图卡、可开启的小信封及其他娱乐性十足的惊喜设计。例如，拉一拉小纸签便可发现森林的地底有些什么东西；通过展开每个花瓣型书页可以了解这种花的所有知识；经由不同的机关可以去发现一座城堡的秘密……当然所有的设计都蕴含教育目的，不是装饰而已。《歪歪兔行为习惯系列丛书》就是互动式图画书。

三、概念书

概念书是专门为婴幼儿设计制作的趣味儿童图画书，包括字母书、数数书、颜色书、形状书、句型书等，它可以培养幼儿的想象力，进而认识许多新的事物。字母书是指适合作为婴幼儿认知字母的图画书，主要是让他们在欢娱的情节中轻松学习 26 个英文字母。在图画书《ABC 动物马戏团》(Tupera Tupera/文·图)的故事中，每一个英文字母有一个以该字母开头的动物代表，而每种动物身上又隐藏着该字母；26 个英文字母组成一个动物马戏团，总共有 13 个表演节目，包括乐器演奏、倒立爬山、喷水秀、滚滚秀、赛车极速表演、跳火圈……全书以拼贴方式呈现的图画，使得整本书更具立体感、活泼；明亮丰富的色彩，让人赏心悦目，让婴幼儿在看图书、玩游戏的过程中学习字母。

四、无字书

无字书是指纯粹以图画为叙事语言来完成表情达意的图画书，即正文部分不出现任何文字，仅靠画面来讲述故事。由于少了一条文字的叙述线索，无字书就更强调画面之间的连续性。无字书的画面就像采用了蒙太奇手法，依次组接成流畅的故事。关于对无字书的理解，日本图画书研究者松居直曾说：“无文字的图画书，即使没有文字也有故事、语言。它只不过是没有印上文字而已，实际上却仍然存在着支撑图画表现的语言。”①由于婴幼儿尚不识字或识字不多，只能通过图画或是听觉来接受文学作品，因此，无字书可以更好地激发幼儿的想象力，是训练幼儿表达能力的最好读物。较为著名的无字书有“小老鼠”系列图书(莫妮克·弗利克斯)、《七号梦工厂》(大卫·威斯纳)、《米菲的梦》(布鲁纳)等作品。例如，“小老鼠”系列共有 8 册，分别是《字母》《小船》《颜色》《房子》《数字》《反正》《飞机》《大风》。全书的主角就是一只小老鼠，它在雪白的页面上一点点咬出若干个洞，使页面形成字母的形状，或经折叠形成小船、飞机，或拿起彩笔(图 6-7)，涂抹出一个五颜六色的世界，让孩子在阅读的过程中不断地感受乐趣和惊喜，并在快乐的氛围中去获取知识。

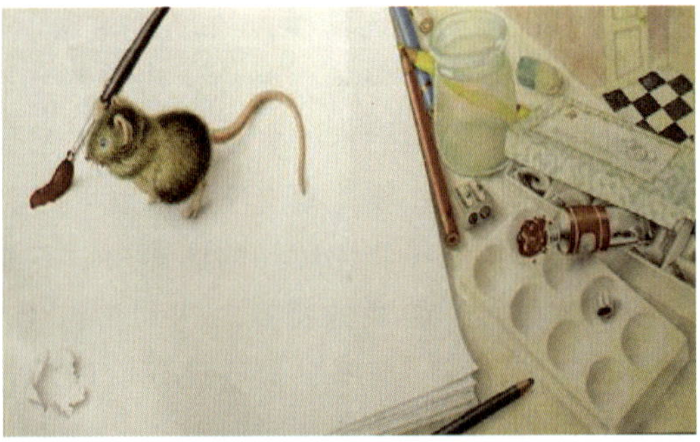

图 6-7 《颜色》

① [日]松居直．我的图画书论．季颖译．长沙：湖南少年儿童出版社，1997：47.

第五节　图画书的选择与欣赏指导

一、图画书的选择

图画书是幼儿文学的主体，也是幼儿阅读的最佳读物。但是，国内出版的图画书并不是很多，相对知名的出版社有少年儿童出版社、二十一世纪出版社。由于一般图画书的价格比较昂贵，父母、幼儿教师对图画书的认识不够，如何为幼儿挑选优秀的图画书成了早期阅读的关键。

优秀的图画书大多都有以下几个特点：题材富于童趣，图文和谐统一；能启发婴幼儿的想象力和创造力；装帧精美等。除此之外，图画书的选择还必须注意以下几方面。

(一)根据年龄特点择书

对 1 岁以内的婴儿可以选择画面单纯、不易撕破、尺寸较小的图画书，这样孩子便于拿取和翻阅。现在市面上也有为三四个月婴儿准备的一些布类图画书，有各式造型，十分可爱。2—3 岁的婴儿认知、语言开始发展，可以选择一些色彩鲜明、画面明朗、既好看又好玩的概念书、无字书等。3—6 岁的幼儿认知、想象、语言都飞速发展，可以给他们选择一些图文并茂的知识类、童话类、幻想类的图画书。

(二)幻想性和游戏性

游戏是幼儿的主要活动。幼儿天生就好动、好奇，在游戏活动中，幼儿的想象异常活跃。富于幻想和游戏性的图画书能满足孩子们的这种阅读心理，所以一本图画书如果能运用不同的技巧，呈现出特殊的效果，一定能引起孩子的兴趣，激发幼儿的想象。图画书《云朵面包》(白嬉娜/文・图)运用多种艺术表现手法来演绎关于成长和家的温馨故事，除绘画外，还大量采用了摄影、剪纸、布艺的方法，通过精心的拼贴来构图，让画面充满了质感、想象力，富有浓浓的生活气息。例如，画面的场景常常是摄影后再处理的，显得格外真切；人物造型主要是采用剪纸的方法，特别富有童趣；人物的服饰、被子、窗帘、雨伞、皮包等用具，却是用布、皮革或塑料等材料制作的，让人忍不住想用手摸一摸；最有趣的还是那些会飞的云朵面包，能让幼儿在想象的世界里感受飞翔的快乐，领悟爱的味道。

(三)文学性和艺术性

图画书的故事取材很广泛，有的创作点子来源于世界不同地区的民间故事或神话，本身具有很丰富的文学价值，若配上优美的插图，一定能吸引孩子融入趣味无穷的故事中。图画书《漏》(黄缨/图)就是根据中国民间故事改编的，也是一本典型的故事型的图画书(图 6-8)。书中只有两个主角——老虎和小偷，他俩被安排在同一时空同一背景下演出同一幕幽默有趣、动感十足的故事。为了便于讲述，它的语言不仅明白晓畅，而且又有艺术美感。我们甚至不用看文字，打开书，就能感受扑面而来的中国气息。书中的老虎造型圆头圆脑、天真笨拙，满脑子想着吃掉胖驴，但却表现出孩子般的天性，让孩子一下就能在作品中找到认同感并喜欢上这个角色。因此，图画书的画面一定要有艺术性，不要担心孩子不懂艺术。对不识字的幼儿而言，文字是无意义的符号，所以幼儿翻开图画书时，注意力不会转向文字，而是直接进入图画世界，由图画来了解故事。他们不会放过图画书的任何细节，越是夸张变形、色彩丰富的画面，他们往往越感兴趣。当然，图画书的好坏除了插图，还有文字表述。特别是知识性和科学类的图画书，文字是否具有文学性和艺术性对图画书的品质有重要的影响。

图 6-8 《漏》

二、图画书的欣赏指导

图画书阅读是幼儿阅读经历中不可缺少的一环。图画书是发达国家儿童首选的读物，而我们国内对图画书的了解和阅读实践起步稍晚，图画书常被作为幼儿园语言教学活动的重要载体。

幼儿老师要学习、了解图画书的有关知识，在学会欣赏图画书的同时又要学会引导幼儿阅读欣赏图画书。在幼儿园早期阅读活动中，图画书在教学方式以及促进幼儿阅读和学习方式上已有了较大改变，但教师往往因忽视图画书的特征以及没有从幼儿的身心特点和需要出发，使图画书阅读欣赏活动和指导出现功利化误区。这主要表现在忽视图画书的文体特征，将图画书阅读作为学知识、识字、语言训练的手段忽视幼儿的阅读心理，过于强调道德教化和思想教育的使命。

在幼儿园语言教学活动中，图画书阅读欣赏活动要遵循以下基本原则。

(一)快乐原则

《幼儿园教育指导纲要(试行)》第一次将幼儿阅读纳入语言教学目标体系，明确指出：“要用图书、绘画和其他方式，引发幼儿对书籍、阅读和书写的兴趣，培养前阅读和书写的技能。”但我们有时更多地会期望幼儿在阅读时能获得知识和技能，而把阅读过程中的快乐和幸福感忽略了。

日本图画书研究者松居直把图画书比作“幸福的种子”。他认为：“图画书不是为了折磨幼儿，而是为了让幼儿快乐而存在。”[1]幼儿在看图画书时，精美的画面和故事情节，让幼儿能有身临其境般的感受和体验。因此，比起认识更多的字，熟背更多的古诗，图画书对生命的充分诠释更为丰富和珍贵。幼儿读图画书时常常被打动，或如痴如醉，或欢呼雀跃，或入情入境，或潸然泪下，这使得图画和语言两种艺术特征完全超越了美术和文学本身的艺术生命力，阅读带给幼儿的完全是一种幸福和快乐。因此，实施图画书阅读欣赏活动的最基本原则就是：让幼儿快乐地阅读，让阅读成为幼儿生活的一部分。

（二）平等原则

阅读本身是一种个性化的行为。图画书阅读是幼儿、教师、文本三者之间的对话过程。幼儿是学习的主人，他们可以参与决定自己学习的内容和学习的方式。因此，应该将平等原则运用在图画书阅读活动中。教师应当尊重幼儿阅读的主体性，要有开放精神和民主意识。

首先，在图画书阅读欣赏活动过程中，教师要尊重幼儿在阅读中的发现、感悟与创作，而不应该以自己的理解来代替幼儿自己的阅读实践。在阅读过程中，教师有时会过于注重图画书中的文字意思，边引导幼儿阅读边进行设疑，较呆板地按读—问—读的方式行走，不经意间就会把自己的答案强加给幼儿或是将幼儿的答案努力地往故事中的意思倾斜。一本好的图画书，幼儿往往会百看不厌，就图画书阅读而言，教师未必比幼儿有更多的感受和发现。对于看图听文的幼儿来说，他们在阅读中常有许多惊喜和意外的收获。

其次，教师在引导幼儿阅读欣赏图画书时，不是居高临下地灌输、教导或是权威地讲述或评判，而应该做一个组织者、引导者和参与者，更多的是蹲下身子倾听幼儿的声音。教师不应不断地提问、说明、讲解，而应把看书、思考的空间留给幼儿，让他们有足够的时间来品味故事，让他们的体验和感受慢慢地转化为知识和智能。

最后，教师只有抛弃自己的阅读成见，才能真正做到平等参与和正确引导，激发幼儿在阅读过程中的奇想与创造。只有这样，图画书的美才能真正走进幼儿的内心，他们也才能真切地享受到阅读的乐趣。

（三）审美原则

图画书是儿童文学的一种很独特的样式。既然是文学，它最本质的功能应该是审美的。图画书画面精美，通过美术形象来塑造形象、表情达意；采用的手法也是多样化的，如水彩、拼贴、剪纸、油画等，这些艺术手段本身就蕴含独特的审美内涵。甚至图画书文字的大小、字体、色彩、布局、版式都是经过精心设计的，并与图画书的内容、图画融为一体。

好的图画书不仅仅在讲述一个故事。幼儿通过图画书快乐阅读，纯真的童心不仅感受了图画书的快乐和美好，感悟着现实与梦想，同时也帮助提升幼儿的观察力和想象力，升华他们的精神境界。图画书《彩色的乌鸦》（埃迪特·施爱伯-威克/文，卡罗拉·荷兰特/图）从环衬开始，就画满了五颜六色、鲜艳亮丽的羽毛。当我们继续翻阅

---

① ［日］松居直．我的图画书论．郭雯霞，徐小洁译．上海：上海人民美术出版社，2009：29.

时，会发现里面有一棵光秃秃的大树，树上站满了彩色的乌鸦，这种令人惊叹的景观让许多孩子在阅读时都频频发出欣喜的赞叹。当阅读把快乐带给幼儿时，就把无可估量的巨大的精神财富带给了他们，在他们心底搭建起自由的精神空间与心灵家园。这种交流和滋养是一种潜移默化的心灵关怀，是童心与艺术大师的心灵共鸣。因此，图画书作为一个审美对象，当幼儿在阅读过程中融入了自己的情感，就能与作品直接形成交流和共鸣，达到审美的目的。幼儿在与图画书进行心灵的对话中，必定会开阔眼界，丰富内心，健全人格。

(四)互动原则

图画书的阅读活动对幼儿来说，是一种有趣且与他们的生活世界紧密结合的学习历程。图画和文字是图画书基本的表达系统，但又是两种不同的表达方式。图画书的阅读不仅依赖于幼儿对图画和文字两者本身的理解，还必须理解两种不同的符号语言表达故事信息并形成的一个整体的意义，因此幼儿阅读图画书，必须同时理解这两种语言符号，这比单纯用一种语言的美术作品欣赏或文字阅读要复杂得多。同时，幼儿图画书阅读过程是一个不断建构的过程①，幼儿原有的知识经验推动幼儿对图画书的理解，但在建构意义的过程中是具有个性和情境性的。教师只有遵循图画文学本身的特点，把握幼儿的阅读心理，才能赋予阅读活动以最佳的途径。

当幼儿进入图画书世界时，对话和互动的需要就产生了。在阅读的过程中，教师可投入感情，声情并茂地读故事，用适当的动作、夸张的神态辅助语言来演故事，用多媒体技术手段来呈现故事，用精彩片段、图片配以音乐来吸引幼儿……在阅读中，可以通过师生互动或生生互动，鼓励幼儿将自己比拟成故事中的角色，通过精彩的设疑，让他们边读边猜想，鼓励他们参与到故事情境中，体验与作者不同的情感表达，构想出与原文不同的有趣情节。因此，幼儿进行图画书阅读的过程，也是与作者的创作视界融合的过程，阅读也成为一个理解、对话与互动的过程。

(五)开放原则

为了提高阅读的有效性，图画书阅读也需讲究氛围和意境。给幼儿创造一个丰富的阅读环境，使幼儿经常参与跟书有关的活动，在活动中体会故事的含义，延伸、扩展阅读图画书的经验是很有意义的。因此地点可以开放：教师可以根据需要在教室，在阅览室，在园内的花园草地或操场，甚至可以将图画书故事的内容直接装饰在走廊、墙壁上，营造一种积极的阅读氛围，拉近书与幼儿之间的距离。教学人员也可以开放：授课者可以是不同班级教师的交流，或与专家、作家、故事妈妈等来演绎故事，诠释故事。内容也可以开放：教师根据幼儿的阅读需要，不断生成新的目标和方法，可以亲自选择与幼儿生活息息相关的内容，也可以读幼儿自己喜欢或准备的书，教学也不必拘泥于书本，甚至可以由读书到编书、画书，形式多样。

在教学实践中，一个完整的图画书阅读欣赏活动设计一般都包括“了解作品的轮廓—感受作品的情感与内涵—迁移作品经验—延伸至日常生活之中”四个环节，具体可参见《婴幼儿文学教程(教育实践卷)》。

---

① 康长运．幼儿图画故事书阅读过程研究．北京：教育科学出版社，2007：146.

作品鉴赏

1.《月亮，晚上好》

《月亮，晚上好》是日本作家林明子创作的作品。这是可供0—3岁婴幼儿阅读的图画书，内容十分简单，但其意蕴却不简单。

首先，这本书带给婴幼儿一种安全感和亲切感。打开图画书内页，月亮那大大的面孔一如妈妈或者婴儿的纯洁的面庞。宝宝出生后，对世界的观察就是从妈妈或者其他照顾他的人的面庞开始的。对几个月的小宝宝来说，这是一个他十分熟悉而又亲切的画面，能让他目不转睛地注视着。

其次，能培养婴幼儿的视觉空间智能、观察力及情绪管理的发展。林明子完全依从幼儿看世界时的高度，从幼小心灵的情绪感受出发描绘周围生活环境中的细节和情趣。她用云朵遮蔽月亮，继而月亮又重现的场景和宝宝玩起了躲猫猫的游戏。图画书对故事的起、承、转、合处理得恰到好处，充盈着愉悦、焦虑、紧张、祥和的情绪，能巧妙地引发和适度地刺激宝宝的情绪波动。很多孩子一看见占满整个画面的月亮的脸时，就会眼睛发光，面露微笑。而当乌云靠近挡住月亮的脸时，他们的表情又会变得担忧、焦虑不安。直到乌云散开，再次露出月亮的笑脸，他们才会转忧为喜，显出满足的表情。在这里，孩子已经把自己的命运和月亮完全融为一体了。

婴幼儿的情绪情感发展是随着身体、心理的发展而萌芽、丰富，进而慢慢地细化的。他们好奇的眼睛也一定不会放过那两只有趣的小猫咪，它们非常细微地变化着的动作，虽然无面部表情呈现，但其或呲张或柔毛顺发的样子，却顺应着情节的推进与情绪的感染。

2.《小手手，出来了》

这是一本重点发展婴儿肢体运动智能和内省智能的图画书。几个月大的宝宝就开始喜欢捉迷藏了，从4个月开始与妈妈玩躲猫猫，到8个月就可以找出被藏起来的玩具。《小手手，出来了》内容十分简单，没有什么情节，但经典的图画书看似简单，却能触动宝宝的"神经"。它和其他以捉迷藏为内容的图画书一样，自然而然就会让宝宝十分喜欢。

《小手手，出来了》中的孩子，脸上有着0—2岁婴幼儿所特有的纯净。他们的眼神是干净的，坐姿是瓷实的。画面里特有的形体质感，只有实实在在抱过他们沉甸甸的身体、亲吻过他们柔软的脸颊的人才能体会。在本书中，作者选取小宝宝日常生活中的熟悉场景，描写了小宝宝在洗完澡后自己穿衣服的过程，有趣地再现了小宝宝的生活。书本没有明显的故事情节，就是一个小宝宝在玩"藏猫猫"的游戏，逐渐把身体的各个部位露出来。虽然是一个简单的小游戏，但是大多数孩子都非常热衷。从孩子七八个月开始，若按照这本图画书的指点，和孩子一起做"小手手，出来了"的游戏，孩子总能开怀大笑。与认物图书相比，图画书所承载的教育点更加丰富，小宝宝不仅能够了解自己的身体并获得自我意识的发展，同时能帮助宝宝智能发展，又传递给宝宝一种真正的阅读感受，还能给宝宝带来成长的快乐！

3.《脸，脸，各种各样的脸》

这本《脸，脸，各种各样的脸》曾被《朝日新闻》评为年度最畅销的婴儿图画书。这是一本很简单的书，画面朴素，但其中简单的设计对孩子来说却意味深长。

过去人们一直认为，婴儿出生后一个月之内眼睛是看不见任何东西的。但是研究显示，婴儿在出生后10分钟之内就能够识别人的脸。婴儿从2—3个月大就喜欢看人脸的图案。心理学家范茨的实验发现，2—6个月的婴儿在人脸图形、同心圆、报纸、白纸、红纸和黄纸中间，注视人脸图形的时间最长。这是因为孩子本能地会对他的照顾者产生天生的信任感，进而对人脸最具好感。绘者依据婴幼儿的认知特点，主要通过脸的轮廓、眼睛、鼻子和嘴巴的线条和位置的改变，让脸的表情不断地发生变化，从而产生快乐的脸，悲伤的脸，生气的脸，苦恼的脸……因此，不满一岁的孩子会很喜欢这本书，他们喜欢人脸；两岁左右的孩子会很喜欢这本书，他们关注人的表情；三岁多的孩子也很喜欢这本书，他们惊叹于图形和线条的千变万化。

4.《黄色的……是蝴蝶!》

这是一本供婴幼儿阅读的视觉游戏图画书，是日本插画大师五味太郎的作品。他的创作题材包罗万象，内容设计充满视觉游戏与绘画创意，处处可见惊喜与幽默感，能吸引读者一读再读。这本书的设计仍保有其独创性，作者刻意营造可以预测和追踪的趣味画面，用大手笔的挖洞轧型设计，在右页的地方交错出现镂空的蝴蝶图案，翻页后就会发现蝴蝶形的挖洞轧型还会变成其他有趣的物件，十分容易吸引婴幼儿的视觉焦点，让人迫不及待地想翻到下一页。开始还以为是蝴蝶，原来却是黄色的花啊！小男孩继续追捕，黄色蝴蝶也继续出现，开始还以为是蝴蝶的东西，翻开下一页却变成小鸡、气球、安全帽、交通标志和食物……一个接一个的惊喜，让孩子在翻阅的过程中获得源源不断的快乐。很多书店都有洞洞书，但有些图画书的插画过于精致了，让人在体会“洞洞”的快乐之前就有些累了。五味太郎的洞洞书却不是这样，它能让孩子们在猜谜般的追逐游戏中体会到无穷的乐趣。

5.《连在一起》

这是一本能够实现亲子之间良好互动的图画书，非常适合0—2岁的婴儿和父母一起阅读。由于婴幼儿的视觉感知范围十分有限，对一个复杂事物是无法整体感知的，也难以关注到每个细节，因此，观察对象越简单，孩子注意力越可能集中在主要的内容上。这本专门为婴幼儿创造的图画书，画面简单明了，没有纷繁的底色，为让每一页的主角更加突出，每一页的变化更加明显，画面除了各主角外，就是安静的各种底色(如白色、蓝色、绿色、黄色)。从游来游去的金鱼、扁嘴的鸭子、长鼻子的大象、树上的猴子一对一对连在一起，到最后出现妈妈和宝宝及一家人自然而然也应该连在一起，让婴幼儿在心里建立起一种与亲人安全依恋的亲子关系，画面充满温暖与感动。

形象、素净的画面，保证了图文的高度结合，所以很容易让孩子看懂画面。而且文中大量的有变化的重复情节也符合婴幼儿的认知习惯，书中反复的句式，十分有韵律，读来朗朗上口，很容易使孩子看图跟读，融入阅读中。

同时，这本书从指认动物开始，无意中可让婴幼儿得到事物多种关系的感知，比如：相同—配对，一样的动物；相向—面对，朝一个地方；相遇—分合，连在一起。这些隐藏在故事画面背后的事物逻辑关系，并不需要在阅读中被揭示出来，不用语言表述，但却能在反复阅读中被感知。

6.《小蓝和小黄》

《小蓝和小黄》是一部世人公认的抽象派图画书。在这本图画书里，作者完全摈弃了我们常见的形象，用一蓝一黄两个近乎圆形的抽象色块，讲述了一个关于爱与融合的故事。整个作品的内容主要是以图形颜色的形式表现出来，图案相对简单，但图案中涉及的图画有许多种，有的图案像苗条的妈妈，有的图案像强壮的爸爸，还有的图案像可爱的孩子，能激发幼儿无限的想象。书中最大的亮点是涉及三种颜色：蓝色、黄色、绿色。作者用新奇的童话故事巧妙地将蓝色和黄色相结合产生绿色的过程用图画的形式表达出来，不仅让幼儿理解不同颜色之间的色谱关系，同时小蓝与小黄拥抱重叠融合成了绿色，暗示着一种人与人之间的心灵的融合。幼儿也可以从中读出小蓝和小黄的喜怒哀乐，在小蓝和小黄身上找到自己的影子，理解什么是友谊。

7.《大卫，不可以》

《大卫，不可以》是一本能激起男孩共鸣、让妈妈心跳加快的图画书，曾经获得1999年的凯迪克银奖。大卫·香农以自己小时候制作的图画书为蓝本，刻画出一个调皮捣蛋的小男孩儿形象。在故事里，闯了大祸的大卫虽然受到处罚，最后仍然得到了妈妈的拥抱和全心全意的爱，让人十分感动。这本图画书的主角是大卫，画面上只有他一个人物的完整形象，妈妈只在扉页和最后一页有两个不完整的画面。尽管如此，我们阅读和欣赏这本图画书时，却时时感到大卫的妈妈是隐藏书在画面背后的主角，她无时无刻不在关注、关心着大卫的一举一动，常常挂在嘴边的一句话就是："大卫，不可以。"整个故事从剑拔弩张开始，到皆大欢喜结束。全书没有多余的画面，没有多余的话语，节奏自然流畅。

除了书名页及最后一页外，整本书都由跨页组成，而所有的跨页图画都是满版，图画空间仿佛延伸、扩展到了现实世界里，既拉近了读者和图画之间的距离，也让读者产生许多联想。图画书中大卫的造型既像是用几何形体拼接的玩偶，又像孩子用稚拙的笔触描绘的自画像，而画面中的场景如布面的沙发、浴缸、玻璃桌都颇具真实感。这种写实画法与玩偶般的大卫形成一种对比效果，凸显了小男孩与周围环境的冲突，这种画面张力也增加了读者的阅读乐趣。

8.《子儿，吐吐》

小时候，我们都碰到过这样的事儿：吃水果，不小心把核儿吞到肚子里了，会发生什么呢？当时小小的心里有些担心，又有些期待，于是生发出无数妙趣横生的想象……

这本图画书取材于幼儿的日常生活经验。小猪胖脸儿吃木瓜时将木瓜籽吞得干干净净。刚开始，胖脸儿并没有在意，但同学们慌了，想象着头上冒出一棵树之后可能会出现的麻烦与不便。作品围绕这一有趣的事件，生动地描绘了胖脸儿对“吞子长树”这一事件，从开始的震惊到担忧恐惧，再到坦然期待，最后失望无奈和自我安慰的心理过程。图画书里的小猪的造型稚拙生动，表情丰富，画面设计灵活，并通过字形的变化来表现小猪们的反应和七嘴八舌的情态，通过句子的反复来表现人物焦虑的心情，因此，在有限的故事长度里成功塑造了一个质朴憨厚的人物形象，发掘了人物内心的丰富的心理活动过程，传达出图画书特有的诙谐与幽默。

9.《打瞌睡的房子》

迷蒙的蓝、密密的雨打在开满蔷薇花的栅栏上，“有一栋房子，打瞌睡的房子”在雨中沉沉地睡着。那栋打瞌睡的房子，它的眼睛耷着，嘴半张着，住在里面的人都在睡觉，而且睡得很沉很香。老奶奶睡在大床上，小男孩睡在老奶奶身上，狗睡在小男孩身上。突然，老鼠跳了起来，猫儿、狗儿、小孩儿一个个都惊飞了起来，老奶奶还压垮了床……大家都醒来了！

这是一本非常美的图画书。《洛杉矶时报》说它是“一本图画与文字的天作之合”。作者以重复的句型，使文字产生节奏与旋律，幼儿很容易上口；画面左边的叠句的排列与画面右边一个叠一个的人物十分相配。故事里的角色，每增加一位，文字随角色的增加而累积，画面也跟着层层叠叠地累积，同时，画面整体细腻，人物表情既夸张又生动，充满了电影运镜的趣味。这本书最大的看点就是画家对色彩的运用及视点的变化：一开始，卧室的墙壁、水罐都是一种灰蒙蒙的色彩，昏暗的窗外大雨如注。但从下一页开始，卧室的光线发生了变化，慢慢地变蓝、变亮，还出现了影子。十几页过后，等到老奶奶从半空中落下来的时候，我们发现雨停了，窗外一片碧绿，卧室里照进了明黄色的阳光。再看视点，画面一开始是一个平视的视点，可是渐渐地，就变成了一个俯瞰的视点，读者仿佛是飘浮在空中的精灵，正俯瞰着雨夜里那间打瞌睡的房子，然后一下子就潜进屋子里，看着每个打瞌睡的人物。作者和插画家正是充分利用了镜头运镜和色彩统计的方式共同营造了一个戏剧感十足的氛围，扩展出故事特有的幽默效果。

10.《小威向前冲》

这是本非常经典的性教育图画书。精彩的画面，生动的表达，能让幼儿知道一些生命科学的内容，也帮助父母回答了一个不太好启齿的问题。当然，这本图画书不只是讲述生理卫生课的儿童读本。在图与文的互动中，它除了讲述一个小精子变成小宝宝的过程，更重要的是让我们首先感受到了小威坚持不放弃的冲劲。虽然只是三亿个小精子中的一个，但只有小威以最快的速度坚持到了终点。这让幼儿明白，只要能在自己喜欢的领域里坚持不懈，总有一天会取得成功的。其次是浓浓的爱意，我们要让幼儿知道他的诞生也伴随着一段爱意浓浓的旅程。最后是遗传的秘密，能让对生殖和遗传充满好奇的幼儿认识自己，让孩子知道每个人都会有自己的优缺点，有缺点的小孩也一样是棒小孩。因此，在讲述时千万别忘记告诉孩子："你是最棒的！曾经也有一个最棒的小精子一直在努力，坚持不放弃，战胜了三亿也许更多的小精子，最后他变成了现在的你。"

11.《是谁嗯嗯在我的头上》

这是一本非常幽默的知识类图画书，一个被成人世界避讳的话题，却以一个有趣的故事从科学的角度被阐释了，让幼儿不仅获取了包括鸽子、老马、野兔、山羊、乳牛等在内的动物"便便"的知识，更是让幼儿学会以科学的眼光来坦然面对生理问题，建立起正确对待这件生活中再正常不过的事情的客观态度。

故事主角是一只视力很弱，在洞里也是靠鼻子的触觉感知事物的鼹鼠，这为故事的发展埋下了伏笔。这只倒霉的小鼹鼠在气冲冲地追查到底是哪个坏蛋"嗯嗯"在他头上的过程中，知道了大小不同、吃不同食物的动物排泄出来的粪便都不相同。最后苍蝇帮他找到了"元凶"，于是他"以牙还牙"，把大便嗯嗯在狗的头上，这才钻回土里。故事的首尾相连，轻松愉快地用一个简单的故事串联，充满了令人忍俊不禁的趣味。对天性快乐的幼儿来说，这本书不但有趣，可能还具有"爆笑"的效果。当然，小鼹鼠作为故事里的人物，它的执着和无惧，包括找到元凶大狗后，虽然无助——既心有不甘又无可奈何——但它还是爬到了大狗的屋顶上，以"嗯嗯"还之以"嗯嗯"，似乎也启示幼儿和成年人在与人相处的处事态度上要大度，不应斤斤计较。

书后特别增辟"亲子共读"单元，针对每一种动物的吃、喝、拉、撒做了详细的介绍，让幼儿能进一步了解动物的食性、消化功能或排泄方式。可见，这是一本趣味性及知识性兼具的图画书。

12.《亲爱的小鱼》

依照自然生态及以往看过的故事，我们脑海里已养成一个思维定势，认为鱼是猫的食物，所以鱼和猫的关系当然是敌对的。但《亲爱的小鱼》却借着一只猫咪与一条小鱼的情谊，温暖地道出爱与包容的真义。

这是一本非常温情的图画故事书，小猫以独白的方式倾诉着对小鱼的深深喜爱。作者有意设置的独白的叙述语气，给整个故事染上了一种朦胧的感伤气氛。当我们看到在夜的淡蓝和静谧中，猫与帽子背对读者，面朝大海，孤独地等待着小鱼归来的画面时，总会深深地被触动。整个故事其实全是猫对于小鱼的爱的承诺与独白，小猫的付出、放手、等待、期盼，都体现出作者对爱的诠释。已长大的小鱼与小猫愉快嬉戏、远游、亲吻、互道晚安，尤其最后那个甜蜜特别的吻，就是一种爱的回报和证明，也表达了作者执着地追求生命更圆满的可能。因而读者总能在静谧的画面中感受到生机与活泼，在甜美的愿望里感受到对世界、自然温柔的关怀和哲思。

与故事相契合的是书中的每一幅画都没有五彩缤纷的喧哗，完全是静谧、清凉的粉蓝或蓝绿的色调，而且每一幅画都很纯净。这不仅增添了图画书深远的意境，也给读者留下许多思考与想象的空间。

13.《鼠小弟的又一件小背心》

这是《可爱的鼠小弟》系列的第三册。妈妈又给鼠小弟织了一件小背心，小象想借。有了上次的经验，鼠小弟没借给它。可是对于鼠小妹，鼠小弟慷慨地把小背心借给了她。故事从这儿进入戏剧性的转折，一件背心于是就在小鸭子、海豹、河马、小象间辗转。故事生动有趣，鼠小弟虽然失去了背心，但却将美的种子传到每一个小动物的心里。看，那只憨憨的小象第一次没有借到背心时，是多么的沮丧；而当他最终穿上那件梦寐以求的背心时，脚步轻盈，鼻子里竟然蹦出了豆芽一样的乐符！本书构思的巧妙，结构的严谨，运用重复手法展开故事的节奏感，文图配合的默契都让它成为图画书中的图画书。

中江嘉男与上野纪子创作的鼠小弟，自 1974 年问世以来就深受孩子们的喜爱。图画书画面色彩柔和，粉红色的纸张上有一个空白的世界。纯净的红色与干净的白色上画了一只小小的“老鼠”，在视觉上让人感觉世界很大，想象无限。这个故事固然有趣，但是如果仅仅用文字来表现，就远达不到我们看到的这种效果。画家精湛的绘画技巧将各种动物的情态生动地展示在我们面前，让读者回味之余感到故事的滑稽可笑。例如，鼠小弟生动的表情诠释了他细微的丰富的心理活动；背心被撑大了，像绳子一样挂在河马粗笨的身体上，所形成的幽默滑稽不是单纯地靠文字就能体现的。在以画为主导型的图画书中，绘画不是局部地使故事内容形象化，而是从始至终起着叙事的作用，从而让作品更具有单纯、温馨的美。

思考与探索

1. 任选一本图画书和有插图的图书，谈谈图画书的图画与插图的区别。
2. 试以一本图画书为例，说说它的构成、作用及种类。
3. 根据所学的图画书的理论知识，选择一本图画书展开文本艺术特征的分析。
4. 运用所学知识，说说如何为 0—3 岁的婴儿选择图画书。
5. 自选一本图画书，结合作品特征，写一份阅读指导教学设计。
6. 尝试制作一本婴儿阅读的手工图画书或绘制一本幼儿图画书。

拓展学习书目

1. 康长运．幼儿图画故事书阅读过程研究．北京：教育科学出版社，2007.
2. 彭懿．图画书：阅读与经典．北京：二十一世纪出版社，2008.
3.[日]松居直．我的图画书论．季颖译．长沙：湖南少年儿童出版社，1997.
4. 谢芳群．文字和图画中的叙事者．武汉：湖北少年儿童出版社，2003.

第七章

婴幼儿诗歌

学习目标

1. 了解儿歌的渊源和发展，把握儿歌的特殊形式，掌握它们的特点和作用；
2. 学习幼儿诗的基本知识，学会区别和分析其与儿歌的异同；
3. 学会鉴赏与解析婴幼儿诗歌。

第一节　儿　歌

一、儿歌的起源与发展

儿歌(nursery rhyme)，是以低幼儿童为主要接受对象的具有民歌风味的简短诗歌。它是儿童文学最古老也是最基本的体裁之一。我国古代称儿歌为童谣或童子谣、孺子歌、小儿语等，《左传》中有“卜偃引童谣”的记载。它原属民间文学，随着人类文明的进步，儿童文学地位的提高，儿歌才成为儿童文学的重要表现形式。“儿歌”这一名称在我国的正式使用，是“五四”以后歌谣运动大发展时期。周作人在《儿歌之研究》中指出：“儿歌者，儿童歌讴之词，古言童谣。《尔雅》‘徒歌曰谣’。《说文》谣注云，‘从肉言，谓无丝竹相和之歌词也’。”

在中华民族几千年的文化发展史中，早在先秦文学中就已留下儿歌的踪迹。它们散见于《诗经》《左传》《战国策》等典籍。到了宋朝郭茂倩主编的《乐府诗集》、明朝杨慎主编的《古今风谣》等集子里，儿歌已现其完整风貌。明朝吕坤所编《演小儿语》可确定为目前所见最早的儿歌专集，书中选编了他从各地采集而来的四十六首儿歌。这标志着我国的儿歌发展进入了成型阶段。之后，清朝郑旭旦主编《天籁集》，悟痴生主编《广天籁集》，进一步凸显了儿歌的教育与艺术价值。至此，儿歌被誉为“天下之妙文”，被称为“天籁”。到了“五四”时期，有识之士领军冲破封建藩篱，注重对儿童的教育培养，催生了大量富有儿童情趣和教育意义的新歌谣。1918 年，北京大学筹立了新歌谣征集处，把其中适合儿童诵读的部分独立编辑，正式用“儿歌”的名称发表在《歌谣》周刊，从此，儿歌成了儿童文学的重要体裁。

中华人民共和国成立以后，随着党和国家对儿童教育的重视，儿歌的创作和应用有了大幅度的发展。进入改革开放的新时期，由于思想的解放、观念的更新和突破，人们对儿歌的功能和作用有了崭新的认识，儿歌更全面地融入了儿童的生活，作品如雨后春笋，琳琅满目。

而今，儿歌作为儿童文学家族最小的妹妹，一路蹒跚走来，娇憨可掬，花枝招展，愈显其活泼可爱。

二、婴幼儿与儿歌的特殊关系

儿歌是在幼儿的摇篮旁伴着母亲的吟唱而进入幼童生活的。孩子们随着年龄的增长，由感知到模仿，最终学会诵唱儿歌，并从中获得审美感受。儿歌的内容总是十分浅显，易为幼儿理解接受，或单纯集中地描摹、叙述事件，或于简单有趣的韵语中阐明普通的事理。在儿歌的吟唱中，优美的旋律、和谐的节奏、真挚的情感可以给儿童以美的享受和情感熏陶。儿童听唱儿歌既可以联络与周围人的感情，也可以使他们的情感得到抒发，从而调节他们的情绪，使其得到心灵的愉悦。

幼儿感知事物从表象入手的特点，决定了他们乐于听取具象的话语，而儿歌恰是以它生动活泼的独到的措辞方式，迎合着孩子们的口味，沁入幼童的心灵，发挥了多方面的作用。例如，圣野的儿歌《布娃娃》(“布娃娃/不听话/喂她吃东西/不肯张嘴巴”)于天真稚气中表达了幼儿对周围生活的模仿和思考。同时，孩子们在吟诵这首儿歌时，会不禁联想到自己吃饭的情景，懂得应该养成良好的生活习惯。儿童最早接触的文学样式就是儿歌。儿歌总是和儿童的游戏活动相伴相随的，换句话说，没有一场游戏能少得了朗朗上口的儿歌。因此儿歌对儿童的作用也就和游戏的作用联串在一起，使孩子们在欢歌嬉笑中接受了文学的熏陶。婴儿听儿歌，会从和谐优美的声音中领受亲人的爱抚，从而产生情感效应，心理得到某种满足。而幼儿唱儿歌，则是情感的外泄过程，并能从中体验模仿成人的劳作和生活，验证自己的经验和记忆。例如，《小板凳》：“小板凳/真听话/和我一起等妈妈/妈妈下班回来/我请妈妈快坐下。”这首儿歌抒发了儿童对妈妈依恋、期盼妈妈早点回家的真实情感，从而使儿童学会尊重妈妈，尊重他人，并在外泄感情的过程中获得教益。此外，儿歌语言浅显、明快、通俗易懂，幼儿反复吟诵儿歌，能帮助他们矫正发音，正确把握概念，初步认识事物，并能培养他们语言的连贯力和表达力，训练和发展思维，培养和提高他们运用语言的能力。

因此，儿歌之于幼小的儿童，不是那种一般的读者与读物的关系，而是一种水乳交融的亲情关系，一种形影难离的伙伴关系。从一定意义上说，儿歌是引导儿童认识世界、了解自己、步入人生的第一位领路人、启蒙者。

三、儿歌的特点

儿歌一般比较短小，句式多样，富有变化，节奏鲜明，朗朗上口，易诵易记，易教易传。儿歌常用的表现手法有拟人、反复、重叠、对答、排叙、比喻、夸张、联想等，其中运用较多的是拟人。儿歌是民歌的一种重要形式，因此，口耳相传是其基本的传播方式。它的内容多反映儿童的生活情趣，传播生活、生产知识等。歌词有独唱或对唱，如福建浦城儿歌《月光光》。儿歌中既有民间流传的童谣，也有作家创作的诗歌。新时期的儿歌基本是作家与广大儿童教育工作者倾情的奉献，也有小部分是早慧孩子的创作。

作为一种独特的儿童文学体裁，儿歌具有以下主要特点。

(一)浅显易懂

这是由于其受众的年龄特征和接受能力所决定的。作为一种提供给婴幼儿听赏吟诵的听觉艺术，儿歌的语言要求十分浅白直观，一听就懂，一读了然。因此，儿歌多用实词，多造短句，谋篇玲珑，结构简单。如金波的《小红花》：

花园里，篱笆下，我种下一朵小红花。
春天的太阳当头照，春天的小雨沙沙下。
啦啦啦啦啦，啦啦啦啦啦，
小红花张嘴笑哈哈。

在这首儿歌中，小主人公热爱生活，热爱劳动，在美好的春天种下了可爱的小红花，为我们的环境增添了一份美丽，拟人化手法的自然运用让诗歌的表述亲切融情。作者用词实在，描写直观，让小读者如临其境，如见其形，读得酣畅淋漓，读得乐不可支。

再看金苗苓的《我家几口》：

我家有几口？
让我扳指头。
爸爸，妈妈，还有我，
再加一个布娃娃。
哟！有四口。

孩子的天真，孩子的稚拙，孩子的幸福感，跃然于浅浅的字行之间。它简直不像作家别出心裁的创作，而就是孩子的一番自言自语，能够让大大小小的读者回肠玩味，忍俊不禁。

(二)主题单纯

心理学告诉我们，婴幼儿正处于“无意注意”的心理发展阶段，还不适宜欣赏长篇作品；更由于他们的人生经历就是一张白纸，要在这张白纸上画上最新最美的图画，就不允许复杂。鉴于此，儿歌的思想内容必须鲜明直露，浅近单一。请看这一首《小姐姐》：

分点心大的给甜甜，
做游戏先让给甜甜，
因为老师告诉我，
我比甜甜大一天。

这样的作品就是整齐有韵的大白话，能让任何一个稍有思考力的孩子明白其事，洞见其理。可以说，儿歌在幼儿的思想品德教育中担当了无可替代的师表角色。作品的教化效果是那样直截了当，又是不见波纹的顺理自然，传达给接受主体的是由衷的愉悦感。

再如一首《好朋友》：

你帮我来梳梳头，
我帮你来扣纽扣，
团结友爱手拉手，
我们都是好朋友。

作品取材于小朋友的日常生活，营造出一片温馨和美的生活氛围，直接教给小朋友们最简单朴素的道理。在这样的意义上，儿歌是时时陪伴他们的温柔可亲的老师。

(三)情趣盎然

相对于其他年龄段的人群，婴幼儿是最感性的、表象化的。他们的理性还处在襁褓之中，意志力有待于开发。在选择接受文学作品的时候，有趣、有味成了他们的首选，故儿歌是所有的儿童文学作品中儿童情趣要求最高的一类。每一首受欢迎的儿歌，必定是孩子们爱听爱念爱唱的、能带给他们美感的。请看黄庆云的《摇篮》：

蓝天是摇篮，
摇着星宝宝。
白云轻轻飘，
星宝宝睡着了。
大海是摇篮，
摇着鱼宝宝。
浪花轻轻翻，
鱼宝宝睡着了。
花园是摇篮，
摇着花宝宝。
风儿轻轻吹，
花宝宝睡着了。
妈妈的手是摇篮，
摇着小宝宝。

歌儿轻轻唱，
宝宝睡着了。

宝宝甜美地睡着了，宝宝还将甜美地成长。作为憨态可掬的小妹妹，儿歌以五彩笔描绘生活，描写人间。高尔基把儿童文学称作“朴素而明朗的文体”，他指出这种文体“不是靠降低文学质量取得的，而是靠真正精湛的技巧取得的”，又说“学龄前儿童需要浅显而又具有高度艺术技巧的诗歌”。我们的儿歌是浅，然而浅得有深度。

儿歌的趣味性是多彩多姿的，并不一定要很华丽优美的文本才有情趣。请看这一首《傻莎莎》：

东东说长城是长的，
红红说方桌是方的，
莎莎说幼儿园是圆的。
妈妈笑着说，莎莎是傻的。

莎莎确实是傻的，每一个小朋友都会这么说。读了这样的诗歌，他们的心里多么愉快啊！诗里面的小朋友就好像是他们身边的那几位，诗里面的故事就好像发生在昨天、前天。还有，莎莎的妈妈是多好的妈妈，告诉咱地址，马上就去拜访她！

(四)音谐韵美

儿歌的语言具有音乐般的谐美，行军般整齐的节奏，诵读起来和畅顺口，记背起来不假思索，很容易引发孩子们的兴趣，进而传唱流行。请看叶圣陶先生的《小小的船》：

弯弯的月儿小小的船，
小小的船儿两头尖，
我在小小的船里坐，
只看见闪闪的星星蓝蓝的天。

即使最初级的读者都能看懂这样的作品，也没有一位读者会拒绝这样的美丽。儿歌的美太直观，直观到你一接触它就一目了然。它是位来不及裹上毛巾的乳儿，你如炬的目光可穿透它的皮肤，洞见它的五脏六腑。那是多么令人神迷的世界！

名不见经传的作者也会有不俗的表现。如这一首《牵牛花》：

牵牛花，力气大，
三天爬上我们家。
我忙问他累不累，
只听喇叭嘀嘀嗒。

美丽的牵牛花漫山遍野地盛开，更有亲近者装点了小朋友们的房前屋后，为生活涂抹上鲜亮的色彩，为人生吹响了嘹亮的进军号。综上所述，儿歌的音乐性在不求“大义”的儿歌中占据着最重要的地位，是它区别于其他幼儿文学样式的最主要的特点。

四、特殊形式的儿歌

儿歌的种类可以有多种划分。如根据其来源，可分为民间口口相传的儿歌和作家创作的儿歌两类，民间流传的儿歌一般称作童谣。如根据其表达的形式，可分为一般形式和特殊形式。也有根据婴幼儿接受的不同年龄段的情形，把儿歌划分为母歌与儿戏两大类，顾名思义，前者是孩子尚未拥有语言能力时母亲等长辈为其吟诵的作品，后者是他们学会了语言表达时边游戏边念唱的歌谣。

我国的儿歌在长期的民间流传的过程中，积淀了多姿多彩的特有表达形式。以下让我们着重讨论比较有代表性的一些种类。

(一)摇篮歌

摇篮歌又名催眠曲、摇篮曲，古代被称作抚儿歌。这是妈妈或者其他的长辈在孩子临睡前哼唱的儿歌，除了催眠的作用，这是婴幼儿人生中最早接受的文学艺术熏陶。摇篮歌的内容质朴简单，注重韵律节奏，如歌如诉，温润柔美，让婴幼儿如聆天籁，安顺恬和。浓浓的爱意，充盈的安全感，优美的语声，在反复的吟唱中向孩子传递、展现着摇篮歌无与伦比的独特艺术魅力。

请看俄罗斯著名诗人莱蒙托夫的这一首《摇篮曲》：

睡吧，我可爱的小宝宝，
睡吧，睡吧，
月儿静悄悄，
把你摇篮儿照。
我给你讲故事，
我给你唱歌谣。
你闭上小眼快睡觉，
睡吧，睡吧！

孩子在这样的哼唱声中安静，安眠。他听不懂妈妈的语意，但听懂了妈妈的爱，听懂了一种舒心爽气的旋律。更多的摇篮歌是聪明的妈妈即兴创作的，它可能连完整的语意都没有，只是一种反复进行的温柔的节奏和语声的融合，它伴送着宝宝走进甜甜的梦乡。摇篮歌中也有高端的作品，像我国著名作家黄庆云的《摇篮》、印度尼西亚的《宝贝》，就是摇篮歌艺术的极致。

(二)游戏歌

游戏歌，顾名思义就是婴幼儿做游戏时吟诵的儿歌。婴幼儿天性最是活泼好动，他们主要的生活内容就是游戏。他们通过游戏接触生活，通过游戏成长。游戏歌就是专门为配合婴幼儿做游戏编写的，它的形式非常生动，充满生活的气息。婴幼儿边做游戏，边朗朗上口地诵唱优美和谐的歌谣，既有益于身心健康，又增长了知识，体验了友谊。由于孩子们的游戏是丰富多彩的，与之相配的游戏儿歌也就琳琅满目。孩子排排队，有开火车歌；孩子做做操，有早操歌；孩子喜欢拍手，就有拍手歌；孩子喜欢踢毽子，就有踢毽子歌；孩子喜欢跳橡皮筋，就有跳橡皮筋歌；孩子喜欢捉迷藏，就有捉迷藏歌。有一首地方特色的捉迷藏歌很简单，就是一群小朋友分配好角色，然后反复诵唱“老狼老狼几点钟？一点钟；老狼老狼几点钟？两点钟……”到了约定的时间点，大家赶紧藏起来，老狼出来吃人了！就是这样没有装饰雕琢的游戏儿歌，装饰了游戏，让孩子们百唱不厌，乐此不疲，生气勃勃。

也有的游戏歌富有诗意，包含着强烈的审美意趣。请看这一首《雪蝴蝶》：

雪蝴蝶，飞呀飞，
哪个孩子不怕冷，
我就跟着谁。

多么浅白的语言，又是多么富有想象力的诗句。吟诵这样的作品，小朋友们怎么坐得住呢？是的，不管人类怎么发展，这个世界，只要还有孩子，就会有游戏，就会有游戏歌。

（三）数数歌

数数歌又名数字歌，它是按照数字的排序，又往往结合婴幼儿喜闻乐见的事物造句而成的歌谣。它是婴幼儿学习基本数字的好帮手，帮助他们掌握基本数列的知识，培养他们数的概念，训练他们的逻辑思维和基本运算的能力。数数歌用文学的形式帮助婴幼儿学习数学，是一种文学与数学的巧妙结合，是一种非常形象生动的启蒙教育手段。

请看这一首《十指歌》：

一二三，爬上山，
四五六，翻跟斗，
七八九，拍皮球，
张开两只手，十个手指头。

这样的诗歌，节奏特别整齐，吟诵起来顺畅有力。配上动作，配上道具（道具就长在小朋友们身上），孩子们情绪热烈，活动场面生动，学习的效果是很好的。

还有一类数数歌，不仅能够帮婴幼儿记认基本的数字和数列，还能有效训练他们初步的四则运算能力，提高语言的表达能力。如这一首四川地区的传统儿歌《数蛤蟆》：

一只蛤蟆一张嘴，
两只眼睛四条腿，
扑通一声跳下水。
两只蛤蟆两张嘴，

四只眼睛八条腿，
扑通扑通跳下水。
……

这首数数歌真的很绝。它捕捉了孩子们熟知的小动物的生活形态，运用简单又有趣的反复手法，内容可以无限次地叠加，考验孩子们的反应速度，训练的是有一定难度的乘法。而且，这样的数数歌游戏性也很强。

(四)问答歌

问答歌又名问答调、对歌等，是通过设问的形式，凸显有意义的生活内容的儿歌。问答歌启发思考，引导观察，能提高婴幼儿分辨事物的能力。

具体分析问答形式，有一问一答的问答歌，如这一首《问船儿》：

什么船儿水上飞？
气垫船儿水上飞。
什么船儿海底游？
潜水艇儿海底游。
什么船儿冰上走？
破冰船儿冰上走。
什么船儿上太空？
宇宙飞船上太空。

孩子都会喜欢船的，不管是木头的，塑料的，还是铁的，它们在水上开来开去，真神奇。更神奇的船儿还有那么多，真让他们开眼界。这样的问答歌胜过一般的科普读物。

还有齐问齐答的问答歌，如这一首《圆圆》：

什么圆圆在天上？
什么圆圆街上卖？
什么圆圆宝宝踢？
什么圆圆在水面？
月亮圆圆在天上，
烧饼圆圆街上卖，
皮球圆圆宝宝踢，
荷叶圆圆在水面。

圆形对孩子是有吸引力的，圆圆的物品是孩子们感兴趣的，作者把它们集合在一起，这样的作品是能够对小读者施展魔力的。

(五)连锁调

连锁调又名连珠体、连句，利用“顶针”的修辞手法构筑作品。其结构特点是：上句的最后一个字词就是下句的第一个字词，或者是它的谐音词；如此一句一句地顺连下去，形成连锁式结构。这样的写法使得全诗顺畅连接，一气呵成。

连锁调易诵易记，整体感强，特别容易激发孩子的诵读兴致，如邓德明的这一首《做习题》：

小调皮，做习题。
习题难，画小雁；
小雁飞，画乌龟；
乌龟爬，画小马；
小马跑，画小猫；
小猫叫，吓一跳，
学文化，怕动脑。
看你怎么学得好？

这是一首富有教育意义的儿歌，是针对小朋友学习怕动脑、不专心的毛病而创作的作品。由于抓住的是幼小孩子的通病，故不会过时，有其长久的生命力。这首连锁调是两句一个意思，押同一个韵，顶针连接，自然换韵，节奏整齐，浑然一体。这样的作品，音乐感强烈，深受小读者欢迎，又能在潜移默化之中让他们发现并改正自己的缺点。

下面这一首连锁调流传甚广，文辞并茂，老少咸宜。请看樊家信的《孙悟空打妖怪》：

唐僧骑马咚那个咚，
后面跟着个孙悟空。
孙悟空，跑得快，
后面跟着个猪八戒。
猪八戒，鼻子长，
后面跟着个沙和尚。
沙和尚，挑着箩，
后面跟着个老妖婆。
老妖婆，真正坏，
骗过唐僧和八戒。
唐僧八戒真糊涂，
是人是妖分不出。
分不出，上了当，
多亏孙悟空眼睛亮。
眼睛亮，冒金光，
高高举起金箍棒。

金箍棒，有力量，
妖魔鬼怪消灭光。

这是一首有故事情节的连锁调，一首可以表演的连锁调。

(六)绕口令

绕口令又名拗口令、急口令，指有意识地将一些读音相近、较难区别的音节排列在一起，造成拗口难念的效果。这是一种有助于语音训练的特殊形式儿歌。这种儿歌要读得正确清晰顺畅不容易，读好了会有成就感，故能引发孩子的学习兴趣，激励他们挑战困难，挑战自己。

适合婴幼儿诵读的绕口令也要符合他们的理解力水平，具有浅白朴质的特征，如这一首《长扁担》：

长扁担，短扁担，
长扁担比短扁担长半扁担，
短扁担比长扁担短半扁担。

就是这样简单的一个作品，它的训练效果也是很明显的，在提高语速的训练过程中，其趣味性也油然而生。

好的绕口令绝不是简单的语言组合，它在内容方面也不逊于一般儿歌，是那么活泼生动，风趣怡然。请看这一首《墙上挂面鼓》：

墙上挂面鼓，
鼓上画老虎。
小槌敲破鼓，
我用布来补。
不知是布补鼓，
还是布补虎。

把有黏度的发音跟有趣味的内容巧妙地融合，是这一首绕口令的过人之处，因此它成了幼儿绕口令的经典。

(七)谜语歌

谜语歌是承载着谜语内容的儿歌。它既是谜语又是诗歌，让孩子们在有韵味的吟诵中思考和发掘，复习生活的经验，加深对各种事物的认识和理解。谜语歌的题目是谜底，内容是谜面。它所选择的猜射对象一般是孩子喜闻乐见的，或者是有启发性意义的事物，如这一首《鹅》：

头戴红帽子，
身穿白袍子，

走路摆架子，
说话伸脖子。

它遵循了谜语的制作规则，在谜面中揭示了谜底的一些基本特征，诱导读者去追寻答案，正符合孩子求知的本性。

再看这一首比较经典的《月亮》：

有时像个圆盘，
有时像把镰刀，
有时挂在树梢，
有时落在山腰。

它曾经是早期小学语文教材的保留课目，陶冶了那么多的小读者。

（八）颠倒歌

颠倒歌的别名很多，又名稀奇歌、古怪歌和滑稽调。它的特点是故意正话反说，或者反话正说，类似于修辞学里的反语。

这是一首《稀奇歌》：

稀奇稀奇真稀奇，
麻雀踩死老母鸡，
蚂蚁身长三尺六，
八十岁老头坐在摇篮里。

还有更绝的作品，如这一首全方位的《颠倒歌》：

吃牛奶，喝面包，
背了火车上书包。
上了书包自个走，
看见后面人咬狗。
拿了狗来打砖头，
砖头咬了我的手。
哎哟哟，哎哟哟，
用手砍掉刀，
用刀当枕头。
……

这首颠倒歌因为颠倒得太厉害了，把每个朗读它的孩子都颠笑了，甚至有的孩子笑疯了。

(九)字头歌

字头歌很有意思。它的特点是儿歌的每个句子末尾都是同一个字，那就是完全的押韵，一韵到底，故读起来更加整齐上口，活泼有趣，深受孩子们喜欢。儿歌里的字头一般是“子、儿、头”等，一首儿歌包含一个相对完整的意思，具有轻松幽默的表达效果。

请看这一首《好孩子》：

村东有个小顺子，
村西有个小英子，
村南有个小柱子，
村北有个小冬子，
放学一起拾麦子，
他们都是好孩子。

这首儿歌简单质朴，弥漫着农村生活的气息，主题是那么单一鲜明，渗透着强烈的劳动教育意义。

再看这一首《花宝宝醒了》：

春姑娘来了，
唤醒了桃花宝宝。
夏姑娘来了，
唤醒了荷花宝宝。
秋姑娘来了，
唤醒了菊花宝宝。
冬姑娘来了，
唤醒了梅花宝宝。

这首字头歌突出了语言的描写性，张扬了人文的情感性。孩子能在甜美的诵读中潜移默化地培养诗情与诗性。

第二节　幼儿诗

幼儿诗，即适合幼儿听诵的自由体短诗。在诗歌的大家庭里，幼儿诗是最活泼最可爱的小姐妹。她最贴近幼儿的心灵，是他们的好朋友；她真诚地表达着幼儿的心声，传递着他们的审美意趣。

我国关于幼儿诗体裁的发展起步较晚。在几千年的诗歌长河里，由于众所周知的原因，适合幼儿接受的诗作不多。像李白的《静夜思》、杜牧的《山行》、柳宗元的《江雪》、王之涣的《登鹳雀楼》、孟浩然的《春晓》等，它们都不是特意为幼儿创作的，只是幼儿比较容易阅读而已。

到了晚清时期，才有了专为幼童而作的诗，不过缺乏上品，数量也差强人意。

直到“五四”新文化运动风起云涌之际，儿童的存在被发现，幼童的地位有了根本性改观，配合着白话文自由诗的长足进展，为孩子们而写的诗歌逐渐地得以传播，引发业界的关注。

从此，幼儿诗开始了它孜孜矻矻前行的历程。

一、诗的体认

诗歌是儿童生命中不可或缺的精神食粮。儿童文学种类林林总总，幼儿诗占据了基础而重要的地位。相较于儿歌，幼儿诗更具诗的基本要素。首先，幼儿诗是“诗”，它具备了诗的特征：一是曼舞飞扬的想象，二是慧性优雅的情思，三是耐人寻味的手笔，四是凝练传神的语言。其次，幼儿诗符合幼儿的心理特征，是幼儿喜闻乐见的诗，它着重演示了抒情主体的稚拙美。它的含蓄委婉凸显的是喷薄的孩子气。

毕加索曾经深情地说：“所有的孩子都是艺术家。问题是当他长大后，如何还能保有艺术天分。”而诗是文学之母，是所有艺术中最贴近心灵、最能兴发情感与想象力的艺术品种。幼儿诗葆有诗的内核，却放宽了诗的门槛。因为幼儿诗是用童心的逻辑演绎出来的诗，它的重心搁置在“童心”的基点上，是用“新鲜的眼光去看这个老旧的世界”，其本性跟幼童的心灵正好息息相通。可以这样说，一首幼儿诗就是一个小宇宙，就是一种人类情感的创意展演。

赏读幼儿诗，能使幼童在学习“社会人”的规范时，仍葆有“自然人”的率性纯真。当他们习惯了用诗的眼光去观察世界，便能从同样的人与事物中，看出更多层次、更多质感、更多趣兴，从单一的世界里品嘬出万千滋味。幼童读童诗，可以使他们的灵魂更深邃，可以使他们心灵柔软，感情丰美，想象飞扬。

人们喜欢吹风、听雨、晒暖阳，说不出理由，却让生命更美好。

与诗的邂逅，即吹风、听雨、晒暖阳，说不出道理，却让生命更美好。

读诗，最终给主体一个美丽的发现：生命本来就是一首诗！

二、幼儿诗的特点

幼儿诗的主要特点是：主题单纯，想象丰富；内容浅显、凝练，富有儿童情趣；节奏明快，韵律和谐；读起来朗朗上口，易于朗诵、记忆和表达情感。由此可见，鉴于其受众跟儿歌受众的密切关系，幼儿诗的特点总体看来与儿歌的特点有明显接近性。

幼儿诗不仅可以丰富幼儿的知识、发展语言、启迪智慧，还可以使幼儿的心灵和情感受到良好熏陶，让他们体验到美，初尝文学的魅力。

就现有文本而观之，幼儿诗总是那样形象生动、语言朴实、叙述稚拙，没有精巧的修饰，没有严谨的逻辑，没有深藏的城府，全然是一种本真的生命感觉和意趣，是真正天然去雕饰的文学形式。例如，加拿大诗人丹尼斯·李的《进城怎么走法》：“进城怎么走法？左脚提起，右脚放下，右脚提起，左脚放下，进城就是这么走法。”一个不经意的设问，一个出乎成人意料而更为真切的回答。这首小诗最直观地昭示了幼儿诗的审美特征：对事物的感知更为真切。这首小诗对“走法”的理解，不像成年人那样已落入日常解读习惯，“进城怎么走法”的问题实际问的是“路线”而不是“走法”，而幼儿的理解更为真切，所以回答的是真正的“走法”。这首诗单纯、真切却智慧无穷。成年人对自己的日常习惯，往往可能是虽谬误而不觉，所以需要经常像幼儿一样地真切感知事物才可能重新发现真理，这就是审美活动的重要意义。而幼儿诗即使幼稚，也闪耀着亮晶晶的稚拙美。它质朴、原生，有悖习惯和常理，却透彻、明净、真切，有着成人望尘莫及的美，有着更为根本的真！金波在他的《老爷爷和小娃娃》里亲热地写道：“一个小娃娃，摔了一跤，老爷爷扶他起来，连连说：别哭啊，别哭啊！一个老爷爷，摔了一跤，小娃娃扶他起来，连连说：别哭啊，别哭啊！他们俩，都笑了！忘了谁是老爷爷，谁是小娃娃。”我们读了这样的故事也都亲热地想着，是啊，这位老爷爷太像小孩子了，这位小孩子太像老爷爷了。而他们，我有一天在哪儿还见过。

三、幼儿诗的种类

在发展的进程中，幼儿诗也形成了一个较完整的体系。其种类虽不算繁多，也是个性鲜明、丰富多样。

(一)故事诗

由于天性使然，每个孩子都是喜欢故事的，而当故事用诗的形式表达时，对他们而言，就是无比精美的正味大餐。因为，故事告诉了他们生活是怎么回事；因为，诗告诉了他们人生为什么这样美丽。

提起故事诗，我们不能不首先想到柯岩的这一首《小弟和小猫》：

我家有个小弟弟，
聪明又淘气。
每天爬高又爬低，
满头满脸都是泥。
妈妈叫他来洗澡，
装没听见他就跑。
爸拿镜子把他照，
他闭上眼睛格格地笑。
姐姐抱来个小花猫，
拍拍爪子舔舔毛。
两眼一眯：“妙，妙，妙，
谁跟我玩？谁把我抱？”
弟弟伸出小黑手，
小猫连忙往后跳。
胡子一撅头一摇：
“不妙，不妙，太脏太脏我不要！”
姐姐听见哈哈笑，

爸爸妈妈皱眉毛。
小弟听了真害臊：
“妈！妈！快快给我洗个澡。”

诗里面包括那只活灵活现的小猫咪一共五个人物，他们共同演绎了一段生命成长的故事。诗里的小弟呼唤了诗外无数的“小弟”，一同思考，一同得出结论：身体弄脏了有何后果，身体弄脏了怎么办；进而思考不能把身体弄脏。几位大人呢，都是认真负责的，他们按照角色特点各司其职，构成了小弟成长的环境。小猫是个很特殊的人物，它的出场和表现是整首诗的亮点所在。小猫不仅是促成小弟改正的催化剂，还是作品生动活泼的表达效果的关节点。在作品设置的生活情境中，小猫很自然地扮演了小弟生活伙伴中的一个。

（二）抒情诗

幼儿诗家庭中的抒情诗，其个性也自然、鲜明。它顺应着读者的特性，植根于幼儿生活的土壤，自然地将情感的流露依附在生活情景的描绘之中。有一首《问月亮》这样写道：

月亮月亮告诉我，
月亮上面有什么。
有没有高高的桂花树，
有没有洁白的白玉兔，
有没有小河在流淌，
有没有小朋友在读书。

一连串的问号，是抒情主人公深情的呼告，敞示了求知好问的心灵。月亮，夜天中皎洁的一轮，在人类千万年的文化传承中珠光闪耀，耀花了幼童纯真的眼睛，牵动了他们无比优美的思情。

（三）讽喻诗

幼儿诗跟其他的幼儿文学作品一样，在给幼儿传输愉悦审美体验的同时，也发挥着重要的教育感化功能。讽喻诗就是承担此责的典型代表，如这一首王汶写的《阿宝的耳朵》：

阿宝不爱洗耳朵，
泥土积了半寸厚。
一天到外面走啊走，
一粒种子飞进耳朵沟。
春天到，太阳照，
耳朵里长出一株草，
小牛见了眯眯笑，

追着阿宝吃青草。

跟一般的幼儿诗相同，讽喻诗也描写，也抒情，只是在字里行间映射出劝诫和打趣。也只有这种幼儿的讽喻诗敢于如此夸叙，让阿宝的耳朵长出青草，并且吸引了小牛的追逐——怎一个生动了得!

(四)童话诗

童话诗是另一种故事诗，所讲述的是幻想而成的故事。它比直接描述生活的故事诗更富神秘感，内容更加海阔天空，扑朔迷离，给幼小的读者以诵读的惊喜。

请看鲁兵的这一首《小猪奴尼》:

有只小猪，叫作奴尼，妈妈说:“奴尼，奴尼，
你多脏呀!快来洗一洗。”
奴尼说:“妈妈，妈妈，我不洗，我不要洗。”
妈妈挺生气，来追奴尼。
奴尼真顽皮，逃东逃西，扑通——掉进泥坑里，
泥坑里面，尽是烂泥，奴尼又翻跟头又打滚，
玩了半天才爬起。一摇一摆回家去，
吓得妈妈打了个大喷嚏。
“啊——欠，你是谁，我不认得你。”
“妈妈，妈妈，我是奴尼，我是奴尼。”
“不是，不是，你不是奴尼。”
“是的，是的，我真的是奴尼。”
“出去，出去!”妈妈发了脾气。
“你再不出去，我可不饶你。
扫把扫你，簸箕簸你，当作垃圾倒了你。”
奴尼逃呀，逃呀，逃出两里地。
路上碰见羊姐姐，织的毛衣真美丽。
“走开，走开!别碰脏我的新毛衣。”
路上碰见猫阿姨，带着孩子在游戏。
“走开，走开!别吓坏我的小猫咪。”
最后碰见牛婶婶，在吊井水洗大衣。
“哎呀，哎呀!哪来这么个脏东西?
快来，快来!给你冲一冲，洗一洗。”
井水用了一百桶，肥皂泡泡满天飞，
洗掉烂泥，是个奴尼。
奴尼回家去，妈妈真欢喜。
“奴尼，奴尼。你几时学会了自己洗?”
奴尼，奴尼，鼻子翘翘，眼睛挤挤。

“妈妈，妈妈，明天我要学会自己洗！”

其实，在幼儿诗的世界里，童话诗和故事诗是孪生兄弟。可能其区分就在于幻想的成分多与寡，写作的手法放与收。由于幼儿以己度人、物我不分的阅读心理，适合他们接受的幼儿诗以其比拟的大胆、想象的空灵，尽显其能，尽展其方。因此，我们将《小弟和小猫》定位为生活故事诗，将《小猪奴尼》定位为童话诗，只是一种相对的划分，在共性里面寻个性而已。

（五）散文诗

幼儿的散文诗本质也是诗，只是表达比诗要自由。为了展示其散的特征，它一般采用散句的格式，但诗性的内核是不容置疑的。像胡木仁的这一首《圆圆的春天》：

小蜻蜓，尾巴尖，弯弯尾巴点点水。小蜻蜓，做什么？我给春天灌唱片！青蛙唱“呱呱”，雨点敲“叮咚”，活泼可爱的鱼娃娃，跳起水上芭蕾舞……灌呀灌，灌好了：圆圆的池塘，圆圆的唱片，圆圆的春天。

多美丽的情思啊，春天来了，小蜻蜓飞进了孩子的生活，点燃了孩子的那一颗诗心！蜻蜓点水，成人眼中的动物生活习性，竟然为孩子展现了一幅圆圆的春景。

四、儿歌与幼儿诗的异同

儿歌与幼儿诗同属于儿童诗歌类，它们虽然都具有诗歌的共性特征，但又各自具有个性特征，二者之间有着明显的区别。

其一，从读者对象的角度看，儿歌是以婴儿和小中班的幼儿为主要对象；幼儿诗则是以中大班的幼儿为主要对象。

其二，从主题思想的表现看，儿歌往往是比较单纯浅易地表现它的主题思想；幼儿诗的主题思想常常以间接方式表现出来，比较深刻、含蓄。例如，幼儿诗《小弟和小猫》与儿歌《洗手》都是以要讲究卫生为主题的作品，但表现方式却明显不同。

其三，从题材的选择方面看，儿歌比较注重实用性、贴近性，从日常生活中取材，在孩子的身边就近取材；幼儿诗的题材较广泛，内容更为丰富多彩。

其四，从语言运用形式上看，幼儿诗与儿歌的语言均要求凝练、简洁、有概括性。然而由于表现深度的不同，幼儿诗的语言比儿歌的语言更纯粹、更集中，更富有想象的张力。在语言的韵律处理上，幼儿诗不像儿歌那样讲究音韵的和谐和节奏的整齐划一。

其五，从篇幅长短看，幼儿诗有长有短，不特别受限制，其中故事诗、童话诗的篇幅都比较长；而儿歌因为有口头创作、供婴幼儿吟唱的特征，其受众的识解能力比较薄弱，一般都较为短小。

其六，从功能和作用上看，儿歌的主要功能，并不只是限制在认知这个圈圈里，其他如练习发音、催眠止哭、教育、游戏、幽默滑稽、性情陶冶等，也占了相当的比重和分量；幼儿诗的功用，一般来说，在于使幼儿能接受文学的陶冶、变化气质和增进文学修养。

韦光洪在《童诗在幼儿文学中的不可替代性》一文中明确指出：“幼儿诗有着与儿歌

不同的艺术空间。诗讲究意境和韵味，它在文学品类中是最能直接作用于人的心灵和情感的一个文种；诗是需要品方能心领神会的，品而所得的情韵和意蕴在读者心头萦绕，从而提升人的精神修养和精神境界。唱儿歌可以有口无心，吟诗则必须全身心积极投入。在接受上强调意会的诗，虽在接受上对幼儿不那么便捷，但它是断断不可以被放逐出我们的幼儿园的。它的不可替代性决定了：缺了它，人的审美修养中就缺了一种必要的元素。而一个精神健全的人是不可以不拥有这种元素的。”

我们在理论的层面上区别儿歌与幼儿诗，是为了在实践中有所依据，有所侧重，实际上两者无法截然分清。琳琅满目的婴幼儿诗歌中，诗化的儿歌，歌化的幼儿诗，比比皆是，我们没必要也不可能一一去辨别这一首是儿歌，那一首是幼儿诗。

请看这一首《小星星》：

一闪一闪亮晶晶，
满天都是小星星，
挂在天空放光明，
好像许多小眼睛。

你读着它，多么上口，多么通透；你品着它，多么明净，多么晶莹！它在简单中散发诗意，它在直白里令人神怡。这样的诗，征服了老老少少，以及任何一位读到它的读者。我们是否分得清它是儿歌，还是幼儿诗呢？或者说有无必要去劳这个神呢？

作品鉴赏

1. 宝宝要睡觉

风不吹，树不摇，
鸟儿也不叫，
好宝宝要睡觉，
眼睛闭闭好。

【点评】

这首摇篮歌具有其固有的质朴的本真意境，每天妈妈哄宝宝睡觉的时候，一边轻拍宝宝，一边缓慢哼诵眠歌，宝宝体验着甜甜的愿景，很快地进入了梦乡。

2. 人有两件宝

人有两件宝，
双手和大脑，
双手能劳动，
大脑能思考。

【点评】

很简单的一首儿歌，告诉幼儿一点知识，又颇有点哲理意味，指出双手和大脑对于人的重要性，暗示孩子们要勤动手，勤用脑。作品主题很明确，表达很直接，形式很直观。

3. 小花狗

一只小花狗，
蹲在大门口，
两眼黑黝黝，
想吃肉骨头。

【点评】

这首诗主要的表现手法是摹状，用凝练的笔墨将小花狗的特点活画出来。“小花狗真有意思，它好可爱，它的想法我知道。”小读者也许就在心里这样想着。

4. 小蘑菇

小蘑菇，你真傻，
太阳，没晒；
大雨，没下；
你老撑着小伞，干啥？

【点评】

这首诗写得很随意自然，在散文化表达中采用了很典型的拟人笔法。这个小蘑菇真是傻，比我还傻，这么简单的生活知识都不懂。小蘑菇的特征也清晰地印在了小读者的脑海里。

5. 雪人

小雪人，真有趣，
大眼睛，红鼻子，
头上戴顶歪歪帽，
红红围巾套脖上，
太阳一出不见了。

【点评】

小雪人真是很有趣的，不仅长相夸张，还有点神出鬼没的，说来就来，说走就走，是太阳公公变的魔术吗？这样的小雪人，要让小读者不喜欢会很难。

6. 阳光

阳光，在窗上爬着。
阳光，在花上笑着。
阳光，在溪上跳着。
阳光，在妈妈眼里闪着。

【点评】

阳光普照，万物生长靠太阳。排比式的句法，把阳光写活了，写出人性了，写出感情了，写出难点了。孩子们不一定能体味出最后一句的含义，但他们感受到了美，感受到了温情，他们萌发了一颗诗心——这就够了。

7. 数字歌

1 什么 1，棍子 1。
2 什么 2，鸭子 2。
3 什么 3，耳朵 3。
4 什么 4，帆船 4。
5 什么 5，钩钩 5。
6 什么 6，大肚 6。
7 什么 7，拐杖 7。
8 什么 8，眼镜 8。
9 什么 9，气球 9。
10 什么 10，棍子打棒球。

【点评】

儿歌里的数数歌本来就是化枯燥为有趣的，这首数数歌更是巧用摹形，将 1 到 10 的基本数序做了很形象的勾勒，把它们生活化了。这让小读者读得摇头晃脑，读得兴高采烈，顺便把字形也记牢了。

8. 我唱歌儿骑大马

青青的草，
红红的花，
我唱歌儿骑大马。
什么马？大马，
什么大？天大，
什么天？青天，
什么青？山青，
什么山？高山，

什么高？塔高，
什么塔？宝塔，
什么宝？国宝，
什么国？中华人民共和国。

【点评】

这是一首多别致的儿歌！对于小朋友来说，它尽管篇幅不短，却绝对易诵易记。细做分析，它糅合了问答歌和连锁调的表达方式，串联了起兴、摹状、设问的手法，内容又是那么通俗，充满豪气，给小读者以正能量。

9. 谁会爬

谁会爬？虫会爬。
　　虫儿怎样爬？
六只脚儿往前爬。
谁会游？鱼会游，
　　鱼儿怎样游？
摇摇尾巴点点头。
谁会飞？鸟会飞，
　　鸟儿怎样飞？
张开翅膀满天飞。

【点评】

这是一首很经典的问答歌。从内容上看，它是对小朋友知识的启蒙；从形式上看，一问一答的表达方式容易引起读者的注意，引发他们的思考。笔墨比较生动，摹状到位，让人印象深刻。

10. 袋鼠

有个妈妈真奇怪，
身上带个大口袋，
不放萝卜不放菜，
里面放个大乖乖。

【点评】

这是一首谜语歌。典型的谜语歌，题目是谜底，内容是谜面，组成一个和谐的整体。首先，作者选择了有特色的动物来制谜，奠定了作品可读性的基础；其次，抓住事物最具特色的部分落笔，言简意赅，生动出彩。

11. 我有一只小毛驴

我有一只小毛驴，
我从来也不骑。
有一天我心血来潮，
骑着去赶集。
我手里拿着小皮鞭，
我心里正得意，
不知怎么哗啦啦啦啦，
我摔了一身泥。

【点评】

现实生活中，心血来潮、随心所欲的现象是常见的，尤其是尚不那么理性的孩子。这一首小诗以其调侃的叙事风格，向读者展示了一个实例。小主人公失败了，然而不管是大人还是小孩，看了都会哑然失笑，这是一次开心的错误。

12. 雨后

冰心

嫩绿的树梢闪着金光，
广场上成了一片海洋！
水里一群赤脚的孩子，
快乐得好像神仙一样。

小哥哥使劲地踩着水，
把水花儿溅起多高。
他喊：“妹，小心，滑！”
说着自己就滑了一跤！

他拍拍水淋淋的泥裤子，
嘴里说：“糟糕——糟糕！”
而他通红欢喜的脸上，
却发射出兴奋和骄傲。

小妹妹撅着两条短粗的小辫，
紧紧地跟在这泥裤子后面，
她咬着唇儿，
提着裙儿，
轻轻地小心地跑，

心里却希望自己
也摔这么痛快的一跤！

【点评】

文学的魅力就是形象生动，形象生动的文本也是对抽象深奥的心理学的演绎。文学得到了多少读者的青睐，它源于生活又高于生活，高明之处在于帮读者找到了思考的愉快。

13. 蝴蝶和花

花是不会飞的蝴蝶，
　　蝴蝶是会飞的花。
　　蝴蝶是会飞的花。
花是不会飞的蝴蝶，
　　花是蝴蝶。
　　蝴蝶是花。

【点评】

绕口令一样的回环式反复，只为增强一个比喻的效果。蝴蝶是美的，花是美的，两者不用互相论证，强调的是一个静态，一个动态，让小读者恍然颖悟。

14. 春天的秘密

春天来了，春天来了，春天在哪儿呢？
小河里的冰融化了，河水淅沥淅沥地流着，
小声地说："春天在这儿！春天在这儿！"

春天来了，春天来了，春天在哪儿呢？
垂柳换上嫩绿的春装，在微风中轻轻地飘荡，
小声地说："春天在这儿！春天在这儿！"

春天来了，春天来了，春天在哪儿呢？
桃花红着脸，抿着小嘴，
微笑着说："春天在这儿！春天在这儿！"

春天来了，春天来了，春天在哪儿呢？
燕子飞翔在蔚蓝的天空里，
叽哩哩地叫着小声地说："春天在这儿！春天在这儿！"

春天来了，春天来了，春天在哪儿呢？
绿油油的麦苗，使劲地从泥土里往上钻，
小声地说：“春天在这儿！春天在这儿！”

春天来了，春天来了，春天在哪儿呢？
农民伯伯忙着播种，拖拉机轰隆轰隆地嚷：“春天在这儿！”
哈哈！春天真的来了，春天真的来了！
我看见了春天的秘密，我要把它牢牢记在心里。

【点评】

这是一首较长的幼儿诗歌，但绝不想显得厚重。它跟许多小诗一样，以其通体的透明、原质的淳朴招呼着每一位小读者，告诉他们一个喜庆的消息——春天在这儿。是的，春天在我们的身边，不必到处寻找。

15. 家

樊发稼

蓝色的大海，
是珊瑚的家。
黑色的云朵，
是大雨的家。
深深的地下，
是石油的家。
密密的森林，
是蘑菇的家。
小朋友，
到动物园玩儿，
别忘了回家。

【点评】

这一首朴素的小诗，给孩子们展示了广阔的视野，从天上到地下，从森林到海洋，每一种事物，都有自己的归宿。小诗没有太多的内涵可待发掘，只是真诚地告诉孩子：那里是我们的归宿，所以，让我们按时回家。

16. 蜻蜓

林良

你这架小飞机
　　真可爱，

一片片的荷叶
是你的机场。
你从这个机场起飞，
降落在另一个
绿绿的机场。

【点评】

诗人为我们娓娓道来一个现实世界中的童话。这一只可爱的小蜻蜓，载着绿绿的童心，到处飞行。

17. 蘑菇

林良

蘑菇是
寂寞的小亭子。
只有雨天
青蛙才来躲雨。
晴天青蛙走了，
亭子里冷冷清清。

【点评】

故事为什么会这么简单？不为什么，诗人要告诉我们的是什么叫联想。不是吗？他用联想引导了我们的联想。有了联想，生活才变得那样美丽。

18. 插秧

詹冰

水田是镜子
照映着蓝天
照映着白云
照映着青山
照映着绿树

农夫在插秧
插在绿树上
插在青山上
插在白云上
插在蓝天上

【点评】

有哲人告诉我们，是劳动创造了人类。劳动是辛苦的，劳动是吃力的。这一位诗人却告诉我们，劳动是这么美丽。难怪有小朋友读了这首诗，说："长大了我要当这样的农夫！"

19. 月亮下来吧

沈瑶珍

月亮呀，下来吧，
你是一个皮球呀，
小弟弟，要把你，
　　拿在手中玩。

月亮呀，下来吧，
你是一面镜子呀，
小妹妹，要把你，
　　拿在手中照。

月亮呀，下来吧，
你是一只小船呀，
小弟弟，小妹妹，
　　坐你到天上！

【点评】

天上的一轮明月，从来就跟诗人有缘分。可是，是诗人招来了小弟弟和小妹妹，还是小弟弟和小妹妹招来了诗人？

20. 春天是一本书

常福生

春天是一本彩色的书
　黄的迎春花，
　红的桃花，
　绿的柳叶，
　白的梨花。

春天是一本会笑的书
　小池塘笑了，
　酒窝圆又大；

小朋友笑了，
咧开小嘴巴。

春天是一本会唱的书
春雷轰隆隆，
春雨滴滴答，
燕子唧唧唧，
青蛙呱呱呱。

【点评】

春天，确实是一本书。这本书太美了，越读越精彩；这本书太大了，从古代读到了现代。不信，你也来，我也来，不尽读者滚滚来，看看谁能读得更明白。

21. 绿酒窝

任小霞

雨点
啪啪啪
把一粒粒
透明的种子
撒进了水里

瞧
水里开出了
一朵朵
绿绿的酒窝

【点评】

大自然真是一位神奇的魔术师。诗人却告诉我，你没有说对。诗人笑着说，你瞧，真正的魔术师是这一位——有着深深的小酒窝，瞪着亮晶晶的大眼睛。

22. 小月牙

太阳公公下班，
边走边剪指甲，
指甲挂在天边，
变成弯弯月牙。

【点评】

天上的新月，是太阳公公剪下的指甲。有人说，这是比喻。有这么大的比喻吗？

有。说这话的声音很小，他还来不及长大。

思考与探索

1. 说说儿歌对于婴幼儿的重要意义。

2. 儿歌的特殊形式有哪些？各有什么样的特点和作用？

3. 儿歌中口口相传、找不到作者的常被称为童谣。你对童谣了解多少？请收集整理五首本地童谣。

4. 举例说明幼儿诗的主要特点。

5. 仔细吟读下面两首诗歌，然后回答问题。

蒲公英

张秋生

一棵蒲公英，
一群小伞兵，
风儿吹，飘啊飘，
一落落在青草坪。
阳光照，雨水淋，
长出一片蒲公英。

蒲公英

黎焕颐

你有翅膀吗？
告诉我，蒲公英。
你飞得很高——
天上的道路，
是云彩组成；
我要跟着你，
去看神秘的星星。
你飞得很远——
远方的景色，
一定很迷人；
我要跟着你，
去做快乐的旅行。

(1)两首诗中，哪一首是儿歌，哪一首是幼儿诗？为什么？

(2)请指出两首诗歌所使用的修辞手法。

(3)假如让你来写一首同题诗歌，你会怎样写呢？

6. 幼儿诗是最小字辈的诗，而“儿歌要当作诗来写”，谈谈你对这些说法的理解。

7. 学习了婴幼儿诗歌的基本知识，你认为它在婴幼儿教育教学中有何意义和作用？请写一篇不少于500字的学习心得。

拓展学习书目

1. 金波编，蔡皋图．蝴蝶·豌豆花：中国经典童诗．石家庄：河北教育出版社，2010.

2. 林良，詹冰等．打开诗的翅膀．北京：中国民族摄影艺术出版社，2010.

3. 谭旭东．中国最美的童诗．石家庄：河北少年儿童出版社，2008.

4. 韦苇，谭旭东．世界金典儿童诗集．福州：福建少年儿童出版社，2011.

第八章

童　话

学习目标

1. 理解童话的概念并了解童话的起源和发展；
2. 掌握童话的基本特征和分类；
3. 结合婴幼儿身心特点及童话基本理论，能解读、欣赏、创作婴幼儿童话作品；
4. 掌握寓言的基本特征，把握童话和寓言的异同。

第一节　童话的概念和分类

一、童话的概念

“童话”这一名称源于日本。在日本，“童话”曾经是儿童文学的统称。童话作为一种文学样式在我国古已有之，但它作为一个特定的概念被使用，却是近代的事情，一般以1909年商务印书馆出版的、由孙毓修主编的《童话》丛书为标志。此时人们所界定的“童话”概念沿用了日文的原意，即泛指写给儿童的读物，主要偏向故事体的儿童文学作品。随着中国童话创作和理论的发展，中国的“童话”概念才逐渐缩小了原有的范围，最终被赋予了特定的含义，即指符合儿童想象方式、充满幻想色彩的神奇故事。

童话是儿童文学中历史最悠久的体裁之一，也是最富于儿童特点、最受小读者喜爱的文学样式。关于童话的概念，有很多种表述：

“童话是儿童文学的重要体裁，是一种具有浓厚幻想色彩的虚构故事，其语言浅显生动，对自然物往往作拟人化的描写，多采用夸张、拟人、象征等表现手法去编织奇异的情节。”（《儿童文学词典》）

“童话是在现实生活的基础上，用符合儿童的想象力的奇特的情节编织成的富于幻

想色彩的故事。”（蒋风）

“童话是以口头形式和书面形式存在的荒诞性与真实性和谐统一的奇妙故事，是特别容易被儿童接受的、具有历史性和人类共享性的文学样式之一。”（韦苇）

“童话是一种非写实的，以幻想精神作为主要审美手段的文学品种。”（王泉根）

“童话是一种能引起少年儿童审美响应的假定性文学。文学性、以非生活本身形式塑造艺术形象、儿童性，是其中三个基本的特点。”（吴其南）

以上界定都努力用一种概括性的说法去接近童话文体的本质，同时我们应该知道，童话是大文学圈里的而不只是儿童文学的一个类型。童话中相当数量的精品是成人作家把他们深邃的思想和成熟的艺术带入其中，提升了童话的艺术品位，拓展了童话的表现空间，给童话带来了新意。例如，J. R. 托尔金的《指环王》，采用童话体式，严格按照童话规则进行创作，表达对漫长的人类历史的领悟、体认和思考。

二、童话的分类

根据不同的角度，童话可区分为不同的种类：

其一，从童话的文体形式角度来区分，有散文体童话（又称童话故事），绝大部分童话属于此类；有童话诗，如鲁兵的《小猪奴尼》；有童话剧，如包蕾的《小熊请客》；有童话影视片，如《喜羊羊与灰太狼》。

其二，从童话所反映的内容角度来区分，有文学童话，即以反映社会生活为主的童话作品，大部分童话属此类；有科学童话（又称知识童话），即以介绍科学知识为主的童话作品，如方惠珍、盛璐德的《小蝌蚪找妈妈》、叶永烈的《方方和圆圆》。

其三，从童话形象的角度来区分，有拟人体童话，将人类以外各种有生命或无生命的事物人格化以后就形成了拟人体童话形象，如冰波的《白云》；超人体童话，它是以超自然面貌出现的、具备创造奇迹的超常能力的形象，如神仙、妖魔、精灵、鬼怪、巫师等，最早在神话、传说中出现，后来就成为民间童话中最为常见的形象类型，如詹姆斯·克吕斯的《尤吉妮大婶和月亮》；常人体童话，这一类童话形象是指以寻常人的面貌出现在童话中的人物，如安徒生的《豌豆上的公主》。这三种童话基本以拟人、神化和夸张为主要表现手段。

其四，从文学特征角度来区分，可分为传统童话和现代童话。它们在叙事方法、主题表达和人物特征上都有较大差别。

此外还有一些分法，如根据童话容量大小、篇幅长短的角度来区分，有长篇、中篇、短篇、微型和系列童话；根据读者年龄特征的角度来区分，有幼儿、儿童、少年童话等。

第二节　童话的起源与发展

童话与儿歌一样，是一种古老的文学样式，它有着悠久的历史。不论中外，在“童话”这一概念出现以前，童话性质的作品就早已存在了。如我国《搜神后记》中记载的田螺姑娘的故事，《酉阳杂俎·吴洞》中记载的少女叶限的故事，都是童话。明代马中锡的《中山狼传》也可以说是拟人化的童话。“中山狼”巧言善辩，得到了东郭先生的同情，在东郭先生的庇护下逃过劫难以后，从布袋里钻了出来，就露出了吃人的本性。善良又糊涂的东郭先生在一位老人的帮助下，才幸免落入狼口。其实，除以上列举的，童话的历史还可以推溯到远古时代，由此可见它的历史是悠久漫长的，很难确定它诞生的确切年代。但有一点是可以肯定的，即童话产生于劳动人民的口头创作，是他们在长期的生产和生活实践中的结晶。

提到童话的起源，研究工作者多方探索，有各种各样的说法，归纳起来不外下列几种：第一，演变说。认为童话是由神话、传说演变而来的，先有神话，后有传说，逐渐演变再出现童话。第二，包容说。神话中有部分适合儿童阅读的童话，传说中有部分适合儿童阅读的童话。神话与传说两种口传文学相互包容童话。第三，外来说。有人认为童话起源于印度，有人认为童话是清末从日本引进的。不过，多数观点认同童话演变说。

最早的童话始于民间的口头创作和传播，是由神话、传说演变而来的。“童话本质与神话世说为一体”，“神话者原人之宗教，世说者其历史，而童话则其文学也”，“故有同一传说，在甲地为神话，在乙地则降为童话”。周作人概括精要地说明了童话与神话、传说的渊源关系。原始人类对自然现象的无知与蒙昧使他们在与自然的搏斗中常常失败，他们便幻想自己得到了理想化的能力，创造出能主宰万物的“神”，同时把自然现象和自然能力人格化，把自身的意识、意志、愿望和感觉赋予周围的整个世界(“泛灵”观念)，以此对自然做出各种天真的解释，这就形成了神话。神话是人类早期的不自觉的艺术创作，它本质上是一种文化。传说是民众集体创作和口头流传的一种与一定历史事件、历史人物、地方古迹、自然风情、社会风俗等有关的具有虚构情节的传奇散文叙事作品。传说是神话的演进，是人类信仰由神变为人的转变。随着科学的发展，人类对自然力的征服，这些具有神秘感和奇异感的故事成为一种文学艺术，它与人类生存状态同步发展，开始关注普通人的生活，逐渐进入儿童的精神世界，孕育了民间童话。

童话的发展经历了传统童话和现代童话两个历史阶段。传统童话主要是指民间童话，它脱胎于神话传说，最早是作为口头文学形式出现的，是劳动人民集体智慧的结晶，在民间世代口耳相传。随着世代的演进，不同地区、民族的人们按照各种需要和理想从各个角度对民间童话加以补充和改造，并开始自觉地搜集故事、整理成册。古印度的《五卷书》、阿拉伯地区的《一千零一夜》、古希腊的《伊索寓言》和法国的《列那狐故事》都是世界闻名的民间童话集。较早地对民间童话进行改编的是法国的夏尔·贝洛(1628—1703)，他根据欧洲的民间童话改写了八篇童话和三篇童话诗，即《鹅妈妈故事集》。19世纪初，德国著名的语言学家格林兄弟搜集、整理的童话集，对以后的童话研究和童话的发展产生了深刻广泛的影响。

现代童话主要是指创作童话，也称文学童话、艺术童话，是成人自觉为儿童创作的童话作品，它表现时代主题和现代意识，反映作家的主体意识，折射出作家的儿童观念、文学思想，呈现出更为多样、丰厚的艺术意蕴。传统童话向现代童话过渡的完成以安徒生童话为标志。安徒生早期的一些作品也取材于民间童话，如《打火匣》《小克劳斯和大克劳斯》等，而他独立创作的《海的女儿》《丑小鸭》《小意达的花儿》等作品显示了独特的创作风格。他超越了民间童话的叙事方式，把现实生活和现实儿童的形象引进了自己创造的文学童话，开拓了童话的艺术表达领域，为后人提供了童话文体的现代范本，世界童话由此进入了艺术童话的发展阶段。

在中国，童话概念的形成和童话被列为独立的文学门类都是近代的事。1909 年商务印书馆出版了由孙毓修主编的《童话》丛书，“童话”一词开始使用并流行。“五四”时期的现代文学家通过对西方童话的译写和民间童话的改写，推动了文学童话的诞生。1923 年叶圣陶出版的《稻草人》是中国第一部作家童话集，“给中国的童话开辟了一条自己创作的路”(鲁迅)，为我国现代童话的创作奠定了基础。20 世纪 30 年代初张天翼创作的长篇童话《大林和小林》亦是中国童话的经典之作。这两位作家共同铺就了中国童话的现实主义发展之路。

在几代童话作家的共同努力下，我国的童话创作逐渐走向成熟，孙幼军、方轶群、张秋生、周锐、郑渊洁、冰波、汤素兰等一大批新老作家的童话创作都取得了很高的艺术成就。

我们还应该试着从生态学角度来看童话。童话这种源远流长的原初艺术形式，自从被一批批的学者以浓厚的理论兴趣探讨时起，诗意的神话时代已成为过去。成人以理性的智者身份建立起了文明世界，而童话世界却永存于任何一个时代的儿童的心灵世界之中，对人类而言，是童心挽留了童话。童心作为一种生命状态，是童话生命力永存的根本。童话不仅是“为儿童”的，更是“为人类”的，探讨儿童在童话艺术发展史上的意义，本质上是探讨童心对人类生存发展的永恒意义。只有理解童年生命的内涵，才能找回童话的真生命。

第三节　童话的特征

一、幻想是童话的基本特征

(一)幻想的基本因素

童话是幻想的故事，“幻想”是童话文本的最大特质。童话是一种非写实性的文学，幻想是它的基本特征。幻想是童话的主体，是童话的核心，没有幻想就没有童话。童话的两个基本要素是幻想和故事。如果我们再进一步深入到幻想和故事中去探索，也许就能得到关于童话的一段概述：童话是幻想的产物，它的根本特征是表现超自然的力量，超人间的存在，可以不受现实性和可能性的规范。我们可以把这种超自然的力量和超人间的存在称为“异常”的艺术要素，只要在环境背景、人物形象、故事情节中任何一个方面，或者两个方面，或者三个方面存在着这种异常性，就会构成童话。童话的幻想从故事的几个基本因素上表现自己的独特性。

一是人物。故事中的人物大多数是现实生活中并不存在的假想形象，具有超常的功能和形态。无生物变成有生物且通人性，动物具有人的思想和行为，人可以变大变小，变猫变狗。人物外形可以小如豌豆，也可以顶天立地；可以三头六臂，也可以凸目獠牙。例如：《不肯长大的小泰莱莎》中泰莱莎个头的变大变小；《蓝熊船长的13条半命》中教授上课时讲授生物进化史，变细胞、恐龙等。作家在人物构思上常常运用“颠倒”的手法，如在周锐的《大个子老鼠，小个子猫》中，老鼠的个头很大，猫的个头很小，而且，一反猫捉老鼠的常情，善良能干的老鼠总是帮猫做事，对猫呵护备至。在《绿野仙踪》中，生性凶猛霸道的狮子却是一个胆小鬼，它胆小如鼠，一点动静都能吓得它魂飞魄散，遇到危险，它总是第一个逃跑。颠倒的手法不仅制造了新鲜感，还蕴含着独特的文学意味。

二是空间。童话故事发生在何地？故事选择发生在神奇化、梦境感和虚幻化的地点，使读者产生“陌生感”，在故事开头便被带入奇幻境界，为故事假定性的艺术构思提供了前提和便利。情节的铺设和人物的塑造都可以不受现实的规范，不受读者经验的左右。例如：《绿野仙踪》中女孩子多萝茜被龙卷风从“干燥的、灰色的草原”吹到了充满绿地、树林、花草、鸟虫、小溪的地方，接下来的奇遇便合情理了；《爱丽丝漫游奇境记》中爱丽丝落入了一个奇怪的洞，接下来当然会发生许多奇怪的事情啦！当代童话作家更是巧妙地将现实世界与幻想世界进行移嫁，开拓了童话的想象空间。例如，郑渊洁在《红沙发音乐城》中，将“音乐城”的妖精国度安置于皮皮鲁和鲁西西家中的红沙发里来构思故事。

三是时间。“很久很久以前”这个惯用语将真实时间与幻想结合在一起，它不指向特定的时间，可以是15世纪的英国，也可以是17世纪的法国。与科幻故事不同的是，童话的时间界定透露了对纯朴的旧日时光的满存感念。童话里的时间又是富于弹性的东西，可以被赋予特殊“神奇性”：灰姑娘在午夜0点前必须回家，否则原形毕露(《灰姑娘》)；公主被巫婆诅咒在十五岁时会被一个纺锤弄伤，昏睡一百年(《睡美人》)。时间也可以被买卖、窃取、挪换：《一块烫石头》里谁要是砸碎了烫石头，便能返老还童。时间还可以随意被穿梭：张之路的《妞妞和爸爸同岁》里，妞妞顺着自来水管穿越时空，亲历了爸爸的一段童年生活片段。时间这一因素的种种变动使故事充满了神奇的色彩。

四是情节。但凡以上三个因素中一个或一个以上因素发生了“异常”，那么，故事的情节必然会产生“异常”，使故事具有幻想的特质。在情节演进中，引入“突如其来的风”(《绿野仙踪》)、“猫头鹰给哈利·波特带来入学通知书”(《哈利·波特》)、“灰姑娘无奈绝望时神仙教母的出现和帮助”(《灰姑娘》)，等等，亦是实现幻想常用手段。

幻想于童话而言，不仅仅是一种必要的艺术手法，也是一种目的和结果，更是一种整体性的艺术思维。

(二)童话的幻想与现实

童话塑造了奇异、怪诞的各种形象，编撰了不可思议的故事情节，勾勒出一个在日常生活中完全不存在的世界。我们大致都认同的是，童话的幻想根植于现实，是反映现实的特殊艺术手段，要受到作家理性的监督，尤其要受到现实真实的制约。不管是童话角色形象、情节设置的幻想，还是文本的整体象征性幻想，都闪烁着现实生活的痕迹，反映出对客观现实的认识。武玉桂的《蓝色的皮鞋》中，乔利穿上驴皮做的皮鞋就见东西便踢，这荒诞的构思是作者抓住了现实世界中毛驴踢人的特征，延伸夸张而得来的幻想情节。安徒生童话《豌豆上的公主》里，公主竟会被藏在二十床垫子和二十床鸭绒下面的一粒豌豆硌得全身发青发紫，这在现实中是不可能发生的，是“幻想”，而公主生理和心理的娇柔和高贵是“现实”。卡尔维诺的《一个分成了两半的子爵》中，梅达尔多子爵被劈成两半，两半能同时存活，一半儿干尽坏事，一半儿做尽好事，后来能再次合并，荒诞至极，但故事却让人领悟了“真实”——人性的两面和复杂性。幻想对生活做折射式的间接反映，是童话有别于其他文学形式的特点。

在童话发展史中，幻想和现实的关系在很大程度上与儿童观和幻想观的“相遇相知”、儿童文学的“说教”与“娱乐”的“博弈合作”紧密联系。

尽管儿童作为一个独立的群体在 17 世纪就被发现了，但直到 18 世纪，儿童文学作品之中仍弥漫着浓厚的说教意味。儿童观的确立并没有给儿童的幻想空间打开一扇门，反而是又挂上了一把沉沉的锁，钥匙则掌握在成年人的手中。18 世纪卢梭的儿童观和教育观为现代儿童文学的发展提供了重要的思想资源，但儿童文学创作依旧否定幻想力、想象力，更多的是宣扬知识、美德和感性。

18 世纪浪漫主义文学追求人类精神解放，重视情绪和想象力的主张和文学实践，给儿童文学带来的最大影响是幻想观的变化。席勒的“游戏说”美学理论，肯定了游戏冲动的价值，肯定了人的主体解放和自由发挥，肯定了艺术的无功利性，无形中推动了儿童文学这只逐浪轻舟。同时期发表的《敏・奇豪生奇游记》可以说是一次想象力的大解放，一次游戏精神的大爆发。1812—1822 年，格林兄弟以《儿童和家庭故事集》为标题出版的三卷本德国民间故事集已成全世界各国孩子的必读书目；19 世纪中期耸起了一座童话的丰碑——安徒生童话；英国的“三剑客”：刘易斯・卡罗尔(《爱丽丝漫游奇境记》)、金斯莱(《水孩子》)、麦克唐纳(《北风的背后》)，他们作品不仅写出人间孩子的欢乐和悲伤，更是为了快乐而快乐，幻想色彩比以前的民间童话更浓厚、更离奇。这时，儿童幻想文学带来的幻想精神和色彩，让故事得以通过隐喻的方式进入儿童的精神世界。

18、19 世纪徘徊于娱乐和说教之间的幻想儿童文学，自 20 世纪以来，又呈现了更加复杂的情况，娱乐的倾向加强，同时文本中的现实因素也随之增加。“幻想”不再仅仅是娱乐，游戏，还丰富地包括了理解、抚慰、拯救、引导、宣泄等不同的功能价值。特别值得指出的是，在 20 世纪西方儿童文学观念中，产生了一种新的倾向，就是把人类生活的浓缩、象征看作儿童文学特有的功能之一。例如，美国作家 E. B. 怀特 1952 年发表的《夏洛的网》，就是通过描写一只善良又脆弱的小猪与一只善良聪明的蜘蛛之间的故事，表现了现代人所面临的孤独无助、无聊厌倦、缺乏沟通的生存处境。

一方面，童话竭力在现实与幻想间构筑起桥梁；另一方面，我们又担心着：当代人是否相信童话？“幻想”出来的世界在日常生活状态下是不可能存在的：长袜子皮皮力大无穷，能双手举起一匹马；彼得・潘永远不再长大，只能与童年的孩子在永无岛欢乐地玩耍，不愿也不能走进成人的社会；被女巫大王变成小老鼠的小男孩依然能在姥姥的怀里坦然谈论他们的死亡和信赖。这些都是无法让人相信的事情。四五岁的儿童已经能区分现实和幻想，当他们听到《三只小猪》这个故事时，常常认为自己是赶走了恶狼，保护了两个哥哥的猪小弟。这是儿童在进行着精神扮演游戏，通过对那只勇敢小猪的认同，想象与小猪共同经历危险和辛劳，最终获得成功。弱小的孩子需要在想象中肯定自己，但绝不意味着在现实生活中把自己当作一只小猪。童话中搭建的幻想世界使儿童能尽情释放现实生活中被压抑的天性，经历现实生活所没有的冒险，领悟精神生命成长的真谛。成人则在童话世界中能够发现或重新审视自己的世界，恢复被知识遮蔽的信仰，重建被事实粉碎的想象，保持新鲜生动的好奇心。童话和所有的文学样式一样，都渴望通过文本信息传达出真实可信、入木三分、让人深思的审美意蕴。

二、荒诞是童话重要的美学特征

儿童文学对生活、时代做审美反映和艺术概括，不外乎采用三种形式：生活本身的形式、抒情形式和假定形式。假定形式在儿童文学中有特殊的地位，被儿童广为接受和喜爱的童话、寓言、科幻文学都是以假定形式来表现的。生活本身的形式以其性格的丰富、真实和典型来概括生活，而假定形式以“荒诞”为法则来概括生活。荒诞是作家运用幻想、夸张、变形等手法，故意将生活的真实进行大幅度的扭曲，使现实中的实际现象具有离奇古怪、玄妙无比的形式。荒诞实际上并不是指作品的本体性质，而是就审美角度而言，作品在读者心中激起的感受。

这里的“荒诞”就是一种“荒诞感”“荒诞性”，有“幻想”“梦幻”“怪异”“离奇”“善变”“可笑”等内涵，荒诞给童话带来了全新的面貌，带来了无限的艺术魅力，能给人以惊喜与美的享受。从西方的伊索寓言、古希腊神话、列那狐的故事，到东方的《五卷书》《西游记》《阿凡提的故事》，这些作品无一不是以荒诞取胜。后来的《格列佛游记》《贝洛童话》《吹牛大王历险记》《格林童话》，也以奇妙的荒诞俘获了儿童的注意。《爱丽丝漫游奇境记》《水孩子》，还有安徒生的童话《海的女儿》《丑小鸭》《拇指姑娘》等也因闪烁着荒诞的光芒而赢得广大读者。直到当代的作品《假话王国历险记》《彼得·潘》《长袜子皮皮》《蟋蟀在时代广场》《夏洛的网》等，荒诞已经成为作家进行艺术创造、表达审美理想的常用手段，是童话必不可少的美学品格。荒诞成为童话的重要美学特质，出色的荒诞造就出色的童话。出色的荒诞有其内在要求，即“荒诞得出奇，荒诞得美丽，荒诞得幽默，荒诞得真实”①，它使童话具有丰富的审美风格。荒诞使想象和生活真实造成一种强烈的反差：《吹牛大王历险记》的 46 则小故事敢于突破常人的思维定势，敢于荒诞，荒诞得透彻，使之具有了永存的艺术魅力。荒诞也可以美妙无比：《海的女儿》中海底世界的意境美，美人鱼为了追求人类爱情不惜化为泡沫的美好心灵、纯粹的精神境界，感动了几代人。当童话中的怪诞和滑稽同时出现时，便表现出一种意味隽永的笑趣：埃格纳的《豆蔻镇的居民和强盗》中强盗的滑稽行为和接受警察局长家庭“劳改”的怪诞情节，并不只是有趣，它强调善良、同情、对周围的人友爱、宽容的力量和意义。荒诞要防止失真，又要防止落入俗套，要处理好这两者的关系使之“假中见真”：《河马熟食店》(任大霖)和《蓝色的鞋子》(武玉桂)就把幻想和现实生活完美糅合，《寄给蛤蟆的信》(阿诺德·洛贝尔)和《萝卜回来了》(方轶群)则是让人在完全虚幻的童话故事

---

① 韦苇．韦苇与儿童文学．合肥：安徽少年儿童出版社，2000：43.

里感受现实世界的真善美。

荒诞童话的新奇、热闹、滑稽、怪诞的美学特征展示了一种活泼自由的现代美学心态，与幼儿的审美意识相契合，充分满足了儿童自由的幻想，无拘无束的游戏精神，以及追求新鲜、变化、刺激的审美心理和阅读趣味。《长袜子皮皮》中："有一次我在上海看见了一个中国人，他的耳朵长得非常大，大得可以当披风。下雨的时候，他就钻到耳朵底下去，又暖和，又舒服。当天气特别不好的时候，他就请他的朋友和熟人住在自己的耳朵里。"这种违拗常理、荒唐可笑，没有任何逻辑，甚至没有明确目的，也几乎找不到任何是非评判的叙述在童话中比比皆是，它给儿童带来的只是一种轻松的快意。儿童在阅读中获得一种突如其来的冲击，思路、情感和情绪得以开放，产生了自由联想的欲望，想象的天性便被迅速地被诱发和释放出来。

第四节 童话的表现手法

童话是幻想的产物，是社会生活在作家头脑中的特殊形式的反映，幻想既是童话的内容，又是童话的形式。作为形式，它有自己独特的表现手法，主要有拟人、神化、夸张、颠倒、象征等。

一、拟 人

"拟人"是指把非人类的东西加以人格化，赋予他们以人类的思想感情、行动和语言能力，它是童话表现幻想的最常用的艺术手法，拟人形象也是童话中最常见的艺术形象。童话中拟人化的范围十分广泛，包括对动物、植物以及其他非生物，各种具体和抽象事物，概念、观念、品质的拟人化。从《狼外婆》《小蝌蚪找妈妈》到《雪孩子》等，我们可以看到动物成为拟人形象在中国童话的历史传承。春姑娘、雷公公、时间老人等是把自然现象、非生物和抽象概念拟人化的形象，在童话中也经常出现。动物作为拟人体童话形象之所以成为童话人物形象的普遍类型，主要是因为它们和人类社会最接近，和人类有诸多可比性，也符合儿童的万物有灵观念。

童话中的拟人角色有其特点：与一般作品相比，童话中的拟人化角色在作品中是贯穿全文的，且拟人角色具有双重身份，它们似人非人，似物非物，似真非真，似假非假，是人与物的嫁接体。作家运用拟人手法，象征性地赋予动物深刻的"人性"，又要适当保留、突出其部分的"物性"，而"物性"还包括物与人、物与物之间原有的关系，以及支配它们的自然和生活规律。拟人手法的运用使故事获得超越现实的艺术效果，使童话中幻想世界和现实世界融为一体，让读者在"似与不似，犹真犹幻"之间，发挥丰富的想象力，玩味生动的形象，感悟形象折射现实的意蕴。在严文井的《四季的风》中，我们看到了真诚善良的风对一个失去双亲病卧茅屋的苦孩子体贴入微。为了让孩子享受到春天的愉快，他"带来了各种花的香味，青草的气味，以及各种小鸟歌唱的声音"；为了给苦孩子弄到渴盼中的水果，他"一连跑了好几个果园"弄来了野杏子；为了让病情严重的苦孩子得到一点快乐，他吃力地跳着"回旋舞"；苦孩子被冻死了，风狂暴地、愤怒地吹啊吹啊，“要把这个世界上所有的罪恶都扫荡得干干净净”。作品中“风”的形象是鲜明生动、充满人情的，而风为孩子所做的一切，风能带来香气、动听的声音，跳“回旋舞”，吹走尘埃……都符合风的“物性”，这就使这一形象既具有浓郁的儿童情趣，又包含深刻的现实意义。

二、神　化

运用神化或魔法的艺术手法进行创作，赋予童话形象以超自然的力量，这是传统童话中常见的手法。被神化的可以是人，也可以是物。这类奇幻故事充满了奇迹感和浓郁的幻想色彩，对儿童有着巨大的吸引力。运用神化手法时，常常借助于魔法宝物，如《七色花》中的小珍妮获得了有七片不同颜色透明花瓣的花朵，就能随心所欲地实现自己的愿望；《神笔马良》中的神笔就是赋予马良超人力量的宝物；《哈利·波特》中的魔法扫帚能带着小主人飞翔。

与传统童话相比，神化在现代童话中的运用有了一定的发展和变化。例如，新时期童话作家的魔法道具往往选用现代色彩的科学技术：《皮皮鲁外传》中的皮皮鲁乘坐“二踢脚”，像火箭那样离开地球直奔太阳；《魔术老虎》的神奇魔法，总是不断在童话世界创造奇迹。更令人欣喜的是，故事中被神化的形象也融入了更加独特的现实意义和审美意趣，如罗大里的《不肯长大的小泰莱莎》中，小泰莱莎不肯长大是因为对成长的忧愁与恐惧，而为了制服强盗，她又长得像烟囱一样高，那是因为男人胆小得像山羊，她不能眼看着强盗在村里胡作非为。泰莱莎是一个常人，不用借助任何魔法，却具有任意长高或变矮的能力，这种超自然力量的源泉就是小泰莱莎的内心意愿。作品表达了作家的审美理想：具有奉献精神的、利他的人才是美的，被人们所敬爱的。这是作家对精神巨人的呼唤和礼赞。

三、夸　张

夸张是借助丰富的想象，扩大和强调描写对象的某些特点，突出其本质特征，达到增强艺术效果的目的。任何艺术都会用一定程度的夸张来集中、概括地反映生活。童话是用幻想来反映生活的，而那些奇异的幻想往往是通过夸张来表达的。童话的夸张，不是一般的夸张，而是极度的夸张。夸张是幻想的一种表现，能强化作品的艺术效果，更好地契合儿童的心理特征，使作品更具吸引力。运用夸张可以突出童话形象的特征，给读者以鲜明而深刻的印象，还能增强作品的幽默感和趣味性，使读者获得美的享受。例如，《木偶奇遇记》中的戏院经理“长胡须像墨水瓶那么黑，从下巴一直拖到地板上，走起路来老要给自己踏着。嘴大得跟炉灶差不多，两只眼睛好像里边点着两盏玻璃灯”，生活中再怪异奇特的人也不会如此。任溶溶的《没头脑和不高兴》中，作家用奇特的想象和夸张的手法，让孩子们带着自己的缺点一下子成了大人。“没头脑”设计了一幢300层的楼房却忘了设计电梯，大楼建成后，孩子们背着粮食寝具爬到125层看《武松打虎》；“不高兴”扮演的老虎顽抗了几天都不肯死去，孩子们担心干粮，担心学校就要开学……夸张手法的运用使这个作品产生了不凡的艺术魅力。

夸张的原则是“合乎其情，不失其真”。夸张不能失实，否则就是浮夸。爱沙尼亚童话《做在大胡子里的鸟窝》写了小鸟在小矮人的大胡子里孵蛋的故事。作品有两条夸张链：胡子很大很密很暖和，做棉被结野果，小鸟成功做窝孵蛋；小矮人在孵蛋过程中忍受饥饿、酸痛，坚持到小鸟孵出。对胡子“大”的艺术夸张，实现了作品的幻想性，产生奇异的艺术效果；对小矮人“坚忍”形象的塑造，则使作品的内涵得到了体现和升华，展现了作为“人”的代表的小矮人与作为“自然”的代表的小鸟和谐共处的境界。就是这两处夸张，共同搭筑了童话现实与幻想的桥梁。

四、颠 倒

顾名思义，颠倒就是有意识地违反既定的现实逻辑关系。朱自强先生在《儿童文学本质》一书中提到他对自己儿子所作的观察记录中一个十分有趣的现象：一段时期内，他的儿子非常喜欢弯下腰来，倒着脑袋从分开的两腿间打量周围世界。这其实就是小孩子以完全相反的视角去观察世界，也是我们要说的造成荒诞的一个重要方法：颠倒。童话中的颠倒世界正与儿童思维中的逻辑特点相对应。从作家的角度看，颠倒是童话作家开掘深刻童话主题、折射式反映生活并表达作家的对生活的评价与判断的有效手段。从阅读的角度看，童话的颠倒能够满足儿童释放心理，构成童话特有的趣味。

德国童话作家凯斯特纳的《5 月 35 日》中，康拉德叔侄所来到的颠倒世界也是运用颠倒技法虚构出的这样一个荒诞王国。在那里，孩子们自由自在地在大街上溜达，而他们的父母却被关在名为“专门教育顽固不化的父母”的学校里，接受孩子们的教育。《随风而来的玛丽阿姨》中，女孩简和弟弟夜晚来到动物园，发现一幅荒唐的景象：动物们在园子里闲逛，本来应该关动物的笼子里却关着人。三三两两的动物在笼子前随意逗弄着关在里面的人。孙幼军的《怪老头》中也出现过类似情形，当怪老头和张新新变成老鼠来到鼠国的时候，就发现了老鼠国里小老鼠的地位要比大老鼠地位高，而且那些对待孩子不好的家长也要受到审判和惩罚。孩子在成人的世界中经常会遇到不尊重和不公平的待遇，所以，这些作品会让他们在童话的世界中彻底地当一回主人，让他们享受至高无上的权威和地位，让他们成为主宰者。

童话中“颠倒”的世界，有对物理世界的颠倒，比如时间的颠倒，空间的颠倒；有对社会世界的颠倒，比如儿童与成人社会分工的颠倒，穷人与富人的角色的颠倒；有对常识认识的颠倒，比如事物属性的逆转（猫和老鼠成为好友，狮子胆小如鼠等）；也有具有哲理意味的颠倒，比如重失轻得，糊涂胜过聪明等。当然，任何形式的颠倒其实都是有深意的，都会透露出作者的哲理思考。

五、象 征

童话幻想最鲜明的特征就是，它是超现实的，幻想世界在现实生活中并不存在。但透过表象看本质，我们又会发现，在这些奇异的世界中又处处闪耀着现实社会的折光，渗透着现实生活的哲理和思想情感。而象征，就是从幻想通往现实的桥梁。

象征是用具体的事物表现某种特殊意义；作为一种艺术手段，是借助某具体事物的形象来表现某种抽象的概念、思想或情感。间接反映现实生活的童话，常常采用象征手法，通过象征性的形象确切地概括人的特征和人与人之间的社会关系。童话如果抽掉“象征”，就不能成立，或者大大缩小了自身意义。

安徒生的《丑小鸭》中丑小鸭一系列的曲折经历，就象征着一个人不管所处环境如何恶劣，只要他勇于抗争，奋发有为，就能改变自己的命运。新美南吉的《去年的树》以鸟儿那执着的爱传达的是人类所共有的最美好、最纯洁、最真挚、最永恒的情感。阿·托尔斯泰的《拔萝卜》中的小耗子，就是许多人共同完成某件事物时不可忽视的微薄力量的象征。

由于象征体是具体可感的，而象征义则是带有普遍性、抽象性的特点，象征体中的内涵必然要大于它的外延，所以象征义的指向有时并不那么明确，带有多义性和不确定性特点，如读者对《皇帝的新装》就一直有不同的理解。

同时应该注意的是，童话象征要求意蕴深邃、丰富，但也并不等于可以故作高深，弄得寓意晦涩、扑朔迷离，令人百思不得其解。面对越小的儿童，象征义越不能朦胧，创作时要使它的内涵更趋向单一、明确、浅显。

第五节　婴幼儿童话的特殊性

童话之中比较浅近、适合幼儿听赏的作品就是婴幼儿童话，它是婴幼儿最喜爱的一种文学样式。婴幼儿童话具有一般童话的共性，但由于婴幼儿的年龄心理特征，它又有自己的一些个性。婴幼儿童话的特点有以下几方面。

一、融进婴幼儿心理特点的艺术幻想

婴幼儿天真活泼，知识缺乏，但他们的想象力发展迅速，0—6岁婴幼儿想象的特征呈现为：以无意想象为主，有意想象和创造想象正在逐步发展，但不占主导地位。1—2岁是想象的萌芽期，如婴儿会将椅子想象成汽车，把木棒当马骑，想长得和天空一样高等，这些都呈现为无意想象的特征；3—4岁进入有意想象阶段，想象的内容是自己不熟悉的或没经历过的，但是是现实中有的，如过家家，角色扮演(老师、学生)等，他们不可能想象出现实中从未有过的事物形象，心理学将这种初级阶段的想象称为再造想象；5—6岁进入创造性想象萌芽期，如会拼凑和泥塑模型，能进行故事的续编活动，能按一定目的想象游戏如何开展。

“想象”与“想像”是两个容易混淆的概念。想象是人脑对已有表象进行加工改造形成新形象的心理过程。想像则是为了艺术创造的目的，而形成有意识的观念或心理意象。因此，就童话而言，论及婴幼儿的心理，使用“想象”一词；论及童话的艺术心理和特征，则使用“想像”一词。对婴幼儿来说，“想象”与“想像”的界线可以轻易逾越，无意想象常使他们区分不清想象中的事物和现实中的事物，这些无意想象就呈现为具有童话特点的内容丰富而美妙的想像：“小弟弟的鞋子不见了，那就去询问小猫和老鼠吧!”“天空会下雨，那么天空是不是会下苹果、巧克力和冰淇淋呢?”“森林里的动物们也得上幼儿园，还要按个头儿大小排好年级!”他们每天都在创作童话，他们生活在童话的世界里。阅读是培养想象力的土壤，因为文学作品是连续的、富有形象性和逻辑性意义的内容的组合，可以促使大脑主动进行富有想象力的创造性思维。婴幼儿通过阅读童话，可以更快地完成从无意想象到有意想象和创造性想象的发展。

韦苇指出，“童话是被故事逻辑所规范的童梦世界”，“现代童话是参照儿童的思维方式创作的，把成人智慧、体验、思考和愿望熔铸于其中的奇幻故事”。童话作家的艺术幻想要与儿童的心理、情感和思维特征相契合。优秀的童话作家总能手捧孩子们混沌、杂乱的无意想象，用适当的幻想艺术形式，诗意地将孩子们纯真美好的情感表达出来。婴儿期与幼儿期幼儿的想象能力有一定差别，呈现于童话中的幻想也体现一定的差异性。

婴儿期幼儿的想象具有这些特征：第一，想象的主题不稳定，易变化；第二，以想象的过程为满足；第三，想象容易与现实混淆；第四，想象具有特殊的夸大性。与该年龄段婴儿心理相契合的童话就应注意：通过简单、连续的情节着意描绘夸张、有趣的形象，表达单纯、集中的主题。

例如，金建华的《星星警察》便是 2—3 岁婴儿十分喜爱的故事：

有一天，老鼠偷偷爬进小公鸡的家，背起一袋米就走。老鼠心里好得意，轻轻唱起歌儿来。

天上的星星听见了，伸出头来看。星星飞到地上来，变成一个星星警察跟着老鼠走。

老鼠看见一个闪闪发亮的警察跟着自己，吓了一大跳。“警察抓我啦！”老鼠扔下米袋拔腿就逃。

小公鸡躺在床上睡得正香呢！星星警察拍醒小公鸡：“你丢了米袋吗？”

家里米袋找到啦！小公鸡想对星星警察说声“谢谢”，可星星警察不见啦！

小公鸡对着星星大声说：“谢谢！”星星笑了！

天上的星星变身为神气的警察，这个天马行空的想象，既不符合生活逻辑，也不符合幻想逻辑，可在小小的婴儿看来就是那么自然贴切。他们还未能读懂星星的温和善良，还无法感受故事的机巧稚美，但星星伸张正义及老鼠狼狈逃跑的过程着实吸引了他们。或许，他们还会仰望星空寻找这颗警察星星，期待它的降临呢！

而幼儿期的想象则有这些特征：第一，想象的有意性逐渐发展；第二，想象的内容逐渐丰富完整；第三，再造想象的创造性成分逐渐增加。相应的童话作品应把握好以下几点：情节设计富于构思；人物数量可增多、形象鲜明；幻想符合一定的现实逻辑，于假中见真。

例如，季颖的《青蛙卖泥塘》围绕青蛙卖泥塘展开情节，老牛、野鸭、小鸟、蝴蝶、小兔、小猴和小狐狸依次出场，并对泥塘提出修建要求，青蛙参照所有动物的意见，戏剧性地把泥塘建设成一个优美宜人、舒适便利的居所。这个故事适合 5—6 岁的幼儿阅读，能有效培养和训练他们的再造想象能力。幼儿在阅读中会带着兴趣猜测，泥塘到底能不能卖出去？谁会买泥塘？在按照动物的修建要求改造后，伴随着泥塘的变化，小读者脑海中描绘了完整而清晰的故事图像。故事让幼儿体验和感受了青蛙向往美好生活的情感，并激发了幼儿创造和保护美好家园的积极情感。

二、以类型化为主的拟人角色

拟人是婴幼儿童话中使用最多的表现手法，拟人形象也是婴幼儿童话中最常见的艺术形象。

拟人是一种传统的艺术手法，来源于原始人类的“泛灵思想”。因为那时的人们智识水平低下，往往从主观的想象、幻想去解释各种自然现象，因而认为什么都有生命，即“万物有灵”。婴幼儿之所以喜爱拟人手法，首先是因为它契合他们的心理。万物在婴幼儿眼中总是涂上生命的色彩，他们自然希望童话中的种种形象都是富于生命体征的物体。同时，拟人能把抽象的事物转化为具体可感的艺术形象，这正适应了婴幼儿具体形象性思维的特点。

婴幼儿童话中的拟人角色主要以“类型化”为主要特点，但根据不同的接受对象，又显示出不同的文学特征。按接受者年龄的递增，婴幼儿拟人角色特征呈现为从“随意化”发展到“类型化”，最后达到“个性化”的发展趋势。婴儿童话的拟人角色在选择上比较自由，可以不受题材和主题的限制，因为婴儿还没有形成对角色的定式理解，又具有直接行动的思维特点，对拟人角色阅读只停留在动态和趣味层面。如《过家家》：

大狼不懂过家家。小猫、大白兔跟他一起玩，说：“大狼，大狼，吃点点心吧！”那点心是泥片片和石蛋蛋。

大狼回到家对妈妈说：“小猫和大白兔骗我，说泥片片和石蛋蛋是点心，让我吃！”妈妈说：“大狼呀，那不是骗你，那是做游戏，叫过家家。”

大狼去找松鼠和刺猬玩，松鼠给大狼一条花手帕，说：“这是你的被子，睡觉吧！”刺猬指着一个树桩说：“大狼，睡觉吧，这是你的床！”

大狼刚要生气，就想起了妈妈的话了。噢！这是过家家，做游戏！

大狼就躺在树桩上，盖上花手帕，闭上眼睛说：“我睡着了！”“呼——呼——”大狼假装打呼噜，却“噗”一声，笑了起来！

大狼会过家家了。

故事中的大狼和其他小动物不仅没有敌对关系，还能和睦相处。婴儿缺少阅读经验，对狼角色的认知还很模糊，听赏这样的故事时，会把大狼看成与他们一样的天真孩童，关注的是大狼做了什么，怎么做的，结果怎样……

而角色“类型化”是婴幼儿童话的重要特征，角色性格往往具有特征单一、鲜明突出的特征，如善良的小白兔、聪明的小花猫、憨厚的小黄狗、懒惰的小黑熊、狡猾的狐狸、凶恶的老狼等。这样的角色易于辨认，容易记忆。在阅读了大量的“类型化”拟人角色的作品后，幼儿对动物形象的认识达到了集体无意识的程度，他们可以较容易地通过角色的解读来理解作品的内涵。例如，在杨红樱的《巧克力饼屋》中，憨厚真诚的小猪笨笨建议小熊乖乖建造巧克力饼屋，并说服小熊收留老鼠叽叽和吱吱在饼屋里过夜，最终感动了老鼠们，使他们克制自己的欲念，也因感悟而做了香香甜甜的梦。故事里小猪、小熊和老鼠都是“本色出演”，他们的性格都具有类型化的“底色”，作家巧妙地将“人性的美好”植入他们的精神内部，使作品焕发出一般“类型化”童话所缺乏的光彩。故事情节的设计有一定的悬念，幼儿能结合对动物的认知猜度情节的发展，四个人物形象也随着情节推进愈显得鲜明可感，幼儿在理解人物形象时，心灵也被其中的美好人性滋润着。

角色“个性化”则要求拟人童话在人物塑造上达到了一定的艺术水平，具备一定生活经历、阅读经验和阅读能力的学龄前大班幼儿，才可能具有初步解读作品中“个性化”拟人角色的能力。李欧·李奥尼的《黑眼睛的大红鱼》，其寓意可以解读为“团结力量大”，但如果只这么解读，作品里的小黑鱼就被忽略了。小读者应该尝试去感受它在孤独与悲伤中寻找希望，在彷徨与寂寞中寻找快乐，用智慧与勇气感染、号召胆怯的同伴，以弱小生命迸发出巨大能量的曲折与美好。

三、富于游戏色彩的娱乐精神

游戏是婴幼儿的天职，是他们的主导活动。席勒曾说：“在人的各种状态下，正是游戏，只有游戏，才能使人达到完善并同时发展人的双重天性。”优秀的婴幼儿童话作品能充分运用游戏的方式组织文学结构、运用表现形式，使作品富于游戏精神，最大限度地张扬婴幼儿的天性，在“玩”的表象中融汇婴幼儿天然机趣的纯真感情，使小读者徜徉其间，产生愉悦和共鸣。

科兹洛夫的童话《会跑会跳的树》是这样一个故事：因为鸟儿在林子里的树上又唱又跳，小熊便以为树是活的。他想：“我也要做一棵树！”他来到树林的空地上，想象自己是一棵会摇会唱、会跑会跳的树。听松鼠说每棵树上都住着鸟儿，小熊请松鼠帮忙找几只鸟儿来：“你不要说我是一头小小的熊。你就告诉他们，有这么一棵树……”松鼠找来梅花雀，梅花雀停在小熊身上，小熊乐滋滋地想：“这回我是真正的树了！”作品抓住婴幼儿对世界的直接感知和直接行动思维，再现了婴幼儿真实生命状态的稚拙与纯美，诗意地记录下了别样的游戏生活。

婴幼儿童话的游戏色彩体现为具有“玩”的“动感”和“玩”的“情调”两方面特质。“玩”的“动感”指的是故事发展和人物描写充满动感，婴幼儿极易被吸引，进而模仿或创造性地以游戏的方式再现作品；“玩”的“情调”是指作品渗透出婴幼儿通过审美可以感知的婴幼儿情趣，它是引发婴幼儿感受自己生活的酵素。

许多婴幼儿童话的故事内容极富“玩”的“动感”：蔺力的《会打喷嚏的帽子》是老鼠们偷魔术帽的冒险游戏；科兹洛夫的《会跑会跳的树》是小熊扮成一棵“真正的树”的游戏；山姆·麦克布雷尼的《猜猜我有多爱你》则是亲子间的“比爱”游戏；阿·托尔斯泰的《拔萝卜》深受婴幼儿喜爱，是小朋友呼朋引伴的拔河游戏：

老公公种了个萝卜，他对萝卜说：“长吧，长吧，萝卜啊，长得甜呐！长吧，长吧，萝卜啊，长得大啊！”萝卜越长越大，大得不得了。

老公公就去拔萝卜。他拉住萝卜的叶子，“嗨哟，嗨哟”拔呀拔，拔不动。老公公喊：“老婆婆，老婆婆，快来帮忙拔萝卜！”“唉！来了，来了。”

老婆婆拉着老公公，老公公拉着萝卜叶子，一起拔萝卜。“嗨哟，嗨哟”拔呀拔，还是拔不动。老婆婆喊：“小姑娘，小姑娘，快来帮忙拔萝卜！”“唉！来了，来了。”

……

小耗子拉着小花猫，小花猫拉着小狗儿，小狗儿拉着小姑娘，小姑娘拉着老婆婆，老婆婆拉着老公公，老公公拉着萝卜叶子，一起拔萝卜。“嗨哟，嗨哟”拔呀拔，大萝卜有点动了，再用力地拔呀拔，终于，大萝卜被拔出来啦！大家围着大萝卜蹦啊，跳啊，别提有多高兴啦。

天色渐渐地暗了下来，大家一起抬着大萝卜，高兴地回家了。

更多的婴幼儿童话在整体构思上彰显了浓郁的“玩”的“情调”：在阿诺德·洛贝尔的《寄给蛤蟆的信》中，青蛙出于对朋友蛤蟆的关爱，回家写了一封信给正为未曾收过来信而伤心的蛤蟆，并把信托付给行动缓慢的蜗牛转交。青蛙陪蛤蟆一起等信，又忍不住说出了信的内容，而蜗牛终于在第四天到达了蛤蟆家。故事情节具有的戏剧性是立足于婴幼儿心理和情感的艺术构思，童话着力展示动物的善良、纯真和稚拙，从而铺设了故事通往幼儿心灵的通道。小读者不费余力地徜徉其中，于捧腹间感受故事的真善美。林·艾伦的《牛蛙牛蛙快快笑》故事开头便描写牛蛙把河里湖里的水全喝到肚子里，同时设下悬念“动物们没水喝，怎么办?”最后是鳗鱼滑稽的表演逗笑了牛蛙，让水从它肚子里喷泻而出。作品以整体的夸张和荒诞，营造了幽默快乐的游戏氛围。

又如《贪吃的哈罗德》：

有一条贪吃的蛇，名叫哈罗德。

它看见一只兔子，就“啊呜”一口把兔子吞了下去。它看见一只孔雀，又“啊呜”一口把孔雀吞了下去。它接连吞下了长颈鹿、大象、狮子，还有袋鼠妈妈的一家。

动物们在哈罗德黑黑的肚子里，全都睡着了。哈罗德打了个哈欠，也想睡觉了。

一只小虫子跳到了哈罗德的鼻子上。“阿嚏——”哈罗德打了个很响亮的喷嚏。它肚子里的动物一下子全给喷了出来，喷到了马戏团里。

马戏团的老板高兴地说：“哈哈！哈罗德给我送来这么多好演员啊!”

作品把婴幼儿天真幼稚、大胆不羁的想象和思考进行艺术加工，充沛的游戏精神赋予了童话快活、幽默和乐观向上的品质。

四、单纯明快的叙事方式

童话是一种叙事的文体，其中对幻想形象的刻画，对幻想世界的构筑，都是通过对故事的讲述表现出来的。婴幼儿的智力水平和审美特点决定了幼儿童话的叙事方式特点是简洁、明快和富有趣味，且情节和背景都较为单纯。

婴幼儿童话的背景很单纯，一般都是虚化的。时间、地点的交代往往十分简略，甚至模糊不清，不少婴幼儿童话沿用传统童话的模式，“从前”“有一天”“在一座森林里”，等等。婴幼儿童话的情节总是只做单纯的线性展开，情节生动有趣，但不复杂；可以曲折变化，但条理要清楚，枝节不过多；可以有悬念，但不悬置太长；有冲突有高潮，而结尾总是比较圆满。例如，《拉拉鼠和五色花》以五片花瓣来勾串情节，条理清晰。四片叶子接连落下，一片花瓣一种颜色，为一个动物朋友带来帮助或欢乐，饶有趣味。对最后一片橙色的花瓣的期盼与猜想，给故事带来无限余味。2—3 岁的幼儿欣赏这个故事，不仅能理清故事线索及相应内容，在情智方面也能得到启蒙。

窗台上有一盆五色花，小老鼠拉拉在洞口高兴地张望着。

五色花掉下一片红色的花瓣。这片红花瓣能做什么用呢？拉拉想了很多。

拉拉拖着红花瓣来到小河边。蚂蚁要过河，小老鼠拉拉把红花瓣送给小蚂蚁当小船。

窗台上落下了黄色的花瓣。这片黄花瓣能做什么用呢？拉拉又想了很多。

小老鼠拉拉把黄花瓣往外拖。乌龟被太阳晒得满头大汗，拉拉把黄花瓣送给乌龟当帽子。

窗台上落下了蓝色的花瓣。这片蓝花瓣能做什么用呢？拉拉又想了很多。拉拉把蓝花瓣往外拖。蜗牛从树上往下爬，蓝花瓣送给蜗牛当滑梯。

紫色的花瓣落了下来。这片紫花瓣能做什么用呢？拉拉又想了很多。拉拉把紫花瓣编成一个漂亮的蝴蝶结，送给睡梦中的小姑娘。

小老鼠拉拉守在最后一片的橙花瓣底下，期盼着它落下来。它想，最后一个花瓣能做什么呢？

婴幼儿童话的篇幅一般比较短小，一个童话就是一个小故事、一场小小的游戏。即便是长篇或中篇的幼儿童话，故事也是单纯、明快的，往往有一条主人公的活动线索贯穿始终，将主人公所经历的一个个小故事串联起来，而每一个小故事又有相对的独立性和完整性。英国米尔恩的《小熊温尼·菩》、日本中川李枝子的《不不园》等便是如此。

同时，童话这种古老的文体形式，在千百年的流传过程中，形成了一些固定的叙述方式，如三段式、层递式、循环式、对照式、连环式、连续式、串连式等。这些方式具有单纯、明快的特点，常为婴幼儿童话所采用，这里也做一些介绍。

三段式指将性质相同而具体内容相异的三个或三个以上的事件连贯在一起。这种叙述方法使故事的人物性格和主题思想得到完整鲜明的表现，给人留下深刻的印象。由于这些事件同中有异，异中有同，所以并不使人感到单调，反而具有一种特殊的情趣。《格林童话》中的《灰姑娘》、阿·托尔斯泰的《金鸡冠的公鸡》、季颖的《青蛙卖泥塘》等都采用了这样的结构。洪娟的《想长脚的小石头》以三段式结构叙述小石头三次分别向两只脚的小鸡、四只脚的猫、百只脚的蜈蚣借脚，可谁也不愿借给他，这样的情节安排凸显了小石头因求“脚”不得而不断积累叠加的挫败情绪。

循环式也称循环反复式。故事情节的展开仿佛转了一个圆圈，周而复始，即以某个形象为起点，产生一连串基本相同的情节，从一个形象转到另一个形象，最后又回到起点。在循环的过程中，有反复的因素在内。例如，方铁群的《萝卜回来了》，写小白兔在雪底下找到两个萝卜，就想到小猴也很饿，去送给小猴，小猴把萝卜送给了小鹿，小鹿送给了小熊，小熊又送给了小白兔。在送萝卜的过程中，不仅情节一次次反复，几个小动物的心理活动也一次次重复。在反复中，故事中“我为人人，人人为我”的主题得到了深化和突出。

对照式指用对照式展开故事情节，通常有两种情况：一种是性格截然相反的人物在相同环境下，出现不同的遭遇和结局，以形成鲜明的对比，用假恶丑对照出真善美；一种是以同一人物前后不同的表现和遭遇来组织故事情节，从而突出人物性格的变化以及变化的原因。例如，张秋生的《给狗熊奶奶读信》中，河马和黄莺运用不同的音色和情感读同一封信，却给狗熊奶奶带来了不同的心理感受；冰波的《白云》写出了“诅咒”前后小猪和小兔对待朋友的态度，它们分别运用两种对照式结构。

第六节 童话与寓言

一、寓言的起源与发展

寓言是世界最古老的文学体裁之一。关于寓言的产生，目前学术界主要有以下三种说法：一是寓言产生于神话；二是寓言产生于动物故事；三是寓言产生于比喻。追溯它的源头，我们可以发现，寓言同童话一样，起源于民间口头文学，受到神话传说的直接影响。当人们在漫长的生产实践中意识到神话的荒谬时，就开始寻求对事物的合理性解释，寓言是人们在进行神话传说创作过程中开始自觉地注入道德教训、理性思考时产生的，它直接反映人们的愿望、要求和理想。寓言的产生标志着人类理性思维的逐渐觉醒，人们开始有意识地运用联想和想象去表达从生活中感悟出的哲理。①

世界寓言主要有三大发源地：古希腊、古印度、中国。

(一)外国寓言的发展

古希腊寓言是西方寓言的源头。《伊索寓言》在古希腊寓言中占有重要的地位。它开创了西方寓言发展的先河，并且影响到其后欧洲寓言发展的全过程。现存的《伊索寓言》，是古希腊、古罗马时代流传下来的故事，经后人汇集，统归在伊索名下。《伊索寓言》通过简短的小寓言故事来体现日常生活中那些不为我们察觉的真理。这些小故事言简意赅，形象鲜明生动，寓意自然深刻，集中反映了古希腊人的生活智慧，内容包括社会活动、生产劳动和日常生活等。《伊索寓言》中除少数寓言以人为主要角色外，绝大部分是动物寓言，通过把动物拟人化来表达作者的某种思想。现传的《伊索寓言》根据各种传世抄本编集而成，有300多则，其中有些故事脍炙人口，如《狼和小羊》《狐狸和葡萄》《龟兔赛跑》等。

《伊索寓言》对欧洲寓言的发展产生了重大影响。公元1世纪的古罗马寓言作家费德鲁斯直接继承了伊索寓言传统，借用了《伊索寓言》中的许多故事，并称自己的寓言是“伊索式寓言”。文艺复兴以后，对伊索寓言抄稿的重新整理和印行极大地促进了欧洲寓言创作的发展，先后出现了不少出色的寓言作家，如意大利的达·芬奇、法国的拉封丹、德国的莱辛、俄国的克雷洛夫等。

此外，古印度寓言也是世界古老的寓言之一，主要收集或改编在《五卷书》和一些

---

① 王泉根. 儿童文学教程. 北京：首都师范大学出版社，2008：162.

佛经中。除此之外，《百喻经》《佛本生经》是两部古印度颇具影响力的佛经寓言，它们随着佛教传入中国及东南亚各国，对世界寓言的发展产生了巨大的影响。

（二）中国寓言的发展

在中国，寓言初具雏形的时期是在三千多年前，比伊索寓言产生的时代早五百多年。“寓言”一词最早见于《庄子·寓言》：“寓言十九，籍外论之。”《释文》对此做了解释：“寓，寄也。以人不信己，故托之他人，十言而九见信。”即作者不直接发表言论，假托一个人物来说。根据可考的文献，我国寓言起源于殷商，成型于春秋，成熟兴盛于战国。根据寓言自身发展及时代背景，可分成先秦寓言、两汉寓言、魏晋南北朝寓言、唐宋寓言、元明清寓言和现代寓言六个阶段。①

中国现代寓言是在广泛吸收古代传统寓言和欧洲寓言的基础上形成的。从“五四”时期开始，寓言就成为儿童文学一种文体。1917 年茅盾选编了中国第一部古代寓言选集《中国寓言初篇》，并开始创作《狮缧访猪》《学由瓜得》等现代寓言。鲁迅也发表了《螃蟹》《古城》《狗的驳诘》等寓言作品。郑振铎于 20 世纪 20 年代翻译和介绍许多外国的寓言并进行理论研究。到了 20 世纪三四十年代，寓言创作表现出为儿童教育服务的倾向，陈伯吹、贺宜、冯雪峰等作家创作了一批有影响的寓言。新中国成立后，寓言文学的发展又迈上了一个新台阶，涌现出一批专门创作寓言的作家，如吕德华、林植峰、金江、湛卢、仇春霖、鲁芝、韶华、申均之、刘征、余毅忠等，创作出不少寓意深刻、现实性强的作品。改革开放后，中国寓言文学出现了庞大的作家群，寓言创作也出现了繁荣的局面，作家们能关注时代热点问题，广泛从生活中汲取灵感和题材，有强烈的社会责任意识，立意新颖，不落俗套。这一时期，比较有代表性的作家有黄庆云、凝溪、凡夫、薛贤荣等。

二、幼儿寓言

（一）幼儿寓言概说

关于是否存在幼儿寓言一直存在争议，有些幼儿文学专著并不把寓言纳入其研究范畴。寓言中人和物所具有的象征意义，故事本身具有的比喻意义，抽象哲理的归纳等，是幼儿的认知水平所无法达到的。但因为寓言的故事充满了幼儿所喜爱的美学因素，如拟人化的形象、奇幻的想象等，这使它成为幼儿喜欢的一种文学样式。

把幼儿寓言引入幼儿文学范畴进行研究，其前提是，有一些浅显或经过改编的寓言作品能契合幼儿的审美能力和接受水平，向幼儿传递他们能懂的人生经验和哲理。事实上，一些生动有趣的寓言一直被幼儿听赏着，低龄幼儿可以把其中的教训和哲理暂时搁置，留待成长中慢慢咀嚼；年龄稍大的幼儿则可以初步领悟其中的人生经验和哲理。

“故事”和“寓意”是寓言的两大要素。正如法国寓言家拉封丹的比喻：“寓言可以分成身体和灵魂两部分，所述说的故事好比身体，所给予的教训好比灵魂。”寓言通过一个生动有趣的故事来阐发人生哲理，寄托道德训诫，是故事性和教训性的完美结合。幼儿寓言是适合幼儿接受，寄托教训和哲理的简短故事。

---

① 段爱勤．中国寓言的产生与发展．兰台世界，2008(13)．

(二)幼儿寓言的特点

幼儿寓言是为幼儿创作和编写的，寄寓着某种他们能理解的经验或者道理的短小故事。因为强调特定的接受群体，所以要求幼儿寓言具有内容单纯、主题明确、生动幽默等特点。

1. 寓意明确，针对性强

寓言的故事和哲理互相依存，故事为揭示哲理服务，哲理统率着故事，“意”必须巧妙地“寓”于生动的“言”。幼儿寓言常常借一个短小、虚构的故事来说明一个浅显的道理，有针对性地促进幼儿身心发展和道德成长。一则幼儿寓言引出的道理和教训一般只有一个，不会产生模糊性。如《龟兔赛跑》的寓意明确而集中：无论天资如何优越，如果骄傲自满、疏忽大意就注定失败。读者无论如何也不会读出“兔子可怜”“乌龟聪明”等主题来。又如《孩子和花生》，便是一篇明显带有教育性的幼儿寓言：

有一个叫高利的小男孩，他把手伸进罐子里，抓了满满的一把花生，想拿出来。可是手却怎么也出不来。他急得大哭起来。

一位路过的老爷爷对他说：“孩子，把手中的花生丢去一半，你的手不就可以出来了吗？好孩子，一次不要贪求太多。”

幼儿寓言寓意的传达有三种：一种是先讲述故事，后说理点题；一种是开头先说出寓意，再叙述故事；还有一种是只讲故事，不说出教训，让读者自己体会。前面两种情况出现较多。《孩子和花生》则巧妙地让寓意成为人物的对话在故事的结尾处自然呈现。

2. 形象丰富，比喻诙谐

寓言故事中的幻想，特别是其中被拟人化的各种事物对幼儿的吸引力是巨大的。幼儿寓言中拟人形象的丰富性不亚于幼儿童话，被拟人化的事物包括这么几类：

第一类是动植物。例如，《感恩的蚂蚁》《青草、老鼠和桃子》《乌鸦和狐狸》《唱歌的夜莺》《火和小树林》等，从篇目便能看出它们的拟人角色属类。这也是幼儿寓言中最常见的一类。把动植物，特别是动物人格化为寓言的主要形象，不论是从幼儿的“泛灵论”思维还是从寓言的发展(动物故事是寓言的源泉：人类在熟悉动物生活，细致观察它们的形态、习性中，发现动物与人之间的某些相似之处，于是便通过想象赋予动物某些人的性格，把动物“人格化”，借以展现自己的理想，传达要说明的事理)来看，都有其必然性。

第二类是自然、科学现象。例如，《伊索寓言》中的《北风和太阳》对刮风和出太阳这两种自然现象进行艺术构思，讲述北风和太阳互相争执谁的威力更大，从而带领小读者深入地认识自己与他人——人各有所长。又如，少军的《水泡》从水泡的物理特征角度写到了人性的弱点及导致的悲剧，实在巧妙。

大雨乍停。水面上还漂着串串水泡。

一个大水泡在水里飘飘悠悠地晃着。向左一晃，吞并了身旁的一个小水泡；向右一晃，又吞并了一个。它一个个地吞噬着同伴，身体也一点点地胀大着——它有点飘飘然了。

一个小水泡实在看不下去了，奉劝它说：“朋友，别太霸道。小心把自己毁了！”

“什么？你敢指责我！哈哈哈！”对小水泡的直言，大水泡感到很可笑。

然而，当大水泡腆着圆鼓鼓的肚子骄横地逼近小水泡，并想化为己有的时候，它自己却猝然不见了。

第三类是人们熟悉的物件。生活中我们熟悉的各种各样的物件因其用途的不同，在制作、形状、材质上具有各自的特征，把这些物件进行拟人化并引入寓言，丰富了幼儿寓言故事的形象种类。例如，《克雷洛夫寓言》里的《鹅卵石和金刚钻》《小箱子》《风筝》《宝剑》《袋子》《一只木桶》等就是这样的寓言。

寓言的比喻不同于一般的比喻，整个故事就是一个比喻，寓意是本体，故事是喻体。它把抽象的道理形象化，深奥的哲理浅显化。幼儿寓言的比喻具有诙谐幽默的特点，让幼儿在逗趣嘲笑中接受其教训和哲理。例如，《伊索寓言》中的《老鼠开会》里四面八方的老鼠共聚在顶棚商讨“治猫之计”，因没有胆量付诸行动而“悄悄溜得没了踪影”的故事，是《伊索寓言》中最超越寓意本身、生动有趣的篇章之一。《狗的忠告》语言幽默，极富喜剧色彩和讽刺性，揭示了利益冲突是真诚友情的试金石。

3. 故事生动，富于幻想

寓言里富于幻想的故事是可以和童话相媲美的，它是吸引幼儿的重要因素。对寓言来说，讲述故事的目的是让读者更容易地接受作者想要传达的道理，所以故事的情节是否真实或合乎逻辑无关紧要。寓言的幻想很多时候都不符合客观逻辑和规律，具有浓厚的荒诞性，这种不合逻辑的荒诞正好造就了寓言一种特有的神幻效果，也使其更具有了犀利的批判性和尖锐的讽刺性。如《守株待兔》中，如此愚蠢的农人在生活中是找不到的；对从来不吃葡萄的食肉的狐狸，也可以让它因为吃不到葡萄而说葡萄是酸的(《狐狸与葡萄》)；《伊索寓言》中的《农夫和羊》里农夫控告羊吃了他的鸡，狐狸当法官，判处羊死刑，并没收羊肉。

幼儿寓言幻想的荒诞则更强调体现一种生动性和趣味性，一种能直接作用于其感官、产生身心愉悦的审美特征。例如，《北风和太阳》就是一个有趣的故事：

北风和太阳相遇了，他们谁也不服谁，都认为自己的威力大。最后，二人决定比试一下，看谁能使江上的帆船行得更快。

太阳开始发威了，他发出更多的热量，大地都要被晒裂了，晒得人口干舌燥。江上没有一丝风，船上的水手们都跑到船里面凉快去了，没人划船，桅杆上的帆也无精打采地挂着，船在江心直打转。太阳失败了。北风开始发挥威力，他张大嘴巴，呼呼地吹了起来，帆鼓足了气，大家在欢呼雀跃，船如箭一般向前行去。太阳看到这儿，还不甘心，就对北风说：“让咱们试试谁能使路人脱去衣服，谁就更威风。”

北风答应了。这一次，他还是鼓足了劲儿吹了起来，可是路人们不仅没有脱去衣服，反而把衣服裹得更紧了。北风累了，只好让太阳试试。太阳这次不慌不忙，他一点点地增加热量，过路人一开始还感觉比较暖和，过了一会儿，就热得满头大汗了，于是一件件地把衣服脱了下来。

这样北风和太阳各胜一场，二人终于知道了，原来各人有各人的长处呀！

故事把自然现象拟人化，人倒成了他们比试的试验品，在他们的“威力”下接受酷暑极寒。这两个画面是充满荒诞的幻想，却又实实在在地存在于我们的现实生活。它把幻想与现实进行了完美的对接，幼儿能感受得真真切切。谁的威力大？这是一次有悬念的比拼，幼儿便徜徉于幻想和现实中，带着好奇和思考，感悟故事传递的寓意。

4. 篇幅短小，语言精练

寓言故事的叙述简洁、概括、紧凑，使读者的注意力能够迅速地集中在寓意上，从而使教育和讽喻的力量得到最大程度的实现。寓言的篇幅必须短小，因为故事过长会喧宾夺主，教训过长有饶舌之嫌。同样的，幼儿寓言也要求做到语言精练、概括性强，人物形象不做细致的刻画，情节不展开，没有曲折的描写、详尽的叙述和烦琐的议论。列夫·托尔斯泰的寓言作品《鸭子和月亮》全文是这样的：

有一次，一只鸭子在河里游泳找鱼吃。一整天过去了，她连一条鱼也没找到。

夜幕降临，她看见月亮在水面上的反光，以为是一条鱼，就潜下水去捉。别的鸭子看见了，都拿她取笑。

从那天以后，鸭子变得羞愧、胆小，甚至看见水里有一条鱼也不敢去捉。没过多久，她就饿死了。

作品全文的情节和人物简括、单一，语言的精练与概括性令人惊叹。故事虽短，但寓意深刻，给经不起挫折的胆怯者以有力的鞭策。

(三)幼儿寓言和幼儿童话的区别

幼儿寓言和幼儿童话属于幻想体文学的范畴，它们有不少相似之处，它们的故事都是假托的、虚构的、幻想的，都可采用各种生物或非生物来充当故事的角色，也都有一定的寓意，因此，二者的界限有时难以划分。有些讽喻性童话就很难与寓言区分开来，而一些篇幅稍长、情节完整、人物性格比较丰满的寓言也可被看成短小的童话，如金近的《小猫钓鱼》、彭文席的《小马过河》、吕德华的《蜘蛛、蚕和树》等。但作为两种各自成熟完备的文体，两者的区别还是很明显的。

1. 故事主题

幼儿寓言多来自现实生活，内容多以反映人们对生活的看法，或对某种社会现象的批评，或对某种人的讽刺和箴诫，借题发挥，由此及彼，托古讽今，小中见大，突出讽刺性，注重实用性，讲究哲理性，富于启发性，更具理性色彩；幼儿童话多表现幻想世界，从风霜雨雪到星辰日月，从花木草石到鱼鸟虫兽，对大自然的一切事物都可加以人格化，幻想奇特，抒情说理，寓教于乐，突出形象性，注重趣味性，讲究可读性，更具感性氛围。“打个比方，作家是把幼儿童话当作苹果，把幼儿寓言当成维生素片送给幼儿的。”

2. 情节结构

幼儿寓言结构简单，篇幅短小，情节单纯有趣，截取一个场面或一个细节，以能说明寓意为目的，不展开描写；幼儿童话故事完整，情节神奇、曲折，篇幅较长。如果将寓言的情节扩展使其更具完整性、生动性，便就变成了童话，如扩写后的《龟兔赛跑》就是一篇很好的童话。

3. 角色形象

幼儿寓言不注重性格的刻画，角色似乎只起了道具的作用，仅仅借他们的话或行为为揭示寓意服务；幼儿童话则讲究对角色形象进行多侧面、多角度的细致描摹，使之个性鲜明，形象丰满。

4. 幻想方式

幼儿寓言以表达道理为目的，故事仅仅为表达寓意而存在，只重寓意与现实的某些共通之处，不在意幻想的逻辑性是否与现实逻辑吻合，其虚构性、荒诞性更明显；幼儿幻想是童话的灵魂，童话追求离奇、夸张、荒诞的艺术效果时，还要求幻想要尊重现实逻辑，力求真幻虚实的和谐统一，如情节发展要合理，“人性”和“物性”要统一。两者在幻想上最本质的区别在于：幼儿寓言的幻想体现的是一种哲理之美，幼儿童话的幻想体现的是一种奇幻之美。

5. 语言特点

寓言语言简洁明了，以叙述性的语言为主，在简约中表达出丰富的人生经验和智慧；童话为了表现人物形象的丰富性，则以描写性的语言为主，以便更具体生动地塑造形象、表情达意。

作品鉴赏

1. 小和大

[苏联]华西里·苏霍姆林斯基

小牛生下来没几天，就能自己去四处玩儿了。他来到院子里，看见兔妈妈领着孩子们做游戏。

“你是谁呀?”小牛问。

“我是兔妈妈。”

小牛奇怪极了。

“你这么小，就当妈妈了?”小牛怎么也不能相信这是真的，接着又问道：“那你的孩子呢?”

“瞧，这些就是!”兔妈妈指着身边的小兔，“那么，你是谁呀?”

小牛回答说：“我是小牛，生下来才几天。”

“怎么，你才生下来就这么大了?!”兔妈妈感到很惊奇。

“可你这么小，怎么就做妈妈了呢?”小牛说。他想，世界上的怪事还真多呢!

【点评】

华西里·苏霍姆林斯基(1918—1970)是具有世界声望的苏联著名教育家，他为幼儿写下的童话、故事、散文，是低幼文学宝库的重要财富。作为一个教育家，作者深谙幼儿认知的特殊性，这篇《小和大》捕捉住幼儿看世界的心理和角度，借小牛和兔妈妈富于幼儿情趣的简短对话，以拟人的手法再现了幼儿生活中可能发生的片段，通过这一巧妙的构思，告诉幼儿“小”和“大”的概念。或许，这一个小故事还能启发幼儿对认识世界的无限欲望和积极思考。

2. 会弹琴的小老鼠

老爷爷有一把六弦琴，天天晚上弹。小老鼠们都会从洞里探出头来听。

等老爷爷睡着了，一只小老鼠偷偷跑了出来，它跳上一根琴弦，“叮”，很好听。

第二只小老鼠来了，它跳上另一根琴弦，“叮”，“叮”，也很好听。

第三只小老鼠来了，它也跳上一根琴弦，“叮”，“叮”，“叮”，也很好听。

三只小老鼠在三根琴弦上跳来跳去，“叮叮咚咚”“叮叮咚咚”，弹得好听极了。

洞里还有三只小老鼠，也跑了出来，一只小老鼠一根琴弦，“叮叮咚咚”，一起弹起来。

老爷爷被吵醒了，听到小老鼠们弹得这么好听，就不赶它们走了。

现在，小老鼠乐队成立了，老爷爷经常带着他们去演出，六只小老鼠都成了明星。

【点评】

这是一篇让婴幼儿“爱不释手”的童话。第一只、第二只、第三只还有另外三只老鼠偷偷跳上琴弦，一只小老鼠弹一根弦，很有趣；深夜里六弦琴流淌出的音符——“叮”“叮叮咚咚”——很好听；老爷爷没有赶走老鼠，并让老鼠们成了明星，很有爱。“老鼠”一向是儿童文学作家们笔下的宠儿，只要它们一出现，事情往往就会变得好玩。最著名的是那个拔萝卜的故事，老鼠来了后萝卜就拔起来了，还有纽约时代广场上小老鼠一出现，那只外省来的蟋蟀，就不仅有了友谊，还有了了不起的成功……六只小老鼠和一把六弦琴，再加上一个老爷爷，就谱写出了如此悦耳动人、和谐美妙的乐曲。

3. 高老鼠和矮老鼠

木子

高老鼠和矮老鼠是一对好朋友。

一天，他俩在小路上碰见了，高老鼠说：“你好，矮老鼠！”“你好，高老鼠！”矮老鼠也向他打招呼。于是，两个朋友在一起散步。

天气有点闷热，小鸟停在树上叫着，小狗趴在树下休息。高老鼠说：“你好，小鸟！”矮老鼠说：“你好，小狗！”

他们路过一座美丽的花园。高老鼠说：“你好，大树！”矮老鼠说：“你好，小花！”

他们经过一座房子。高老鼠说：“你好，屋顶！”矮老鼠说：“你好，地板！”

过了一会儿，天变了，下起了大雨。高老鼠说："你好，雨点！"矮老鼠说："你好，水洼！"说着，他俩赶紧跑进一间屋子去躲雨。高老鼠说："你好，大门！"矮老鼠说："你好，门槛！"

渐渐地，雨停了。他俩跑到外面一看，啊，多美的彩虹！

两个好朋友一起大喊："你好，彩虹！"

【点评】

作品以简约而几近白描的笔调，描写了两只老鼠的平时生活片段。高老鼠和矮老鼠所感知的世界是如此的不同，高老鼠足够高，他的世界里有"小鸟""大树""屋顶""大门"，矮老鼠实在矮，他的世界里有"小狗""小花""地板""门槛"，但这一点儿也不妨碍他们成为最好的朋友，拥有和分享共同的"彩虹"——真实、友善、纯美。也正是因为不一样，他们才最喜欢在一起，因为这样就能分享彼此的快乐，丰富彼此的世界。"和而不同"只是成人的君子境界，"不同而合"则是儿童的浪漫天真。

高和矮，大和小，白与黑之间的关系是什么？我们总能在幼儿文学里找到这么一些玄妙的哲学话题，把这样高深而复杂的问题化为幼儿眼中所见的清浅和简单，则就是幼儿文学的魅力所在了。

木子的童话《长腿七和短腿八》、洛雷娜·西米诺维奇的图画书《亚历克斯和璐璐》、莫妮克的图片书《反正》等都是关于这个话题的艺术表达。

4. 大花伞和小花伞

野军

早晨，雨下个不停：沙沙沙，沙沙沙……

小松鼠穿上了小雨靴，打开小花伞，上幼儿园去。他走啊走，雨越下越大：哗哗哗，哗哗哗……啊，路上积水了！他跳过一个小水塘，又跳过一个小水塘。

哗哗哗，哗哗哗！一个个小水塘变成了大水塘。小松鼠一步一步小心地走着，水都快漫进靴筒了。他急得快哭出来了："哎呀，我怎么走路啊！"

这时，狮子爷爷打着大花伞，穿着大雨靴，走到了小松鼠的身边，说："来，我背你去幼儿园吧。"

"谢谢您，狮子爷爷！"小松鼠可高兴了。他收起小花伞，爬到了狮子爷爷的肩上，坐着真舒服！

哗哗哗，哗哗哗！雨越下越大了。

呼呼呼，呼呼呼！风越刮越猛了。

狮子爷爷背着小松鼠，用大花伞顶着风和雨，急急忙忙朝前走着。突然，哗啦一声，大花伞撞上了一棵大树，被一根树枝扎破了！伞面上扎了个洞，雨水从洞口流下来，打湿了狮子爷爷漂亮的头发。

"啊呀！"小松鼠一看，眼珠儿一转，急忙把小花伞从大花伞的破洞口塞出去，啪的一下打开了。

哈，大花伞上有把小花伞，把雨水给挡住了！

狮子爷爷乐呵呵地说:“小松鼠,你的办法真好!”

就这样,狮子爷爷背着小松鼠,一直走进了森林幼儿园里。

【点评】

文有“文眼”,童话也有“眼”,是作品构思的关键部分。《大花伞和小花伞》还真是有一个“眼”——伞面上的一个破洞,这篇童话的闪光点就在伞洞上,戏也就做在这里,以“巧”的构思获得了“奇”的效果。

野军,本名杨冶军,中国作家协会会员。他写过小说、诗歌,1978 年起致力于儿童文学创作,出版有《红房子搬家》《长鼻子和短鼻子》《月亮上的小白兔》《野军知识童话精选》等。

5. 牛蛙牛蛙快快笑

很久以前,湖里住着一只很大的大牛蛙。

有一次,牛蛙觉得口干,它就张开大嘴不停地喝水,喝呀喝呀,把河里的水喝光了,喝呀喝呀,把湖里的水也喝光了。牛蛙变得大得不得了。它怕水从嘴里喷出来,就紧紧闭着嘴巴一动不动,样子要多怪有多怪。

别的动物口渴了,想喝水,可是河里湖里的水都叫牛蛙喝光了。它们口干得好难受啊!

袋鼠想出了一个好主意,说:“咱们开个逗笑晚会,逗牛蛙笑,它一笑,水就会从嘴里喷出来。”大家都说:“这个主意再好没有了。”

大家把节目排练好以后,就说:“快去给牛蛙送请帖,节目很好笑,咱们准成功。”

晚上,星星和月亮照亮了舞台。大家都在台前坐好,就等着牛蛙来看节目了。

这时大地忽然震动起来。噢,这是牛蛙装满水的大肚子走来了,咚咚咚,每走一步,大地就颤一颤。

晚会开始,第一个表演的是大翠鸟。大翠鸟的笑声,咯咯咯,很怪,动物们都被逗乐了。可牛蛙就不笑。第二个节目是小鸟和大袋鼠演的一出滑稽戏,大家都笑弯了腰。可牛蛙还是不笑。

动物们有点失去信心了。大家着急起来。

忽然,一条鳗鱼爬上台来。鳗鱼哑着嗓子说:“看我来给大家表演!”

鳗鱼开始舞蹈,它软软的身子一会儿圆,一会儿方,一会儿绕成一只大蝴蝶。牛蛙看迷了,入了神,身子不由得开心地摇摆起来,肚子一鼓一鼓的,张开嘴唇,发出大笑声“咕——咕——噗——哗!”大水像瀑布一样喷泻出来,流到河里,流到湖里。

动物们又有水喝了!

【点评】

一般的文学追求真实感,越接近生活本身,越能激发读者的热情,而童话则相反,想象越奇异、越荒诞、越陌生,越能激发孩子的阅读热情。这篇作品以整体的艺术夸张向我们展示了童话的荒诞美。开篇是先有把所有河水和湖水都一口气喝进庞大牛蛙肚的夸张，而后有牛蛙走路震颤大地的夸张，接着再有大水从牛蛙嘴里喷泻出瀑布的夸张，三个夸张环环相扣，形成一条夸张链，可谓荒诞得大胆，荒诞得透彻。这种完全排除了对生活的模仿，用艺术荒诞把生活的可能性进行最大限度膨胀的表达，使这只不存在于世间，却不朽于童话中的牛蛙，永远地留在了我们的记忆中。

6. 黑眼睛的大红鱼

[美]李欧·李奥尼

大海的一个小角落里，生活着一群快乐的小鱼。他们全都是红色的，不过当中有一条小鱼是黑色的，也就这么一条是黑色的，大家都叫他“小黑”。小黑游得比所有的兄弟姊妹都快。

那是一个小红鱼们很不幸的日子。那天，从汹涌的浪涛中冲出一条大虎头鲨。这种鲨鱼本来就很凶猛，这会儿他肚子正饿，他饿着肚子也能游得很快。他在小红鱼群的后头悄悄地游着，一口一口又一口，把所有的小红鱼都吞到了自己肚子里，一群小红鱼就这样没有了，幸运的是小黑逃开了。

深水里是黑乎乎的。小黑“吱溜”一下蹿进了深水里，虎头鲨就再也看不见他了，他虽然暂时逃离了危险，但他又害怕，又寂寞。

好在大海里到处都有奇妙的生物。小黑游啊游啊，碰见了各种稀奇古怪的东西，所以，他又高兴起来了。

他看见了像彩虹果冻一般的水母，看见了走起路来像怪兽似的大龙虾，看见了像是被看不见的线牵着游的怪怪鱼，看见了像糖果一样漂亮的岩石上长着森林似的海草，看见了长得几乎不知道自己尾巴在哪儿的长长的鳗鱼，还有海葵，就像是粉红色的棕榈树在风中轻轻摇动。后来小黑在岩石和海草的黑影子里看到一群小鱼，就是被恶鱼吞吃掉的那种小红鱼。

“来，咱们一道游出去，到处玩玩，到处看看!”他高兴地说。

“不行啊，”小红鱼们说，“我们个儿瘦小，游得又慢，许多像我们一样的鱼被吃掉了，我们也会被吃掉的!”

“可是，你们不能老待在这里啊!”小黑说，“咱们一块儿来想个法子，叫大鱼怕我们。”

小黑想啊想，想啊想。

突然，他说：“有了!”

“我们可以游在一块儿，”他接着说，“变成海里最大的鱼！让所有的大鱼、恶鱼见了咱们都害怕!”

他教他们个儿挨个儿，密密地游在一起，等到大家都熟悉了，能游得像一条大鱼，他说：“我来当眼睛。”

于是，他们在清凉的早晨游，也在充满阳光的中午游。大鱼一见，弄不清这是什么鱼，通身红红的，这么大——这家伙一定很厉害吧，于是大鱼就都纷纷逃开了。

【点评】

这篇童话取自李欧·李奥尼的《小黑鱼》。很多人会简单地把作品解读为“团结力量大”的内涵，这就大大折损了它的价值。作品文字虽简单却充满童真童趣，故事里有曲折，有追求，有温情，有力量，闪耀着感人的、催人奋进的美好。小黑鱼的心路历程值得我们关注：当面对灾难时，在孤独与悲伤中寻找希望；在彷徨与寂寞中寻找快乐；用智慧与勇气感染、号召胆怯的同伴；以弱小生命迸发出的巨大能量，战胜原不可战胜的强敌——鲨鱼；当战胜自己，智斗强敌，感受力量之后，快乐会变得丰富、饱满，富于内涵与韵味。在这个童话中，初蒙者会感受一点点精妙的哲思，阅历丰富者则会产生更多的滋味。

李欧·李奥尼出生于荷兰，是一个才华横溢、不受拘束的艺术家，绘画、雕刻、平面设计、印刷、陶艺、摄影等样样精通。尽管开始创作图画书时已经 49 岁，但他一生共创作了数十本图画书，开创了图画书的新时代，被赞誉为“色彩魔术师”。人文主义和理性主义自始至终贯穿于他的作品中。

7. 做在大胡子里的鸟窝

[爱沙尼亚]拉乌德

说起来，大胡子小矮人的胡子也真大，天凉的日子，它能当棉被。

有一天，太阳把睡在林中空地上的大胡子小矮人唤醒。大胡子正要梳理他的胡子呢。嗨，忽然从他的胡子里飞出了一只小灰鸟。

小灰鸟飞落在一根树枝上，蹲在那上头，愣愣地瞅着大胡子。大胡子只好躺在原地方，一动不动，这样小鸟就不会受惊了。

大胡子小矮人感觉，有什么东西在他的胡子里轻轻动弹。他抬头一瞧，不由得笑了。大胡子里有个小鸟窝哩，里头有五个小鸟蛋。这小灰鸟妈妈在他的大胡子里孵蛋呢！这下可让大胡子为难了。孵蛋得清清静静、安安稳稳的，专心致志，才能把小鸟孵出来。于是，大胡子只好纹丝不动，静静躺在那里，呆呆仰望那白云在天空悠悠飘动。

后来，鸟妈妈飞上了树枝。过一阵，鸟爸爸回来了，嘴里叼着一条小虫子，鸟爸爸先站在树枝上，看大胡子靠得住靠不住，看了好一会儿，没事儿，就飞到鸟妈妈跟前，把虫子喂进它嘴里，又匆匆飞进了树林。鸟妈妈孵小鸟，鸟爸爸当然要忙碌些。它得不停地把各种好食物叼回来给鸟妈妈吃。

从早晨起，大胡子就没有吃过东西了。本来他的大胡子上结着些野果的，但早已吃完了，新的又没长出来。好在鸟爸爸看出大胡子肚子饿了，它及时地捉了些虫子来喂大胡子。大胡子赶紧闭上了嘴。

“谢谢你，我不会吃虫子，你还是好好照顾鸟妈妈吧，让它在我胡子里安心孵蛋。这样小鸟很快就能孵出来了。”

大胡子伸手拔了些草茎嚼着，不让自己的肚子太饿。他这么一动不动的，时间躺长了腰疼得厉害。可他又不敢动弹，生怕一动弹就吓着鸟妈妈。幸而，他的胡子里不久就传来了轻轻的笃笃声。

第一只小鸟啄出壳来了！

“欢迎你，小东西！”大胡子低声说，“欢迎你到这个有趣的世界上来。”

大胡子忘了口渴，忘了饥饿，忘了腰疼。

第二只小鸟出世了，第三只、第四只、第五只，五只毛茸茸的小鸟！五个可爱的小生命！鸟妈妈看着自己孵出来的小家伙，心里说不出有多高兴。

同鸟妈妈一样高兴的，还有大胡子哩。

【点评】

故事写的是小鸟在小矮人的大胡子里孵蛋，这种想象和夸张着实奇特。作品有两条夸张链：胡子很大很密很暖和，做棉被结野果，小鸟成功做窝孵蛋；还有小矮人在孵蛋过程中忍受饥饿、酸痛，坚持到小鸟孵出。对胡子“大”的艺术夸张，实现了作品的幻想性，产生奇异的艺术效果，而对小矮人“坚忍”形象的塑造，则使作品的内涵得到了体现和升华，展现了作为“人”的代表的小矮人与作为“自然”的代表的小鸟的和谐共处的境界，而就是这两处夸张共同搭筑了童话现实与幻想的桥梁，实现了荒诞“美”的深层意蕴。如果稍加留意，我们会发现，作者对小鸟们的描写没有超越“物性”范畴，近乎是一篇动物故事，应属于常人体童话，是以夸张来获得幻想色彩的童话。这样的构想，则更凸显出人与自然在更深层次上的和睦交融。

埃诺·拉乌德 1978 年获“爱沙尼亚共和国功勋作家”称号。其长篇童话名篇《三个小矮人》获国际儿童文学委员会颁授的作品荣誉奖，《做在大胡子里的鸟窝》是从这部长篇童话中抽取的一小段。

8. 会打喷嚏的帽子

蔺力

魔术团里有一位老爷爷，老爷爷有一顶奇怪的帽子。他把帽子往空中一挥，里面就会变出糖果、蛋糕等许多好吃的东西。

几只老鼠想把这顶帽子偷来，晚上老爷爷正在睡觉，那顶帽子就盖在他的脸上。

一只大老鼠对小老鼠说：“我看你去偷最合适，你个子小，脚步又轻。”“吱，”小老鼠害怕地尖叫起来，“我不去，我怕‘呼噜’，你没听见，奇怪的帽子里藏着一个呼噜，它叫起来，窗户都会动，吓死我了！”

原来，老爷爷在打呼噜，像打雷似的。大老鼠叫黑老鼠去偷，黑老鼠不敢，叫灰老鼠去偷，灰老鼠也不敢。

大老鼠气极了，摸摸胡子说：“好啦，都是胆小鬼，我去，等回来后，变出好吃的，你们可别馋呀。”

大老鼠虽然嘴上这么说，其实心里也挺害怕的。它一步一抬头，防着帽子里的那个呼噜突然钻出来咬它。也真巧，它刚走到老爷爷床跟前的时候，呼噜不响了。这下，大老鼠高兴极了，原来呼噜怕我呀！它轻轻一跳，跳上了床，爬到老爷爷的枕头边，用尖鼻子闻了闻那顶帽子，好香哟，有糖果、蛋糕味。它把尾巴伸到帽子底下，用尾巴把帽子顶起来。咦？怎么回事？尾巴伸到一个小洞里，哎呀，不好，原来是老爷爷的鼻孔呀？

“阿嚏——”老爷爷觉得鼻孔痒痒，打了个大喷嚏，吓得大老鼠滚到地上，跑到门口对它的伙伴们说：“快跑!”老鼠们不知是怎么回事，跟着它跑出去老远。

它们问大老鼠说：“跑什么，你偷来的帽子呢?”大老鼠说：“帽子里藏着一个阿嚏，这个阿嚏比呼噜厉害多了。只要一碰到它，它就会轰的一声爆炸，幸亏我跑得快，要不我就被炸死了。”

【点评】

德国艺术史家苏珊·朗格在论及艺术的本质时指出：游戏是孩提时代的艺术，而艺术是形式成熟的游戏。游戏精神是幼儿童话的一种内在品质。该童话正是在美学上实现了艺术与游戏的统一。

一群老鼠，一顶魔法帽，一根老鼠尾巴，一个老头的鼻孔，构成了一个幽默欢愉的故事，一个为了糖果、蛋糕而勇于冒险的游戏。故事情节的铺陈富于严密性和节奏感：嘴馋的老鼠想得到有魔法的帽子，但因胆怯而推搡，大老鼠受到食物的诱惑而决意冒险，用曾经偷油用的细长尾巴伸进帽子里，鼻孔痒痒而引发的大大的喷嚏使老鼠们落荒而逃，这无不闪烁着作家的写作智慧。

可以说，这是一篇“无为”的童话，故事的内涵和外延是等同的，想从作品中寻取“教育性”的任何努力都是多余的。它能让幼儿获取单纯、无目的的快乐享受。

9. 巧克力饼屋

杨红樱

小熊乖乖的妈妈要到外婆家去住几天。她做了好多好多巧克力饼，作为小熊乖乖几天的粮食。

小熊乖乖请小猪笨笨来给他做伴。看见堆成小山一样的巧克力饼，小猪笨笨叫道：“哇，这么多的巧克力饼，多得可以盖一座房子了!”

“嘿!”小熊乖乖拍着他肉墩墩的小手，“我们为什么不用这些巧克力饼盖一座房子呢?”

小熊家后面有一片树林子。小熊乖乖和小猪笨笨把巧克力饼运到林子里，将厚厚的巧克力饼当作砖，用熬化了的巧克力把它们一块一块地砌起来，砌了四四方方的四面墙；将薄薄的巧克力饼当作瓦，一片一片、重重叠叠地盖在墙上。

用完最后一块巧克力饼，巧克力饼屋就盖成了。这是一座多么奇特的小屋啊！整个林子里都弥漫着巧克力浓浓的甜香味儿。

小熊乖乖和小猪笨笨说不出有多么喜欢这座巧克力饼屋。晚上，他俩就睡在饼屋里。

小熊乖乖做梦了，他的梦香香的，甜甜的。

小猪笨笨做梦了，他的梦香香的，甜甜的。

小熊乖乖和小猪笨笨要请他们所有的朋友都在巧克力饼屋里睡一睡，都做香香的、甜甜的梦。

所有的朋友都来了，都在巧克力饼屋里做了香香的、甜甜的梦。

老鼠叽叽和老鼠吱吱也想到巧克力饼屋来，可他们才不稀罕做香香的、甜甜的梦呢，他们是想偷吃香香的、甜甜的巧克力饼。

他们一路嗅着香味儿，来到巧克力饼屋前。

“请让我们也在巧克力饼屋里睡一睡，做香香的、甜甜的梦。”

“欢迎！欢迎！”小猪笨笨张着大嘴笑呵呵，“欢迎你们来做梦。”

叽叽看看吱吱，吱吱看看叽叽，他们偷偷一笑。

小熊乖乖把小猪笨笨拉到一边，悄声说：“老鼠的嘴是最馋的，你不怕他们在夜里把饼屋吃掉吗？”

“不会的，不会的。”小猪笨笨的头摇得像拨浪鼓，“他们只是想来做香香的、甜甜的梦。”

小熊乖乖还是不相信，他用身子挡住饼屋的门。

“我向你保证，”小猪笨笨把胸脯拍得砰砰响，“你明天早上来看，饼屋连一个小洞儿也不会有的。”

老鼠的耳朵是最最灵的。小猪笨笨的话，他们都听见了，脸唰地一下红了。

因为有小猪笨笨的保证，小熊乖乖同意老鼠叽叽和老鼠吱吱到饼屋里去。

晚上，叽叽和吱吱睡在巧克力饼屋里。

巧克力浓浓的甜香味儿一股一股地往他们的鼻孔里灌，馋得他们的口水直往下淌。

叽叽使劲地咽着口水：“如果能在墙角啃一个小洞儿，吃一点点也好。”

吱吱咂着嘴儿：“只要舔一舔，尝尝味道也行。”

可是，叽叽没有去啃，吱吱也没有去舔，他们谁也没有忘记小猪笨笨向小熊乖乖作的保证。

叽叽说：“我不明白，那只傻乎乎的笨小猪为什么要相信我们。”

吱吱说：“想一想，在这个世界上，还有谁相信过我们？”

想着，想着，叽叽和吱吱都睡着了。

叽叽做梦了，做了香香的、甜甜的梦。

吱吱做梦了，做了香香的、甜甜的梦。

第二天早晨，老鼠叽叽和老鼠吱吱带着他们的梦悄悄地走了。

小熊乖乖和小猪笨笨来看他们的饼屋，饼屋好好的，果然像小猪笨笨说的那样，连一个小洞儿也没有。

【点评】

这是一篇拟人体童话，作品塑造了四个生动可感的形象——小熊乖乖、小猪笨笨、老鼠叽叽和吱吱。别林斯基说：“在真正的艺术作品中，所有的形象都是新颖的，独创的，没有任何形象重复其他的形象，而每个形象都有其各自的生命。”这个作品正是这样的佳作。小猪有着做巧克力饼屋、做香香甜甜的梦的浪漫创意，以真诚和热心给予馋嘴搞怪的老鼠们坚定不移的信任，他笨吗？小熊听妈妈的话，听小猪的建议，并被小猪说服收留老鼠们，他的确很“乖”。老鼠的本性或许改不了，却也从开始的窃笑到脸红到克制自己的欲念，也因感悟而做了香香甜甜的梦呢。四个形象的确“人如其名”，且最大限度地实现了拟人的“人性”与“物性”的统一。

作品语言很出色，既是口语化、幼儿化、趣味化的，又有书面语的美，“香香的、甜甜的梦”被反复地吟咏，形成了一种音乐般的旋律，并且在这巧克力香甜的梦里，营造了童真、童趣与温馨的基调，人性的美好也于其中流淌，滋养着读者的心灵。

作者杨红樱做过小学老师、儿童读物编辑和儿童刊物主编。19 岁开始发表儿童文学作品，已出版童话、儿童小说五十余种。这篇童话试图告诉我们生命的可贵与价值，友谊的温馨与重要，幸福的追求与守护；同时让我们领略到童话世界超越世俗的浪漫、幻想、夸张、拟人、变形、神奇和幽默，带给我们心灵的颤动与愉悦。

10. 猫咪演戏

武玉桂

胖奶奶要上街买菜，她对三只小猫说：“好好看家，别淘气！我带回小鱼给你们吃。”

“喵！”三只猫咪一齐答应。

胖奶奶刚走，就来了一个小偷。

笃笃笃！小偷敲敲门。

小偷敲过门，耳朵贴在门板上仔细听动静。听了一会儿，他笑了：“屋里没人，好像有一只猫。”

“不是一只，是三只！”小猫咪们隔着门板大声说。

可是小偷听不懂猫话，他掏出工具要撬门。

再说屋里的小猫咪，起初，它们以为是胖奶奶回来了，后来听见说话声，才知道不是胖奶奶，是一个陌生男人。现在，这个陌生人又开始撬门了……

“他是什么人？干吗要撬门？”

“哎呀，不好！”一只小猫咪最先想到了，“是小偷！”

“小偷？”猫咪们都紧张起来。

“小偷会偷光胖奶奶的东西。”

“不怕，咱们和他拼命！”

咯吱咯吱，撬门的声音更响了。

“胖奶奶怎么还不回来？”猫咪们又着急又害怕。

突然，一只猫咪说“哎，我想出个好主意，咱们……”

猫咪们开始演戏了：一只猫咪穿上老奶奶的拖鞋，在屋里呱嗒呱嗒走，发出很响的声音。

怎么？屋里有人？小偷正撬门的手停了下来。

这时，另一只猫咪跳在桌子上，拿着老奶奶吃饭用的小勺和小碗，叮叮当当使劲敲！

哇，屋里有人在吃饭？小偷吓了一跳。

第三只猫咪从沙发上找到了遥控器，把电视机打开，嘻嘻哈哈，电视里有一伙人在说笑。

呱嗒呱嗒！

叮叮当当！

嘻嘻哈哈！

“原来屋里有这么多人呢！”小偷慌慌张张逃走了。

胖奶奶终于回来了。一进门，她发现电视机开着，拖鞋东一只，西一只，饭碗和勺子也挪动了地方。

“哎呀，你们这些淘气包儿……”

胖奶奶一边唠叨，一边从篮子里往外取小鱼，三只猫咪全都跑过来，抢着给胖奶奶讲刚才发生的事。可是胖奶奶也听不懂猫话，她说：“帮帮忙，别喵喵地吵好不好？这些馋猫，等一下嘛……”

【点评】

这是一篇贴近幼儿生活的童话。在选材上，作者大胆正面“大人不在家，小偷来行窃”的话题，既让小读者了解了生活的真实，又用一种游戏性、戏剧性的方式赶跑了小偷，把焦点放在这群善于思考、机智勇敢的猫咪身上，巧妙地化解了故事可能给幼儿带来的恐惧，并体验作品带来的愉悦和感动。

作品的构思别出心裁，故事在并行的现实世界和幻想世界里推进，具有“幻想文学”的特点，但却又能超越幻想文学中“打破时间惯例，打破空间法则”的形式，于单纯连贯的情节中创造出这样似幻似真的童话世界。这种在现实生活环境中掺入非现实因子的写法，源于也正契合幼儿“泛灵”的思维特质。

作者武玉桂贴近幼儿思维、幼儿心理，用幼儿的想象方式去构思童话，同时也渗入了成人作者的理性思考。

11. 寄给蛤蟆的信

[美]阿诺德·洛贝尔

蛤蟆坐在门口的小凳子上。青蛙从外面走过来，奇怪地问：“你怎么了，蛤蟆？你看上去很不开心。”

“我真的很不开心，这是我一天中最难过的时候。每天，我都在等朋友的来信，可每次都没有信。”蛤蟆不高兴地回答。“你一回也没收到过信吗？”青蛙奇怪地问。

“一回也没有。”蛤蟆答道，“谁也不给我写信，我的信箱天天是空的。我天天等信，天天没信，天天不开心。”

青蛙和蛤蟆坐在门口，一起难过起来。

“我现在得回去了。”青蛙突然说，“我回家有事，必须马上去。”

说完，他三步并作两步地跑回了家。

回到家里，他飞快地写起信来，写完就装进信封里。信封上是这样写的：“给蛤蟆的一封信。”

他跑出屋子，看到了老朋友——蜗牛，就对她说：“蜗牛妹妹，麻烦你把这封信送到蛤蟆家，放到他家的信箱里，好吗?”

“没问题，我马上就去。”

蜗牛一走，青蛙就又跑回蛤蟆家。蛤蟆正躺在床上睡觉。

“蛤蟆，我想你应该马上起床，再到外面等一会儿，看看有没有来信。”

“我不想起来了，老是等信，我都等累了。”

青蛙透过窗子向蛤蟆家的信箱望去，蜗牛还没有赶到。青蛙转过身来说：“别人什么时候给你寄信，你怎么会知道呢？还是去等吧。”

“不，不，我想谁也不会给我写信的。”

青蛙又向窗外望去，还是不见蜗牛的影子。青蛙安慰蛤蟆说：“蛤蟆，今天可不一样，今天会有你的信。”

“不会的，”蛤蟆说，“以前没人给我寄信，今天也不会有人给我寄信。”

青蛙又往窗外看了看，蜗牛还是没来。

“青蛙，你怎么老往窗外看呢?”蛤蟆忍不住问道。

“我正在等你的信。”

“唉，不会有信的。”

“不，会有信的，我刚才给你寄了一封信。”

“你说的是真的吗？你在信中写了什么?”

“我写道，”青蛙回答，“亲爱的蛤蟆，我很高兴有你这样一个最好的朋友。”

蛤蟆跳起来，拍着手说：“喔！那是一封多么好的信啊。”

于是，青蛙和蛤蟆一起，坐在门口等信。他们都非常快乐。等啊等啊，等了整整四天，蜗牛才到了蛤蟆家，带来了青蛙给蛤蟆的信。蛤蟆读着信，笑得合不拢嘴。

【点评】

友好而善解人意的青蛙为了朋友蛤蟆能快乐起来，以孩童般的稚真给蛤蟆写了封信，让行动极缓慢的蜗牛送信，而后又与蛤蟆一块儿等信。为了让朋友相信的确能收到信，他又忍不住说出了自己寄信及信的内容，最后两个好朋友都得到了极大快乐和满足。故事以浓重的笔墨描写蛤蟆因没有收到过信的忧愁与无望，与收到信后的开怀形成强烈反差，让蜗牛送信是故事的出彩之笔，为下文等信的情节做了铺陈，亦制造了戏剧性和幽默感。青蛙则活脱脱是一个天真质朴的孩童形象，闪射出纯真、善良、稚拙的人性之美。这篇童话将幼儿文学的质朴、快乐、稚拙、游戏、荒诞等美学特征糅合于其中，于精巧的构思中艺术化地表达了一个亘古不变的道理——朋友间应相互关爱。作品再次向我们证实：只有同丰富的想象力相伴而出的“教育”，才能较好地实现作家的写作使命，这样的作品才是真正具有艺术生命力和能被孩子所喜爱的。

阿诺德·洛贝尔(1933—1987)的作品极富温馨和趣味，每一篇都可以作为儿童哲学的教材。他离开这个世界时，在《纽约时报》上登了一则启事，大意是：“如果你想念我，请不要设立什么基金会、奖学金、纪念碑之类的，请您看我的书，因为我就在里面。”

12. 萝卜回来了

方轶群

雪这么大，天气这么冷，地里、山上都盖满了雪。小白兔没有东西吃了，饿得很。他跑出门去找。

小白兔一面找一面想："雪这么大，天气这么冷，小猴在家里，一定也很饿。我找到了东西，去和他一起吃。"

小白兔扒开雪，嘿，雪底下有两个萝卜。他多高兴呀！

小白兔抱着萝卜，跑到小猴家，敲敲门，没有答应。小白兔把门推开，屋子里一个人也没有。原来小猴不在家，也去找东西吃了。

小白兔就吃掉了小萝卜，把大萝卜放在桌子上。

这时候，小猴在雪里找呀找，他一面找一面想："雪这么大，天气这么冷，小鹿在家里，一定也很饿。我找到了东西，去和他一起吃。"

小猴扒开雪，嘿，雪底下有几颗花生。他多高兴呀！

小猴带着花生，向小鹿家跑去。跑过自己的家，看见门开着，他想：谁来过啦？

他走进屋子，看见萝卜，很奇怪，说："这是从哪来的？"他想了想，知道是好朋友送来给他吃的，就说："把萝卜也带去，和小鹿一起吃！"

小猴跑到小鹿家，门关得紧紧的。他跳上窗台一看，屋子里一个人也没有。原来小鹿不在家，也去找东西吃了。

小猴子就把萝卜放在窗台上。

这时候，小鹿在雪地里找呀找，他一面找一面想："雪这么大，天气这么冷，小熊在家里，一定也很饿。我找到东西，去和他一起吃。"

小鹿扒开雪，嘿，雪底下有一棵青菜。他多高兴呀！

小鹿提着青菜，向小熊家跑去。跑过自己的家，看见雪地上有许多脚印，他想："谁来过啦？"

他走近屋子，看见窗台上有个萝卜，很奇怪，说："这是从哪来的？"他想了想，知道是好朋友送来给他吃的，就说："把萝卜也带去，和小熊一起吃！"

小鹿跑到小熊家，在门外叫："开门！开门！"屋子里没有人答应。原来小熊不在家，也去找东西吃了。

小鹿就把萝卜放在门口。

这时候，小熊在雪地里找呀找，他一面找一面想："雪这么大，天气这么冷，小白兔在家里，一定也很饿。我找到了东西，去和他一起吃。"

小熊扒开雪，嘿，雪底下有一个白薯。他多高兴呀！

小熊拿着白薯，向小白兔家跑去。跑过自己的家，看见门口有个萝卜，他很奇怪，说："这是从哪儿来的？"

他想了想，知道是好朋友送来给他吃的，就说："把萝卜也带去，和小白兔一起吃！"

小熊跑到小白兔家，轻轻推开门。这时候，小白兔吃饱了，睡得正甜哩。小熊不愿吵醒他，把萝卜轻轻放在小白兔的床边。

小白兔醒来，睁开眼睛一看："咦，萝卜回来了！"他想了想，说："我知道了，是好朋友送来给我吃的。"

【点评】

这是一篇拟人体童话，述说小动物有了吃的总是想到朋友"一定也很饿"。这样，小白兔送出去的大萝卜，最后又回到小白兔手里。无论多么奇特的童话都来自社会生活，送出去的东西又回来，这种意外结局，具有极大的偶然性。作者在生活原貌的基础上展开幻想，进行艺术概括，从而更深刻地体现出生活的真实和作者的审美理想，也使得作品洋溢着奇妙的氛围和浓厚的喜剧色彩。

《萝卜回来了》成功地运用了循环式的游戏性结构和反复的手法。循环式的游戏性结构呈现出完整而有条不紊的艺术效果。听完故事，幼儿可以模仿小兔子、小猴子等玩一次快乐的游戏。这是再开心不过的事情。反复的手法则具体表现在三个方面。首先，是场景的反复。小动物们分别在雪地上找食物的场景和分别送萝卜的场景交替反复。"找"和"送"加深了幼儿对角色活动内容和场景的印象。其次，是情节反复。小兔子送萝卜给小猴，小猴送萝卜给小鹿，情节按预设的循环线索推进，类似于儿歌的连锁调形式。这对幼儿颇具吸引力，同时使互相关心爱护的主题变得具体生动，更加感人。最后，是语句的反复。"我找到了东西，去和朋友一起吃。"这样反复及形成音乐旋律般的艺术效果，让温暖人心的话不绝于耳，又加深了幼儿对情节的印象和记忆，便于孩子们复述。

方铁群是20世纪40年代开始童话创作的著名儿童文学作家，出版有《桥的故事》《月亮婆婆》《小鸡住大楼》等。《萝卜回来了》被改编成动画片，并被译成日、法、英、德等多国文字出版。

13. 去年的树

[日]新美南吉

一只鸟儿和一棵树是好朋友。鸟儿坐在树枝上，天天给树唱歌。树呢，天天听着鸟儿唱。

日子一天天过去，寒冷的冬天就要来到了。鸟儿必须离开树，飞到很远很远的地方去。树对鸟儿说："再见了，小鸟！明年请你再回来，还唱歌给我听。"

鸟儿说："好的，我明年一定回来，给你唱歌，请等着我吧！"

鸟儿说完，就向南方飞去了。

春天又来了。原野上、森林里的雪都融化了。鸟儿又回到这里，找她的好朋友树来了。

可是，发生了什么事情呢？树，不见了，只剩下树根留在那里。

"立在这儿的那棵树，到什么地方去了呢？"鸟儿问树根。

树根回答："伐木人用斧子把它砍倒，拉到山谷里去了。"

鸟儿向山谷里飞去。

山谷里有个很大的工厂，锯木头的声音“沙——沙——”地响着。

鸟儿落在工厂的大门上。她问大门：

“门先生，我的好朋友树在哪儿，您知道吗？”

门回答说：“树吗，在厂子里给切成细条条儿，做成火柴，运到那边的村子里卖掉了。”鸟儿向村子里飞去。

在一盏煤油灯旁，坐着个小女孩。鸟儿问女孩儿：“小姑娘，请告诉我：你知道火柴在哪儿吗？”

小女孩回答说：“火柴已经用光了。可是，火柴点燃的火还在这个灯里亮着。”

鸟儿睁大眼睛，盯着火苗看了一会儿。

接着，她就唱起去年唱过的歌儿，给火苗听。火苗轻轻地摇摆着，好像很高兴的样子。

唱完了歌儿，鸟儿又目不转睛地看了火苗好一会儿，才飞走了。

【点评】

作品描写了一只鸟和一棵树之间的真挚友情，故事没有太大的曲折和离奇，好朋友的一唱一听和寻找是那样的平淡、自然，纯朴而挚诚。这是一篇极其短小却意味隽永的童话，结构明快而清新，浅到了两岁的孩子都听得懂，深又是无限的深。当我们仔细品味这浅显、简练的文字后，更是能嗅到它那深层的诱人芳香：这粗淡而纯美的故事里有朋友之间的守信和诚挚、永远的失去与死亡的凄婉色调，注入了对于人生不可避免的处境的体验与悲剧感。有些译本把其中“火苗轻轻地摇摆着，好像很高兴的样子”舍弃，但这样一来，就无法表达出新美南吉一生追求的理想境界：虽然生活在不同的世界，心灵却可以达到永恒的交融。

新美南吉(1913—1943)被誉为“日本的安徒生”。“小狐狸三部曲”(《小狐狸阿权》《小狐狸买手套》《小狐狸》)是他童话作品的代表作。

14. 笨狼的故事

汤素兰

有一只笨狼，独自在森林里待得不耐烦了，就想去上学。学校里有那么多的小朋友，一定很好玩。

笨狼来到学校，坐在小朋友们中间，听老师讲课。

第一节课，老师教大家学习词语。老师用红色的粉笔在黑板上写了“苹果”两个字，告诉大家说：“这是苹果。”

“不对，苹果是圆圆的、红红的、甜甜的。”笨狼第一个站起来反对说。

“这是‘苹果’两个字，又不是真正的苹果。”老师生气地说。

“为什么苹果不是真正的苹果？”笨狼又问。

“是呀，不是真正的苹果，我们学了又有什么用？”别的孩子又齐声说。

“跟你们说不清楚，我们不学语言了，还是讲故事吧！”老师说。

于是，老师给孩子们讲小红帽的故事，孩子们安安静静地听着，听得非常认真，但是忽然一个尖利的嗓子愤怒地抗议:“不对,这全是造谣,我根本就没有吃过小红帽。”

“也许是你爸爸干的。”一个小朋友说。

“我爸爸不会干这种事!”

“也许是你爷爷?”

“也可能是你太爷爷?”

笨狼想了想,不再吭声了,因为他确实不知道爷爷和太爷爷究竟干没干过像吃小红帽这一类的坏事。

老师本来想告诉笨狼,故事并不一定都是真的,又怕他不明白,老师就说:“好了,现在我们不讲故事了,我们去上体育课吧!”

笨狼和小朋友们来到大操场,在跑道上排好队伍。老师让大家跑步,谁跑得最快,谁就是体育最好的学生。

“预备,跑!”

老师的口令刚发出,笨狼就像箭一样朝前飞跑。他在跑道的拐弯处忘记了拐弯儿,因此,他笔直穿过大操场,越过田野,跑到大森林去了。

【点评】

这是汤素兰系列故事书《笨狼的故事》中的一个小故事。简短的故事,平实的文笔,又水流无痕、风过无迹般自然。对幼儿生活的准确把握和对幼儿生活的丰富想象,以奇趣和童心相结合,作品向人们展示了一个无拘无束的童年世界。笨笨的笨狼有笨笨的快乐,温馨、生动又幽默的喜剧风格让读者于其间感受童真的美好。

《笨狼的故事》是一部在思想上、艺术上都比较圆熟的作品。“里面的故事会让我想起英国作家米尔恩的世界级名著《小熊温尼·菩》的幽默,因为它不仅同样以人物的性格推动故事的展开,而且小笨狼天真、善良、无知但却充满了求知欲和行动力的性格也与小熊温尼·菩有几分相似;而故事的热闹荒诞或异想天开,又有美国的迪士尼动画片《米老鼠和唐老鸭》之风格。”

汤素兰,中国作家协会会员,代表作有“笨狼的故事系列”“小朵朵开心奇遇系列”“酷男生俱乐部系列”等。曾获中国作家协会全国优秀儿童文学奖、冰心儿童文学新作奖大奖、陈伯吹儿童文学奖、宋庆龄儿童文学奖、张天翼童话寓言奖等。

15. 岩石上的小蝌蚪

谢华

一个绿油油的小山坡上,有一块光秃秃的大岩石。

一天下了一场大雨,岩石上一个凹下去的地方积了水,就像一个浅浅的水塘。在这水塘里,忽然来了两只小蝌蚪,身子一扭一扭,尾巴一摆一摆,游过来又游过去。

“小东西,我这儿是你们玩的地方吗?”

谁在说话?两只小蝌蚪吓了一跳。啊,原来就是这块大岩石,他的岁数很大了,得叫他岩石老公公。

“小东西,你们是怎么到我这儿来的?”

“我们嘛，”两只小蝌蚪一齐回答，“我是一个圆脸蛋的小哥哥带来的，他可喜欢我们了，就要把我们养起来，看我们变成大青蛙。”

“哦，小哥哥就把你们养在我这儿吗？”

“不，不！”一只小蝌蚪说，“他把我们装在小玻璃瓶里，他不小心，把小玻璃瓶打碎了，只好让我们在您这儿待一会儿……”

另外一只小蝌蚪抢着说：“小哥哥会来接我们的，他去拿一只漂亮的杯子，还装上水草，让我们住在里面。”

“嗯，是这样。”岩石老公公抬头看看天上的太阳。“可是，等一会儿，太阳会把这点儿水晒干的，你们的小哥哥可得赶快来呀。”

小哥哥没来，来了一只小花狗。小花狗口渴了，看见大岩石上有个浅浅的小水塘，就伸出了舌头。

“不行，不行！你不能喝这儿的水。”岩石老公公叫了起来。

小花狗这才看见小水塘里有两只小蝌蚪，就不喝水了。他对小蝌蚪说：“呀，这点儿水很快就给晒干了。让我带你们下山坡去吧！”

“不，小哥哥说好来接我们的，我们在这里等他。”

小花狗听了点点头，跑下山坡去了。小河里有的是水够他喝的。

太阳晒得更厉害了，水慢慢地给晒热了。小蝌蚪浑身不舒服起来，只好一个劲地扭着身子。

岩石老公公看见他们这样子，心里真着急，这时候正好有只小花鸭，从他跟前走过。他急忙叫住小花鸭：“小花鸭，帮个忙，把小蝌蚪送下山坡去吧。”

“好啊！”小花鸭说，“我正要到河里去洗澡，我带他们去。”

可是小蝌蚪不愿意，一只小蝌蚪说：“小哥哥说过要来的呀！”另外一只小蝌蚪说：“是啊，要是小哥哥来了，找不着我们，他多难受啊！”

“真是一对小傻瓜！”小花鸭叹了口气，摇摇摆摆走了。

小水塘里的水越来越烫了，越来越少了。小蝌蚪把身体紧紧地贴在岩石老公公的身上，一动也不好动。

“你说，小哥哥这会儿是在找杯子，还是在捞水草？”一只小蝌蚪轻轻地说。

“他一定走在路上了，拿着漂亮的杯子，盛着清凉的泉水，那水好清好甜哟！”另一只小蝌蚪想把头抬起看一看，可是已经抬不动。

山坡上静悄悄的，一个人影也没有。

快到中午了，太阳晒得好厉害！小水塘里的水给晒干了。岩石老公公难受极了，不停地叹气。小蝌蚪觉得浑身像着了火，一会儿就什么也不知道了。

过了好久，真有一个圆脸蛋的小哥哥上来了，手里拿着一个漂亮杯子，杯子里盛着清清的泉水，还装着许多水草。可是他没跑到大岩石跟前来，就在山坡下的一条小河边，捉起小蝌蚪来。

只有岩石老公公还记得两只可怜的小蝌蚪，他们已经变成两个小黑点了，紧紧地贴在他的身上。他们在做梦呢，梦见漂亮的杯子，清清的泉水，绿色的水草，圆脸蛋的小哥哥。

【点评】

这是一篇令人伤心的童话。两只天真可爱的小蝌蚪，在岩石上的小水洼里等待小哥哥来接他们。他们坚信小哥哥许下的诺言，放弃了小花狗、小花鸭出力帮助的机会，最后变成了岩石上的“两个小黑点”。

童话的情绪是低沉的，但情感内蕴是丰富的、美好的。幼儿感动于小蝌蚪信守诺言而最终死去，同情和怜悯油然而生。美国心理学家金诺特说：“我们不应该剥夺孩子忧愁和哀伤的权利，在他所爱的生命死亡时，他应该悲伤。这样，孩子的道义感才可以加深，品格才能提高。”关键是要严格度量幼儿心理所能承受的“度”，把死亡表现得凄婉而不绝望：他们在做梦呢，梦见漂亮的杯子，清清的泉水，绿色的水草，圆脸蛋的小哥哥。

童话在幻想情境中引入了现实人物“小哥哥”。小男孩的顾前不顾后、粗心大意并不少见。这样，童话与现实生活的距离缩小了，虽然仍面对海市蜃楼的幻彩，但亲切感和熟悉感油然而生。童话一开始就以小蝌蚪的命运作“悬念”，颇能吸引幼儿的注意，而后有层次感地展开情节，整个童话流动着浓郁的诗情，耐人咀嚼。

16. 影子山羊

早晨，一只山羊在栅栏外徘徊，想吃栅栏里面的白菜，可是他进不去。

这时，太阳升起来，斜照大地。在不经意间，山羊看见了自己的影子，影子拖得很长很长。

“我如此高大，一定能吃到树上的果子，吃不吃这白菜又有什么关系呢?”山羊对自己说。

远处，有一片果园，园子里的果树上结满了五颜六色的果实。于是，山羊朝着这片果园奔去。

山羊到达果园，已是正午，太阳当顶。此时，山羊的影子变成了很小的一团。“唉，原来我是这么矮小，是吃不到树上的果子的，还是回去吃白菜的好!”于是，山羊不高兴地往回跑。

山羊到达栅栏外时，太阳已经偏西，他的影子重新又变得很长很长。

“我干吗非要回来呢?”山羊很懊恼，“凭这么大的个子，吃树上的果子是一点问题也没有的!”

【点评】

很多时候，我们就像这只山羊一样，努力地去认识世界，却忽略了对自己的认识。我们或因为头上戴着的一些光环而忘乎所以、不自量力，或因为遭遇一点挫折而灰心丧气、自我贬低，这是因为对自己没有一个理智而客观的认识，在外在环境的变化中左摇右摆……

这则寓言篇幅短小精悍，故事内容单纯生动。幼儿因具有关于“影子”变化的生活经验，能在愉悦的阅读中认识山羊身上的“愚笨”，获取与其年龄阶段相应的理性感悟。

17. 老鼠嫁女

盖壤

鼠姑娘到了该嫁的年龄了，母亲求舅舅给物色对象。舅舅说：

“这事儿好办。因为外甥女十分漂亮，外边已经有好几个求婚的小老鼠等着啦，我去把他们叫来，你和外甥女就躲在门后相看，看中了哪一个，就出来搭话。”

“好吧。”

第一个进来的是住在皇宫裁缝家里的小老鼠。他用裁缝的小脚料把自己从头顶打扮到脚底。舅舅说道：

“你的斗篷真漂亮。”

小老鼠说：“是的，这布料是给皇帝做袍子用的。”

舅舅又问：“你的靴子怎么是红色的？”

小老鼠回答：“这是用老皇帝眼镜盒里的一块布做的。”

舅舅又问：“你的衣服为什么闪闪发光呢？”

小老鼠越说越得意：

“这是金纽扣，是从皇后的衬衣上取下来的。”

舅舅的眼睛直往后瞧，心想：这小老鼠住在皇帝的脚边儿，一身珠光宝气，找这么个女婿，外甥女应该满意。可等了半天，不见门后的母女走出来。看来是没看中。他把这个小老鼠打发走了。

又进来一个小老鼠。他的尾巴上裹了一个油泥团。油泥团拖在地上咯噔咯噔响，脖子上挂了一张油饼，胡子上沾着面包渣。舅舅见他邋里邋遢的样子，就问：

“你家住哪里？怎么是这副模样？”

“我家住在油房的地板下。东邻是油饼铺子，西邻是酿酒的烧锅。”小老鼠说。

“你尾巴上的球儿是什么做的？”

“油房里到处都是油，油沾到尾巴上，滚上了泥，时间长了，干巴了，就成了一个球儿。”

“看来，你这一辈子不至于挨饿了？”

“那当然。带在尾巴上，套在脖子上，走哪吃哪，方便多了。”

这小老鼠说着，津津有味地吃起油饼来。舅舅咽了一口唾沫，对他说：

“小伙子，去洗洗澡以后再来求婚吧。”

油房小老鼠刚想转身走出去，鼠姑娘突然跑出来，羞羞答答地说：

“这位小哥哥，领我到你家去看看好吗？”

舅舅莫名其妙地看着老鼠姑娘的母亲，母亲望着手拉手走远的一对小老鼠欢喜地说：

“我的傻兄弟呀！鼠生一世，不都是为着一张嘴吗？”

【点评】

盖壤的寓言作品品质极佳，韵味独具，以奇特的描述角度为特色。《老鼠嫁女》在简练、老辣的构思和描写中，充分传达了犀利的思想，并于短短的篇幅中将喜剧和讽刺发挥到极致。

18. 青草、老鼠和桃子

金近

兔子和猫争论着一个问题：世界上什么东西最好吃？

兔子抢先说：

“世界上最好吃的东西就是青草，那股清香味儿，远远胜过萝卜。特别是春天的青草，吃起来还是甜滋滋的。我一说就要流口水。”

猫不同意这个意见，他说：

“我认为世界上没有比老鼠更好吃的东西了。你想想，那鲜嫩的肉，柔软的皮，嚼起来又酥又松。只有最幸福的动物，才懂得老鼠是世界上独一无二的好东西。”

他们两个都坚持自己的意见，争论了好久，还是得不到解决。最后只好去找猴子来评个理。

猴子听了他们的两种意见，都不同意，他说：

“你们都是十足的傻瓜蛋，连世界上最好吃的东西都不知道。我告诉你们吧，世界上最好吃的就是桃子。嗨！说起桃子，我的口水只能往肚子里咽，那甜蜜味儿，谁吃了谁都会高兴得唱歌。你们这回该记住了吧。世界上最好吃的是桃子。”

猫听了直摇头，他说：

“我以为你要说别的什么，没想到你会说桃子，那玩意儿毛刷刷的有什么好吃的？你拿出十个桃子，也抵不上一只老鼠。算了吧，我可不相信你的话。”

兔子听了没说什么，不过，他心里这样嘀咕：要是说桃子是世界上最好吃的东西，那么为什么我宁可吃青草呢？

有个女孩子听了以后说：

“他们都有自己的偏爱，就是没有想到别人的爱好。”

【点评】

金近(1915—1989)，中国当代著名儿童文学作家，主要作品有《春风吹来的童话》《金近作品选》等，曾获第二届全国少年儿童文艺创作评奖荣誉奖。金近将寓言与童话这对孪生兄弟融合在一起，开创了寓言童话这种新的寓言形式。

思考与探索

1. 结合作品谈谈你对童话的幻想和荒诞的理解。

2. 你喜欢什么风格的童话？请介绍几篇相关风格的作品。

3. 金近的《青草、老鼠和桃子》比较典型地体现了幼儿寓言的特性，你能就这点谈谈自己的理解吗？

4. 研读：阅读传统童话和现代童话若干，说说这两类童话的区别。

5. 积累：深度阅读幼儿童话20篇，并进行记背。

拓展学习书目

1. 陈蒲清主编．中国古代童话鉴赏．长沙：岳麓书社，2007.

2.［瑞士］卡斯特．童话的心理分析．林敏雅译．北京：生活·读书·新知三联书店，2010.

3. 彭懿．走进魔法森林：格林童话研究．北京：外语教学与研究出版社，2010.

4. 王泉根主编．童话大师主题悦读·童话系列．长沙：湖南少年儿童出版社，2011.

5. 韦苇. 外国童话史. 北京：清华大学出版社，2013.

6. 韦苇主编．世界经典童话全集．济南：明天出版社，2000.

7. 吴其南. 中国童话发展史. 上海：少年儿童出版社，2007.

第九章
婴幼儿故事

学习目标

1. 领会婴幼儿故事和其他叙事性体裁的区别；
2. 掌握动物故事的两种类别；
3. 感悟幼儿生命，把握幼儿生活故事的特征与价值；
4. 学会品评作品，尝试创作。

第一节　婴幼儿故事概说

一、婴幼儿故事的含义

传统的“故事”泛指带有故事性质的文学作品，与童谣一样有着源远流长的历史，也是在人民口头创作中孕育发展起来的。它具有最广泛的流传性，其内容和创作手法在口传中越来越成熟、丰富和完善，形成了包括神话、传说、童话、寓言、故事、小说等诸多具有叙事特征的体裁。随着体裁样式的发展，故事逐渐成为一种独立的文学类别，指的是侧重于事件过程的描述，强调情节的完整性、连贯性、生动性和趣味性，比较适合口头讲述的叙述性文学体裁的一种。

作为一种独立的文学体裁，故事有着不同于其他体裁的内涵和特点，并因此而形成其特有的美学特征。故事与神话、传说、童话、寓言相比：在形象选择上，故事以人和动物为主，且动物的自然属性成为故事的内在逻辑；在表现手段上，故事以写实为主，呈现人与物的“真实性”；在意蕴表达上，故事侧重于在叙事中反映现实，而不是徜徉于现实和想象时空之间。故事与小说都具有较强的叙事性，且两种体裁都有人物、环境、情节等因素；但儿童文学范畴内的故事和小说，在读者群、人物塑造、环境描写、语言运用、写作笔法上都有着明显的区别。

基于以上的比较，本章节所述婴幼儿故事是指内容单纯，篇幅短小，情节生动有趣、完整连贯，与婴幼儿的接受和欣赏能力相适合，供婴幼儿阅读或聆听的偏向写实的叙事性文学样式。

二、中国婴幼儿故事的发展

中国五千年历史中，真正属于孩子的故事并不多。这些故事可以分为两类：一类是来自民间的动物故事和生活故事。它是人们将日常生活中某些对孩子有教育意义或富于趣味的故事进行简单的加工而形成的，如大傻闹笑话、长工斗地主、巧媳妇等故事。另一类是用故事的形式编写的童蒙读物。比较早的有宋人胡继宗的《书言故事》、元代卢韵的《日记故事》；而叙述古代儿童特殊品格的益智故事占有很大分量，如明代萧良友的《蒙养故事》(《龙文鞭影》)中“司马光破缸救小儿”“孔融让梨”“曹冲称象”“灌水浮球”等故事，脍炙人口，影响深远。

1909 年创刊的《儿童教育画》是以学龄前儿童为对象的刊物，各种适合幼儿欣赏的故事陆续刊登在该报刊上，有陆费逵的《我小时候的故事》(1922)、陈伯吹的《破帽子》(1930)、叶圣陶的《小岘的回家》等。

新中国成立后，幼儿文学得到更多的关注，从事幼儿故事创作的人开始增多，出现了不少佳作，如杲向真的《小胖和小松》、方轶群的《小碗》等。新时期以来，描写婴幼儿生活的故事大量出现，如杨福庆的《谁勇敢》和任哥舒的《真真唱歌》等。近 30 年来的幼儿故事创作中，出现了“系列故事”这一新的文体形式，如 20 世纪 80 年代任溶溶的《丁丁探案》、90 年代郑春华的《大头儿子和小头爸爸》等。

直到 20 世纪 80 年代，我国的婴儿故事才真正开始发展。中国少年儿童出版社于 1985 年 4 月创办的《婴儿画报》是我国第一本婴儿文学杂志。1997 年，黄云生的《人之初文学解析》是探讨幼婴幼儿文学的理论专著。之后，大量的婴幼儿图画故事和婴幼儿故事的刊物如雨后春笋般涌现，如浙江的《婴儿世界》和江苏的《东方娃娃・婴儿版》，就是应社会和教育的进步与发展，为婴幼儿文学提供了一个广阔的舞台。

优秀的婴幼儿故事作品的呈现有赖于一支充分了解婴幼儿心理、生活的创作队伍的形成。长期在教育第一线的幼儿园和小学教师因熟悉婴幼儿生活，了解婴幼儿心理和喜好，并且积累了大量婴幼儿故事创作的原始素材，成为婴幼儿故事创作的重要力量，创作了一批深受婴幼儿喜爱的作品。

三、婴幼儿对故事的特殊偏爱

故事是人类精神生活的必需品，是孩子接触最早、最多的文学样式之一。对年幼的孩子来说，故事是他们成长生活中不可替代的朋友。故事在婴幼儿文学中占有着十分重要的位置，婴幼儿对故事有着特殊的偏好。朱自强曾在《“故事”的价值》一文中提出“儿童文学是故事文学”，并认定“儿童的思维是故事性思维”，孩子们在很长时期内，都是通过故事来进行思考的。不管那故事是事实上存在过的，还是虚构出来的，他们几乎都是通过故事来表现自己，并通过故事理解他人的话语。

在故事阅读中，故事情节能满足婴幼儿的好奇心理，曲折变化的故事情节、广泛丰富的涉及范围、奇妙更迭的故事逻辑总能诱发婴幼儿的无限兴趣；故事表达的美丑和善恶、感动与温暖、智慧与幽默，设定的完美结局，与幼儿纯洁质朴的情感、价值的取向和判断相契合；故事中富于“生命力”的故事形象带领着婴幼儿体验“喜怒哀乐、奇遇、幸福、成功、失败”，小读者们不仅收获了阅读审美的愉悦，还能对作品进行“二度创作”；故事中符合婴幼儿思维的丰富想象能带领婴幼儿进入“无限推论”的境界中，从而获得无限快乐和想象力的发展；婴幼儿容易把握组织完整、意义连贯的事物，故事情节的连贯性和完整性使婴幼儿能较好地理解、识记和讲述故事。同时，故事讲述具有多变和灵活的特征，讲述者对故事进行针对性的处理，故事便得到了丰富和“再生”；讲述者满怀“爱心”的讲述，与婴幼儿分享对生命的爱、对生活的爱、对知识的爱，婴幼儿便得到了另一种阅读的愉悦，它超越了故事本身带来的快乐，在讲者与听者间建立了情感和亲密。

四、婴幼儿故事的价值

婴幼儿处于特殊的生理和心理时期，对未知世界充满好奇心和探求心，故事中丰富的题材、丰富的场景、开阔的视野是婴幼儿认识生活、了解世界的极好平台。婴幼儿故事以起伏多变、充满童趣的情节在小读者中播撒着文学的种子。它以一件看似微不足道的事件为基点，向孩子展示辽阔的世界，传递受用一生的智慧。

全语文理论认为，儿童的语言修养是在有意义的语言现实中学会的，婴幼儿故事是一种很好的呈现意义的方式，它是在有意义的语境中帮助幼儿理解词语和建立认知。苏珊·恩杰在《孩子说的故事——了解童年的叙事》一书中解释孩子为什么说故事时，列出“了解世界”“解决问题”“了解情感世界”“成为文化的一员”“建立并维持友谊”“建构自我”“创造和改变”等故事所具有的功能。詹姆斯·希尔曼更是辩说道：“那些在童年时代读了许多故事书或听说过许多故事的人，比起那些没有接触过故事的人来会有较好的外表及前景……及早接触故事，他们就会对生活产生观照。”

其实，故事不仅对儿童，对整个人类文化都具有极为重要、不可或缺的价值。美国心理学家布鲁诺就认为，我们用逻辑和抽象的规则来认识物理的世界，用故事来认识人文的世界，而体现人类智慧的这两种文化不只是相互补充、相互协助的，其中故事(叙事)的智慧还是整个智慧的芽苞或种子。

五、婴幼儿故事的特征

(一)情节完整，线索单纯

“完整性”是故事在整体轮廓上的特征。从文学本体来看，故事由各种生活事件组成，而生活事件的完整性是构成故事的基本前提，婴幼儿故事一般都要反映事件产生的原因、事件发展过程中的曲折以及事件最后的结局等。连贯完整的故事是幼儿喜爱和易于掌握的，且大部分幼儿对事物的理解和记忆都停留在简单的线性模式上，这就决定了幼儿故事的情节推动应呈现“单线索”特征。幼儿故事还讲究情节的生动性，要求事件新奇有趣、惊险曲折，用各种艺术手法营造引人入胜的艺术效果来吸引幼儿的注意力。

(二)题材广泛，主题明确

婴幼儿汲取知识的兴趣浓厚，容易接受故事中传递的信息。婴幼儿故事从他们的年龄特征和接受特点出发，题材范畴包括融教育和趣味为一体的动物故事、古今人物故事、幼儿生活故事等，同时将社会、生活中各种各样的知识融会在形象化的故事中，体现了一定的知识性。婴幼儿故事的主题一般都具有集中明确的特点，针对婴幼儿存在的问题和社会、时代的要求，培养婴幼儿正确的思想和行为，养成高尚的品德和情操，引导他们积极向上，追求美好的事物。

（三）叙述明快，结构简洁

故事是“叙述性”的文学，叙述是故事的主要表现手段。婴幼儿故事为了适应婴幼儿的思维方式和顺序记忆的习惯，常常采用顺序展开、首尾贯通、线索单一、脉络清楚的方法，较少采用倒叙或插叙的方法。为了增强读者的印象，在听众脑中铭刻下故事发展的清晰图像，婴幼儿故事常运用民间故事中常见的“三段式”和“反复式”的结构手法。

（四）语言通俗，趣味浓厚

婴幼儿故事主要是提供给婴幼儿听赏的，其语言必须做到生动明快、浅显通俗。生动明快是吸引婴幼儿注意的重要手段，浅显通俗则是故事作为口头文学的本质特征。婴幼儿故事的词汇多用动词、形容词以及拟声词和叠音词；句式多用短句、比喻句，以增加语言的亲切感，既方便家长和老师进行讲述，又能拉近讲述者与孩子们之间的距离。

第二节 婴幼儿故事的类型

婴幼儿故事可以从不同的角度划分类型。从创作者的角度分，可分为民间故事、改编故事和创作故事等；从内容分，可分为生活故事、历史故事、成语故事、科学故事、人物故事（主要是名人故事）和动物故事等；从体裁角度分，可分为散文体故事、诗体故事、剧本故事等；从表现形式分，又可分为图画故事和文字故事等。不论从哪个角度划分，各类作品都有着作为故事体裁的共同特征，同时也有着各自的特点。下面介绍几种常见的婴幼儿故事类型。

一、婴幼儿民间故事

这里的民间故事指的是除幻想故事（民间童话）和民间动物故事以外的、在民间口头流传、适合对幼儿讲述并为幼儿所喜爱的故事，它是包含时间、地点、人物、情节等要素，具有一定传奇性和幻想成分，篇幅较短的口头文学。适合儿童聆听和阅读的民间故事，主要有民间生活故事、民间机智人物故事、民间笑话故事等。例如，赵世杰编译的维吾尔族和乌孜别克族民间人物故事《阿凡提的故事》，宋守良搜集整理的民间笑话《两个媳妇》。

二、婴幼儿历史故事

历史故事指以史实为依据编写而成的、适合幼儿欣赏和聆听的故事，是历史和文学相结合的产物。历史故事主要分为历史人物故事和历史事件故事两类。

历史人物故事以历史上真实的人物为主角，帮助儿童了解历史人物的业绩和风貌，并进而体会故事主人公远大的理想、博大的胸怀和坚强的意志。适合婴幼儿阅读的有《铁杵磨成针》《司马光砸缸》《孔融让梨》《包公的故事》等。

历史事件故事以反映历史上有重大影响的事件为主，通过对历史事件的精彩展示，帮助儿童增加历史常识，学会正确地理解分析历史现象，如《负荆请罪》《草船借箭》等。

三、婴幼儿动物故事

婴幼儿对动物有天然的亲近之情，婴幼儿对以动物为主要角色的故事情有独钟，这类作品也在婴幼儿文学中占有较大比例。这里的动物故事与把动物拟人化的童话故事有所不同，这类故事中动物的“物性”被充分地保留，并成为故事构思的重要依据，体现了故事“写实”的特征。

婴幼儿动物故事有两种类型。

一类为“解释型”，即通过对动物生活特点、行动习惯以及彼此在生物链中的相互关系，生动有趣地介绍动物的特征、习性等。例如，朱新望的《小狐狸花背》，写一只名叫“花背”的小狐狸在其成长过程中的一系列经历。作者将对狐狸的生活习性、捕食的方法、所喜食物的种类的叙写及对狐狸天敌的介绍融入故事的情节中，同时还写了金龟子和红蜘蛛的生死搏斗，写了山猫偷鸡的行为，写到其他动物的生存竞争等，整个故事均从客观的角度介绍动物。又如，俄罗斯作家比安基的《小熊洗澡》是这样写的：

一个猎人在林间的小河堤岸上走着，突然听见树枝咔嚓一声响。猎人一惊，他想准是有什么猛兽在不远的地方，于是他三下两下爬上了树，在树上向四面细细观望。

从密林里走出一只大黑熊，是熊妈妈，后面跟着两头小熊。它们在河岸上走着，小熊可开心啦！

熊妈妈停下，用牙齿叼起一只小熊的脖子，直往河里扔。小熊尖叫着，四脚乱蹬，但是熊妈妈不马上将小家伙扶上岸来。

另一只小熊怕冷水洗澡，就撒腿往林子里跑了。

熊妈妈追上那个小家伙，啪！打了它一巴掌，接着像叼前一只一样，将后一只扔进了水中。

两只小熊洗过澡，爬上岸来。这样闷热的天气，它们还披着厚厚的绒毛，凉水使它们爽快透了。母熊带着小熊洗完澡，又躲进了森林，这时猎人才从树上爬下来，回家去了。

作品是作家对熊的一段生活状态的真实记录，写得幽默、谐趣。小读者在这样的故事中既体验了森林里富于情趣的动物生活，又领略了与大自然打交道的乐趣，也一定感受到了作家对大自然的深爱之情。

这类故事自觉地把动物作为主体生命进行艺术构思，在科学客观的表达中超越了幼儿原始思维的“泛灵性”，体现了万物平等的视角和物种间的生命关怀。

另一类为“象征寓意型”，即借动物形象来象征人类社会生活和社会关系的故事。

这类故事在动物故事中数量较多。例如，《寒号鸟的故事》以寒号鸟生性懒惰，秋天不垒巢，也不听伙伴的劝告，得过且过，到了冬天无处安身，露宿枝头，最后被冻死的故事，来教育孩子做事要勤快，要有规划，且应善于听取他人建议。又如，藏族动物故事《麻雀和老鼠打官司》，写麻雀与老鼠为小事争执起来，请了一只“猫判官”来评判是非，却都被“猫判官”吞进了肚子。这里，作者借对动物世界的描绘折射人类社会中的某些现象，作品因之具有了较深的寓意。此类动物故事内涵丰富，有些作品在文学艺术表现手法、形象塑造和意蕴表达上已达到了小说的高度，受到少年儿童乃至成人的喜爱。

四、婴幼儿生活故事

婴幼儿生活故事指取材于婴幼儿的生活、反映发生在他们身边的生活事件的短小故事。按故事内容分，有家庭生活故事、幼儿园生活故事和同伴生活故事，又分为以写人为主的生活故事和以写事件为主的生活故事。但不论故事发生在哪里，是写人还是写事，均通过对婴幼儿生活的艺术概括，张扬美的精神，肯定美的行为，表现美的心灵。生活故事尽管注重现实客观，但也可以巧妙地运用幻想艺术，增强其可读性和艺术力。例如，林玲的《新雨衣》就是把现实生活与幻想成分有机融合的一篇出色作品。

第三节　婴幼儿生活故事的艺术特征

婴幼儿生活故事是婴幼儿故事中最常见的一类，它以现实的婴幼儿为主要角色，以他们的日常生活和活动为主要题材，特别能让小读者产生强烈“共鸣”。婴幼儿生活故事的接受群体是婴幼儿，这就决定了它在内容和形式上必须符合婴幼儿的接受特征。以下从三个方面来概括婴幼儿生活故事的艺术特征。

一、情节单纯曲折，富于故事性

故事单纯而又曲折是婴幼儿生活故事在情节、结构上的特点，二者并不矛盾。婴幼儿的逻辑思维能力不强，经验不足，因而故事的情节和结构不能起伏太大，应讲究线索单一，即情节沿着一条线索向前推进，并贯穿到底，连贯而完整；又由于婴幼儿的注意力容易分散和转移，平淡无味、平铺直叙的故事难以吸引他们的注意力，所以故事需要有悬念、有较为波折的生动情节。

2—3 岁的婴儿的接受水平决定了婴幼儿生活故事应注重情节的单纯性和连续性，情节设计基本按照现实生活的逻辑进行构思，描写生活中的一件小事甚至是一个简单的生活片段。如《吃甜粥》：

大郎到外婆家去玩，外婆很会烧甜粥。外婆烧好甜粥，给大郎盛了一碗，大郎端起碗，猛喝一口，哇，甜粥太烫了！大郎哭了。外婆一边为大郎吹舌头，一边说：“大郎呀，你太急了！”

大郎上了托儿所，阿姨很会烧甜粥。阿姨给每个小朋友盛了一碗甜粥。其他小朋友都吃完甜粥去做游戏了，大郎还望着甜粥不敢吃。阿姨说："大郎呀，你太慢了！"

大朗回到家，跟妈妈说："外婆说我太急，阿姨说我太慢，我不会吃甜粥呀！"

妈妈说："大郎呀，甜粥烫不烫，你先摸摸碗，再用小勺舀一小口，舔一舔，你能学会吃甜粥的。"

后来，大郎真的学会了吃甜粥。

故事紧紧围绕着大郎学吃甜粥的线索进行情节构思，虽然呈现了三个生活片段，但是这些片段紧密联系且接近生活真实，展现了婴幼儿学习生活技能的过程。

对于3—6岁的幼儿而言，他们更愿意听赏富于"故事性"的作品，其中的"曲折性"和"生动性"就必须得以展示。情节的曲折、生动性是指事件在其发展过程中，反映出特定矛盾冲突的发生、发展和转化的全部过程，并以新奇有趣、惊险曲折、温暖动情等特点来营造动人心魄、引人入胜的效果。完整、曲折、单纯且具有一定戏剧性的故事对幼儿具有吸引力，并且适合讲述。例如，舒德骑的《谁该得第一》在故事的开头便设置了一个大疑问：

幼儿园今天举行图画比赛，主题是"爱"。

小朋友们画呀，画呀，画了很多美丽的图画。可是，王老师拿起小朋友的图画一看——咦，这是怎么了？王老师今天看不懂小朋友们的图画了。

可不是吗？你看看：莹莹画了一座金灿灿的宫殿；兵兵画了一杆大猎枪；扬扬画了一对大翅膀；明明呢，画了一把大锯子，锯子上还长满了尖尖的牙齿呢！

嗨，今天小朋友们到底是怎么了，王老师只好去问参加比赛的同学们。

小朋友解释了自己充满爱心的绘画意图后，王老师让参加比赛的小朋友都得了"第一名"。原来宫殿是送给"卖火柴的小女孩"的；大猎枪是送给小白兔反抗大灰狼的；大翅膀是送给黑猫警长抓空中强盗的；而大锯子是送给孙悟空锯断紧箍咒的。作品开头设下的疑问引人入胜，而解开谜团的答案又出人意料。

二、内容具有针对性，富于情趣

生活故事取材于生活，除了便于对婴幼儿进行思想道德、行为习惯、知识能力等方面的教育之外，还可以根据婴幼儿接受特点，体现为以下几个层次的表现内容：1—3岁的婴儿从故事里认识生活中的事物和基本概念，如花草、家庭、朋友、季节、晨昏等；3—4岁的幼儿从故事里体验到日常生活的诸多情感，如满足、同情、恐惧、孤单、怀疑等；5—6岁的幼儿则会联系生活思考现实中可能面临的挫折、矛盾。

生活故事是映照"生活"的一面镜子，它的"真"给读者提供了特殊的美感体验，能很好地实现对幼儿的美感教育。任东升的《一把钥匙》中一群孩子在院子里堆雪人，冬冬锁上门急匆匆地来并请求程程让他加入，平时不太好说话的程程答应了。雪人很快堆好了，大家拍手又唱歌，冬冬还在雪地里打滚呢！程程宣布"谁也不许破坏雪人"，除了太阳公公来请他上天去，谁破坏谁就是小狗！这时冬冬发现自己的钥匙被埋在雪人里了，怎么办呢？没有钥匙回不了家，取回钥匙就要破坏雪人，冬冬"呜呜"哭起来。程程看冬冬如此伤心，心软了，指挥大家推倒雪人，拿到了钥匙。这个短小的故事让孩子们体会到什么是真正的快乐：堆雪人的确是件非常快乐的事，而推倒雪人则是实现了更深层次的快乐——助人为乐的快乐。故事塑造了冬冬和程程这两个富于个性的角色，颠覆了"个人服从集体"的固有教育，展示了孩童生命所迸发的真善美、情感美和愉悦美。

生活故事是最能直接表现婴幼儿情趣的婴幼儿文学体裁之一。优秀的作家总能"蹲下来看世界"，捕捉婴幼儿身上的"童真""善良""幽默""巧智"和"稚拙"，并使其成为这类作品中异常闪光的审美特质，这些特质是通往读者心灵的神秘灵光。任大霖的《小奇傻不傻》中的小奇有点傻乎乎的：邻居阿婆给他一块冰砖，这么好吃的东西他要留着和妈妈分享，柜子里的冰砖等妈妈回来时已经变成半碗牛奶了；雨天，他光想着给妈妈送伞，在汽车站等来了妈妈，自己被雨淋湿了，伞却还是干的，他说伞是给妈妈的。李想的《借生日》里，琪琪为了让妈妈也过生日，要把自己的生日借给妈妈，等妈妈生日的那天再把生日还给琪琪，这样就不会忘记妈妈的生日了。

婴幼儿情趣还可以通过艺术地表达儿童与成人在行为、心理、情感、认知等方面的差异，或生动地再现婴幼儿同伴间共通性和差异性来实现。例如，格里费什的《听鱼说话》写出了琼儿和外公在与自然交流时的差异性；梅子涵的《东东西西打电话》描绘了两个小朋友如出一辙的生活片段；林玲的《画苹果》则刻画了四个性格、行为各异的幼儿形象。这些作品运用了以上方法，让婴幼儿情趣得到了极致的表现。

三、语言质朴、口语化，富于动感

为了便于讲述，婴幼儿故事应以叙述语言为主，语言具有质朴、明快、易懂、不拗口等口语化特点，多用短句，以比喻、摹声摹状词、叠音词等来实现语言的形象性、趣味性、音乐性，呈现出晓畅、自然、明白的艺术美感。语言富于动感，不仅能推动情节发展，而且使故事中的人物不需着意刻画就会鲜活起来。故事侧重写"事"，不应有过多的心理活动描写、繁复细腻的景物描写、全面细致的人物形象的刻画，更不允许作者在故事中对人物或事件大加评论。

1—3 岁的婴儿语言能力有限，适合其阅读听赏的故事在语言上要求：更具口语化特点，更浅近，更形象，以摹声、叠词、押韵来实现听感上的节奏性和音乐性。如故事《大香蕉》：

阿姨买来两个黄黄的大香蕉，一个给佳佳，一个给涛涛。

佳佳闻着大香蕉可高兴了，她说："瞧，我的香蕉多像一只小船呀！"佳佳把大香蕉当作小船在桌上推来推去，嘴里还唱着："香蕉弯弯，像只小船，我坐小船，河里玩玩……"

涛涛更高兴了，他一边把香蕉举在手上，一边说："瞧，我的香蕉多像一个月亮呀！"他也唱起了好听的月亮歌："香蕉长长，像个月亮，我坐月亮，飞到天上……"

他们俩玩了一会儿，佳佳用小手剥了一点香蕉皮，用鼻子闻了闻说："这只小船真香！"她"啊呜"咬了一口！涛涛也剥开了一点儿香蕉皮，用舌头舔了舔说："这个月亮真甜!”他也“啊呜”咬了一口!

咦?小船不见了!月亮也不见了!

佳佳指指嘴巴说:“小船开到我的嘴巴里去了!”涛涛拍拍肚子说:“月亮飞到我的肚子里去了!”

作品把两个小朋友吃香蕉的情景描写得如此富于情趣,既源于对婴幼儿生活的真切再现,又有赖于其在语言上的雕琢拿捏:“黄黄的”“香香的”“弯弯的”“长长的”的香蕉,具有浓郁的口语化色彩,符合婴幼儿语言学习和表达的特征;小朋友的动作有“推”“举”“唱”“剥”“闻”“舔”“咬”“啊呜”“指”“拍”等,既形象易懂又充满动感;作品引入了两段“儿歌”,增强了语言的音乐性;在篇章层次上运用了三次工整的排比,使故事在听感上更具节奏感,内容上更易识记和理解。

4—6 岁的幼儿在语言能力、对情节和人物的领悟能力上都有了初步的发展,语言不仅提供给他们听觉上的乐趣,更是他们理解作品的媒介,他们不仅能理解作品语言的能指和所指层面,还会思考和领会其意指层面。如杨福庆的作品《谁勇敢》:

枣树上有个马蜂窝。

小松指着马蜂窝说:“谁敢把它捅下来,就算谁勇敢!”

他问小勇:“你敢吗?”

小勇摇摇头:“别捅,马蜂蜇人可疼啦!”

小松指着小勇的鼻子说:“得啦,胆小鬼!瞧我的。”

小松找来一根长竹竿,使劲一捅。“啪!”马蜂窝掉下来,马蜂一下子炸了窝!

小松丢下竹竿,捂着脑袋就逃。大家也吓得跑开了。钢钢年纪小,跑得最慢,眼看马蜂扑过来了,他“哇”的一声吓哭了。

小勇回头一看,急忙跑回去,把钢钢拉到身后,抡起手中的小褂,拼命抽马蜂。

马蜂赶走了。小勇让马蜂蜇了一下,半边脸肿起老高,疼得他直掉泪。

小勇哭了,可是,大家都说他勇敢。小松捅马蜂窝,谁也没说他勇敢。

故事语言简洁、凝练,情节的发展靠人物的语言和系列动态行为来推动,小读者通过具体可感的语言,理解故事内容、感受人物特征,并自觉联系生活经验,感悟“勇敢”这一品质的真谛。

四、生活情趣浓

儿童文学作家陈伯吹说过:“趣味是儿童故事的基础。”生活故事的情节和人物蕴藏着浓郁的婴幼儿情趣,天真的思想、纯净的心灵、稚气的情感、朴拙的行为以及幽默风趣的语言都让幼儿感觉很有趣,他们会将自己融入情境中,并从心里产生一种亲切感,唤起愉悦的体验和引发心灵的共鸣。法国艾斯库迪叶的《云端掉下一只烤鸡来》里,小约翰在电梯口等不及和邻居聊天的爸爸,带着买回的东西独自走进电梯,可是到小约翰家的按钮却在很高的地方,他够不着,就决定先按到他能按到的最高的楼层再走楼梯。小约翰意外地爬到了顶楼,并在上面玩累了之后才发现,大门被牢牢地关住了。

他用姐姐的毛线绑住烤鸡，往楼下吊，还在聊天的爸爸看到小约翰的“发明”后，上楼把受惊的小约翰抱回家，与家人一起享用烤鸡大餐。故事里呈现的画面实在是妙趣无穷：高耸入云的摩天大楼上忽然垂下一只用毛线捆绑的烤鸡来，这烤鸡经过每户人家的窗前时，会引出多少好奇的目光呀！小约翰无意间的杰作，让我们感叹他和作者真是生产乐趣的幽默天才。又如李慰宜的《蚂蚁乐园》，也是一篇适合婴儿听赏的作品：

有一天，泉泉蹲在院子里玩沙子，忽然，看见一群蚂蚁，在搬一条死虫子。这条虫子有小铅笔头儿那么大，可沉可沉啦，蚂蚁们使了好大的劲儿，也搬不动。泉泉看着看着，忍不住喊了起来：“加油！加油！”蚂蚁们还是没搬动。泉泉心里真着急，他伸出小手，想帮帮蚂蚁的忙，哟，不行！蚂蚁那么小，它们见了泉泉的手，以为是只大老虎呢，准会吓跑的。

那怎么办呢？泉泉正着急呢，咦？虫子开始动了，小蚂蚁把死虫抬起来了。泉泉高兴极了，一边喊着“加油！加油！”一边跟着蚂蚁。

蚂蚁们好像听懂了泉泉的话，它们抬着虫子，越爬越快。

这是从婴幼儿生活中截取的一幕，他们乐于俯下身来关注蚂蚁，与它们对话嬉戏。这是一种可贵的生命情调，是婴幼儿诗意生活的写照。故事渗入的那份浓浓的生活情趣，会使孩子从小养成积极乐观的生活态度和幽默风趣的良好性格，这对他们身心健康成长是十分有益的。

作品鉴赏

1. 国王寻找智慧

国王听说阿凡提非常有智慧，便把他叫来问道：“阿凡提，你的智慧是从哪儿找来的？”

“通过艰苦的劳动找到的！”阿凡提回答说。

“智慧也能通过劳动找到吗？”国王问。

“对，通过艰苦的劳动定能找到智慧！”阿凡提回答。

“我现在就想多找一点智慧。”国王说。

“这个好办，请您拿上坎土曼跟我走，我会帮助您找到智慧的。”阿凡提胸有成竹地说。

国王心想：别人都说我缺少智慧，这回我一定得多找一些智慧把脑子装满，有可能的话再装上两箱子智慧带回王宫，留着给孩子们用。然后，他拿上一把坎土曼跟着阿凡提就走，他们走了很长时间，来到一片戈壁滩上，阿凡提对国王说：“好了国王陛下，请您脱下皇袍开始劳动吧！”

国王只好跟着阿凡提抡起坎土曼来。干了一会儿，国王的手打起了血泡。国王受不了了，他说：“阿凡提，你说的智慧在哪儿？我们怎么找到它？”

“请别急，国王陛下，”阿凡提笑了笑说，“我们就这样艰苦地把坎土曼抡到秋天，待把这片土地开垦出来，到了春天我们再把智慧种上，等到了秋天我们就可以收获到一麻袋一麻袋的智慧。不然，我们上哪儿去寻找智慧呀?”

“你说的这个智慧是粮食吧!”国王问。

阿凡提说：“对，陛下，这只是寻找智慧的第一步。”

国王无奈，跟着阿凡提整整苦干了一年。到了秋天收完了丰收的粮食后，国王对阿凡提说：“阿凡提，我感觉到粮食吃起来容易，可种起来就难了，你说我说得对吗?”

“非常正确，您现在找到了一条最重要的智慧。”阿凡提回答说。

【点评】

阿凡提倒骑毛驴的滑稽形象和他使人忍俊不禁的笑话，不仅在我国维吾尔族人民中家喻户晓，而且为全国各族人民所熟悉。阿凡提的故事揭露了统治者的凶暴贪婪，嘲笑了一些人的愚昧无知，体现了劳动人民勤劳、乐观、豁达向上、富于智慧和正义感，它诙谐幽默、讽刺辛辣、生动别致、富于内涵。

《国王寻找智慧》是《阿凡提的故事》中篇幅较长的一篇。人物关系简单，故事线索单纯，且在开头便设下悬念。故事中的国王形象被颠覆了，他好学、善思、谦虚、忍耐，身体力行地追随阿凡提获得了关于“智慧从哪里来”的答案。

2. 动物故事二则

狡诈的猴子

动物园新入一批草原狼，两只小狼一时无处可放。饲养员突发奇想，竟将狼崽关进了猴笼里。

狼崽虽然很小，但它毕竟是狼，所以开始的时候，它们那尖牙利齿的样子，吓得猴子尖声叫着爬到笼子顶上躲起来。小狼崽长大一点了，可以冲着猴子耍狼气了，它们跳起来，却够不着躲在笼顶上的猴子。两只渐渐长大的狼，尽管总是在跳，却一直无法用自己尖利的牙齿咬住猴子。

聪明的猴子发现了狼的弱点，就开始向狼发起进攻。它们一有机会，就猛地跳下来，对着狼咬两口，咬完就纵身一跳，跳到笼顶上躲起来。如此多次反复，见狼无计可施，猴子的胆子就大起来了。两只狼被弄得不能安心睡觉，不能安心吃饭，万般无奈，只好向猴子“俯首称臣”。

从此，游客给的食物，狼休想得到；猴子心情烦躁的时候，就拿狼出气；天冷的时候，猴子还要睡在狼的怀里取暖。狼稍有不从，便会遭到猴子们的毒打——有只狼的耳朵都被揪裂了。

蚂蚁背上的稻草

一个生物学家向人们讲述他观察到的蚂蚁拖稻草的情形。

一只蚂蚁驮着的稻草体积比它大100多倍。小小的蚂蚁竟能搬动这样大的东西!生物学家饶有兴致地看着这只蚂蚁在地面上艰难爬行。

“然后，我看到这只蚂蚁前进的路上有一条裂缝。这条裂缝太宽，蚂蚁爬不过去。

但不必为蚂蚁担心，它自有它的法子。它慢慢地把那根笨重的稻草横在裂缝上，然后爬到稻草上轻轻松松跨过了这条‘鸿沟’。之后，蚂蚁慢慢地把那根稻草从裂缝上拖走，继续驮着稻草赶它的路。”

最后，这位生物学家总结说：“我们以为它驮着的是不小的担子，会妨碍它行走，实际上那也是让蚂蚁跨过‘鸿沟’的桥梁。”

【点评】

在动物世界中，不同的动物拥有不同的生存技能以及求生技巧，它们以各自的优势在大自然中获取自己的生存空间，占据着一定的生存资源。人与动物有着极大的相似性，人类在与动物交往和相处中，能从动物的身上得到很多启示。

动物世界的奇妙与新鲜，稀奇百怪的动物及其习性和性情深深地吸引着孩子们。阅读动物故事，对于孩子的认知的启发与拓展、思想的完善与历练、心灵的灵动与丰满都有不容小觑的影响。

3. 小姑娘和蘑菇

[俄]列夫・托尔斯泰

两个小姐妹从林子里回来，妹妹走在前头，姐姐走在后头，她们手里提着蘑菇，一道回家。

她们必须跨过一条铁路。

她们想，火车离得还很远呢。她们爬上了路基，要穿过铁路。

忽然火车乌啦乌啦叫起来，姐姐连忙转身往后跑；可是妹妹已经走过铁路了，她也跟着姐姐往后退。

姐姐大声对她的妹妹喊：“别退回来呀！”

但是火车离得很这么近，鸣笛声闹得紧，妹妹听不清楚，以为是叫她回头跑。她回身跑上路轨，突然一绊，蘑菇打翻了。她就连忙去捡。

火车已经逼近了，司机拼命拉汽笛——呜呜，震天地响。

姐姐对妹妹大声喊：“不要蘑菇了！”可妹妹以为让她把蘑菇都捡起来，于是趴在铁路上一朵一朵地捡。

司机刹不住车。火车呜呜地拼命叫着，直朝小姑娘冲过来。

姐姐一边喊，一边哭。乘客们都挤着从车厢的窗口往外瞧。乘务员跑到列车末尾的一节车厢，看小姑娘怎么啦。

列车开过去了，大家看见小姑娘伏在轨道当中，一动不动。

后来，列车开走了，小姑娘抬起头来，跪着把没捡起的蘑菇都捡起来，然后向姐姐跑去。

【点评】

托尔斯泰生活在农人中间，对农家孩子的生活态度、行为方式、心理活动了如指掌，写起农家孩子来情味真切。故事中姐姐的心急如焚，妹妹的年幼无知，演绎了火车从妹妹身上碾过，妹妹必死无疑的场面。可是大师的戏剧性构思实在巧妙，妹妹的天真无邪却如此这般地能化悲剧为神奇，使读者欣喜惊叹。

托尔斯泰给孩子写的作品千姿百态，内容各色各样，但目的都在进行真善美的引导。不过他率先从枯燥的道德说教中解放出来，坚持要给孩子的必须是“从故事中自然流露出来的”，必须是“让孩子在阅读中悟透的”，而“不是直白告诉孩子的”。

4. 六个娃娃七个坑

[捷]艾·彼齐什卡

一个大热天，七个小男孩由符兰齐克领头，来到河边。他们在沙滩上修道、筑碉堡。玩厌了，就扑通扑通往河里一跳。

他们在河里游呀，叫呀，白花花的水沫溅成一片。符兰齐克看了看伙伴，一个个点起数来：“一、二、三……”

他点了几遍，都只数出六个来。他着慌地叫开了：“喂！有谁淹进水里了？我们来的时候有七个，可现在只有六个了！”

孩子们慌起来，也都点开了数儿。“六个！只有六个！”他们一个跟着一个叫起来。

他们有的用树枝在河里捞；有的扎猛子到河里去摸，大叫大嚷，乱成一团。

符兰齐克在水里摸到个东西，就哇哇叫开了：“在这儿呐！我抓住他啦！”

“抓牢他，别松手！”大伙儿拼命叫着，向符兰齐克游去。这时符兰齐克从水里拖出一只破皮靴。

“唉，这可怎么办呢？”孩子们急得呜哇呜哇哭起来。

河边有个打鱼的老伯，他看见了孩子们的慌乱，听见了孩子们的惊叫，就对他们说：

“你们快上岸来。每个人在沙滩上坐个坑，再点个数儿。”

孩子们听了打鱼老伯的话，都到沙滩上坐了个坑。符兰齐克点了点坑：“七个！不多不少，七个。”这时孩子们都乐了，欢喜得又蹦又跳。就这样，六个孩子一屁股坐出了七个坑。

【点评】

这个小故事是从捷克作家艾·彼齐什卡的一部低幼向小说中选摘出来的。世界各地的民间故事中都不乏这种“骑驴找驴”的幽默故事，这个题材具有普遍性和典型性，在没有生活经验的幼儿身上发生更是不足为怪。

这个故事的出色之处更在于人物形象和故事铺设上。这是一群“可爱”的孩子：符兰齐克是领头人，要负责大家的安全，在发现少了一个人时，他慌了，致使其他孩子也乱了，往水里捞、扎，摸到了个破皮靴以为就是丢掉的伙伴，大家哇哇大哭。最后点数到七个坑后，他们高兴得又蹦又跳。故事中插入一个摸到破皮靴的情节，增添了情节的波折和趣味。后来老者指点他们，以坐坑的方式点数人数，“六个孩子一屁股坐出了七个坑”使故事得到了令人拍案叫绝的结尾。

5. 两个人的小屋

郑春华

这是一间小小的小屋。

小小的小屋住着两个人：一个大，一个小。

大人管小人叫“大头儿子”。大人说：

“大头儿子，手不是穿在裤脚管里的。”

“大头儿子，牙刷不是刷耳朵用的。”

“大头儿子，别把鱼刺吃进去，鱼肉吐出来。”

小人管大人叫“小头爸爸”。小人说：

“小头爸爸，别看都是字的书。”

“小头爸爸，我替你把胡子涂成彩色的吧！”

“小头爸爸，我大便大好了！”

……

大头儿子跟小头爸爸在一张桌子上吃饭，在一张床上睡觉，还在一个脚盆里洗脚呢！

有一次，大头儿子差点儿把一枚分币吞进肚子里，小头爸爸很生气，拿出了一把木尺，狠狠打他手心，打得大头儿子直喊痛死了！痛死了！

有一次，小头爸爸打碎一个盘子，大头儿子拿出一根羽毛，狠狠打他脚心，打得小头爸爸直叫痒死了！痒死了！

在一个冬天的晚上，外面下着大雪，风像一百只老虎在吼叫。被窝里，大头儿子和小头爸爸搂抱在一起，像树洞里的两只熊。大头儿子帮小头爸爸焐热一只脚，又焐热一只脚；小头爸爸替大头儿子焐暖一只手，又焐暖一只手。焐着焐着，大头儿子马上就要睡着了，小头爸爸忽然推推他，问：“你将来长大了想做什么？”

“想——做——像——你——一样——的——小——头——爸——爸。”

话刚说完，大头儿子就呼呼地睡着了。

【点评】

故事选自《大头儿子和小头爸爸》系列故事。该系列共 12 则故事，写出了幼儿真正的天趣、童真，细腻地、传神地、好玩地刻绘出幼儿在现代家庭生活中的亲情和温情、成长与感动，以及同样可亲可爱、幽默快乐的成人形象。作品洋溢着家庭生活的温馨，又带有女性的轻灵与幽默，同时不失机智与生动。

这些故事不仅极富幽默感，其游戏精神也无处不在。12 则故事中专门写父子游戏的就有《大灰狼》《好鬼》《游戏》等，而每则故事都闪烁着生活的游戏情调，如“我替你把胡子涂成彩色的”“大头儿子拿出一根羽毛，狠狠打他脚心”，这都极大增强了故事的表现力。郑春华熟悉幼儿，善于用幼儿化语言写作，如“风像一百只老虎在吼叫”“大头儿子和小头爸爸搂抱在一起，像树洞里的两只熊”等，增强了故事的审美效果。

郑春华当过保育员，这段经历让她积累了丰富的幼儿生活故事。她 1980 年开始儿童文学创作，出版有儿童诗集《甜甜的托儿所》《小豆芽芽》《圆圆和圈圈》；中篇小说《紫罗兰幼儿园》；童话集《郑春华童话》等。

6. 煎饼帽子

[英]凯瑟琳

迈克尔在看着妈妈摊煎饼。他顶爱吃煎饼了。只见妈妈用面粉、鸡蛋、盐和水调成面糊糊。然后在平底锅里放些油，油烧热了，就往里面均匀地倒些面糊糊。当煎饼的一面烧得金黄时，妈妈就端起锅，手腕用力一抖，煎饼在空中翻个个儿，落下来时再用锅接住。过一会，另一面也烧黄了，一张又香又脆的煎饼就做成了。迈克尔觉得摊煎饼又新鲜又好玩，央求妈妈让自己试一试。妈妈提醒说："你要小心，可不像看起来那么简单。"

迈克尔用双手抓住锅把儿，也学着妈妈的样子，用力把煎饼抛向空中。咦，怎么没落下来？他抬头一看，哟，贴到天花板上了。正这时，煎饼又飞下来，啪的一声盖在了他的头上。"得，你有一顶煎饼帽子了。"妈妈笑着说。迈克尔不甘心，他又试了一次。这一次，抛向空中的煎饼正好落回锅里。他做出了第一张煎饼。"你成功了！"妈妈高兴地为他祝贺。

【点评】

摊煎饼，常事，每个妈妈都会做。帽子，常见，每个孩子都有。煎饼帽子？奇！一看题目就觉得非看不可。作者抓住了一个生活场景，却写成了具有强烈艺术夸张的童话式的趣味故事：迈克尔想让煎饼在空中翻个个儿，不料，他用力过猛，煎饼贴到天花板上，随后掉下，不偏不倚就扣在了他的头上。

《煎饼帽子》传递了做事情光有朝气、好奇心和勇气是不够的，还需要经验和技巧这么个道理。或者，有些小读者还从故事中联想到了牛顿的苹果、瓦特的壶盖和伽利略的挂灯……当然，谐趣的陶冶与品德的教育同样重要，作品写出了孩童的快活天性与家庭生活的轻松幽默，带给读者无尽的愉悦。

7. 傻孩子

方雯欣

太阳升起来了，小基欣也起了床，她看见奶奶正在院子里做运动，伸伸手臂，再扭扭脖子，"奶奶，你累不？我来帮你捶捶背。"

小基欣伸出两个小拳头，在奶奶的背上轻轻地捶着，"奶奶，你的背还酸吗？"

"傻孩子，你给奶奶捶得很舒服呀！"

奶奶笑得像朵花似的，可小基欣却皱起了眉头，"为什么奶奶叫我傻孩子呢？"小基欣心想。

中午吃完饭，爷爷坐在院子里乘凉，"爷爷，我来给你扇扇子。"

小基欣用小手抓着大大的扇子，卖力地给爷爷扇风，"爷爷，你还热不热呀？"

"傻孩子，风很大，爷爷很凉快呀！"

爷爷笑得咧开了嘴巴，可小基欣又皱起了眉头，“为什么爷爷又叫我傻孩子呢?”小基欣心想。

太阳下山了，吃晚饭的时间到了，爸爸下班回来了。

“爸爸，你回来了!”小基欣灿烂地笑着，将手中大大的拖鞋递给了刚进门的爸爸。

爸爸把小基欣抱了起来，在她圆乎乎的脸蛋上亲了一下。

“傻孩子，谢谢你，爸爸回来了!”

爸爸露出了帅气迷人的微笑，可小基欣又皱起了眉头，“为什么爸爸也叫我傻孩子呢?”小基欣心想。

晚饭过后，小基欣睡觉的时间快到了，妈妈照例每天睡觉前给小基欣讲一个故事。

“从此，公主和王子就过着幸福的生活。故事讲完了，快快闭上眼睛睡觉了。”妈妈催促着说。

“妈妈，我可以最后问你一个问题吗？为什么奶奶、爷爷，还有爸爸都叫我傻孩子呢?”小基欣乖乖地闭上了眼睛。

妈妈笑了起来，在小基欣圆乎乎的脸蛋上亲了一下。

“傻孩子，你怎么会是傻孩子呢?”

【点评】

这是一篇幼师生的习作，作品融入了她对幼儿生活的观察与思考。幼儿的天真单纯在成人看来的确是有那么点“傻”，能真正感悟、理解幼儿生命状态的成人，又赋予了“傻”更多的情感因素。但经验和知识都欠缺的幼儿又怎能领会这“傻”字的丰富信息呢？作品以链条的形式，以一天时间为单位，描写成人与幼儿在表达和感受“傻”上的错位，给读者带来了意味隽永的笑趣。

8. 鸟树

李其美

幼儿园的院子后面，有一排篱笆，篱笆上爬满了花儿。

早晨，冬冬和扬扬正在篱笆边玩。忽然，噗的一声，什么东西打在扬扬的头上，又落到地上，把扬扬吓了一跳。他们一看，啊，原来是一只黄茸茸的小鸟。

小鸟扑腾扑腾地扇着翅膀，一蹦一跳，向篱笆逃去。

“不好了，小鸟要逃走了!”冬冬张开小手，扑过去，像捉蚱蜢一样，把小鸟捉住了。小鸟急得唧唧唧的叫。

扬扬着急了，说：“快放开手！小鸟会给你捏死的。”

冬冬也很着急：“放开手，它会逃走的，怎么办?”

扬扬从口袋里掏出一个哨子，把哨子上的绳子解下来，拴住小鸟的腿。

他们把小鸟放在草地上，小鸟叫了一阵，扑腾了几下，就安静下来了。

冬冬和扬扬看看小鸟，小鸟眼睛圆溜溜的，也看看冬冬和扬扬，好像要对他们说什么，可是什么也没有说出来。

扬扬埋怨冬冬：“你太使劲了，把小鸟捏伤了。”

“才不呢，你看它直喘气，是太累了。”

“对，对，你看，小鸟闭上了眼睛，想睡觉了！”

“早上它怎么会睡觉呢?”冬冬说，“一定是饿了，饿了就不愿意动了。”

“那我们就给它吃东西。”

扬扬又在口袋里掏了掏，掏出一块碎饼干，还捉了几只蚂蚁，放在手心里，对小鸟说：

“快吃，快吃，爱吃什么，就吃什么。”

可是，小鸟闭着眼睛，连看都不看一眼。

“哦，我知道了，一定想妈妈了。”冬冬想了一想说：“小鸟的妈妈一定在找小鸟。它找不到小鸟，该多着急啊，还会哭的。”

扬扬说：“对，上一回在公园里，妈妈找不到我，就哭了，我也哭了。”

正在这时候，飞来几只鸟儿，停在篱笆上，朝着冬冬和扬扬叽叽喳喳地叫。

冬冬和扬扬一起喊：“小鸟妈妈，快来，小鸟在这儿呢！”

可是，鸟儿叫了一阵就飞走了。

扬扬摇摇头说：“它们不是小鸟的妈妈。”

冬冬说：“小鸟自己出来玩的，它的妈妈怎么知道它在这儿呢，我们把它放了，让它自己去找妈妈。”

“好，好，我们把它放了！”

冬冬小心地把绳子解开，对小鸟说：“小鸟，小鸟，你别生气了，快去找妈妈吧！”

可是，小鸟还是一动不动——啊！它死了！

冬冬和扬扬心里很难过。他们对小鸟那么好，小鸟为什么死了呢?

冬冬转了转眼珠，突然说：“大班的哥哥把几颗花生埋在泥里，就能长出好多花生来，我们把小鸟埋在泥里，一定也会长出好多小鸟来，你说对吗?”

扬扬点点头。

他们挖了一个坑，把小鸟轻轻放在坑里，又轻轻给它盖上一层土，还从篱笆旁的葡萄藤上，折了一根枝条，插在那儿。

日子一天一天过去了。春天，春雨淅淅沥沥下个不停。小草从泥里悄悄地伸出了绿色的脑袋。冬冬和扬扬插的那根枝条，也长出了绿芽。

这就是鸟树呀！冬冬和扬扬告诉他们的小朋友，这棵树长大了，会开出很多很多鸟花，鸟花又会结成很多很多鸟果，鸟果熟了，一裂开，就跳出很多很多的小鸟。到那时候，小鸟每天从树上飞下来和我们玩。

后来，这棵“鸟树”真的长大了。冬冬和扬扬呢，也长大了。他们在戴上红领巾的那天，高高兴兴地到幼儿园来，看望老师，看望他们种的那棵“鸟树”。他们已经知道，那不是一棵“鸟树”，是一棵葡萄树。它爬到架子上，没有鸟花，也没有鸟果，身上挂着的是一串串亮晶晶的葡萄。可是，瞧！真的有一群小鸟停在树上，在快乐地唱歌呢！

【点评】

孩子们种下了“小鸟”，盼望它能长出开着“鸟花”、结出“鸟果”的“鸟树”。果真，一棵栖息着小鸟的“鸟树”在数年后长成了。这是伴随着孩子们的成长，长出的一棵“鸟树”。故事在对幼儿心理、情感生动而自然的把握和描写中，完成一次潜移默化的生命教育。作品描绘了儿童充满情趣的诗意生活，写出了幼儿时代的善良、单纯、鲁莽、幻想和希冀，表达了怀揣童梦的童年生活是弥足珍贵的，值得回味珍藏。

9. 卡罗尔和她的小猫

[美]梅布尔·瓦茨

卡罗尔一直想要有一只小猫，她可以亲它，和它一起玩。可是，怎么也要不到。

爸爸对卡罗尔说：“别着急，我们在报上登个广告吧。”

广告登出来了，是这样写的：我们非常需要一只小猫。我们给它安排一个舒适的家，很好地照顾它。请问您有多余的小猫吗？

卡罗尔端出一碟牛奶，还有一碟点心。她又把旧的软垫放在一只布篮子里，就待在家里等起小猫来。“叮铃铃”，门铃响了，进来的是一个拿着篮子的小男孩，他说：“我家的猫生了三只小猫，我送一只给你。它叫伯洛。”这是只颜色一块白，一块黑的花猫。

卡罗尔抱过小猫，送走了小男孩。小花猫“喵喵”地叫着，卡罗尔说：“别难过，我会像你妈妈一样照顾你的。”卡罗尔让小猫喝牛奶，吃点心，完了，还给它玩毛绒线团。

“叮铃铃”门铃又响了，一个小女孩抱着一只小猫走进来，她说：“这是我家多余的小猫。”说着，她放下小猫，快步走出门外，跟她妈妈一起走了。

第二只小猫是深黄色的，脖子还系着蝴蝶结，挂着小铃铛。卡罗尔说：“你太可爱了，就跟我的伯洛做伴吧。”

卡罗尔刚说完话，门铃又响了，走进来一位叔叔，真滑稽，他每只袋子里都有一只小猫，帽子里还藏着一只。他一蹲下，小猫“扑扑扑”地跳出来，朝屋里跑。

卡罗尔笑了，瞧，小猫们真是太有趣了。

打这以后，门铃一直响个不停，那么多小猫都来了，什么样的都有。

妈妈从店里回来，吓了一大跳，几乎不敢相信自己的眼睛了。妈妈说：“小猫是很好玩的，可是你只能留下来一只。”

晚上，家里可不得了了，小猫从钢琴上跳来跳去，“叮叮咚咚”响成一片。小猫钻进抽屉，橱里。有人从门外进来，门后会突然扑出一只小猫，吓人一大跳。

爸爸从床边每只拖鞋里都捉出一只小猫来，“太多啦。小猫太多啦！这可不行，得想出办法。”

第二天，爸爸又在报上登了一条广告：免费赠送胖胖的、漂亮的小猫。请赶快来选取。

孩子们从四面八方跑来了。卡罗尔很伤心，整整一整天，她都在和小猫告别。天快晚了，奶奶打来一个电话，叫卡罗尔去帮个忙儿。奶奶家离这儿不远。卡罗尔出门的时候，家里还有三只小猫，等她回来的时候，一只小猫也没有了。

妈妈说：“我都弄糊涂了，怎么把所有的小猫全送走了？我是想留下一只的。”

卡罗尔眼泪也流出来了，屋里什么声音也没有了，冷冷清清的，连滴答滴答的钟声也能听见。

忽然她听见了“喵喵”的叫声，一只黑白颜色的花猫从厨房里跳出来。卡罗尔高声叫了起来：“啊，是伯洛！”

伯洛亲热地用身子擦卡罗尔的手，好像在说：“我藏起来，是不愿意给送掉，我想和你在一起。”

卡罗尔完全懂得小花猫的意思。她终于有了一只她自己的小猫。

【点评】

作者的笔墨只集中于对故事的叙述，围绕两次广告，概括地讲述了卡罗尔怎样得到了很多小猫，后来这些小猫又怎样一只只被领走的过程。作品在看似平淡的叙述中，自然地表现出其情节的起伏和曲折。小女孩卡罗尔对小动物的热爱之情也在这样的叙述中得到了充分的体现。

听完卡罗尔和她的小猫的故事，幼儿一定会在卡罗尔的身上看到自己的影子。如果也爱小动物，他们一定能理解卡罗尔的眼泪与笑声；如果不爱小动物，却又拥有了一只小猫，他们会怎样对待它呢？

10. 让弟弟也哭哭鼻子

[苏联]奥谢叶娃

卡佳走到自个儿的桌边，一看，不由得“啊”一声大叫了起来：抽斗拉开了，新买的颜料乱糟糟丢得满抽斗都是，画笔全弄脏了，桌面上还漾着一摊红不红、黑不黑的水。总之，一塌糊涂。

“阿辽沙！”卡佳知道这准是弟弟干的，就大声叫弟弟。“阿辽沙！”她叫着，两手蒙住脸，“哇哇”大哭起来。

阿辽沙从门缝里伸进一个圆溜溜的脑袋。脸颊鼻子红一块、绿一块，青一条、紫一条，涂得五颜六色。

“你的颜料我没动过！”他很快地说。

“你等着瞧吧，我一定要报复！”卡佳满脸泪痕，跺着脚说。

阿辽沙像一只猴子，几下爬上了树，接着骑在一根矮树枝上，做鬼脸逗弄姐姐说：“哭鼻子啰；心疼几管颜料，哭鼻子啰！”

“我也得让你哭哭鼻子！”卡佳大声说：“我还要叫你哭得更厉害！”

“我会哭鼻子？哼！”阿辽沙哈哈放声大笑起来，并且又往高处爬去，“你还是先抓住我再说吧！”

他猛一下垂下身子，双手抓住一根树枝，挂着，晃着。

树枝“咔嚓”一声，断了。阿辽沙“叭”一下跌了下来。

卡佳飞快地跑进花园。她一下子全忘了那些被糟蹋的颜料，全忘了跟弟弟刚才还在争吵、生气。

“阿辽沙！”她大声惊叫着，“阿辽沙！”

小弟弟坐在地上，双手捧着脑袋，神情惊慌地看着姐姐。

“起来，快起来呀！”

但是阿辽沙低垂着头，半闭着眼。

“站不起来了吗？”卡佳害怕地问，同时轻轻揉着阿辽沙的膝盖，“来，你扶着我站起来。”

她伸手抱起弟弟，小小心心地让弟弟躺在自己膝盖上。

“疼得厉害吗？”

阿辽沙摇了摇头，接着“哇”一声哭开了。

“怎么，是不能站了吗？”卡佳问。

阿辽沙哭得更响了，他紧紧地偎在姐姐怀里。

“我再也不去碰你的颜料了——我再也——我再也——我再也不去碰了！”

【点评】

瓦·奥谢叶娃（1902—1969），苏联儿童学作家。她长期从事教育工作，熟知儿童心理，所创作的儿童文学作品以生动真实地描摹儿童生活状况和心理活动见长。

这篇故事选择日常生活中常见的琐事，真实可信。作者描写了一对小姐弟在生活中发生的纠葛，细致描写了孩子们的心理活动，生动自如地运用儿童语言，刻画了两个天真善良、真诚可爱，勇于承认错误和改正缺点的幼儿形象，令人为洋溢于作品中的童真、童趣所感染。

11. 外婆园子里的石头

[美]玛·克蕾茨

艾玛虽然还是个小姑娘，但对园子的事情无所不知，因为她帮外婆在她的园子里干活儿。

艾玛知道哪些玫瑰花闻着像妈妈的香水。

她知道豌豆荚有多饱满时，她才可以轻轻地抽一下它的筋，让圆圆的绿色豌豆滚进自己的嘴里。

她甚至知道哪些植物下边长着鲜红的小萝卜，哪些植物生长在褐色的土豆之上。

但外婆的园子里有些东西使艾玛感到惊异。在一排排的蔬菜和花儿之间，到处有扁平的大石头，犹如酣睡的巨蛙蹲伏着。

“外婆，您的园子里为什么会有大石头呢？”艾玛问。

外婆神秘地笑了。“留心看着吧。”她说，“哪天你会明白为什么的。”

每次艾玛走进外婆的园子里，她都看那些石头。它们稳稳坐在那儿，仿佛它们是在等待她去发现它们的秘密似的。

一天早上，艾玛走进外婆的园子里采豌豆。昨晚下过雨，所以空气格外清凉，但这时太阳正暖洋洋地照下来。

忽然艾玛停下来，惊奇地注视着。在她近旁的一块大石头上，伏着两只美丽的蝴蝶，它们黑红相间，很好看。

艾玛看着两只蝴蝶慢慢地扇动翅膀。不一会儿，它们飞走了。

艾玛细细地端详那些石头。它们看上去跟普通的石头没两样。

她伸手摸了摸其中的一块。艾玛笑了。她赶紧采完了豌豆，匆匆回到外婆房里。

“外婆，我知道您园子里为什么有大石头了!”她叫道。

外婆笑了。“是这凉爽的早晨让你找到答案，对不对?”她说。

“对。”艾玛说，“我看见蝴蝶落在石头上。它们在那儿取暖。身上暖和了，它们才能够飞舞。”

“说得一点不错。”外婆说，“它们身子凉时没法儿飞的。”

“我感到奇怪，它们是怎么知道太阳会把石头照暖的。”艾玛说。

“又一个谜!”外婆说。

艾玛大笑。“我一定要把那个谜底琢磨出来。”她说，“但有一件事我知道，外婆。等我长大了，我要有一个像您那样的园子。它将有许许多多的蝴蝶石!”

【点评】

在幼儿故事中传递知识是作家的使命感之一，文学也由此成为承载科学教育的一种形式。幼儿可以通过书本获得知识，而让幼儿亲历生活，去摸索、发现、探究，培养科学精神，则是实现科学教育更重要的途径。

小姑娘艾玛有一双好奇的眼睛，她将太阳、石头和蝴蝶三样不相关的东西联系起来思考和分析，得出“活”的学问，这种思维习惯和方法是重要的探求素质，是创造的基础。艾玛的外婆的确是一位“智者”，她深谙“授之以鱼，不如授之以渔”的道理。

12. 听鱼说话

[美]海·格里费什

琼儿的外公是个非常有趣的人。他爱钓鱼。

琼儿看外公把蚯蚓挂上钓钩，就说：“蚯蚓不疼吗?”

“我来问问它。”外公把蚯蚓拿到面前，对它说，“你挂在钩上，受得了吗?”

接着，外公把蚯蚓搁到耳朵边听了听，然后对外孙女说：“它说，没事儿，它说它最喜欢钓鱼了。”

琼儿不相信外公说的，她要自己亲耳听一听。她把蚯蚓放到耳朵边听了听，说：“蚯蚓什么也没有说呀。”

“它跟你还不熟呢。蚯蚓的心思我知道，它是急着要下水去钓鱼了。”外公说着就把钓钩往前一抛，蚯蚓立刻沉到水里去了。不一会儿，外公钓上来一条鱼。接着，外公把钓竿递给外孙女，让她也碰碰运气。

琼儿学着外公的样子，把钓钩抛进了水里。没多久，她也钓到了一条鱼，是一条小鱼。

小鱼躺在岸边草地上，小嘴一张一张的。琼儿看着有些不忍心了。

“小鱼好像在说什么。”琼儿说。

“是的，鱼儿真的像是在说话哩。”外公说着，拿到耳边听了听，说：“小鱼说‘拿我做汤，一样很鲜的’。”

“我要自己来听。”琼儿说。

“你能听懂鱼话吗？”外公问。

“试试看吧。”琼儿说着，把鱼搁到耳边听了一下，说：“小鱼说‘我还小呢，放我回水里去吧’。”

外公又惊又喜，说：“你说的是真话吗？”

“一点不假。”琼儿说。

“那好，你就把它放回去吧。”外公说。

琼儿把小鱼轻轻放回了水里，看着它尾巴一摇一摆地游远了。

外公又把钓钩抛进了水里，又钓起鱼来。他边钓边说：“我还从来没见过，学听鱼话竟有像你学得这么快的，一学就会了。”

“下一回，我要学听蚯蚓说话，准也能一听就会。”琼儿说。

【点评】

这是一篇儿童小说中的一段节选。仅以琼儿与外公钓鱼及听鱼说话的生活片段，我们即可看出：琼儿是个善良、纯真并且有主见、善思考的女孩儿；外公则是个风趣幽默、平易宽和、富于童心、善解人意的“老顽童”。所谓“一叶知秋”，琼儿与外公能如此默契相知，我们便能推想外公长期以来为孙女营造的是愉悦、宽松、平等的成长环境，一句“我要自己来听”更是点出了女孩的可贵品质。外公虽能“听”到蚯蚓和鱼说的话，可他毕竟是个成年人，他对自然的感受虽已是“超凡脱俗”，却及不上琼儿的稚真与纯美。

思考与探索

1. 如何区分婴幼儿动物故事和婴幼儿动物童话？
2. 列夫·托尔斯泰的《谢谢你》和《李子核》，你更喜欢哪个作品？为什么？

谢谢你

一个小男孩玩的时候，不小心打碎了一只漂亮的碗。谁也没有看见是他打碎的碗。

爸爸回来，问道：“谁打碎的？”

“我。”

“谢谢你，因为你说了真话。”

李子核

有一天，妈妈买回了许多李子，她想吃过午饭后再分给孩子们吃。这些李子都放在盘子里。

万尼亚从来还没有吃过李子哩，所以他老把这些李子拿起来闻闻。他非常喜爱李子，很想吃。他老是围着李子转来转去。当房间里没有人的时候，他实在有些忍耐不住了，就抓上一个吃了。吃饭前，妈妈点了一下李子的数目，发现少了一个。她把这件事告诉了爸爸。

吃饭时，爸爸说："喂，孩子们，你们哪一个吃了李子吗?"大伙儿答道："没有。"

万尼亚的脸红得像龙虾，他也说："没有，我没有吃。"

爸爸说道："你们要是谁吃了李子，这可很不好，不是怕你们吃，怕的是李子里面有核，要是哪一个不会吃，把核也吞下去了，那他过一天就会死的。我怕的是这个。"

万尼亚一听，吓得脸色发白，说道："不，我把核吐到窗子外面去啦。"

大家一听，哈哈大笑，而万尼亚却哭起来了。

3. 选定一个主题，尝试进行童话和生活故事两种体裁的创作。

4. 调查显示，幼儿喜欢童话甚于生活故事。你觉得原因是什么？如果你是幼儿教师，会怎么做？

5. 积累幼儿故事，并尝试讲述给幼儿听。

拓展学习书目

1. 饶娟，马金诚主编．幼儿故事选讲与点评．武汉：武汉理工大学出版社，2012.

2. 沈百英编．幼稚园的故事．北京：海豚出版社，2012.

3.[俄]维·比安基．森林报．王汶译．北京：人民文学出版社，2007.

第十章

幼儿散文

学习目标

1. 了解散文与幼儿散文的基本概念及其发展历史；
2. 掌握幼儿散文的审美特征与类别；
3. 领会幼儿散文的情感特点与诗意韵味；
4. 尝试多角度鉴赏优秀幼儿散文作品。

第一节　幼儿散文的概念与历史发展

一、作为一种文学样式的散文

散文是中国文学的重要文类，相较于西方文学其地位更为凸显，它所积淀的文学传统也更为深厚。散文的文体特征存在着较大的随意性和模糊性，要对其进行准确的概念界定有一定的困难，要在儿童文学的视野中阐释散文的特点，也非易事。

从文体分类的角度上说，历来有将散文与韵文并举的主张，即把诗、词、曲、赋之外的文章，都称为散文。这是以语言表达是否合乎韵律作为划分文体的依据，以此“二分法”划归出的散文领地极为广泛且庞杂，其中既包括了抒情写意的文学作品，也包括了大量应用性的文体（如书信、日记、学术论著等）。“五四”白话文运动兴起后，散文被视为与小说、诗歌、戏剧并列的一种文体，人们通常从狭义的角度来界定文学性的散文，认为散文是指以记叙或抒情为主，取材广泛，笔法灵活，表现作者亲历见闻和真实体验，篇幅短小的文学样式。有研究者以十分感性的方式，对散文的特点做出了这样的描述：“如果把文学比作城市，散文不是高楼大厦，不是广场会堂，不是歌舞剧院，而是街心花园，楼间绿地，还是茶馆书店；如果把文学比作人群，散文不是伟丈夫，不是大官人，也不是风尘女子，而是智慧长者、纯情少女、风趣幽默的朋友；如果把文学比作音乐，散文不是钢琴、黑管、爵士鼓，而是竹笛、排箫和古埙。”①从中我们不难看出，散文相较于其他文学样式，虽身处边缘，却不可或缺；在体式上不显身量，却独具情致与风韵，是一个值得我们去探究的文学领域。

我们不妨从以下三个方面来认识散文的一般性特点。

其一是“真”，散文直面作者的真实性情，优秀散文呈现的是个体生命的“本真”状态，表现着作者个人生命经历与周遭环境、时代氛围、民族文化、普遍人性之间的微妙关系。对“真我”世界的不断探求与掘进是散文不断创新的原动力，中国现代散文的先行者冰心说：“‘能表现自己’的文学，是创造的，个性的，自然的，是未经人道的，是充满了特别的感情和趣味的，是心灵里的笑语和泪珠。其中有作者他自己的遗传和环境，自己的地位和经验，自己对于事物的感情和态度，丝毫不可挪移，不容假借的，总而言之，其中只是一个字‘真’。”(《记事珠·文艺丛谈》)作家敏感的心灵和多彩世界的交融，构成了散文千姿百态的文学风貌。

其二是“活”，散文涉猎的题材极为广泛，表现的形式灵活多样。散文作家的思维运作几乎不受任何限制，不论是精深的哲学、科学、艺术的思维方式，还是基于一般日常经验的奇思妙想，都可以灵活自如地在散文中发挥运用。散文的表现范围“至大无外，至小无内”，至远无始终，至近无朝夕，写所未写，写所欲写，一任作者自主。独特的人物，新鲜的事物，千姿百态的生活现象，缤纷变化的自然景观，悠远深邃的内心世界，皆可入文。散文的体式结构也极为变化多端，常常因人、因事、因时而变化多端。散文的表达方式往往是在有所侧重的前提下，融记叙、描写、抒情、议论、说明于一体，在语言修辞上也呈现出多样化的特点。

其三是“美”，在很多情况下，文学性散文也被称为“美文”。散文的美呈现为多种的形态，包含哲理、智慧、情韵、趣味、诗意等诸多要素。不同社会、不同时代、不同作家、不同流派，甚至不同地域的散文作品，各具特色，或擅长哲理的探索，或以博识著称，或以理趣取胜，或善于描摹人情世态，或着力于诗意的营造。散文之美极为纷繁，有气势的美，刚劲、锋利、豪放、雄奇、崇高、酣畅等属之；有意境的美，含蓄、生动、典雅、清丽、隽永、委婉等属之；有理趣的美，机智、瑰奇、缜密、幽默、滑稽、闲适等属之；有神韵的美，沉着、缠绵、冲淡、洒脱、飘逸、旷达等属之；有文采的美，朴素、绮丽、洗练、繁缛、清新、奇崛等属之。

以上对散文概念的界定和内涵阐释显然是不周全的。散文是一种仍处于变化发展中的文体，散文的艺术空间仍有被不断拓展的可能，不论是题材内容、表现形式，还是精神内涵，不同的作家有着不同的理解，因而就产生了不同美学风貌的散文作品。作为儿童文学的一种文体，我们更应当关注散文的审美特质与儿童读者文学接受特点之间的内在关联。

二、儿童散文与幼儿散文

儿童散文是散文的一个分支，之所以在“散文”之前冠以“儿童”的限定，是为了凸

---

① 施晓宇．大学文学写作．福州：福建教育出版社，2012：272－273.

显散文读者的特殊性。应该看到，散文这一文体的审美特质与儿童读者的文学接受心理之间存在着一定的差异性。散文长于表达作者内在的心绪意念，传达作者对人世百态的独特理解。议论性的智性表达、情景交融的意境营造是散文创作常常追求的艺术境界，而这一切与儿童读者偏爱情节性叙事的感性化审美特点不相吻合。适合儿童读者的散文必然要另辟蹊径，形成有别于一般散文的艺术规则。儿童散文在中国儿童文学中有着特殊的地位，这与中国深厚的散文传统有着密切的关系。作为一个散文大国，散文一直占据着中国文学的正统地位，"五四"新文学运动催生的现代散文从开端之始就出现了群星璀璨的局面，与此相对应，中国现代儿童文学从一开始就在散文方面取得了较高的成就，并成为有别于西方儿童文学的一项传统。有学者认为："虽然中国并不是儿童文学的世界性的大国，但是却是儿童散文创作的大国，在中国有较多的主要从事儿童散文创作的作家，也有大量的儿童散文作品。这种儿童散文创作的发达，必然影响、驱动儿童文学的研究。在中国，几乎所有的儿童文学概论都要把儿童散文作为专节来阐述。"①

我们可以把儿童散文理解为写给少年儿童，适于他们阅读欣赏的，包括记人、叙事、写景、状物、抒情、议论等篇幅短小、文情并茂的一类文章。以此为基础，幼儿散文则是适应于更为年幼的孩子(3—6 岁)阅读和欣赏的散文作品。幼儿散文在内容上侧重于表现年幼儿童的生活情趣和内心体验，在表达上照顾到幼儿的语言发展水平，口语化特点更为突出，篇幅也更为短小，注重叙事性与抒情性的结合。

在中国古代不存在为文儿童创作的散文作品，直到"五四"时期，儿童散文(包括幼儿散文)才开始萌芽并走向繁荣。冰心于 1923—1926 年发表于《晨报副刊》上的《寄小读者》系列通讯，是儿童散文早期取得的标志性成就。刘半农的《雨》(1920)、郑振铎的《纸船》(1922)、严文井的《世界一点也不稀奇》(1936)、郭风的《初次的拜访》(1946)、陈伯吹的《一匹出色的马》(1948)、仇重的《月亮弯弯像什么》、贺宜的《雾》(1948)等，是幼儿散文创作最初收获的代表性成果。1949 年之后，幼儿散文有了新的发展，20 世纪五六十年代，郭风、圣野、袁鹰、徐青山、方轶群、黄衣青、张继楼等作家，为孩子们奉献了具有新时代特点的散文精品。自 20 世纪 80 年代起，郭风、鲁兵、金波、望安、管用和、樊发稼、吴珹、吴然、佟希仁、嵇鸿、胡木仁、夏辇生、张秋生、郑春华、佟希仁、屠再华等，在幼儿散文领域产生了较大的影响。幼儿散文在我国台湾地区的发展，也取得了令人瞩目的成就，林良、桂文亚、林芳萍等作家的作品也产生了较为广泛的影响。

在世界文学的视野中未必有明确的幼儿散文的概念，但不少著名作家留下了适合年幼儿童接受的散文精品。从已有的汉译作品来看，俄罗斯屠格涅夫的《小鹌鹑》《麻雀》、法国亚纳托尔·法朗士的《小罗歇尔的种马》、俄罗斯米哈伊尔·普里什文的《可爱的野兽》《林中水滴》《太阳的宝库》、西班牙希梅内斯的《小银和我》以及印度泰戈尔的《新月集》等，也为中国的孩子们提供了具有异域风采的散文精品。

① 朱自强．儿童文学概论．北京：高等教育出版社，2009：280.

第二节 幼儿散文的特点

幼儿散文是一个五彩斑斓的世界，它的审美丰富性并不亚于成人散文。幼儿散文受制于幼儿的生活经验和理解能力，在表现生活的深度和广度上要逊于成人散文，但幼儿在想象与幻想的灵动性，与自然界的亲和力以及对未知事物的探知欲求方面，却有着成人所不及的优势，这就为幼儿散文的艺术创造留下了广阔的空间。幼儿散文具备“散文化”与“幼儿化”的双重特性，“幼儿化”使幼儿散文区别于成人散文，也不同于适合更高年龄段孩子阅读的儿童散文，“散文化”则体现出幼儿散文有别于幼儿文学其他文体的独特个性。由于幼儿处于文学接受的最初阶段，他们的文学审美意识尚处于混沌的萌芽状态，为他们提供的散文文本具有综合性的特征，因而更适合放在各种关系的维度中加以把握。

一、诗意与稚趣

“诗意”并不是一个具有严格内涵界定的概念，《现代汉语词典》给出了一个带有比喻性质的释义：“像诗里表达的那样给人以美的意境。”人们常常将那些可以带来美好情感反应的事物形容为“富有诗意”。当我们谈论散文的诗意时，至少可以做如下的理解：它是指散文创作在追求一种诗的美感，往往带有较为鲜明的抒情性，讲求主观情感与外在景象的交融，篇章全部或局部的语言表达呈现出一定的节韵感。

对诗意的追求是中国现代散文的一个传统，冰心作为现代散文(包括儿童散文)的开创者之一，她富含诗意色彩的写作风格对后代散文作家包括儿童散文作家影响深远，郁达夫在《中国新文学大系散文二卷·导言》中有这样的评价：“冰心女士散文的倩丽，文字的典雅，思想的纯洁，在中国好算是独一无二的作家了；记得雪莱的咏云雀的诗里，仿佛曾说过云雀是初生的欢喜的化身，是光天化日之下的星辰，是同月光一样来把歌声散溢于宇宙中的使者，是霓虹的彩滴要自愧不如的妙音的雨师……总而言之，把这一首诗全部拿来，以诗人赞美云雀的清词妙句，一字不易地用在冰心女士的散文批评之上，我想是最适当也没有的事情。”把散文写得像诗一样美，曾经是中国散文作家集体性的艺术追求，在产生不少佳作的同时，也导致了滥情文风的蔓延。当下的散文创作逐渐走出了单一化的抒情格局，以幽默、智性见长的散文在表现世态人情、发掘人性本真的广度和深度上都大大超越了以往的抒情散文，学者散文、文化散文等新的散文形态极大丰富了当代散文的艺术内涵。然而，儿童散文(尤其是幼儿散文)并未受到散文艺术大变革的太大影响，诗意依然是其最为基本的美学追求，儿童散文在艺术上的“保守性”并非一种落后的表现，从另一个角度看，正说明了儿童的文学审美心理具有较为稳定的结构。散文对于年幼儿童最为重要的价值，是在他们天然喜欢的故事性文本之外，提供一种符合他们心智特点、富有诗意美感的文学文本，为他们最初的文学经验提供更加多元的选择。

幼儿散文的诗意常常表现在对自然美景和亲子情感的抒写中。郭风的《蒲公英》和

《竹叶上的珍珠》就是通过浓重的抒情笔调来描绘自然美景：

到学校去，路旁的青草地上，长着许多野花。我很喜欢野菊和蒲公英，野菊的花有淡白和浅蓝的，蒲公英开着淡黄的小花朵。

多么有趣的蒲公英。它们的花朵凋谢后，花托上会结出雪白的绒毛似的东西。田野的风吹着，那雪白的绒毛便在空中飞扬起来，比柳絮还轻，飞着、飞着，又像一朵一朵的雪花一样，从空中轻盈地降落下来。

——《蒲公英》

今天，我很早起身，天空是蔚蓝的，这是明朗的夏晨。我看见校园里的竹丛，每片叶尖上都缀着一颗珍珠。比水晶还晶莹，几万颗的珍珠，映着太阳闪亮地发光。

一只黄鹂忽然跳到竹枝上。它只轻轻地一跳，很多的珍珠都滚下来了，掉在地上，变成水，浸湿了泥土。

——《竹叶上的珍珠》

作者以儿童般的眼光观察路旁的野菊、轻盈飘落的蒲公英、闪亮在竹尖的露珠，把这些很可能被粗心的大人们所忽略了的细微景致呈现给儿童读者，透露出自然生态清新明净的美感。作者本人毫不掩饰自己对散文的诗意追求，在《黄昏的失悔》中表示：“我常常觉得这种野地间自由开放的野菊以及蒲公英，有一种纯真的、儿童般的情感。凡开放野菊和蒲公英的草地，似乎从很早以来，便使我充满一种儿童诗般的纯洁。”

亲子间的纯真感情也是幼儿散文表现诗意美感的重要题材。圣野的《小霖想妈妈》就是一篇较为典型的表现孩子对母亲依恋之情的幼儿散文。

妈妈让火车带走了，小霖想妈妈了。小霖在电话里，对妈妈说：“妈妈，我做梦的时候，也在想你呀！”

小霖做了个奇怪的梦，梦见妈妈的眼镜掉了，找来找去找不到。妈妈没有了眼镜，再也找不到回家的路。

嗡嗡嗡！有一架直升飞机救妈妈来了，妈妈一看，飞机上下来的，原来是小霖……

小霖等了妈妈好多天，妈妈还是没有回来。小霖的眼泪滚下来，变成了一颗颗珍珠。

爸爸用手帕把珍珠接住，一颗也舍不得让它滚落在地上。爸爸说，等妈妈回来了，他要把这串珍珠作为小霖的一份最珍贵的礼物，送给妈妈。

年幼儿童对母爱的渴望是一种生命的本能，幼儿渴望从母亲身上获得温馨的安全感，与母亲的分离往往让孩子产生强烈的失落感。作者通过孩子的梦境把这种失落表现得十分感人，将孩子思念妈妈而落下的泪水化作一颗颗珍珠，再让爸爸告诉孩子，这一颗颗珍珠将作为珍贵的礼物送给回家的妈妈，这无疑也是散文中最富诗意色彩之处。

幼儿散文的诗意有时还与幼儿所特有稚嫩情趣有机结合，营造出独属于年幼儿童的特殊艺术气息。刘半农的《雨》除了表现孩子对妈妈的依恋之外，还通过孩子天真稚拙的想象，赋予自然之物以灵性，使亲子之爱获得一种升华。

妈！我今天要睡了——要靠着我的妈早些睡了。听！后面草地上，更没有半点声音；是我的小朋友们，都靠着他们的妈早些去睡了。

听，后面草地上，更没有半点声音；只是墨也似的黑！怕啊！野猫野狗在远远地叫，可不要来啊！只是那叮叮咚咚的雨，为什么还在那里叮叮咚咚地响？

妈！我要睡了！那不怕野猫野狗的雨，还在墨黑的草地上，叮叮咚咚地响。它为什么不回去呢？它为什么不靠着它的妈，早些睡呢？

妈！你为什么笑？你说它没有家么？——昨天不下雨的时候，草地上却是月光，它到哪里去了呢？你说它没有妈么？——不是你前天说，天上的黑云，便是它的妈么？

妈！我要睡了！你就关上了窗，不要让雨来打湿我们的床。你就把我的小雨衣借给雨，不要让雨打湿了雨的衣裳。

临睡之前是母子间情感交流最为亲密的时刻，孩子依偎着妈妈就要走进梦乡，朦胧睡意的来袭，激发了他旺盛而奇特的想象。他在意的是让他感到害怕的野猫野狗为什么吓不走那叮咚作响的雨。有意思的是，孩子将雨当作和他一样需要依偎着妈妈入眠的孩子，当妈妈对他的这种天真的想法报以微笑时，却激化出孩子更为离奇的想象，他要妈妈关上窗户，托妈妈把小雨衣借给雨，为的是不让雨打湿了雨的衣裳，表现出童心的纯真与善良。刘半农的《雨》写于1920年，收录于1926年出版的诗集《扬鞭集》，后入选1935年出版的《中国新文学大系·诗集》，被视为“五四”白话新诗创作的一个重要收获，但后来的研究者更倾向于将其视为一首散文诗，儿童文学研究者则将其归入儿童散文。《雨》在文类归属上的变化，从一个侧面反映了研究者对儿童散文诗意特点的注重。

需要说明的是，诗、散文、散文诗是三种独立的文体，但由于“散文的诗化和诗的散文化都会走向散文诗”，三种文体之间确实存在着相互交叉的模糊地带。对于具体的一篇作品而言，到底应该归属于哪一文体，往往会因理论观念上的差异，得出不同的结论。受制于幼儿语言能力和对抒情类文体接受心理的制约，为幼儿创作的散文篇幅大都较为短小，作者在诗意的营造上比一般的儿童散文投入更多的笔力，因而，除了那些叙事特点十分鲜明的散文之外，相当部分的幼儿散文都具有散文诗的特点，因而本章对散文诗就不另做专门的讨论。

二、画面与情节

幼儿散文因读者对象的特殊性，无法像成人散文那样发掘主体内在精神的丰富，追求智性维度上的深刻，在艺术表现形式上还要照顾到幼儿感性化程度较高审美接受特点，常常通过刻画富于幼儿生活情趣的画面来实现诗意的表达。这些画面有的源自幼儿的日常生活，有的是将幼儿生活投射到拟人化的自然生态中。望安的《小太阳》是一篇表现祖孙两代亲情的精短散文：

姥姥病刚好，我陪姥姥晒太阳，太阳暖洋洋。我给姥姥变魔术，一变变出了个小橘子，圆圆的橘子红彤彤，就像一个小太阳。

我对姥姥说："来，姥姥、姥姥，我剥橘子咱俩吃，你一瓣，我一瓣，你一瓣，我一瓣。"

姥姥吃得甜蜜蜜，甜到心里暖洋洋。

橘子吃完了，我说："小太阳没有啦！"

姥姥搂着我，亲亲我的红脸蛋儿，对我说："你才是我的小太阳。"

孩子陪刚刚病愈的姥姥晒太阳，是一个可以演绎出完整故事情节的生活素材，而散文作家仅仅摄取了一个片段式的画面，把祖孙二人的温馨亲情表现得十分别致。这之所以是一篇散文而非故事，除了篇幅精短这一因素外，关键还在于文中"我"和姥姥关于太阳的比喻式对话。孩子把橘子掰开分给姥姥吃，这本是一个十分普通的生活细节，作者却把这个细节变得特别起来。"我"把红彤彤的橘子想象成一个小太阳，因而姥姥吃的已不是橘子而是太阳，橘子吃完了，"我"对姥姥说："小太阳没有啦！"姥姥的想象也很独特，橘子不是小太阳："你才是我的小太阳。"孩子和姥姥的这般对话，赋予了这篇短文以散文的特质。这样的对话与日常口语拉开了距离，使文本的诗意色彩油然而生。王野的《盆罐的耳朵》也是通过有别于日常对话的画面来营造散文的诗意：

妈妈和我说悄悄话。

我说，别说了，让人听见！

谁呢？你瞧，那盆和罐，不都长着耳朵吗？让它们听去，装进肚子里，不也能传走吗？

妈妈笑了。它们是有耳朵的，可是没有长心啊！

妈妈微笑着，是笑孩子的傻气呢，还是笑孩子的聪明。

担心悄悄话被人听见是孩子的常见心态，但"我"却把偷听的对象指向了屋里的盆盆罐罐，就显得有些离奇了。孩子给出的理由却不无"道理"——因为它们都长着耳朵。面对这样一个无厘头的问题，妈妈的回答更令人叫绝："它们是有耳朵的，可是没有长心啊！"这就使文章升华出能够被年幼孩子所理解的理趣意味。文末的问题无须有人作答却又意味深长："妈妈笑着，是笑孩子的傻气呢，还是笑孩子的聪明。"幼儿的独特智慧常常体现为逻辑意义上的"傻"与想象意义上的"聪明"的融合。

将幼儿的心理愿望、游戏情境、生活细节以拟人化的画面加以呈现，也是幼儿散文常见的书写方式。吴珹的两篇散文就体现了这一特点。

紫藤藤，缠着高高的大树，从这棵树上，缠到那棵树上。

小鸟们把它当电话线，长长的紫藤藤——长长的电话线。

这棵树上：叽叽叽，喳喳喳！
那棵树上：叽叽叽，喳喳喳！
——“快快来，过家家！”
——“快快来，过家家！”

——《小鸟打电话》

月光下，青蛙爸爸和青蛙妈妈，想念自己的娃娃。
那些小蝌蚪，现在到哪里去了呢？
问荷塘，荷叶摆摆手。
问稻田，稻叶沙沙沙。
他们不是都长大了，也到田里捉害虫去啦？
“呱呱呱！呱呱呱！”——“想念娃娃！想念娃娃！”
青蛙爸爸和青蛙妈妈，说了一夜话。

——《想念娃娃》

小鸟和青蛙的叫声是自然界中寻常的声响，作者通过拟人化的想象将其演化为同伴间的游戏邀约和亲子间的情感交流，这样的散文让幼儿获得了生活经验的文学化想象体验，满足了他们对拟人叙述语境的天然喜好，同时又使他们接受了诗意化的语言熏陶。此类散文中的拟人不同于一般的拟人童话，作者并没有完全赋予自然之物以完全的人格特点，仅是将自然之物的某些特征进行了拟人化的想象，是一种有节制的“准拟人”。下文谈到的童话散文与此有所不同，童话散文有较为完整的情节展开，而不是仅有画面式的呈现。在张秋生的《太阳，你是粉刷匠吗》、谭小乔的《夏天像个小姑娘》中，我们也可以看到这样一种“准拟人”的画面呈现。

除了注重营造富有诗意的画面之外，幼儿散文显然不能规避幼儿喜欢听故事这一鲜明的文学接受特点，叙事也就成为幼儿散文不可或缺的艺术要素。相较于以画面刻画见长的文本，叙事要素占优的幼儿散文为了满足情节展开的需要，篇幅相对较长。以仇重的《月亮弯弯像什么》为例，这篇散文的叙事性要素就要比上文提及的几篇散文更强一些。

昨夜临睡时，清心就发现左脚的袜子头上有点破了。今天放学回来，他觉得左脚的大脚趾上有点痛，脱开鞋子一看——哎哟，大脚趾半只已露出来了！

妈妈看见了，骂道：“糊涂！为什么脚指甲这样长了还不剪？”清心这才知道，原来袜子是被脚指甲戳破的。

妈妈拿了剪刀给清心剪指甲。这时，一弯新月正从窗口探脸进来。

爸爸忽然问清心说：“清儿，你看，月亮弯弯像什么？”

“这月亮吗？”清心看了看月亮回答说：“像眉毛、像水饺、像锅贴、像一块橘子皮，像一条尖头船……”

爸爸笑笑说：“你说的都不对。我说这月亮像妈妈给你剪下来的脚指甲，再像没有了！”

清心听了，心里有说不出的滋味。

妈妈说：“清儿，爸爸这话你要记牢。月缺又圆，月圆又缺，每月之中，像今夜这样的月亮，你可以看到两次。每看到月亮弯弯时，你就要记得剪你的脚指甲啊！”

脚指甲是藏污纳垢之处，很少有人把它当成抒情写意的对象，但孩子的脚指甲却为作家提供了一个将其审美化的契机。忘性大的孩子常常忽视了及时清洁身体，而父母将脚指甲的形状与天上的弯月进行了联系，以富有诗意的联想提醒孩子要注意个人卫生，在温馨的家庭氛围中，实现了对不雅之物的审美转化。

这一篇创作于1948年的散文在叙事与诗意的结合上较好地体现了幼儿散文的特点，但叙事的视角却有明显的局限性。儿童在想象力的丰富性与独特性上要优于成人，然而作者却将文中最具想象张力的内容留给了父母，孩子被置于接受教训的地位，这是根深蒂固的“成人本位”思想在中国儿童文学历史进程中留下的痕迹。之所以选择这么一篇带有瑕疵的作品作为范例，意在提醒大家，在赏析具体的文学文本时，应当考虑作者的童年观、创作的时代背景等因素。

陈伯吹的《一匹出色的马》也存在类似的问题。春天的傍晚，一家四口到郊外散步。回家途中，妹妹央求妈妈抱她，被妈妈拒绝了。爸爸想出了个好主意，从路旁的柳树上削下一根细长的枝丫，递给妹妹说：“这是一匹出色的马，你跑不动路了，就骑着回家罢。”妹妹高兴地跨上“马”，跑跑跳跳地奔向前去，最早一个回到了家。把一根树枝当作一匹马骑，以至于忘记了行走的劳累，如果将这一情节写成是孩子天真烂漫的想象的结果，而不是爸爸“欺哄”孩子的手段，那么整篇散文的境界就大不相同了。

画面感的营造和情节性的展开在幼儿散文中有时不易加以严格的区分，两者间存在着较多的模糊地带，但两者的共同着眼点都在于满足幼儿对故事性叙述的审美心理需求。故事性要素在幼儿散文中有着不可替代的地位，然而，具有故事性的散文与幼儿故事又有何不同，也是一个应该加以注意的问题。一般的幼儿故事所展现的是幼儿真实的生活情境，原生状态的日常生活素材经过作家的艺术加工转化，在故事中会显得更为集中、纯粹，更富有趣味性，但故事中人物的言行大体上说还是较为符合日常生活的现实逻辑。幼儿散文中的“故事”往往与诗意相交织，作者通常以诗意化的语言来勾画生活画面，展开情节。与一般的幼儿故事相比，这类散文的词汇更富有色彩与声响效果，句式上也会呈现出一定的节律感。散文作者有时会让人物的对话或行为与真实的生活情境拉开一定的距离，使其富于诗情画意或想象张力。也就是说，散文中的人物所说的话、所做的事会比现实生活来得更“美”，更有“抒情味”，在一定程度上超越了现实生活的原生面貌。可以说，在幼儿散文中，诗意总是占据着强势地位，它对其他各种文学要素的介入是全面而深入的，体现这一特点的幼儿散文有葛翠琳的《花儿像谁》、金波的《热乎乎的鸡蛋》、严振国的《难忘的早晨》、金本的《石缝里的小花》等。

三、纪实与幻想

内容的纪实性一直以来都被认为是散文的一个基本特征，正是基于这一点，散文才与诗歌、小说、戏剧等虚构性文体相区别，成为具有独立文体个性的文学样式。近年来，成人散文创作的思想和艺术视野有了极大的拓展，不同的书写方式使散文的风格呈现出异常纷繁的格局，但内容的纪实性依然是大多数散文作者所恪守的散文艺术边界。当我们把视线转向儿童散文，尤其是幼儿散文时，这个问题就变得更为复杂些。儿童散文中存在大量以作家个人亲历事件和现实观察为题材的文本，但也不乏成人作者虚拟儿童视角或虚构幻想情境的篇章。儿童散文作家吴然认为："散文不能仰仗虚构，以保持其史的质地。我的散文比较实，我要求自己的散文'情满文实'，即饱满的情感和真实的物事与真诚的文字相结合……我不写故事。这不仅因为我不会编故事，更主要的是我认为在散文中写故事就真正破坏了散文的'纯粹'。散文不以故事取胜。在散文中编故事是蹩脚的。散文写人多以片段、细节跳跃成篇。"①同时他又指出："普遍认为，散文不能仰仗虚构，以保持其史的质地。这当然是对的。但在儿童散文特别是幼儿散文中，作家往往把自己幻想成一个幼儿，用幼儿的口吻去写作，这本身就是最大的虚构，更何况许多作品还要写得有童话色彩，读出来幼儿才喜欢听。"②

这两段表述从不同的角度道出了幼儿散文纪实性与幻想性相交织的特点。在很多幼儿散文中我们都可以感受到那个"我"的存在，是作者在记录自己亲身经历的事情，描绘曾经体验观察过的自然景象，传达内心真实的感动和思考。上文提及的《蒲公英》和《竹叶上的珍珠》中的景致若不是作者的亲历观察，显然不可能有如此精致优美的呈现。《小太阳》和《盆罐的耳朵》中的"我"是一个虚拟的孩子，但若没有作者对现实儿童生活的细微体察，孩子所特有的稚趣就难以获得恰当的诗意表现。有的散文未必出现第一人称，但这种"我"的视角依然清晰可见。还有的幼儿散文，作者成了幼儿生活的直接参与者而非置身事外的旁观者。在任大霖《我的朋友容容》中，"我"与容容就生活在同一个院子里，很多趣事就发生在他们俩之间。幼儿散文的纪实性是一般散文特点在幼儿文学中的体现，同时，又有着幼儿散文自身的独特性。在成人散文(包括部分以年龄较大孩子为读者对象的儿童散文)中，叙事成分的增强往往会使散文向小说靠拢，有的甚至难以区分到底是散文还是小说。但在幼儿散文中，这种现象并不常见，幼儿散文较为浓厚的诗意色彩拉开了它与幼儿故事较为明显的距离。

我们谈论幼儿散文的审美特征更应着眼于它的幻想性，幻想性的普遍存在才彰显着幼儿散文最为独特的美学个性。童话散文是幼儿散文的一个特殊品种，它以诗意化的语言来构筑充满幻想色彩的童话世界。与上文谈及幼儿散文中的拟人化表现有所不同的是，典型的童话散文在情节的完整性上要显得更为突出，所刻画的拟人形象也更为丰满。郭风早在20世纪40年代就开始了童话散文的创作探索，发表于1946年的《初次的拜访》是他在这一领域的最初收获，《红菇们的旅行》《喜鹊》《太阳》《龙眼园里》等是郭风代表性的童话散文作品。郭风曾对自己的创作心路有过这样的表述："我逐渐明白自己较易于捕捉世界的善良部分、真纯部分，较能理解儿童，甚至喜欢把世界的某些事物注入儿童趣味和幻想，等等。这使我在文学世界中容易接近散文，以及容易让散

① 吴然．幻想之美．昆明：云南人民出版社，2005：300.

② 余雷．儿童散文探论．昆明：云南民族出版社，2006：19.

文童话化，或把童话这一文体予以散文化。”

如果说郭风是以散文家的身份在童话散文领域中做出开创性贡献的话，那么，童话作家冰波、张秋生则是因其作品的浓厚诗意色彩，而被研究者“纳入”童话散文作家行列的。冰波是 20 世纪 80 年代“抒情派”童话的代表作家，他的一些童话作品可以当作散文诗来欣赏。将张秋生“小巴掌童话”中的一些篇章归入童话散文也恰如其分，这些篇幅短小、洋溢着奇妙幻想色彩的童话散文尤其适合于幼儿欣赏。冰波的《小青虫的梦》就是一篇具有鲜明散文气质的童话：夏夜的草丛里，蟋蟀们在开音乐会，动听的琴声像月光似的流淌。一只热爱音乐的小青虫躲在草叶底下偷听着，仿佛进入了遥远的梦境，丑陋的小青虫不被蟋蟀所接纳，只好伤心地离开，躲得远远的，让泪珠映着满天冷冷的小星星。小青虫爬到一棵树上，悄悄地做了一个茧，藏在茧里让蟋蟀美妙的音乐陪伴着它进入梦乡，小青虫梦见自己长出了一对可以跳舞的翅膀，音乐一直陪伴着这个好长好长的梦。

当小青虫醒来时，她已经变成了一只美丽的蝴蝶，美丽得让她自己也吃惊。

蝴蝶从茧里飞出来。

蟋蟀扬起头来，看着她。

“啊，像个仙女！仙女……”蟋蟀说。

蟋蟀大概不知道，这美丽的蝴蝶就是那丑小青虫变的；蝴蝶大概也不知道，如果没有音乐，她会是什么样子。

琴声又响了。音乐融在月光里，在草丛里流淌。蝴蝶和着音乐，翩翩起舞。

昆虫们都在想：是蟋蟀的音乐使蝴蝶变得更美呢，还是蝴蝶的舞蹈让音乐变得更美？

童话散文是幻想与诗意有机融合的产物，它突破了一般散文以纪实为基础的艺术规范，赋予散文以新的艺术气质。童话散文虽然具有浓厚的幻想色彩，但很少出现荒诞、怪异、变形的童话形象和情节，它的幻想是一种诗意化的幻想。童话散文以一种文体的形态体现了幼儿散文的幻想性，但幼儿散文中的幻想性要素并不仅局限于此。儿童文学学者朱自强认为，儿童文学的幻想性不仅体现在童话、幻想小说等具体的文学体裁中，“更是儿童文学作为一种文学样式所特有的精神气质”。幼儿散文的“幻想”气质也不仅体现在童话散文里，一些整体风貌呈现纪实特点的幼儿散文，也包含着作者幻想式的想象。彭万洲的《影子桥》就是一篇幻想式想象与纪实性情境相融合的幼儿散文。

我家门前有一条小河，河上有一座石拱桥，桥上有四个石狮子。听奶奶说，这桥很老了，是奶奶的奶奶那时候修的。

我站在桥上往下看，河水清清，水底有许多五颜六色的石子，还有好多好多的小鱼游来游去。风儿吹来，水面像奶奶的脸，起了好多好多皱纹。水下一座桥在晃动，一座与石拱桥一模一样的影子桥。

我明白了，石拱桥为什么待在这儿，他是在照自己的影子哟！

夏天，我爱在桥下的石头上坐着，这儿凉快，还可以看影子桥。影子桥上的鱼儿你追我逐，多快乐。他们一忽儿蹿上桥面，一忽儿跳进水里；一忽儿钻进石狮子的嘴里，一忽儿又蹦出水面。他们是在藏猫猫吧？

我爱影子桥。

我不喜欢别人来这儿钓鱼。只要谁来钓鱼，我不是抛石子，就是大声吆喝。

有一天，鱼儿们高兴地对我说："你是好人，是我们最好的朋友。"我乐了，我说："我们自由自在地过石拱桥，你们快快乐乐地过影子桥，多有趣呀！"

后来，我还做了一块木牌插在那儿，上面写着：影子桥上不准钓鱼。

这是一篇富有乡土气息的散文，大部分篇幅都是对真实水乡生活的描绘，表达了"我"对一座石拱桥和它周边景色的喜爱。到了最后，"我"和影子桥的一段对话却与之前的纪实性描写大异其趣，但这并不是童话式的拟人，而是"我"心中的主观幻想以人鱼对话的方式加以呈现。郭风的《豌豆》也有这样的特点，这篇散文写的是"我"上学的路上，经过阿长伯的菜园。站在竹篱前，"我"展开了遐想——豆荚里的豆子一天一天长大了，变成一个个王子和公主，豆荚变成了一个王国。

我正想着，听见竹篱上的牵牛花问我道："小学生，你在想着什么呢？"

我抬头看着牵牛花，说："牵牛花，我在心中想一个童话呢。"

"童话？"牵牛花说。

"你读过安徒生伯伯的书吗？"我问。正在这时，阿长伯从前面挑着一担溪水来了。他要给豌豆浇水。他真勤劳。我便整整书包，向牵牛花、豌豆招招手，走过豌豆畦前的竹篱，沿着溪边的草径，赶快往学校里走去。

这篇散文中"我"和牵牛花之间的对话是一种幻想式的想象，阿长伯的出现又把"我"带回到现实的情境中来。沉浸于以自我为中心的幻想式想象，是幼儿十分常见的一种心理状态，散文作家以诗意化的语言将这种心理状态转化为能够为幼儿所接受的文学文本。

第三节　幼儿散文的分类

一、记叙抒情类散文

篇幅短小的幼儿散文，在叙事、状物、描景、写人过程中都离不开抒发幼儿纯真美好的感情，幼儿散文无论是直抒胸臆，还是以饱蘸情感的笔墨叙写生活，都要能打动小读者的心，赢得他们情感上的认同。作者必须秉持真挚的态度，写出激动、欢欣、苦恼或悲伤之真情。正如冰心所言："有什么可乐的事情，不妨写出来，让天下小孩子一同笑笑；有什么可悲的事情，也不妨说出来，让天下小孩子陪着哭哭。”记叙抒情类散文在具体内容上大致有三方面的侧重。

(一)侧重叙事

幼儿叙事散文侧重描述幼儿生活中发生的事，凡适合幼儿接受的生活情景皆可入题。上文提及的《小太阳》写的是一个孩子陪刚刚病愈的姥姥晒太阳，和姥姥分享橘子的事，虽然只是一个片段，却展现了一幅幼儿生活的动人情景。幼儿叙事散文可以完整叙述一件事，也可以淡化情节，只呈现一个富有细节的特殊场景。这样的幼儿散文数量相当多，如滕毓旭的《一朵会说会笑的山菊花》：

孩子和妈妈在树林里捉迷藏。

两只粉红色的蝴蝶从妈妈身边飞走，追着扑棱棱的小辫儿，飘进花丛里不见了。

“妈妈，你找呀，看我藏在哪?”

妈妈故意不往花丛那边看，却向一棵大树走去。树儿轻轻摇，发出哗啦啦、哗啦啦的响声，一簇簇小蘑菇，擎着伞儿站树下。

“妈妈，别到大树后面找，那里有小鸟，别吓飞了它!”

妈妈停住了，还是不往花丛那边望，却故意用手拨开草丛。一只大肚蝈蝈被惊动了，一个高儿蹦到草尖上，悠悠打起了秋千。

“妈妈，别到草棵里找，那里有小兔，别吓跑了它!”

这时，妈妈踮起脚尖儿，一步步向花丛走去。孩子闭着眼，格格笑着。突然，妈妈一下把孩子抱住了。

孩子仰着脸儿，不明白地问：“妈妈，你怎么知道我藏在花里呀?”

妈妈甜甜地说：“我的小妞妞，是朵会说会笑的山菊花!”

该文描绘了孩子和妈妈在树林里捉迷藏的情景，透露出纯真自然的母女深情。幼儿叙事散文一般不会表现较为尖锐的矛盾冲突，而是注重将读者带到真善美的境界中去。圣野的《老公公和他的小狗》通过寻常的生活细节，勾画了一幅温馨和谐的“孤老爱犬”图：

有一位老公公，没有别的亲友，家里养了一只狗，天天守在大门口。老公公出门，小狗走在前头；老公公回家，小狗跟在后头。

老公公非常喜欢他养的这只小狗，天天去买肉骨头，老公公吃肉，小狗啃骨头。

冬天来了，为欢迎太阳爷爷，老公公和他的小狗，一起等在大门口。

夏天来了，老公公和他的小狗，爱和树荫做朋友，共享着凉风姐姐的温柔。

老公公一天到晚，笑声不离口，说他养了一个儿子，名字就叫作小狗。这小狗，可也真逗，一跳跳到老公公的膝盖上，让老公公亲个够。

(二)侧重写景状物

创造优美的意境是优秀幼儿散文作家自觉的艺术追求。作家往往将某种虚幻的情思寄托于眼前具象的景物之中，达到以神求形，移情入景的效果，他们所描绘的一草一木、一鸟一虫通过拟人、比喻等手法融入幼儿天真烂漫的稚趣想象。自然风光、物候变化、景物细节都可以成为作家寄情托意的对象，如叶圣陶的《荷花》：

清早，我到公园去玩，一进门就闻到一阵清香。我赶紧往荷花池边跑去。

荷花已经开了不少了。荷叶挨挨挤挤的，像一个个碧绿的大圆盘。白荷花在这些大圆盘之间冒出来。有的才展开两三片花瓣儿。有的花瓣全都展开了，露出嫩黄色的小莲蓬。有的还是花骨朵儿，看起来饱胀得马上要破裂似的。

这么多的白荷花，一朵有一朵的姿势。看看这一朵，很美；看看那一朵，也很美。如果把眼前的这一池荷花看作一大幅活的画，那画家的本领可真了不起。

我忽然觉得自己仿佛就是一朵荷花，穿着雪白的衣裳，站在阳光里。一阵微风吹来，我就翩翩起舞，雪白的衣裳随风飘动。不光是我一朵，一池的荷花都在舞蹈。风过了，我停止舞蹈，静静地站在那儿。蜻蜓飞过来，告诉我清早飞行的快乐。小鱼在脚下游过，告诉我昨夜做的好梦……

过了好一会儿，我才记起我不是荷花，我是在看荷花呢。

在这篇散文中，作者以孩子的口吻来描述景物。只有孩子才会迫不及待地往荷花池跑去，才会想象自己仿佛就是一朵荷花，穿着雪白的衣裳翩翩起舞。这样的诗情画意，让幼儿从中受到潜移默化的美感熏陶。望安的《夏天》也是一篇描写夏天景色的幼儿散文：

夏天的雨是金色的。不信，你看：场院里，脱粒机扬洒着麦粒，千颗，万颗，连成金色的雨。

夏天的风是喷香的。不信，你闻：村子里，家家户户磨了面，在蒸甜糕，飘出一阵阵香味。

夏天的路爱唱歌。不信，你听：小路“吐吐吐”，大路“嘀嘀嘀”，拖拉机、大卡车，一辆接一辆，忙着去卖粮。

作者选取了三个富有乡村生活气息的夏天景象：脱粒机扬洒着麦粒的场院、飘出阵阵甜糕香味的农家、唱着歌去卖粮的拖拉机和大卡车。寥寥数行就描绘出一幅欢欣的丰收图，有声、有色、有味，引人遐想。此类散文有益于培养孩子对生活的细腻感受力。又如郑振铎的《燕子》：

一身乌黑光亮的羽毛，一对俊俏轻快的翅膀，加上剪刀似的尾巴，凑成了活泼机灵的小燕子。

才下过几阵蒙蒙的细雨。微风吹拂着千万条才展开带黄色的嫩叶的柳丝。青的草，绿的叶，各色鲜艳的花，都像赶集似的聚拢来，形成了光彩夺目的春天。小燕子从南方赶来，为春光增添了许多生机。

在微风中，在阳光中，燕子斜着身子在天空中掠过，唧唧地叫着，有的由这边的稻田上，一转眼飞到了那边的柳树下边；有的横掠过湖面，尾尖偶尔沾了一下水面，就看到波纹一圈一圈地荡漾开去。

几对燕子飞倦了，落在电线上。蓝蓝的天空，电杆之间连着几痕细线，多么像五线谱啊。停着的燕子成了音符，谱出一支正待演奏的春天的赞歌。

“景”“物”“情”的相互融合转化，是幼儿散文创造意境的常见方式，在夏辇生的《项链》中，辽阔的“景”与精小的“物”共同构成了一幅和谐的画面，营造出充满动感的欢愉气息。

大海，蓝蓝的，又远又宽。沙滩，黄黄的，又长又软。雪白雪白的浪花，哗哗笑着，涌向沙滩，悄悄撒下小小的海螺和贝壳。

小娃娃嘻嘻笑着，迎上去，捡起小小的海螺和贝壳，串成彩色的项链，挂在自己的胸前。快活的脚印落在沙滩，串成金色的项链，挂在大海的胸前。

这篇散文犹如一幅优美的海边风光图：大海湛蓝，宽阔无边；沙滩金黄，绵长细软；浪花雪白，哗哗扑面。几个小娃娃赤着脚，拾海螺、捡贝壳、做项链，尽情享受大自然的美好。在大海、沙滩、贝壳、脚印、项链构成的富有层次感的画面中，镶嵌着孩子们欢快嬉戏的身影。

（三）侧重抒情

虽然从整体上说，幼儿散文都带有抒情的意味，但确实有一些散文的情感密度会显得更大一些，此类散文所抒发的情感真切自然，同时又与幼儿的情感世界相沟通，易于幼儿的体验和理解。侧重抒情的幼儿散文一般来说都比较注重词语的色彩和句式的节奏，追求在短小的篇幅中表现幼儿独特的感情体验，在满足孩子浪漫想象的同时，给予他们语言美感的熏陶。例如，班马的《大皮靴》：

我埋怨我那双小皮鞋，为什么就发不出那种一走路，就嘎吱、嘎吱的响声？

我多想有一双真正的大皮靴！

嘿，嘎吱、嘎吱的——

踩在荒原的白雪上，

踩在林中小屋的木头地板上，

踩在花的草原上……

我常偷偷套上爸爸的那双长筒雨靴，在太阳底下走来走去。可惜，它不是嘎吱、嘎吱的，而是扑通、扑通的。

这篇散文所抒写的是孩子质朴无华又让人忍俊不禁的心愿。渴望长大是埋藏在孩子心中强大的心理动力，这股力量可以在生活的毫不起眼处找到释放的机会，爸爸皮靴行走时发出的声响，就成为孩子表露成长心声的触发点。又如郭风的《麦笛》：

麦笛是愉快的笛子；

麦笛是我们村里每个人都会吹的笛子；是小孩子最喜欢的、天真的笛子；是大人也喜欢吹的笛子；

麦笛是捡一支新鲜的、才刈下来的麦梗作管子，便可以吹出很好听的音乐的，简便的笛子。

啊，吹着麦笛，把收获的欢乐吹出来，把劳动的欢愉吹出来；

把春麦的新鲜的香味谱着音乐吹出来；把田野的露水和朝阳的香味谱着音乐，从那小小的麦管里吹出来吧；把我们心中的梦想和希冀谱着音乐，从那小小的麦笛里吹出来吧。

吹吧。全村的集体的音乐团，我们每人手中有一支麦笛。这里，那里，到处吹着麦笛，吹着我们的艰苦的劳作的歌，吹着我们对于幸福的企望的歌吧。

这篇散文描绘了乡村生活情景，抒发了孩子对生活的美好感情。一小段随手可得的麦梗，就可以给乡村的大人孩子带来无限美妙的享受，这种享受不仅属于音乐，更属于整个生活。此类散文可以让读者在对他人情感态度体验知觉的基础上，把这种情感迁移到自己身上，并与一定的生活情境相联系，使读者与作品之间产生共鸣的情感反应。优秀幼儿散文中的情感要素并不是孤立存在的，它还可以容纳科学、社会等方面的丰富内容，如俄罗斯的普里什文的《金色的草地》：

我家住在乡下，窗前是一大片草地。草地上长满了蒲公英。当蒲公英盛开的时候，这片草地就变成金色的了。

我和弟弟常常在草地上玩耍。有一次，弟弟跑在我前面，我装着一本正经的样子，喊："谢廖沙！"他回过头来，我就使劲一吹，把蒲公英的绒毛吹到他脸上。弟弟也假装打哈欠，把蒲公英的绒毛朝我脸上吹。就这样，这些并不引人注目的蒲公英，给我们带来了不少快乐。

有一天，我起得很早去钓鱼，发现草地并不是金色的，而是绿色的。中午回家的时候，我看见草地是金色的。傍晚的时候，草地又变绿了。这是为什么呢？我来到草地上，仔细观察，发现蒲公英的花瓣是合拢的。原来，蒲公英的花就像我们的手掌，可以张开、合上。花朵张开时，它是金色的，草地也是金色的；花朵合拢时，金色的花瓣被包住，草地就变成绿色的了。

多么可爱的草地！多么有趣的蒲公英！从那时起，蒲公英成了我们最喜爱的一种花。它和我们一起睡觉，和我们一起起床。

作者写出了大自然花海的美丽、孩子嬉闹游戏的快乐，抒发了对大自然真挚、朴素的感情。在关于蒲公英色彩变化的描写中，十分自然地带出了蒲公英花瓣结构的植物学知识，这种将生活情景描写、主观情感抒发与自然现象探索融于一体的散文书写方式，不仅可以给孩子带来阅读的快乐，还可以引导他们发现身边环境中的可爱、神奇之处。

二、幻想类散文

幼儿童话散文是童话与散文两种艺术形式相结合的产物，它以散文的样式刻画童话形象，表现儿童生活，兼具童话和散文的特点。除了郭风的童话散文外，鲁兵、张继楼、圣野、望安等作家也创作了不少童话散文精品。童话散文中的拟人形象与童话十分相似，但情节要比童话来得简约，语言表达更具抒情色彩。如安武林的《太阳公公生病了》：

太阳公公生病了。瞧，他原来红彤彤的脸，变得灰乎乎的，多难看。

小喜鹊把消息传给大家，啄木鸟医生连忙赶来了。

啄木鸟医生看了看，说："太阳公公你感冒了，要盖上被子捂一捂。"

到哪儿找一床能盖住太阳公公的大被子呢？

风姑姑吹呀，吹呀，吹来好多好多云彩，厚厚的云彩盖住了太阳公公。

太阳公公在云彩里捂呀，捂呀，捂得汗水哗哗地流下来。

云散了，天晴了，太阳公公病好了，他的脸红彤彤的，放着明亮的光芒。

这篇散文将天空下雨的过程以太阳公公生病的童话形式描述出来，自然现象与儿童的生活经验在拟人化的语境中得以有机的融合，十分易于幼儿接受。又如鲁兵的《春娃》：

春天是个娃娃，喜欢图画，又喜欢音乐。

他走过树林，给树林涂上嫩绿色；走过小溪，教会小河唱歌。

今年，春娃来了，看见我们，高兴极了。他说："你们都长高了。"

我们问："是吗？"

他说："真的，你们比去年高多了！明年我来的时候，你们一定长得更高了。哎呀，十年以后，你们都是小伙子、大姑娘了。可是我，还是个娃娃。"

作者把春天比作娃娃，他喜欢图画，给树林涂上嫩绿色；他喜欢音乐，教会小溪唱歌。这样的童话情境显然是孩子真实生活的折射，拉近了春天与孩子的心理距离，这样的春天才真正是孩子眼中的春天。再如郑春华《出来玩儿》：

"嘭嘭嘭"，谁敲门？灵灵打开门，没见人，只见一道亮闪闪的光。灵灵把门关上了。

"嘭嘭嘭"，又是谁敲门？灵灵再打开门，亮闪闪的光进屋来了。它走上地板，一直爬到灵灵身上、脸上。灵灵一抬头，眼睛也睁不开了。

"您是谁呀？"灵灵急忙问。

"我是太阳公公。"那声音是从天上传来的。灵灵又问："您想进屋来玩儿吗？"太阳公公说："不，我想叫你出来玩儿。"

灵灵想了想，就从屋里跑出去。外面亮亮的、暖暖的。“真暖和！真暖和！”灵灵叫着。她一扭头，看见许多扇门正在打开，太阳公公把小朋友们都喊出来玩啦！哇！和太阳公公一起玩，多快活！

暖暖的阳光是一个适合进行散文化描写的对象，但作者并没有着力于静态的景物描写，而是将太阳引入孩子的游戏生活，把孩子喜欢到阳光明媚的屋外玩耍的心理愿望，演化为太阳邀请孩子外出嬉戏的童话情境。

三、知识类散文

知识散文是以介绍知识为主要目的的幼儿散文，是幼儿散文的一个重要门类。知识散文虽以传授知识为主，但它不同于条分缕析讲解科学知识的说明文，也不同于充满幻想精神的科学童话。这类作品一般篇幅短小，语言浅显，写法灵活，常以生动活泼的语言、富有抒情气息的笔调来传达浅显有趣的知识，让孩子在诗意盎然的散文语境中认识科学知识。林续中的《会跑的树叶》、赵润兴的《钓海龟》、黄建明的《瓷器的来历》、望安的《松竹梅》、冰子的《机器羊》等知识散文很受幼儿的欢迎。杜风的《城市变森林》就是一篇融知识与诗意于一体的散文：

墙边种了一排爬山虎，它们伸出小脚爬到墙上，砖墙变成了绿墙。它们爬到窗框上，窗口变成了绿窗子。

爬山虎爬呀，爬呀，爬上屋顶，爬满整座房子。泥砌的砖房子，变成了绿房子。

绿茸茸的房子，盖满叶子。夏天好阴凉。蜜蜂、蜻蜓在绿房子上飞着，憩着。

秋天，树木的叶子黄了，落了。房子也落叶了。

到了春天，暖风一吹，燕子飞过，房子重新长出叶芽，密密丛丛红色的嫩芽芽。

我们的房子活了，变成了活房子。

如果城里的人都种爬山虎，所有的房子就会变成一座森林。

我们天天住在森林里，在森林里踢球、读书、上街、睡觉。

那该多有趣。

这篇知识散文以亲切自然、充满美感的语言向幼儿介绍绿化城市的知识，作者对爬山虎的描写富有诗意和美感。

作品鉴赏

1. 苞米娃娃的大胡子

郑青山

苞米娃娃，还没有一岁呢，为啥就长出了大胡子？你想装老爷爷吗？不像不像，你还没有我大呢。

明天我拿爷爷的剃头刀，一根一根都给你刮去。

【点评】

这是一篇稚趣盎然的幼儿散文。苞米上的细丝被说成是老爷爷的胡子，这个富有创意的联想通过孩子自言自语的演绎，让人忍俊不禁。仅寥寥数语，在我们面前就浮现出一个天真可爱的顽童形象，寻常之物也在孩子浪漫想象的观照下被赋予了全新的意韵。

2. 很大很大的爸爸

郑春华

我的爸爸站着的时候，就像一座楼：脚是第一层，手是第二层，肩是第三层。我要使出爬山的劲，才能爬上爸爸这座楼。

我的爸爸躺着的时候，就像一条船：脚是船尾，头是驾驶台，身体是又宽又大的甲板。无论我在甲板上翻跟头、跑步、跳高，爸爸这艘船总是稳稳的。要是我一摁他的鼻子，他还会发出和大轮船一样的汽笛声：呜呜——

我的爸爸真的很大很大，大到下雨出门去，我可以躲进他的口袋里。

要是你不相信，可以到我家里来看一看他。不过进门的时候请你千万小心，不要光顾抬头看我爸爸的脸而不当心自己往后倒地。

最后告诉你我家的地址：太阳路5号，一座最大的房子里。

【点评】

爸爸有楼房和大船一般的身躯显然是一种夸张，但这不仅是外在形象上的夸张，更是一种心理愿望上的夸张。幼儿因自己身体力量的弱小，尤其需要从父亲那里获得一种稳固的安全感，这个很大很大的爸爸恰恰可以满足这样的心理需求。这种安全感并不是一种静态的存在，而是与幼儿的游戏精神相伴随：爸爸躺着的时候，就变成了一条船，“我”可以在甲板上翻跟头、跑步、跳高，“我”一摁爸爸的鼻子，他还会发出大轮船汽笛一般的呜呜声。与父亲的任性嬉戏是幼年幸福的重要源泉。父亲所带来的安全感也不是一种孤立的存在，它还与家的温馨紧紧地联系在一起，所以，“我”才会十分自豪地把这个给自己带来安全与快乐的家介绍给伙伴们。

3. 冬爷爷的图画

胡荣春

火炉上，水壶“嗞嗞”地冒着气，屋子里多暖和呀。窗外，北风呼呼地吼叫着，大柳树给吹得摆来摆去。

“冬爷爷要画画儿了！”爸爸轻轻地说。

“冬爷爷也会画画儿吗？”方方问。

“真的，它要把画画在玻璃窗上。等明天天一亮，你就看见了。”爸爸劝方方睡觉。

方方想看冬爷爷的画，看了会儿窗户，不知怎么，就睡着了。

夜里。冬爷爷让老北风使劲地吹着窗户，玻璃可冷了。屋子里的水蒸气跑到窗前，一下碰到玻璃上，很快变成六角形的、漂亮的小冰花，真是数也数不清。

第二天是个大晴天，太阳光透过窗帘，屋子里很亮。方方醒来，忙扯开窗帘。啊，窗玻璃上真的画满了画，一格窗框一幅画，多美呀！

第一格上，画着一棵松树；

第二格上，画着一片大山；

第三格上，画着一朵兰花；

……

爸爸走进屋，说："看见了吗？冬爷爷画的画漂亮吗？"

小朋友，你一定也看见过冬爷爷的画吧。

【点评】

这是一篇融知识性与趣味性于一体的幼儿知识散文，能让小读者在认知气候变化知识的同时感受文学的美好。作者通过孩子与父亲交谈的方式，十分自然地说明了一个自然现象。文中先用"嗞嗞""呼呼"等象声词吸引住小读者的注意力，接着爸爸一句"冬爷爷要画画了!"把孩子的好奇心充分调动起来，第二天孩子在窗户上看到了冬爷爷留下的精美"画作"，整个过程就像一场奇妙的魔术表演，让人着迷。

4. 妈妈睡了

张秋生

妈妈睡了。

妈妈在哄我午睡的时候，她自己先睡着了，睡得好熟好熟。像我睡着时，妈妈常爱在边上看我一样，我也看着妈妈睡觉……

睡梦中的妈妈真美丽，妈妈明亮的眼睛闭上了，紧紧地闭着。她弯弯的眉毛也在睡觉，睡在妈妈红润的脸上。妈妈的嘴巴微微张开着，好像还在给我唱催眠的歌谣……

睡梦中的妈妈好慈祥。妈妈微微地笑着。是的，她在微微地笑着，她的嘴巴、眼角都挂着笑意。好像在睡梦中，妈妈又想好了一个故事，等会儿讲给我听……

睡梦中的妈妈好累。妈妈的呼吸是那么深沉。她细软的头发粘在微微渗出汗珠的额上。窗外小鸟在唱着歌，风在树叶间散步，发出沙沙的响声，可是妈妈全听不到。她干了好多活，累了，乏了，她想甜甜地睡一觉。

妈妈睡了。

【点评】

这是一篇情深意浓的幼儿散文。"我"以善良而独特的眼光打量熟睡中的妈妈，"我"端详着妈妈的眼睛、眉毛、脸、嘴巴、眼角、头发、额，就像妈妈也常常这样充满爱意地看着"我"一样。这样的角度有助于幼儿读者以一种独特的方式理解妈妈的爱，同时也让陪伴孩子阅读的母亲感同身受，备感欣慰。

5. 珍珠雨

吴然

“下雨了！下雨了！”小鸟扇着潮湿的风，飞过河去，向朋友们报告下雨的喜讯。淡蓝色的、温暖的夏雨呵，紧跟着小鸟的飞翔，幕布一样，笼罩了河面和水塘，笼罩了田野，笼罩了我们的山村和村后的树林。

一片雨的歌唱。万物都在倾听……

现在——

“雨停了！雨停了！”

小鸟扇着雨后的阳光，从一道彩虹里飞出来。

天多明净，遍地阳光。珍珠般的雨点，一颗一颗挂在草叶上，挂在花瓣上，挂在柳条上，挂在一匹刚从雨里撒欢回来的小红马身上，挂在房檐口上……哦，下了一场太阳雨，下了一场珍珠雨呵！

蜜蜂说，金盏花、牛眼菊、山玉兰们更香了。

小马驹、小牛犊和小山羊说，奶浆草、狗尾巴草、三叶草们更嫩了。

草莓说：“还有我，更甜了！”

【点评】

幼儿散文的诗意与幻想在文中得以集中而典型的体现。作者以孩子梦幻般的眼光欣赏世界，用孩子水晶般的心灵感受生活：在那淡蓝色的雨景和雨后七彩世界所构成的旖旎画面中，活动着小鸟、小红马、蜜蜂、小马驹、小牛犊、小山羊、草莓等可爱的小生灵，他们都有一颗稚趣、纯真的童心。正如散文大家朱自清所言：“真正的散文是充满诗意的，就像苹果饱含着果汁一样。”读者只要“缓缓咀嚼一番，便会有浓密的滋味从口角流出！”(《山野掇拾》)自然界的一切都被赋予了灵性，短短的篇章容纳了丰富的形象类型，除了常见的视觉形象和听觉形象，还刻画了嗅觉形象和味觉形象。文末草莓的一句“还有我，更甜了！”与真实生活中的孩子急于表现自己的神态颇为相似。

6. 我希望我的房间是……

张晓风

其实，我很喜欢我的房间。

那是一间有墙壁、有门窗、有小床和小枕头的屋子。
妈妈常把房间收拾得干干净净，
爸爸也常来教我做功课。
而且，我的故事书、玩具也都放在那里。
还有，嘘——小声点，
我还有些别人不知道的秘密宝藏：
就像一个螳螂卵啦，

路上捡来的半只眼镜架子啦，
五颗跟阿美换来的玻璃珠和三只新蝉蜕下的空壳啦……

可是，有时候，我希望我的房间跟现在不一样。

我希望我的房间有轮子。
这样，我就可以开着它跑，
我要开着它一直跑到我搬了家的朋友那里，跟他一起玩。

我更希望我的房间长了翅膀。
这样，我就可以飞到很远的地方去，
我要去看一看在美国念书的舅舅和在日本做生意的表叔。
他们看到我一定吓一跳
——而我却只笑一笑，
不告诉他们我怎么跑去的好方法。

有时候，我希望我的房间是一艘大船，
我自己是船长，很神气地站在船头，对水手大声说：
“走！我们到钻石岛去装一船钻石回来。”

我也希望我的房间是一艘潜水艇。
这样，我趴在窗口就可以看见许多只大章鱼、大鲨鱼、电鳗、珊瑚、龙虾
——也许还有美人鱼呢？

还有，要是我的房间是太空梭，那该多好呀！
我要穿好太空衣坐在里面，等着出发到火星或冥王星。
我已经想好了太空梭的名字，叫：“全垒打一号”。

我也希望我的房间是原始人的山洞。
黄昏的时候，我从森林里打一只全森林最凶的野猪回来，
让妈妈烤给大家吃，可是野猪牙我要自己挂在胸前。

偶然，我也把我的房间假想成一座大皇宫。
我穿着织金的衣服，戴着金皇冠，坐在金宝座上。
——不过，那样不舒服，金帽子太重，一定压得我脸上发红。

我特别希望我的房间是一间魔术小屋。
墙壁是太妃糖，窗子是巧克力糖，枕头是面包，毯子是鸡蛋煎饼，

水龙头流出的全是橘子汽水！
哇！那该多好！

有时候我躲在房间伤心。
因为我想象我的房间是一座高大坚固的城堡。
而我是一个打败仗的英雄，
明天就要被人拉去杀头了。
可是我一定不投降，大英雄是不怕死的。

天气冷的时候，
我真希望我的房间是一个圆圆的茧。
而我是一个变了蛹的蚕宝宝。
舒舒服服地躺在绵绵密密温温柔柔的白幕里。

天气热的时候，
我又希望我的房子是爱斯基摩人的冰宫。
每一面墙都是冰砌成的，
那一定比冷气房还凉快，
——而且不要交电费。

把房间假装成学校也很好玩，
我做校长、老师和小车司机。
洋娃娃和狗熊都变成了学生，
我还开汽车载他们上学去呢！

所有的幻想之后，我最最喜欢的还是
——我的房间，我现在的房间。
白天有妹妹陪我玩积木，
晚上，有妈妈在里面讲故事，
早晨，有爸爸叫我起床的一个平平凡凡的小孩子的房间。

【点评】

这是一篇充满奇幻色彩的幼儿散文诗，想象张力之强令人称奇。一个孩子希望自己的房间能够随己所愿变幻无穷，想象的视野先是向外拓展——“我”希望让房间带上了轮子、长出翅膀、驶向海洋、飞向太空、奔向远古，空间在不断地扩大。接着视野又被拉回到身边——太妃糖、巧克力、面包、鸡蛋煎饼、橘子汽水，这些能够让孩子一饱口腹之欲的食品成了主角。再接着，想象的触角深入到内心世界——“我”成了一个躲在“城堡”中独自伤心的英雄，而且是一个打了败仗即将被处死又不怕死的英雄，想象的张力在心灵的世界里达到了极致。就像对外冒险是孩子的心理需求一样，寻求一种温馨的安全感同样也是孩子的渴望。于是，在篇章的末尾，“我”又希望神奇的房间回归成一个平凡而温暖的家。

7. 紫叶儿

谢华

美丽的花园里，有朵叫紫叶儿的小花。

它长在漂亮的花丛中，从来没有人好好看看它。

紫叶儿觉得有点寂寞，就跟着风爷爷跑到一个只长着小草的山坡上。

“你是谁呢?”一根细细的小草问。

“我是紫叶儿。”

“你也是叶子么?”

“不，我是花。只是……我的花才一点点大，大家就叫我紫叶儿。”紫叶儿不好意思地说。

“不，一点也不小呢!”小草看着有着淡黄色蕊的紫花儿说，“你真好看!”

“真的吗?”紫叶儿连忙挺了一下身子，展了一下花瓣。它真的漂亮极了!“谢谢你，小草!”紫叶儿说。

“你是谢我吗?”小草又惊又喜，“还没有谁谢过我呢!”

“我们做好朋友吧!”紫叶儿轻轻挽住了小草嫩绿的小手。小草的手轻轻的，柔柔的。小草的手是绿色的丝带。

紫叶儿不再寂寞了。在这青青草地上，有好多事等着它去做呢!

【点评】

这是一篇意蕴丰富的散文，为多角度解读提供了可能。紫叶儿和小草因互相肯定而产生了真挚的友情。友谊源自尊重，这样的主旨内涵未必能够被年幼的读者完全理解，但却是作品达至一定境界高度所不可或缺的。早期文学接受追求的不是对文本的完整把握，而是让幼儿通过与高品质文本的亲密接触，为未来文学能力的发展奠定一种格调。大多数的幼儿散文在整体审美风貌上都充满了明丽、欢愉的气息，但此文却有所不同，它传达的是真实的幼儿生活中并不少见，而文学表达中较为稀缺的一种情绪——寂寞。紫叶儿因貌不惊人在花的世界里无人搭理，只好随风飘离花园，来到长满小草的山坡上。一根细细的小草更是难以吸引青睐的眼光，一句普通的答谢就让它又惊又喜。寂寞中的小花小草从相识到相知，彼此的友情让它们看待生活的眼光又有了亮色。这样的文本没有刻意地安插励志性的生活教训，却可以让有过类似情绪体验的孩子在拟人化的诗意语境中获得心灵的慰藉。

8. 树和树说悄悄话

[俄]普里什文

枝头刚冒出了嫩嫩芽，巧克力色的，尖尖的小嘴儿，微微透着点儿绿，每张小嘴嘴上，都挂着一大颗明亮透亮的露珠。

要是你摘下一枝嫩芽，用手指揉碎，你就会闻到一股树脂的气味儿，也许是白桦树的，也许是杨柳树的，也许是李子树的。

闻着这股浓浓的嫩芽的气息，你会立刻想起，以前你采莓果——摘那些黑亮黑亮的莓果/的情景。你会想起你吃莓果的时候，是一把一把送进嘴里去的，连核儿也没有吐。哦，味道可真鲜美呀！

春天的夜是这般温暖，这般静悄悄。你总觉得好像有什么在这静悄悄中发生。这不，树和树开始细声儿说话了：一株小白桦树在那边儿叫着，另一株小白桦树在那边儿应着；一棵小白杨树，绿油油蜡烛似的，在林中空地上生长出来，它摇摆着细嫩的树枝儿，招呼另一棵同它一样的小白杨树，让它到这边儿来；李子树互相伸出细细嫩嫩的枝条，像小朋友和小朋友一样把手牵在一起。

树跟我们人一样会说话。只是，我们说话用声音，而树们说话，用各自的香味儿。

【点评】

作家以特有的敏锐细腻的观察力、自由灵动的想象力，构筑了一个富有灵性的森林世界，对林间景物的描写既有触手可及的真实质感，又不乏让人浮想联翩的梦幻感觉。赋予自然万物以灵性有多种的方式，拟人化是幼儿文学常用的，但显然并非唯一的选择。作者对林间树木对话的描写，乍看与一般的拟人手法并无二致。但经由文末“我们说话用声音，而树们说话，用各自的香味儿”的点化，读者的思路随之陡转——原来这些树还是真的树，它们的对话是作者通过嗅觉感知想象出来的。

9. 树真好

[美]贾尼思·梅·伍德里

树真好。小鸟可以在树上筑巢，每天天一亮，小鸟就会叽叽喳喳地叫。

树真好。能挡住大风，不许风沙吵吵闹闹，到处乱跑。

树真好。我家屋子里清清爽爽，阵阵风儿吹，满树花香往屋里飘。

树真好。我们全家在树荫下野餐，大家吃得很香，说说笑笑，热热闹闹。

树真好。天热了，树下铺着阴凉儿，我和我的小猫咪，躺在树下睡午觉。

树真好。如果有一只大狗来追我的小猫，小猫就爬到树上躲起来，气得大狗“汪汪”叫。

树真好。我做个秋千挂在树上，让我的布娃娃坐上去，摇呀摇。

树真好。夏天的夜晚静悄悄，只有树叶在一起唱歌谣。

树真好。树叶在秋风里飘呀飘，树下铺着树叶地毯，我们可以在上面滚来滚去，跑跑跳跳。

【点评】

这是一篇富有童趣的散文，从儿童的视角观察树，感知树，赞美树。树的作用在大人和孩子的眼中是完全不同的，只有孩子才会想到，树可以让猫躲藏，可以让布娃娃在上面摇啊摇，起风的时候，树叶还会唱歌。树的种种好处，在孩子们看来是那么真实而生动。

10. 蜡笔

班马

我有一盒十二色的蜡笔。

世界突然扩大了。我能画灰色的军舰和军舰上的大炮。

看！画上的这个人，有着乱草一样的黄胡子，有一双地质学习家的褐色的眼睛——那就是明天的我！

他的脸是黑里透红的。

他的帐篷是草绿的。

他的狗是银白的。

【点评】

有了一盒十二色的蜡笔，世界就突然变大了。这种万事皆备于我的心态是不谙世事的孩子所特有的，狂妄却不失美感。短短的篇章充满了跳跃感，从辽阔的大海一下子就跳到了深邃的大山。孩子心目中的地质学家也由几幅跳跃的画面构成——褐色的眼睛、黑里透红的脸庞、草绿的帐篷、银白色的狗，像电影蒙太奇。

思考与探索

1. 诗意是散文的重要特质。请从成人散文、儿童散文和幼儿散文中分别找出一篇富有诗意的文本，从语言表达、情感抒写、主题意蕴等方面分析它们的不同之处。

2. 阅读佟希仁的散文《夕阳》，思考文后提出的相关问题。

劳累了一天的太阳，总像爸爸似的喝得大醉，你看它，醉得满面通红。

海边的孩子喜欢它，夕阳给他们一张张顽皮的脸上都抹上了金晖，还给竹筐里的贝壳涂上迷人的色彩；山里的姑娘们喜欢它，夕阳给小河披上艳丽的彩绸，使她们增添了爱的幻想；劳动归来的人们喜爱它，夕阳给他们一身轻松，一身辉煌……

可夕阳怕人们说它是醉鬼，总在云朵里躲躲藏藏，或慌忙跳进大海，洗呀，洗呀，恨不得将碧波染成红浪。

(1)有人认为，城市里的孩子对这篇散文所描写的景色比较陌生，他们未必能理解海边的孩子和山里的姑娘对夕阳的感情，所以本文不适合作为城市幼儿园文学活动的材料。也有人认为，这样的散文能够拓展孩子们的认知视野，弥补孩子生活经验的不足。还有人认为，这篇散文景物描写富有色彩，语言优美，而幼儿散文关键是要让孩子获得语言美感的熏陶，其他方面不要苛求。你怎样看待这些观点？请谈谈自己的见解。

(2)如果你和小朋友一起欣赏这篇散文，你会抓住文中哪些最有特色的景物描写。有一位老师向大班的小朋友提出这样的问题："听了这篇散文，小朋友心里觉得怎么样？散文中哪些地方很有趣？是怎么说的？为什么说夕阳总像爸爸似的喝得大醉？散文中哪些地方很美？是怎么说的？"你觉得这位老师提的问题好吗？请谈谈你的看法。

(3)当你到幼儿园见习或实习时，请把这篇散文介绍给班上的小朋友，设计一些问题和小朋友交流，仔细听听他们的反应，并结合所学的理论知识做简要的分析。

拓展学习书目

1. 金波等编．中国当代儿童散文诗精品丛书．长沙：湖南少年儿童出版社，2006.
2. 圣野主编．中国儿童散文诗画丛．贵阳：贵州人民出版社，2010.
3. 吴然．幻想之美．昆明：云南人民出版社，2005.
4. 张美妮等选编．中国幼儿文学集成．重庆：重庆出版社，1991.
5. 张美妮等主编．中国新时期幼儿文学大系(散文卷)．西安：未来出版社，1998.

第十一章
幼儿戏剧

学习目标

1. 了解幼儿戏剧的定义、价值作用和分类；
2. 掌握幼儿戏剧的特征；
3. 了解创造性戏剧的定义和教育目标；
4. 掌握创造性戏剧活动设计的程序。

幼儿与戏剧的关系是自然天成的。公元前 4 世纪，亚里士多德在《诗学》中表述了对戏剧本质的认识。他认为：一切艺术都是模仿，戏剧是对各种生物的行动的模仿。印度的第一部戏剧理论著作《舞论》也指明："戏剧就是模仿。"而模仿正是幼儿的天性。在幼儿身上，我们显然愿意相信戏剧源自人类的模仿本能。从古至今流传的幼儿角色游戏"过家家"，以它的存续历史证明了人性中的这一恒定需求。幼儿不仅有自发的绘画、唱歌、舞蹈等艺术行为，更有自发的戏剧行为。

第一节　幼儿戏剧的定义及其价值

戏剧是一门综合艺术。它以舞台表演为中心，融合了文学、音乐、舞蹈、美术和建筑等艺术因素，通过直观的舞台形象反映生活。幼儿戏剧是戏剧的一个特殊分支。幼儿戏剧是以幼儿为对象的，它具有一般戏剧的性质、特点，又有自己的独特之处。从概念上说，它不仅仅具有演员在舞台上表演故事给幼儿看的"儿童剧场"形式的传统戏剧的含义；在幼儿教育领域中，它还以"创造性戏剧活动"的形式出现，作为一种教育教学手段，在幼儿成长过程中有着不可替代的特殊作用。广义的幼儿戏剧，应包含传统形式的“幼儿剧场戏剧”和“创造性戏剧活动”两项。

本章第一节至第三节侧重介绍传统剧场形式的幼儿戏剧，第四节专门介绍创造性戏剧。

一、幼儿戏剧的定义

严格地说，幼儿戏剧应该由专业儿童剧团负责演出，由受过专业戏剧训练的成人演员在舞台上表演故事给幼儿欣赏。它是一种舞台表演形式。和一般戏剧一样，幼儿戏剧也必须具备戏剧的四个基本要素：剧本、演员、观众、舞台。

幼儿戏剧的演出首先要有一个传统式的剧本，有一个适合幼儿接受能力和欣赏趣味的故事。故事可以原创、可以改编。

演员一般是受过表演训练有表演技巧的成人，也可以由具备表演才能的儿童饰演儿童的角色。

观众往往集中在一定的空间。

舞台包括服装、化妆、道具、布景、灯光、音效等，用来为演员的表演服务。

林芳菁在《幼儿文学》一书中对幼儿戏剧的定义有所论述：

> 幼儿戏剧是以幼儿为观赏主体的表演类型。是由接受过专业训练的成人，将一些经过设计及有创意巧思的故事或舞蹈，通过戏剧的方式表现出来。让幼儿在剧场内感受到快乐气氛，借由表演引导幼儿想象，在表演的过程中，也可能会加入程度比较好的儿童演员。利用正式的展演活动引发幼儿学习动机或是表现出戏剧训练的成果，重视戏剧的目的与展现的成果。

因此，传统意义上的幼儿戏剧是指以学前幼儿为欣赏对象，主要由专业儿童剧团中受过专业戏剧训练的成人演员，以舞台表演的形式，叙述适合幼儿接受能力和欣赏趣味的故事。

但是，就实际的幼儿戏剧存在价值而言，幼儿参与戏剧表演，更能凸显幼儿戏剧的价值与作用。

二、幼儿戏剧的价值

美国文艺评论家 Kenneth L. Grahani 指出儿童戏剧至少有五种价值，分别是娱乐、心灵的成长、教育的发展、美学的欣赏及未来观众的培养，所以儿童戏剧是值得鼓励推广的。对于学前幼儿而言，其主要价值也在于此。

(一)娱　乐

幼儿的娱乐就是游戏，他们从各种各样游戏中获得愉悦。幼儿戏剧不仅在内容上大多反映、表现了幼儿的游戏活动，而且在艺术形式上也都具备幼儿游戏的特点。幼儿戏剧的演出，实际上就是一种经过组织排练的、具有戏剧艺术特点的高级游戏。幼儿戏剧对幼儿而言，就是一种好玩的游戏，只是这种游戏是经过设计、安排而与教学活动合二为一的。

(二)心灵的成长

戏剧作为一种综合性的舞台艺术，它形象生动，能更直观地诉诸幼儿的视听感受。

而且，幼儿身上具有从事艺术活动的天生倾向和能力，幼儿的艺术活动直接表现了幼儿生命需求。因此，无论观看还是自己参与演出，他们都能切身感受到故事中人物的心情，人物命运的起浮跌宕给幼儿带来丰富的情感体验，获得心灵上的成长。具体包括以下方面。

第一，合群合作。戏剧表演的成功，在于分工合作。戏剧活动只有靠大家分工合作才可能完成，因此戏剧活动是最能发挥群体协作性的活动。

第二，人同此心。在戏剧的活动中，任何角色都是在扮演别人，因此在扮演的过程中，可以学习从别人的角度看事情，进而学会关怀和体谅。

第三，见贤思齐。幼儿戏剧主题往往强调温馨，讲求好人有好报，更引导幼儿趋善避恶，使幼儿在潜移默化中懂得见贤思齐，学会做好人、做好事。

(三)教育的发展

幼儿戏剧是不说教的艺术。它凭借紧凑的剧情、角色的命运和生动的表演等元素，以耳濡目染的方式使幼儿潜移默化地获得教育的发展。

第一，语言教育。剧本中的对话都是经过设计、安排的，在修辞、用字、造句上均较精练，幼儿可以从中学习对话的方式、态度、语气及感情的表达。如果幼儿参加表演，练台词就是一种语言训练，可以训练幼儿的表达能力和胆识。

第二，人格教育。戏剧表演最能陶冶性情、变化气质，幼儿在参与戏剧活动的过程中，会潜移默化地受到影响和同化。积极情绪得到发展，消极情绪得到疏导，促进幼儿形成完美人格。

第三，能力教育。幼儿身体协调能力发展很快，活泼好动，自我意识增强，对新鲜事物有强烈的好奇心，喜欢幻想和探索，并能够大胆地将自己的想法和创造表现出来。而戏剧活动是一种综合艺术，有很多好听的故事、优美的音乐、多变的动作，对幼儿具有特殊的吸引力，并为他们的多方面发展提供了一个良好的平台。这个平台有利于幼儿想象能力、创造能力、执行能力、表达能力、组织能力等多种能力的提高。

(四)美学的欣赏

戏剧是综合的艺术，融合了文学、美术、音乐、舞蹈等多种艺术门类。戏剧的欣赏其实是涵盖了各种各样艺术形式的一种审美活动。

(五)未来观众的培养

幼儿戏剧活动是让幼儿亲身经历、接受艺术熏陶，借此活动培养幼儿对音乐、舞蹈、美术等艺术的兴趣，加深认识和运用，成为未来的观众。

第二节　幼儿戏剧的特征

幼儿戏剧是专为幼儿创作演出并适合其接受能力和欣赏趣味的戏剧。它和成人戏剧一样，具有戏剧的一般特征：通过表现矛盾冲突来展开情节、塑造人物、揭示生活本质。“没有冲突，就没有戏剧。”而且，戏剧演出受到时间和空间的限制，人物、事件、场景必须高度集中化，要突出最主要的矛盾和线索，集中刻画一两个人物，使戏剧结构严谨、集中，因而戏剧是一种高度浓缩的艺术类型。另外，戏剧中人物语言是塑造艺术形象、揭示人物性格、表现矛盾冲突、反映生活内容的根本手段。因此，戏剧语言既要口语化、个性化，同时还要富有动作性，它得像日常生活的语言一样浅白、易懂、朗朗上口。幼儿戏剧作为戏剧的一个分支，必然要遵循戏剧的基本艺术规律，但是，因其特殊的欣赏对象，幼儿戏剧艺术特征必然是戏剧的一般性与幼儿戏剧的特殊性的完美结合。幼儿戏剧的特征具体表现在以下五方面。

一、主题内容积极而明快

戏剧是直观艺术，幼儿可以从有声有色、富有变化的舞台上直观地感受一切。戏剧创作者往往会考虑到幼儿思维的具体性、想象的丰富性、知识的贫乏性、行为的模仿性等生理与心理的特点，注意选择适合他们年龄特征，为他们所熟悉、所理解、所感兴趣和不影响心理健康的题材作为创作内容，做到主题积极明朗，健康向上，便于儿童理解，利于儿童成长。

幼儿戏剧的题材内容很广泛，可以反映现实生活，也可以取材于历史；可以叙写美丽的神话传说和童话，也可以展现未来的科学幻想境界；可以描绘幼儿观众同龄人的活动，也可以表现成年人的生活。当然，小观众对于那些真实表现他们的生活和精神面貌的剧目有更浓厚的兴趣。幼儿戏剧不论写何种题材，一是要注意不同年龄段儿童观众的审美心理特征；二是在内容的表达和情节安排上，要注意适应儿童的生活经验、知识范围和感受能力。一些儿童难以理解的复杂的人事纠葛，结婚、恋爱等具体细节，阴暗残酷的犯罪心理等不宜在儿童剧本中过分渲染，恐怖、凶杀、污秽的场面也不能丝毫不经选择地在儿童剧本中出现。在作品里向孩子们揭示社会现象的时候，应该既让孩子们看到美好与纯洁，也不刻意回避丑恶与污秽。但是在揭露丑恶时，一定要让孩子们在阴暗中看到光明，给他们以力量与鼓舞。

二、戏剧冲突单纯而有趣

戏剧文学是以社会生活的矛盾冲突作为基本情节的，戏剧冲突是戏剧反映、表现生活的基本手段，是戏剧的轴心，所以说“没有冲突，就没有戏剧”。幼儿戏剧也属于戏剧，自然也不能违背、脱离这一艺术规律。但是，尖锐、激烈的戏剧冲突只是成人戏剧的重要特征，幼儿戏剧中出现的戏剧冲突，必须符合幼儿的年龄心理特征，符合他们的接受能力和审美趣味。幼儿戏剧的戏剧冲突有其独特性，往往具有浓郁的儿童情趣。

在实际生活中，幼儿之间很少存在直接发生的、激烈的矛盾冲突，幼儿戏剧中也不可能有成人戏剧中常见的那种尖锐的矛盾冲突。相反，他们生活中的许多内容，就其自然形态来说，还可能是完全雷同的。这样，在反映幼儿生活的幼儿戏剧中，冲突一般比较单纯，充满幼儿情趣，往往以幼儿能理解的真假、善恶、美丑之间的矛盾对立作为戏剧冲突，或冲突的一方是由于“误会”，或由于角色性格，或人物自身的思想矛盾而产生。因此，幼儿戏剧主要靠幼儿情趣出戏，只要表演出幼儿的情趣，就可以算“戏剧冲突”了。可以说，在幼儿戏剧中，幼儿情趣代替了戏剧冲突。

例如，童话剧《“妙乎”回春》，通过小猫“妙乎”先后几次误诊，把“妙乎”不懂装懂的特点鲜明生动地表现了出来。剧情很简单，但矛盾冲突戏味浓郁，有小猫“妙乎”和其他来就诊的小动物之间的矛盾冲突，更有小猫“妙乎”不肯老老实实地学本领，又要自以为聪明的自身性格心理冲突。这些戏剧冲突从幼儿的日常性格行为和内在心理特点出发设计构思，符合幼儿的审美心理特点，效果很好。

又如，日本剧作家坪内逍遥的独幕幼儿剧《回声》，写5岁的大郎和“回声”的对话：

大郎：(自语)哎呀！山那边也问啦！(大声地)你是谁？
回声：你是谁呀？
大郎：我呀，是大郎！
回声：我呀，是大郎！
大郎：我才是大郎哪！
回声：我才是大郎哪！
大郎：不，你不是大郎！
回声：不，你不是大郎！
大郎：是大郎！
回声：是大郎！
大郎：去你的！
回声：去你的！
大郎：你！小狗。
回声：你！小狗。

大郎脾气暴躁，态度不好，“回声”也跟着脾气暴躁，态度不好。闹得不可开交时，妈妈从窗户探出头来告诉大郎：“你好好跟他说说试试，他也就跟你好好说啦。可别像刚才那样粗声粗气的啦!”于是大郎又向着大山说：

大郎：别生气啦！刚才我不对啦！
回声：别生气啦！刚才我不对啦！
大郎：咱俩做朋友吧。
回声：咱俩做朋友吧。
大郎：你来这玩吧。
回声：你来这玩吧。

大郎高兴起来了，对妈妈说：“妈妈，刚才我照你说的那样，和和气气的，跟他说话，那孩子就跟我好啦。”妈妈说：“嗯，你看是不！你跟人家好好的，人家也跟你和和气气的吧？可得好好记住点。”

这出戏很难谈得上什么矛盾冲突，但有浓烈的儿童情趣，上述情节充分表现了大郎的稚气。他和“回声”的对话，让孩子们觉得既熟悉又有趣。同时，待人接物的礼貌教育，又不动声色地被浇灌到小观众心里。

三、结构主线简单而清晰

幼儿戏剧的结构与一般戏剧的结构一样，有开端、发展、高潮、结束等若干个阶段。但是，由于幼儿戏剧的观众主要是幼儿，他们受年龄限制，具有自我控制能力差、注意力容易迁移、理解力相对偏弱的特点。如果剧情展开前铺垫过多或者情节线索繁复多变，很容易使他们无法理解，或者失去耐心，感到厌烦。因此，幼儿戏剧的结构主线宜简单，像一棵树笔直向上，不旁生枝叶，而且全部剧情要搬在幕前来演，不要靠人物对话来交代。各个环节的衔接要紧凑，层次应清楚，不能像成人剧那样有主线、副线，明线、暗线。否则，容易给幼儿理解内容造成困难。当然，线索单纯并不等于单薄、简陋。相反，情节方面要求曲折起伏、疏密相间、引人入胜。

幼儿戏剧一般不分幕分场。它入戏快，往往一开端就进入主题，发展迅速，自始至终都能紧紧地抓住观众。例如，《小熊拔牙》的开端就耐人寻味：

妈妈：我是狗熊妈妈。
小熊：我是小熊娃娃。
妈妈：我长得又胖又大。
小熊：我就像我妈妈。

人物亮相时讲的四句话，犹如传统戏曲的“自报家门”，清楚明白地交代了彼此的身份与关系，又非常风趣地介绍了作为狗熊的外形特征。特别是小熊最后一句，虽然作者没有一点舞台提示，我们也完全想象得出小熊在台前模仿熊妈妈时那憨态可掬的模样。人物刚与小观众见面，就引起了小观众莫大的兴趣。小熊妈妈吩咐小熊在家不要乱吃东西，自己外出办事去了。这是开端。可是小熊嘴馋，不听妈妈的话，在家拼命找东西吃，结果牙齿坏了，疼得直叫唤。这是剧情的发展。接着，小白兔医生为小熊拔牙，拔呀拔，拔不动。小黄狗、小花猫、松鼠、小鸟一齐来帮忙，才把坏掉的牙拔掉。这是情节的高潮。剧作最后写道：

小熊：那以后我也不挑食，每天把牙齿刷几遍。
众：早一遍，晚一遍。
小熊：嗯，早一遍，晚一遍。
众：(示范)这样刷，这样刷。
小熊：(学样)嗯，里里外外都刷遍。
小兔：说到一定要做到，省得把牙全拔完。
小熊：是！说到一定要做到。
众：省得把牙全拔完。

这是戏剧的结束。全剧只有一条线索，从始到终，一贯到底，层次清楚，一目了然。从幕启到剧终，小观众始终都在戏剧特定的情景中，和剧中小熊一起经历拔牙的故事。

四、戏剧语言形象而易懂

戏剧语言包括台词、解说、舞台提示等，其中，台词是最主要的。在这里，我们阐述的戏剧语言主要是指台词。

戏剧是一种特殊的文学样式，它不能像儿童小说、儿童故事、儿童散文那样做客观的描述，一切内容都要通过人物之口表达出来。高尔基《论剧本》中说道："剧中人物之被创造出来，仅仅是依靠他们的台词，即纯粹的口语，而不是叙述的语言。"台词是塑造形象、演绎剧情、表达主题的主要手段。

幼儿戏剧的台词必须与幼儿的年龄特征和审美趣味相适应，台词应该形象生动、通俗易懂。台词形象，人物语言就须个性化、动作化；台词易懂，应该简短化、口语化。

首先，幼儿戏剧的语言必须短小活泼。台词主要有对白和独白两种。幼儿戏剧语言不可能有大段的独白和冗长的对话，它必须简单、简短。幼儿观众年龄越小，对这一点要求越高，即台词越要写得短小活泼。台词或唱词冗长，势必影响人物的动作性和剧情发展的节奏。大段的心理独白、抒情唱段在成人戏剧中通常是允许的，但在儿童戏剧特别是幼儿戏剧中是要避免的。

其次，幼儿戏剧语言要求口语化，而且台词最好韵文化，富于节奏性，如同儿歌般朗朗上口，便于幼儿记诵。

例如，《三个和尚》：

小和尚：123，来爬山，观音山路弯又弯，松林花鸟静心观，登山顶心胸宽。一座庙，一棵松，观音菩萨盘坐中，阿弥陀佛、阿弥陀佛一鞠躬，三千烦恼皆抛空。

这些台词用韵文写成，既浅显易懂、短小活泼又富有动作性，便于演员表演。特别是运用了一些象声词、叠词，读起来朗朗上口，富有音乐性，又有情趣，很切合幼儿的特点。

最后，幼儿戏剧语言讲究形象化，强调个性化和动作化。幼儿戏剧语言的动作性主要是指演员一边说白，一边配合做相应的形体动作，甚至常常用大幅度的、夸张的动作去表现人物的思想情绪和性格，让幼小的观众一听就明白，留下鲜明而深刻的印象。幼儿戏剧语言的动作性使角色的性格特征更加鲜明，也便于启发演员的动作表演，给演员发挥动作的余地。

例如，柯岩的《照镜子》写一个爱漂亮但不爱干净的小姑娘照镜子时的一系列台词，人物配合台词的动作性语言扭身子、瞪眼睛、歪鼻子、吐舌头、戳镜子、掉眼泪，使人物的个性特征显露无遗。比如："咦，东一扭，咦，东边脏。哎，西一扭，哎，西边脏。扭来扭去没法躲，镜子一点不隐藏。"几乎是一句台词一个动作，很好地突出了人物的个性。

五、艺术形式丰富而多样

幼儿戏剧不主张墨守成规，它与成人戏剧相比，堪称一种更为广泛的综合性艺术。

一部幼儿戏剧往往很难界定它具体的表现形式，因为大多数优秀的幼儿戏剧通常融话剧、舞剧、歌剧等众多形式于一体。事实证明，艺术形式上的不拘一格、艺术手法上的兼收并蓄，能更好地表现幼儿戏剧的思想内容，对幼儿也更具吸引力和感染力。

例如，童话剧《马兰花》在话剧表演的基础上，不仅借鉴了戏曲的表演方法，还融进了音乐、舞蹈、特技、武打等艺术门类。剧中有神奇的仙境、可爱的小动物和优美的乐曲，马郎、小兰等人物有说、唱、跳、打的综合表演，会把小读者、小观众带到虚幻的艺术真实之中，从而产生身临其境的艺术效果。

在幼儿戏剧中，只要是能让幼儿喜爱、唤起幼儿共鸣的形式，都是可以被接纳的。值得一提的是，幼儿观众观看戏剧容易入戏，进入到戏剧的世界里，常常与故事中的角色同喜同悲，情绪容易受到感染。导演与演员要善于发挥幼儿观众的参与性，让观众与舞台更多地互动。例如，台上台下的直接对话；或者台上演员走入观众席，与小观众近距离接触，带给小观众更多的兴奋与惊喜；或者请小观众上台直接参与演出，让戏剧的游戏性充分放大，孩子们在好玩的“游戏”中获得最大的愉悦与共鸣。

幼儿戏剧是活泼生动的，只要是幼儿喜欢的，它的艺术形式可以尽可能丰富而多样。各种艺术形式完全可以巧妙地融合统整，达到最大的效果。例如，幼儿喜爱童话，尤其喜欢参与到具有童话色彩的歌舞剧中扮演各种小动物。所以，有经验的作家，总是采用歌舞剧的形式，尽可能地让小观众随机参与演出，使现场的气氛更加热烈。

第三节　幼儿戏剧的分类

戏剧的分类有标准不同的各种分法。按艺术形式分，幼儿戏剧与成人戏剧的类别大体相同，但因为幼儿戏剧欣赏对象的特殊性，它在其他分类方法上，与成人戏剧存在着不同之处。

一、按艺术形式分

(一)幼儿话剧

幼儿话剧也称舞台剧，是一种以动作和对话为主要表现手段的幼儿戏剧。它用幼儿容易理解而又规范化的生动、准确、通俗的语言进行创作，具有真实感和形象性，是幼儿戏剧中一种重要的、常见的表现形式，如《回声》《小熊拔牙》。

(二)幼儿歌舞剧

幼儿歌舞剧又称音乐剧，是除对话外，以歌唱、舞蹈为主要表现手段的幼儿戏剧。我国最早的儿童剧作家黎锦晖的《葡萄仙子》《麻雀与小孩》《三只蝴蝶》是较有影响的作品。

幼儿歌舞剧主要以演员的唱词和舞蹈动作、音乐曲调的设计来表现剧情、反映生活，因此它必须使歌唱、舞蹈、音乐达到高度的和谐一致，且常常配以诗歌朗诵和旁白等，具有强烈的诗的感染力。一般来说，幼儿歌舞剧要突出音乐性、动作性和统一性，但在具体的剧本中，因其有所侧重，可分为幼儿歌剧(以歌唱为主)、幼儿舞剧(以舞蹈为主)、幼儿歌舞剧(歌舞并重)。

(三)幼儿默剧

幼儿默剧也称哑剧，没有对话及歌词，纯粹以演员肢体动作和表情来传情达意，或可搭配音效来表演。

(四)幼儿偶剧

偶剧是专用各种偶具来表演故事的一种艺术，它不以真人为演员，通过人操纵各种偶进行表演。偶具本身不具生命力，必须靠操偶者以手操控，通过灵活的操偶技巧使其产生动作，状似真人演出一般。这类剧本需要对偶的造型、操纵方式、配乐等做专门说明。演出时，演员在幕后操纵木偶，并有旁白、歌唱、道具和布景等，如《孙悟空三打白骨精》《小锡兵》《丑小鸭》等。

各种偶形体和操纵技术不同，有布袋偶、杖头偶、提线偶、头套偶、手指偶等。

布袋偶(图 11-1)：套在手上要弄，以食指支撑头部，中指及大拇指为双手来操作表演，也称掌中傀儡，如《看瓜》。

图 11-1　布袋偶

杖头偶(图 11-2)：以木杖来操纵动作完成，它内部虚空，眼嘴可以活动，颈部下面接一节木棒或竹竿，表演者一手掌握两根操纵杆进行表演，因而又称“举偶”。

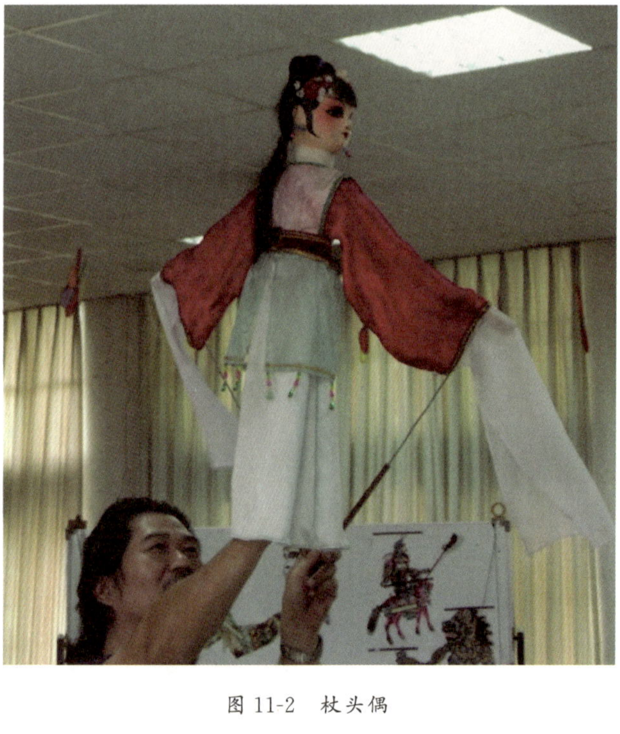
图 11-2　杖头偶

提线偶(图 11-3)：表演者从上空提线操纵或借缚在控制器上的细线操纵的木偶形体。一些简单的提线木偶，腿、手、肩和耳以及脊骨底部各缚绳一根。某些提线木偶几乎能模仿人和动物的所有动作。

图 11-3 提线偶

头套偶：以人为偶，演员以大型的头套和戏服的搭配，扮演出各式不同的角色。一般常见的以动物偶居多，但近年来在人物头套偶的设计上亦逐渐有所突破，甚至出现一出戏的全体演员均是头套偶的角色，在人与偶、现实与幻想的边际中，为小观众们提供无限的乐趣，如大型人偶剧《卖火柴的小女孩》等。

手指偶(图 11-4、图 11-5)：将布、纸、泥等材料制作的小偶套入手指中进行表演的偶戏。手指偶简单易做，体型较小，幼儿游戏时可自由表演。

图 11-4 手指偶(1)

图 11-5 手指偶(2)

皮影戏：我国传统民间艺术的一种。幼儿皮影戏是用动物的皮或卡纸等为材料，经过雕刻、绘画制作成各种人物或动物造型的平展玩偶为剧中角色，借助灯光把由人操纵的玩偶影像投射在半透明的屏幕上，佐以音乐、唱白来表演戏剧故事，供观众欣赏。

(五)幼儿戏曲

幼儿戏曲以京剧、高甲戏、歌仔戏、越剧等传统戏曲为表演形式，主要通过角色的宾白、唱词和程式化的动作身段等来展现剧情，塑造人物形象。幼儿戏曲一般讲述幼儿喜欢并接受的故事，大多以儿童或动植物为主角，如京剧《寒号鸟》、越剧《孩子剧团》、蒲剧《岳云》、闽剧《红色少年》、京剧《赖宁》等。

(六)幼儿广播剧

幼儿广播剧是一种由广播电台录制的戏剧节目，利用广播送听，以语言声音及音乐、音响等为表现手段来塑造形象、展示剧情的戏剧形式。其内容针对幼儿创作或改编，无论是主题设立、题材选择或剧中人物、对话及剧情的铺陈，均符合幼儿的心智发展、欣赏能力及兴趣趋向等特性。幼儿广播剧建立在听者的想象之中，语言声音是主要表现手段，因而剧本对人物语言和叙述语言有严格要求。要求具有鲜明的性格色彩，有生活的真实感，有音乐感。幼儿广播剧将音乐与语言和谐有机地统一起来，有助于烘托环境气氛，激发儿童想象，可以培养幼儿听讲的习惯，增强其表达能力并激发创造力。例如，《海滨的铜铃》通过小主人公艾鹏鹏及其伙伴王娇娇在海爷爷帮助下，对一只受伤的海鸥精心医护，使它重返碧海蓝天的故事，告诉儿童要热爱大自然，更要保护大自然。作品故事情节曲折，想象新奇，具有较强的抒情性，是一部比较优秀的广播剧。

二、按题材分

从题材范围方面讲，主要有童话剧、神话传说剧、科学幻想剧等。

(一)童话剧

以童话故事为题材的戏剧作品，特别适合于年龄层较低或初次接触儿童剧的幼儿观众。

原创童话剧：充满浪漫与趣味性的童话故事是幼儿文学不可或缺的文类，童话剧是幼儿戏剧中最常用最受欢迎的题材类型。童话戏剧中，题材的奇特、新颖、亲切，内容的幽默、滑稽，人物的夸张、变形、拟人，以及情节的神奇多变，无疑是幼儿刺激与兴奋的直接触发点。幼儿热爱童话是不言而喻的，原创童话剧是幼儿戏剧创作的广阔天地。

改编童话剧：将童话故事中的人物、情节和结局稍做变化或加以延伸，刺激幼儿的想象。以历久不衰的童话《白雪公主》为例，台湾九歌儿童剧团曾推出《爱上白雪公主的小矮人》，讲述最小的小矮人“半月”奋不顾身地为白雪公主寻找解药的艰困路程。它以童话《白雪公主》为原型进行改编，虽仍保有基本的故事形态，但在改编之后亦呈现出改编的价值，并间接扩大了观众的想象视野。

(二)神话传说剧

每个国家都流传着具有当地特色的神话传说或民间口耳相传的故事。在传说故事中关于冒险、远征、怪兽和战争等主题，都是撰写儿童剧本的好题材。无论是神奇浪漫的幻想情境、体格宏伟的人物形象，还是拟人夸张的叙述手法，传说故事所具有的流动性、感性与神秘性，是儿童剧故事题材中最自然的素材来源。例如，《云豹森林》(台湾如果儿童剧团)就描述了现代都市的小孩幻化成传奇的小猎人，走进山林的神奇故事。

(三)日常生活剧

这类戏剧取材自幼儿日常生活中发生的事件，如《照镜子》。

(四)历史故事剧

这类戏剧以反映历史题材为主要内容，如《曹冲称象》《红军桥》。

(五)科学幻想剧

这类戏剧以自然科学为题材，如《小蝌蚪找妈妈》。

三、按表演者分

(一)由人担任表演者

成人为表演者、幼儿为观众：这是目前最常见的表演形式，由受过专业训练的成人演员为表演者，幼儿担任观众，针对幼儿观众年龄所设计、制作的演出。

幼儿既是表演者又是观众：由幼儿担任表演者及观众，这样的演出模式多出现在学校，有时候是因学校课程所需，有时候则是为了配合节庆活动的安排。这类演出情节由教师因应课程主题而设计，台词通常简短易懂，肢体的表现以简单、清楚及重复性动作居多。

成人与幼儿共同演出：成人演员饰演成人的角色，儿童演员饰演儿童的角色。这样的表演模式除了常见于幼儿园的演出活动之外，在儿童剧场的演出中亦不罕见。除此之外，另一种成人与幼儿联合演出的方式则是通过“互动剧场”来进行，即在演出的过程中经由幼儿的参与而共同完成一出戏的演出，其进行方式或者是邀请幼儿上台协助剧中人物共同解决问题，或者由演员在舞台上询问问题而在幼儿观众的响应中找到答案。

(二)由偶担任表演者

在儿童剧场中常见的偶戏表演有杖头偶、头套偶、布袋偶及提线偶等；而在学校中配合课程所需的表演或说故事时，则较常见以手偶和手指偶为表演的媒介。偶对于幼儿的吸引力，来自它们所投射出的想象。如同幼儿所熟悉的洋娃娃或玩具一般，他们也非常喜爱各种偶。除此之外，由于偶的造型能随剧情而量身定做，在制作规模上较具弹性，能为演出者提供更丰富的表演空间。

(三)人与偶共同担任表演者

这种表演指人和偶结合同时演出。操偶者除了操控偶具之表演外，亦可身兼剧中人物角色，穿插于戏剧演出中。

四、按容量和场次分

“幕”指戏剧文学及其演出中按照时间、地点、事件的变化来划分的一个相对完整的段落；“场”则是包含在“幕”里的一个较小段落。从容量场次方面讲，幼儿戏剧主要是独幕剧，但也有一些例外。

独幕剧(一幕一场)剧情简单集中，故事完整，人物较少。

多幕剧(分成若干幕)人物繁多，情节复杂。

场景剧(一幕多场)是在同一舞台背景下进行多个场次演出的戏剧形式。

第四节　幼儿创造性戏剧

美国戏剧教育先锋温妮弗列德·瓦德(Winifred Ward)在1930年出版的《创造性的戏剧活动》(*Creative Dramatics*)一书中提出“创造性戏剧”(Creative Drama)的概念。它尝试将戏剧从剧场表演中抽离出来，有系统地分类整理出适合儿童身心发展的戏剧活动，让儿童在参与活动中去领悟与学习，不仅注重儿童智能的发展，同时也兼顾其心灵及情感的提升。瓦德的论述可说是现代儿童教育理念发展的结果，只是她做了更多的实践。瓦德将创造性戏剧活动在课堂教学中多方实践并努力推展，证明了创造性戏剧是一种创新且有效的教学方法。时至今日，创造性戏剧在美国的教育体系中已行之多年，并在欧洲、美洲、大洋洲等地得到广泛推行。

一、创造性戏剧活动的定义

什么是创造性戏剧？1977年，美国儿童戏剧协会将之定义为：

“创造性戏剧”是一种即兴，非正式展演，且以过程为主的一种戏剧形式。在其中，参与者在领导者的引导下，去想象、实作并反映出人们的经验。尽管创造性戏剧在传统上一直被认为属于儿童及少年，其程序却适合所有的年龄层。

同时，该协会为该定义做了进一步的解释：

创造性戏剧的程序就是一种动力，领导者引导一组学习者，透过戏剧性的实作去开拓、发展、表达与交流彼此的理念与感觉。在创造性戏剧中，每组学生以即兴演出之动作与对话，发展出适宜的内容。而采用戏剧的素材，是在经验的范围内，产生出形式与意义。

美国戏剧与教育联盟明确地注明创造性戏剧特性为：有关儿童们内在创作与社会成长的活动，而不是将这些活动引导为呈现给观众的演出。

张晓华教授在《创作性戏剧教学原理与实作》中认为创作性戏剧[①]是：

以戏剧形式来从事教育的一种教学方法与活动，主要在培育儿童的成长，发掘自

① 创造性戏剧常常被称为“创作性戏剧”。

我资源。提供制约与合作的自由空间，发挥创作力，使参与者在身体、心理、情绪与口语上，均有表达的机会，自发性地学习，以为自己未来人生之所需奠定基础的学习。①

她在书中还提到，创造性戏剧并不是以职业演员的艺术训练方式来进行的，而是以游戏的方式来进行，是一种有主题的活泼化教学。

由以上对于创造性戏剧的定义可以推定：创造性戏剧不是一出正式的戏剧演出，而是运用戏剧元素和技巧进行的戏剧活动，是一种辅助教学的方法。

因此，幼儿创造性戏剧是运用戏剧的元素，透过活动的方式，让幼儿透过自身的经验和对未来的想象，以团体合作、教师引导并创作的方式，进行的戏剧表演活动。它是由幼儿自己发展故事情节，以创意、随兴的方式，发展出角色、对白并能运用舞台表演的模式呈现出来。这种戏剧表演是共同思考、共同创作的一个过程。教师是活动的设计、规划、组织、领导与执行者，是教学成败的关键人物中的引导者。

创造性戏剧是戏剧的一种类别，也具备剧本、演员、舞台、观众四要素。但与传统式戏剧相比，它的特点很明显。

第一，演出通常是即兴的，没有实体剧本。演出的内容由群体共同讨论、共同创作，讨论的结果或许就是演出的脚本。

第二，演出的场所不一定是戏剧舞台，可以是舞台，更多的是教室、操场、广场或者庭院、客厅等一切可以利用的场所。

第三，演员不需要是专业演员，可以是普通的学生、教师。

第四，观众不一定只是观众，也可以是戏剧的演出者。根据剧情需要，观众随时可以加入演出。

二、幼儿创造性戏剧活动的教育目标

创造性戏剧活动与传统教育不同之处在于：传统的教育中，强调基础的学科上的学习成果，这种教育方法反而造成所学的东西与生活间缺乏关联性，使学习者比较不容易产生学习动机。学习是一种整体的活动，而不是一时学一样。而创造性戏剧活动是动态的、启发式的，让学习者在参与活动中去领悟与学习，在学习者自发的行为中(像游戏、竞赛、模仿、表演)发挥教育作用。戏剧教育对不同年龄层的儿童而言，会因应其生理、心理发展需求的不同而有不一样的目的。

在幼儿园戏剧教育中，教师除了教学主题的设定外，每一课都应有自己预期的教学目标。主要教学目标一般围绕认知、情意、技能三方面。当教师将戏剧作为教学和学习的工具时要明确，幼儿创造性戏剧教育的重点不在演戏，不需要求幼儿有专业精准的表演，因而表演训练是次要的。将创作性戏剧运用于幼儿园的教育教学中，主要在于启发幼儿创造性的思考，培养创作能力和表达能力等。幼儿创作性戏剧活动的教育目标应当设定为：

第一，帮助幼儿发展语言与沟通表达能力，包括口头语言的表达能力和肢体、表

---

① 张晓华．创作性戏剧教学原理与实作．上海：上海书店出版社，2011：7.

情、情绪等方面的表现能力。

第二，培养幼儿理解与解决问题的能力，包括解决问题、建立概念、社会认知、情感融入、价值判断及剧场艺术等能力。

第三，培养想象力和创造性思考能力。0—5岁是创造力的第一个巅峰期，是创意潜能开发一个非常重要的时期。

第四，培养对事物持续专注的能力。儿童有着较小的注意广度，他们对某一事物的注意力仅能维持很有限的时间，之后便会开始变得躁动。创造性戏剧活动极具吸引力，能够集中孩子的注意力，增强孩子的学习动机，从而极好地调动他们的主动性和积极性。

第五，增强对戏剧艺术的了解，培养兴趣，初步具有美感经验。

第六，培养团体活动的参与性与合作精神。

三、创造性戏剧活动的项目

从温妮弗列德·瓦德的基本概念出发，创造性戏剧发展出两种教学形态，一种是课堂内的戏剧学习活动，另一种则是呈现给特定观众作教学观摩的一种非正式演出。现行的创造性戏剧教学活动已被界定为课程内的戏剧学习，以达到培养语言表达的目的。创造性戏剧的活动与职业演员的艺术训练方式并不相同，常见项目如下。

(1)想象：以身体动作与头脑思考结合作戏剧活动。

(2)肢体动作：配合音乐与舞蹈美感的肢体活动，明确而有意义地表现出人物动作与举止。

(3)身心放松：以调节性动作做暖身，消除紧张，稳定情绪，加强知觉。

(4)戏剧性游戏：在引导下，依情况、目的，共同完成游戏项目，以建立互信与自我控制能力。

(5)哑剧：以身体的姿态表情，传达出思想、情绪与故事。

(6)即兴表演：依情况、目标、主旨、人物线索等基本条件，表现出故事、动作与对话。

(7)角色扮演：在某主题之下选派或赋予不同的角色，经历不同的情境，扩大感知与认知。

(8)说故事：以引发性起使点或建议，构建新的故事，以激励想象，发挥组织、表达、想象的能力。

(9)偶剧与面具：以制作或操作偶具和面具，来经历制作和表达戏剧的趣味。

以上这些教学活动并不是演技的专业训练，而是在游戏中以观察、模仿、想象进行戏剧的创作，并在其过程中使学生有趣味化实践的戏剧表演学习。

四、幼儿创造性戏剧教学的活动程序

创造性戏剧是一种角色扮演的游戏，它不是为了演出，更像是一种排演。它不需要一气呵成，可以停顿、重复。它的演出对象不是观众，而是参与者本身。创造性戏剧活动是寓教于乐的，兼具娱乐与教育的功能，二者不可偏废。厘清这些理念，我们才能进行幼儿创造性戏剧教学的活动程序的设计。

活动基本上可以分为以下几个阶段。

(一)计　划

活动开始前需要整体的计划，以使活动不偏离主题、目标与戏剧的结构。因此，计划必须包括整个活动范围，包括选择适合的主题、设计教学策略、设定目标、拟定实施规则、规划实施时间、场地使用、所需器材等规划。

创造性戏剧活动的规划以能满足幼儿多方面的发展需要为原则，如创造思考的能力、语言表达的能力、社会技能的运用及肢体语言的开发等。而活动地点的选择则以平常上课的教室为主，辅以韵律教室或礼堂。除非需要做移动较大的肢体活动，否则在孩子熟悉的教室进行戏剧活动反而能让学生有较强的归属感，更有利于活动的进行。创造性戏剧活动参与的方式，可以是学生坐在自己位子上的单独活动，这种方式提供幼儿一些专注、自我开发与减少分心的机会。有的时候也可以用成对或小组的方式进行，提供学生互动的机会，并借由小团体的互相刺激与脑力激荡，激发出更多的创意。大团体的活动方式则提供学生如何在大的团体中彼此合作并学习礼让与妥协，从众多不同的意见中，协商出最大的共识并养成团队精神。活动时间长度，主要视活动内容而定。一般中小班十五分钟至三十分钟，大班可增至四十分钟至一小时。简言之，在戏剧课程设计上，需考虑到学习的目标、活动的方式、地点、人数的多寡、时间的长短等因素。

(二)暖　身

暖身一般是指活动开始之前所做的一些简单肢体动作。幼儿的创造性戏剧暖身与舞蹈的暖身类似，可以是肢体伸展、关节活动、模仿、手指操、律动等，也可以是发声练习、专注练习或团体游戏等活动。主要目的在使参与活动的人能够把精神集中于将要进行的课程解说与演练活动之中，并且，能够忘却表演的压力，进入自然的表演情境。

成功的暖身活动设计应该与活动的主题相关，能够呈现首尾一致、水到渠成的效果，使暖身活动更好地达到以下功能：提高幼儿专注力，肢体放松，表演自然，开启创作的兴趣。

例如，整合课程“报纸变变变”可采用暖身活动“神奇的纸卷”。

步骤：幼儿和教师围坐成圆圈。教师拿一张 A4 纸做成的纸卷讲解游戏规则：每个幼儿想象纸卷可以变成什么物品，并且做一个相关的动作请大家猜想。要求每个人做的动作不一样。在规定时间内没有想出动作来的幼儿就表示输了。游戏开始，教师先请幼儿想象纸卷可以变成什么，并用动作来辅助表现。比如，拿着纸卷作梳头状，表示纸卷可以当梳子；拿着纸卷作唱歌状，表示纸卷可以当话筒，等等。等幼儿基本了解游戏规则后，游戏开始。在第一轮游戏中，教师尽量给幼儿留出充裕的思考时间，待幼儿熟练后教师可以根据需要提高难度。比如，让两个幼儿合作做动作来表示纸卷还可以变成什么物品，或请一个幼儿用纸卷和活动室里的一件物品组合，并通过动作来表现纸卷还可以变成什么，等等。

建议：在游戏开始前，教师需要组织幼儿讨论和自身示范，帮助幼儿理解“纸卷可以做什么”和“做动作”的含义。但示范不宜过多，否则会限制幼儿想象的空间。如果教师发现幼儿的思路不够开阔，可以先降低难度。只要幼儿能够做出相应的动作来，就算过关。游戏进行1～2轮后，再提出“每个人的纸卷要做不一样的物品”的要求。

以上游戏除了有振奋精神、集中幼儿注意力等功能外，还有调节幼儿紧张情绪，激活幼儿想象和创造力，增进师幼、同伴亲密关系等功能。当然，游戏的步骤和建议还可作更多的延伸与扩展，教师和幼儿可在特定的情境中发挥创意，灵活运用。

(三)解说与规范

解说的目的在于引起幼儿的兴趣。教师一般可以用音乐、图片、道具或者一个故事引出活动的主题，引导幼儿进入情境。不同年龄的幼儿，他们的认知水平、专注力和理解力有所不同。例如，小班和中班的幼儿戏剧活动的情节应当非常简单，只是简单的角色扮演。而大班的幼儿可以进行复杂一些的创造性戏剧活动。教师一般要与幼儿一同发展故事，经历创作，主要技巧是角色扮演和问答对话的运用。

教师可以用说故事的方法来引导幼儿了解故事内容，用问答法帮助幼儿复习熟悉的故事，用图片帮助幼儿建立角色造型，用角色扮演确定角色的行为。

规范的主要目的在于游戏规则的建立。教师和幼儿在活动前有所约定，在活动开始后有助于活动有序地按照设定目标进行。游戏规则不宜复杂，应当简单易记。当然，规则的解说主要放置于活动开始之前，也可以在戏剧活动中进行及时的交代。

解说与规范内容包括两方面。

第一，界定活动范围。

第二，规范活动常规。主要内容包括以下几点。

活动的要求：包括分组、分派角色、担任工作、确定责任等内容以及音乐、道具等的使用。

行动的交代：如一些口令的约定和铃鼓声的意义。

安全的提醒：在快速的肢体活动中，幼儿情绪激动容易发生冲撞，应根据场地的实际情况进行相应的提醒。

违规处理、拒绝参与的处理：对过分活跃的幼儿进行温和的提醒，对害羞的幼儿进行鼓励。

(四)讨　论

讨论可以让参与者在讨论中沟通意见，达成共识。当大家意见整合后，便可以由小组团体按可行的方案作角色与职责的工作分配，所以讨论的结果是演练基础或大纲。

教师必须留意掌握恰切的讨论时机，讨论一般在问题产生时或需要评论时进行。教师可先行计划讨论的内容要点，或视需要的时机来实施。只要能促使活动深入而更有意义，教师便可暂时中止戏剧活动，予以组织讨论。教师还要根据需要确定讨论的模式，即分组讨论和团体讨论两种。讨论的焦点一般都属全体性的问题。教师应当能够指导有效的讨论，有效的讨论必须适当集中于某一问题上。教师可站在角色立场或角色外的观点进行讨论，视何者较能进入活动的重心而定。

(五)演　练

全体演练多由教师领导，而分组演练则由小组领导者依小组全体的决定与分工进行排练。教师视分组情况分配教室或场地的区域供团体自行演练。演练相当于戏剧的排演，以简短、易于成功为宜。教师可视情况从旁指导，提供一些建议或表示一些看法。

(六)评　论

指各种扮演结束后，师生对活动的感想、建议与评量。评论一般多由教师主持，学生围成圆圈轮流提出个人对戏剧活动的建议与感想，听取他人的经验与教师的观感并答复各项询问。评价的内容必须具有建设性，以避免批评个人的缺点或表现。其重点应置于达到团体目标的做法上。

(七)复　演

是在扮演评论后，经计划、讨论、重组、安排后的再次扮演。一般可进行两到三次不等，以利学生实现更佳的戏剧扮演。

(八)结　论

结论是对戏剧过程作回忆、分享、反馈与意见的整合，参与者能对整个活动做更具综合性的认知、理解与肯定。

作品鉴赏

1.“妙乎”回春

人物：猫大夫(著名的动物医生)

　　　小猫“妙乎”(猫大夫的儿子)

　　　小兔　小牛　小鹅

时间：早晨

场景：“动物医疗站”。一间芭蕉叶盖的房子。墙上挂着写有“妙手回春”锦旗，的椅子像只倒放的灯笼辣椒，病员坐的是扁豆荚形的长凳。床、桌等各有特色。

(幕启时，只见小屋外戴眼镜的猫大夫在打太极拳。远处公鸡叫，一会儿，他侧耳听听屋里，见没有动静，摇摇头，向树林跑去。不一会儿，躺着的小猫“妙乎”翻过身蒙头大睡。猫大夫回来，敲窗。)

猫　妙乎，该起来了！唉！还想当名医呢！

妙　(又翻了一个身)呜——呜——

猫　(进门)妙乎，妙乎，怎么不响啊？

妙　妙——呜！妙——呜！爸爸，您不知道我在背书吗？

猫　背书？我看你连书都不翻，还背什么书？

妙　您在家，我跟您学！您不在家，我才念书！

猫　好了，我没空和你斗嘴。我要出诊了，有谁来了你就记下来。有急事，你打电话来，号码369。(拿起电话拨号，听筒和话筒是苹果形，柄是香蕉形)喂，喂！嗯，没人接电话，一定病得很重，我得赶快去了。

妙　(起床坐到桌边)爸爸，您去好了。有谁来看病，我给看。

猫　你还没学会，好好看书，将来我教你。(匆匆忙忙下)

妙　(边吃东西边翻书)ABC，CBA，看书真想打瞌睡，当个医生谁不会？胡说八道信口开河！哎哟，好累呀！(伏在书上睡着)

(小兔挎着草莓篮上。)

兔　猫大夫！猫大夫！

妙　(抬起头)妙呜妙呜！(开门)喂，你是谁？

兔　我是小兔。猫大夫在吗？我请他看病。

妙　不在家。

兔　您是他的儿子吗？

妙　我不回答你。不过我告诉你，我是大名鼎鼎的妙乎医生。

兔　真的吗？我怎么没听说过？

妙　我才当医生，你当然不知道。不过，有句话你该知道。

兔　什么？

妙　人家赞扬我医术高明，是"妙乎回春"！

兔　好像只有妙手回春……

妙　不对，你记错了，我这儿有书为证。(翻书)翻不着，反正是你错了。

兔　我不跟您争了。妙乎医生，今天猫大夫不在家，请您给我看看好吗？

妙　行，小事一桩，坐下吧。(给小兔按脉，看面色)哎哟不好！你生大病啦！

兔　(吓一跳)什么什么？

妙　你生一种出血病，出血病，危险透了！

兔　(吓坏了)啊！

妙　(拿起镜子)你看，你的眼睛都变红啦！

兔　(松了一口气)我们从小就是红眼睛，我爸爸妈妈，爷爷奶奶，哥哥姐姐，弟弟妹妹……生来就是红眼睛，不是出血。

妙　生来就这样？那就是遗传性的毛病，非看不可。

兔　(糊涂了)那，那猫大夫怎么从来没讲过？

妙　(一本正经)你到底听谁的？

兔　那请您给看看吧。

妙　这是红药水，一天吃三顿，还用它滴眼睛，也是一天三次。(拿一大瓶红药水给小兔)

兔　(不敢接)红药水能吃、能滴眼睛吗？

妙　你不照照你的眼睛，都红成什么样了！坐着马上吃，马上滴！

(兔怀疑地接过，坐着犹豫不决。小牛上。)

妙　还磨蹭什么？谁不知道我"妙乎回春"！

牛　哞——，谁的喉咙这么大呀？

兔　(如获救)小牛快来，妙乎医生让我吃红药水，还要用红药水滴眼睛。我有点儿害怕。

牛　从没听说红药水能吃呀！

妙　妙呜妙呜，你是谁，来这儿大发议论？

牛　哞——，我是小牛，您是医生吗？

妙　我是得过“妙乎回春”锦旗的医生妙乎！

牛　什么！“妙乎回春”？

妙　对。

（小牛反刍，胃里的草回上来，用口嚼着，没有能接话。）

妙　你怎么啦？不作声光努嘴？

牛　（咽下草）哞——，不是刚才我胃里的东西回上来，得嚼一嚼。

妙　（拍拍小牛背）得了，又是一个病号！

牛　怎么啦？

妙　你呀，生了大病啰！

牛　什么病？

妙　吃的东西要回上来，那是胃病；经常回上来，那就是胃癌。

牛　癌？

妙　对，这非我看不可！

牛　我们从小吃东西都要回上来嚼嚼，我爸爸妈妈，爷爷奶奶，哥哥姐姐……

妙　得了，跟小兔一样，遗传的病。你可得开刀才行！要不半路上倒下去，我可不会救啰！

牛　（害怕地）那我怎么办呢？

妙　躺在那床上去，我来磨刀，给你做手术。

（妙乎拿起一把大菜刀，在门槛上磨起来。小鹅上。）

牛　（慢腾腾躺上去）真害怕呀！怎么拿菜刀给我动手术……

兔　（坐立不安地）真害怕呀！红药水吃下去肚子不疼吗？

鹅　（鞠个躬）吭——，请问，谁在里面叫害怕？

妙　（抬起头）是小兔小牛，我给他们治病。喔，你也是来看病的？

鹅　我没生病。

妙　不，很明显，你生了大病。

鹅　（镇静地）什么大病？

妙　脑瘤。脑子里的瘤都长到外面来了！非开刀不可！

鹅　（笑）吭吭吭，我们生来就这样……

妙　那你和他俩一样，得了遗传病。

鹅　（继续笑）吭吭吭，你这样的医生我也会当。

妙　乱讲！我可是得了“妙乎回春”的锦旗的！

鹅　吭吭吭，只有妙手回春，没有“妙乎回春”！

妙　你们三个都一样地读白字！

鹅　（端详着他，灵机一动）好吧，就算你对。（看看发抖的小兔、小牛）不过，我也学过一点儿医，我看你也生了大病。

妙 (有点儿紧张)别骗人！我生了什么病?

鹅 吭——，你生了未老先衰病。

妙 (不明白)怎么讲?

鹅 你小小年纪就衰老得不行了，不医好马上得完蛋。

妙 (更紧张，凑近他)你，你有什么根据?

鹅 自然有。(拿起镜子给他)你自己瞧瞧，瞧你的胡须有多长!

妙 (照着)胡须?这胡须一生下来就……

牛 (疑问地)哞——，那也是遗传病?

妙 啊!我?

鹅 是吧?你爸爸妈妈，爷爷奶奶，姐姐哥哥，弟弟妹妹，生下来都有胡须……

妙 (害怕起来)难道我也是遗传病，那我当不了名医了!妙呜呜呜……(哭起来)

鹅 (推推小兔小牛)有一个办法可以治好。

(这时猫大夫回来了，在门外拄着手杖听。)

妙 只要能救我，用什么办法都行。

鹅 我先问你：小兔和小牛到底得了什么病?

妙 天知道他们生什么病。

兔 你不是说我生了出血病，眼睛都变红了吗?

牛 哞——，不是说我得了胃癌，走不到家半路就会倒下去吗?

妙 我是随便说说。

牛 哞——，随便说说?我差点儿没让你用菜刀宰了!

兔 嘿，我差点儿没把红药水吃掉!

鹅 (笑)吭吭吭，他俩没病，你倒是真有病啊!

妙 (又紧张起来)怎么办?

鹅 小兔小牛帮个忙。(拿出一根细绳，在墙上一个铁环中穿过，一头交给小兔、小牛，另一头拿着)来，“妙乎回春”大夫，把胡须结在这一头，拉它七七四十九次，胡须掉下来就好啦!

妙 不疼吗?

鹅 有一点儿，可是要病好哪。(用绳子扎住他的胡须)

兔、牛 (开心地用力拉)嗨哟，哞——

妙 (怪叫)哎哟!妙——乎!妙乎!妙——乎!……

鹅 (一本正经)一下、两下、三下、四下……

妙 哎哟、哎哟，哎哟哟!(全身跟着绳一上一下)

兔、牛 哈哈，哈哈!

妙 (忍不住)几下啦?

鹅 十三，十四，十五……妙乎大夫，还有二十几下就行啦!

妙 什么大夫不大夫，我连书都没好好看过一本。(把绳子从胡须上取下，抓起电话拨号)369，喂喂!

(猫大夫出现在门口。)

兔、牛 猫大夫好！

妙 爸爸！您可回来了……

猫 我早就在窗外边，瞧你吹得呆头转向的！（搂住小鹅肩）孩子，你今天帮助了妙乎，我谢谢你，也谢谢小兔、小牛！

（小动物们摇头表示不必。）

妙 爸爸，（摸摸胡须羞愧地）我今后一定老老实实学习，不吹牛了！

鹅 到时候啊，我送你一面锦旗，就写上“妙乎回春”四个大字！

（众笑。幕落。）

【点评】

方园，原名方选之，主要作品有长篇童话《蟋蟀国历险记》《圣诞小人历险记》，小说《带剑的康娜》，童话剧《“妙乎”回春》《红房子》等。《“妙乎”回春》是一部独幕童话剧，曾获中国第一届儿童文学园丁奖优秀作品奖。

该剧剧名十分巧妙。“妙乎”本是小猫叫唤的声音，又是日常生活中人们唤猫的叫法，用它作为主角小猫的名字，形象贴切，富于情趣。更有趣的是，剧中小猫是个“别字大王”，把“妙手回春”认作“妙乎回春”正是他不认真学习，又不懂装懂的毛病的合理显现，这又凸显出了角色的主要特征。不止于此，作者巧妙的冲突设置、角色安排、台词设计、舞台布景，使整场剧充满了欢快的儿童情趣。

剧中主角小猫“妙乎”是鼎鼎有名的猫大夫的儿子，他不爱学习，没本领，却不懂装懂，信口胡掰。他把小兔的红眼睛诊断为“出血病”，把小牛的反刍诊断为“胃癌”，把小鹅的肉瘤诊断为“脑瘤”。幸好聪明的小鹅没有被小猫的胡乱诊断所迷惑，反而用小猫看病的方法反推出小猫“未老先衰”，要把小猫的胡子拔掉，把全剧推向了高潮。剧中没有尖锐的对立冲突，展现的主要是小猫“妙乎”不肯老老实实学本领，又要自以为聪明的自身性格心理冲突。这些戏剧冲突从幼儿的日常性格行为和内在心理特点出发设计构思，符合幼儿的审美和欣赏趣味，充满儿童情趣。幼儿在笑声中自然而然地了解了这样的道理：只有认真学习，掌握真本领，才能真正地成为有用的人。

该剧的台词形象生动，口语化突出，富于个性。舞台道具更显匠心。开幕时的场景是芭蕉叶盖的房子、灯笼辣椒形的椅子、豆荚形的长凳、苹果和香蕉拼接成的电话，迅速把小观众带到趣味盎然的童话世界。

童话剧《“妙乎”回春》作为一出适合幼儿欣赏的优秀剧作，还在于它游戏色彩突出。小猫妙乎给小动物看病不就是孩子们平时玩的医生给病人看病的角色游戏么？小兔、小牛、小鹅给小猫拔胡子又类似于“拔萝卜”游戏的玩耍。这种编排，贴近幼儿的游戏生活，浸透着天然纯真的游戏精神。

2. 回声

〔对面是高山，山旁一农家，一个孩子和母亲到这里过暑假。〕

大郎：（五六岁。高高兴兴地跳出来）真高兴，真高兴！妈妈叫干的活儿都干完啦，

这回光剩下玩儿啦。(说着，高高兴兴地、这儿那儿地跑跳着)

大郎：万岁！万岁！

〔山那边响起回声。〕

回声：万岁！万岁！

〔大郎吃了一惊，奇怪地望着。〕

大郎：(自语)哎呀！这是谁呀？(大声地)谁在那儿哪……

〔山那边重复着。〕

回声：……在那儿哪？

大郎：(自语)哎呀！山那边也问啦，(大声地)你是谁呀？

回声：你是谁呀？

大郎：我呀，是大郎！

回声：我呀，是大郎！

大郎：我才是大郎哪！

回声：我才是大郎哪！

大郎：不，你不是大郎。

回声：不，你不是大郎。

大郎：是大郎！

回声：是大郎！

大郎：哎呀！你真讨厌！

回声：哎呀！你真讨厌！

大郎：讨厌！

回声：讨厌！

大郎：去你的！

回声：去你的！

大郎：你！小狗。

回声：你！小狗。

〔妈妈从窗里探出头来。〕

妈妈：大郎！你跟谁那么粗声粗气的……

大郎：(要哭的样子)妈妈！山那边有个坏孩子，净这个那个的学我。

妈妈：那，你跟他说什么啦？

大郎：我跟他说："讨厌！去你的！小狗！"

妈妈：你好好跟他说说试试，他也就跟你好好说啦。可别像刚才那样粗声粗气的啦！啊？

〔妈妈缩回头。〕

大郎：(向山那边)噢依——！

回声：噢依——！

大郎：别生气啦！刚才我不对啦！

回声：别生气啦！刚才我不对啦！

大郎：咱俩做个朋友吧。

回声：咱俩做个朋友吧。

大郎：你来这儿玩吧。

回声：你来这儿玩吧。

大郎：到这儿来！

回声：到这儿来！

大郎：我过不去！

回声：我过不去！

大郎：那！咱们就这样说话吧。

回声：那！咱们就这样说话吧。

大郎：行么？

回声：行么？

大郎：好吧。

回声：好吧。

〔妈妈又从窗口探出头来。〕

妈妈：大郎，吃饭啦，快回来吧。

大郎：唉！（向山那边）我吃饭啦，不说啦！

回声：唉！我吃饭啦，不说啦！

大郎：再见。

回声：再见。

妈妈：大郎快点呀，你还在那磨蹭什么哪！

大郎：妈妈，刚才我照你说的那样，和和气气地跟他说话，那孩子就跟我好啦。

妈妈：嗯，你看是不！你跟人家好好的，人家也跟你和和气气的吧？可得好好记住点。来吧，来吧，快回来吧。

【点评】

坪内逍遥(1859—1935)，日本小说家、戏剧家、文学评论家。

这是一个绝妙的儿童小话剧，取材于现实生活。作者情节构思极其精妙，全剧的情节主要由大郎的叫喊和他的回声组成，可谓简单至极。只是剧作家又按照幼儿的幻想特征，巧妙地将回声拟人化为一个爱学话的调皮孩子，构成了充满幼儿情趣的戏剧矛盾。主人公大郎五六岁，还不明白回声是一种普通的自然现象，把回声误认为是山那边的另一个小孩子的声音。由于“回声”的学话，大郎生气了，于是他粗鲁的叫喊得到粗鲁的回声，双方矛盾激化。后来大郎听从了妈妈的教诲和开导，改变了语气，双方对话变得和气，矛盾冲突趋于缓解。最后，剧作水到渠成地得出礼貌待人的道理：“你跟人家好好的，人家也跟你和和气气的吧?”可以说，该剧剧情的展开、转折和结局都顺理成章，浑然天成，同时富于哲理和诗意。

该剧语言简洁、明白、生动，十足口语化，而且完全符合人物的性格和身份。大郎的语言天真活泼，他粗鲁的语言如“讨厌!”“去你的!”“小狗!”，不仅不影响其形象，反而呈现出幼儿情趣，与大郎的天真、好奇、憨厚的性格相符合。大郎妈妈的语言温柔亲切、循循善诱，显现出一个教育有方的慈母形象。

3. 看瓜

时间：一个春天的早晨

地点：瓜园

人物：小猴、小猪、狐狸

〔幕启。幕后音：瓜园里，一边是小猴家种的甜瓜园，一边是小猪家种的西瓜园。西瓜、甜瓜都成熟了，小猴家和小猪家就在瓜园里合搭一个草棚子一起看瓜。〕

〔音乐声中，小猴欢乐地数着瓜："一个瓜、两个瓜、三个、四个，嘿嘿，可真多呀！"小猪上。〕

小猪　唉！今天晚上妈妈又叫我到瓜园里去看瓜，真烦死了！

小猪　(转身)谁呀？

小猴　(绕到小猪后面)嘻嘻！(又揪了揪小猪的尾巴)

小猪　(发现小猴)小猴呀，别闹了，我还有事哩。

小猴　这么晚了，有什么事呀？

小猪　看瓜。

小猴　(拍手)太好了，我也去看瓜。

小猪　真的？那咱俩一块儿走吧。

小猴　走走走！

〔小猴、小猪走到瓜园。〕

小猪　我家的西瓜越长越大了。

小猴　我家的甜瓜也越长越大了。

小猴　这又甜又香的瓜，可要看好，别让人偷走。

小猪　嗯！我数数，一、二、三、四、五、六、七。

小猴　七、六、五、四、三、二、一。

小猪　小猴，咱们到草棚里去吧。

小猴　好！

〔小猪、小猴进入草棚。〕

小猪　(打哈欠)呵——真想睡觉。

〔小猪躺下。〕

小猴　哎哎哎，别睡别睡，咱们来做游戏吧。

小猪　好吧。

小猴　(念)你拍一，我拍一……

小猪　没意思。(又躺下，打呼噜)

小猴　一躺下就睡着了？(想了想，故意地)有人偷瓜了！有人偷瓜了！

小猪　(爬起)谁偷瓜？谁偷瓜？

小猴　嘻嘻！

小猪 你骗人！

小猴 你睡大觉，谁看瓜呀？

小猪 你看吧。（躺下又睡）

小猴 不行不行！

〔小猴摇摇小猪，小猪翻身又打呼噜。小猴越摇，小猪鼾声越响。〕

小猴 真拿他没办法！哼！你睡，我也要睡。

〔小猴睡下。狐狸上，偷一个西瓜，又偷一个甜瓜，溜下。〕

小猴 嗯，还是不能睡。（爬起，数瓜）一、二、三……咦！刚才是七个，怎么少了一个?!（揪起小猪）起来起来，快起来呀！

小猪 干什么呀？

小猴 我的甜瓜少了一个，是不是你偷的？

小猪 你的甜瓜少了一个，我的西瓜呢？（数瓜）嗯？怎么也少了一个？我的西瓜也少了一个！

小猴 你的西瓜也少了一个？

小猪 一定是你偷我的瓜！

小猴 你偷我的瓜！

小猴 你偷我的！

小猪 你偷我的瓜！

小猴 你偷我的！

〔小猴小猪吵架。狐狸上，乘机又抱去西瓜、甜瓜。〕

小猴 我不跟你好了。

小猪 你不和我一起看瓜，那你到那边去吧！

〔两人拆开草棚，各走各的。〕

小猪、小猴 （坐下喘气，打量）咦？我的瓜怎么又少了一个？这是怎么回事呢？瓜，不是小猴（猪）偷的。

小猴 那是谁偷的呢？

小猪 都怪你没看好！

小猴 都怪你睡大觉。

小猪 怪你，就怪你！

小猴 别吵了，别吵了。（对小猪耳语）咱们躲起来看看就明白了。

小猪 好好好，还是你有办法。

〔小猴、小猪躲在瓜园里，拿着棍子暗中监视。〕

〔狐狸上，见小猴、小猪不在，又偷瓜。〕

小猴、小猪 好啊，原来瓜是你偷的！（打）打死你这坏东西。

〔小猴、小猪追打狐狸，狐狸“哎哟！哎哟！”直叫，绕着瓜棚跑。小猴、小猪追赶不上，分开包围，痛打狐狸。狐狸负伤跑下。〕

小猪 追呀——

小猴 别追了，咱们还得看瓜呀！

小猪　嗯。

小猴　小猪，刚才是我不对，说你偷我的瓜，真对不起。

小猪　我也不对，不该睡大觉，你还跟我好吗?

小猴　好，咱们还是好朋友，一起专心看瓜吧。

小猪　对，专心看瓜。

〔剧终。〕

【点评】

作者杨君荔，泉州刺桐幼儿园园长，常年从事幼儿园木偶戏剧教育课程实践研究。

该剧是专门为中、小班的孩子编创的剧本，由于这一年龄段的孩子注意力不易集中，做事不专心，所以作者以《看瓜》来提醒孩子们，做事不专心会带来不良的后果。该剧适合孩子的心理特征和欣赏水平，在潜移默化中给予孩子教育意义。

全剧角色设置简单，只有小猴、小猪和狐狸三个角色，台词语言简短活泼、通俗易懂，剧情不枝不蔓，冲突简单而富于儿童趣味。它是幼儿园偶戏教育课程的产物，采用布袋偶的形式。依据这个剧本，幼儿能够自己进行演出和二度创作。

思考与探索

1. 创造性戏剧与传统形式的剧场戏剧有何不同?
2. 幼儿喜爱的剧本题材有哪些?
3. 请说出你最喜爱的幼儿戏剧作品，谈谈喜爱它的理由。
4. 试结合创造性戏剧的活动程序，设计一个幼儿创造性戏剧活动的方案。

拓展学习书目

1. David Wood，Janet Grant. 儿童戏剧——写作、改编、导演及表演手册. 陈晞如译. 台北：华腾文化股份有限公司，2009.
2. 曹瑟宜. 幼儿戏剧. 台北：启英文化事业有限公司，2005.
3. 李莹，肖育林主编. 学前儿童文学. 上海：复旦大学出版社，2006.
4. 林文宝，徐守涛等. 儿童文学. 台北：五南图书出版股份有限公司，1996.
5. 张晓华. 创作性戏剧教学原理与实作. 上海：上海书店出版社，2011.

第十二章

婴幼儿影视

学习目标

1. 了解婴幼儿影视及其文学形式的概念；

2. 熟悉婴幼儿影视文学的审美特征及其影视的特点；

3. 了解动画片的发展历程及其分类；

4. 对动画片在早教及幼教中利弊有清楚的认知，并能充分运用动画片的优势开展婴幼儿的文学学习活动。

第一节　婴幼儿影视概说

一、婴幼儿影视及其文学的界定

婴幼儿影视，顾名思义就是专为1—6岁婴幼儿创作的影视作品。婴幼儿影视从剧本的编写到拍摄成型，都必须以满足婴幼儿的欣赏需求为宗旨。在图文时代日益先进的今天，婴幼儿影视以其动态的画面、丰富的音响和便捷的传播形式深受婴幼儿们的喜爱，并进而影响和改变着他们的早期阅读习惯。这也就是所谓的“动态图像阅读”。①

电影和电视虽然摄制的方法不同，但电影和电视在剧本的写作方式上却很相似，两者统一称为“影视文学”。婴幼儿影视文学是专为婴幼儿影视的拍摄而编写的文字脚本。它必须以婴幼儿的独特视听性思维为创作的出发点，只有这样，婴幼儿影视才可以将静态的文字表达转换为动态的银幕或屏幕表达。因此，婴幼儿影视文学既是影视

---

① 陈世明．图像时代的早期阅读．上海：复旦大学出版社，2008：162—163.

拍摄的基础，也是导演再创造的依据。

二、婴幼儿影视文学的审美特征

作为影视艺术和婴幼儿文学的交融产物，婴幼儿影视文学包含了两层内涵：其一，它必须是服务婴幼儿的；其二，它必须是符合影视的。所以，婴幼儿影视文学具有不同于其他婴幼儿文学的四个基本特点。

(一)视觉性

视觉性，也称造型性、动作性。影视是视觉的艺术，极富造型表现力；而影视文学是实现视觉艺术的文字脚本，因此影视文学兼有影视与文学的双重特性。影视文学需要冲破传统文学叙事的方式，靠具有视觉性的人物形象塑造和造型性的画面创作，把一个动态的真实世界的情景呈现在欣赏者的面前，创造出一种以影视的独特视听思维来构思和写作的崭新文学形式。这就是所谓的文字“视觉性”。婴幼儿影视文学尤其强调视觉性效果，因为婴幼儿的思维发展就是从具象开始的。例如，经典国产动画片《三个和尚》的剧本片段。

过了一天，长和尚又去挑水。他刚出庙门，转念一想：“净是我挑，他倒舒服。”便回头招呼小和尚，要小和尚和他一起去挑水。

下山去挑水，因为水桶空空，长和尚和小和尚毫不费力就来到了山脚下。可要把灌满的水桶挑上山去，两人的动作就不对劲了：若是长和尚走在前面，小和尚走在后边，水桶便沿着扁担往低处滑，水的分量全压在小和尚肩上，小和尚累得走不动；若是长和尚走在后面，小和尚走在前边，长和尚得弯腰屈背才能勉强挑起担子，结果长和尚也累得走不动。就这样，两人换来换去，山还没爬到一半，水桶里的水已洒了不少。小和尚想出了一个办法。他摸出一把木尺，在扁担的中间划了一道杠子，把桶绳挂在中间，这样谁也不吃亏。可如此一来，挑水上山就成了两人玩技巧的杂耍，你推我挡，你摇我摆，结果到了山顶，两个人辛辛苦苦抬来的一桶水，还不及一个人挑得多。

这样一段动作性很强的文字营造了非常强烈的视觉效果，通过“转念一想”“沿着扁担往低处滑”“弯腰屈背”“摸出一把木尺”“划了一道杠子”“你推我挡”等细节描写，把两个和尚抬水的复杂心理绘声绘色地表现了出来，让人拍案叫绝。

幼儿心理学研究表明：凡是儿童感兴趣的、印象鲜明强烈的事物，他们就容易记住。也就是说，符合儿童兴趣需要的、能激起强烈情绪体验的事物，记忆效果较好；直观、具体、生动、形象和鲜明的事物，记忆效果较好。所以，婴幼儿影视语言要获得幼龄孩子的理解，一定得用形象生动的语言来叙述故事。例如，《巧虎乐智小天地·宝宝版》的《大象歌》：

大象大象真有趣，大象大象真有趣。大大的耳朵，扇呀扇，扇呀扇。长长的鼻子，甩呀甩，甩呀甩。大象大象真有趣。(重复一次)

这段歌词把大象突出的形体特征描述出来，加上明快的音乐、重复的节奏和配合的肢体动作，非常适合低幼龄孩子的理解与感知。

视觉性是婴幼儿影视文学的基本属性。只有按照婴幼儿视觉的特点，运用形象、具体且富于造型的语言来塑造婴幼儿喜闻乐见的形象，才能真正引起婴幼儿的注意，激发他们观看的兴趣。

(二)单纯性

婴幼儿处于生理发展期，他们的大脑容易疲劳、自控能力弱和注意力容易分散的心理特点，决定了婴幼儿影视的放映时间不能冗长。通常，电影的放映不超过60分钟；而电视剧单部剧集的播放也以20—30分钟为宜，有的甚至可以控制在15分钟以内，给3岁以下儿童看的美术片则更短。基于视觉时间的短暂，影视脚本的字数也最好控制在2万—5万字，并且脚本中的人物、时间、事件、场景和情节必须单纯而明确。这样，婴幼儿在欣赏影视时能很快地进入情境并迅速理解影视所表达的内容。

婴幼儿影视文学的单纯性主要体现在情节方面。情节是影视文学的重要构成元素，婴幼儿影视对情节的单纯性要求比较高。具体表现在：影视情节的推进不能有太大的曲折起伏，单线发展，节奏简单且明快。

例如，美国儿童电影《淘气的阿丹》的情节线索十分单纯，以阿丹被托管在邻居韦佐治先生家为事件的开端，串出了阿丹的奇遇。四岁的阿丹终日在家无所事事，隔壁韦佐治夫妇是他最喜欢捉弄的对象。一天，阿丹的父母均需外出办事，阿丹被托管在韦佐治夫妇家。正如观众所预料的那样，阿丹淘气的花样层出不穷，韦氏夫妇被捉弄得焦头烂额。当阿丹搅乱了韦家精心准备的社区午餐会后，忍无可忍的韦佐治先生终于大发脾气责骂了阿丹。挨骂的阿丹深夜趁韦氏夫妇熟睡后，骑着心爱的拉拉罐小三轮出走了。与此同时，两个小偷潜入韦家把韦佐治先生的金币偷走了。巧合的是，小偷与阿丹在半路相遇了。小偷绑架了阿丹，而阿丹反施妙计把小偷捆起，并用淘气的手段惩罚了小偷。清晨，闻声赶来的警察、阿丹的父母与韦氏夫妇将小英雄阿丹接回了家。整部电影剧情单纯却富有生活的情趣，将幼儿的天真淘气用喜剧的形式表现出来，很得小观众的欢心。同时，情节又并非平铺直叙，而是设置了不少悬念：阿丹在韦家会怎样淘气呢？韦家的社区午餐会能成功举办吗？阿丹出走会遇到危险吗？年幼的阿丹怎样跟两个小偷周旋？在诸多悬念的引导下，作品一波三折，紧紧扣住了小观众的心弦。

情节单纯性除了线索单纯，还需要节奏紧凑和集中。婴幼儿孩子的专注时间短暂，所以婴幼儿影视文学并不适合像成人影视文学一样在开头作大段的铺陈与描写，或用倒叙、插叙的笔法极尽能事地描写人物复杂的关系和事件的曲折。婴幼儿影视必须讲求“快”，这个“快”主要是指叙事节奏要“快”，即在简洁交代完背景和角色关系之后，迅速推出冲突或高潮，从而充分调动孩子们的欣赏积极性。例如，美国动画《绿野仙踪》(1939)剧本的开头：

外　堪萨斯州小木屋外　夜

桃乐丝坐在小木屋的木阶梯上抬头仰望着星空，托托趴在旁边睡觉。皎洁的月光，漫天的星星，不时会有流星划过。桃乐丝在小木屋的门前等待着埃姆婶婶和唐马大叔做工回家。

桃乐丝：早上埃姆婶婶说今天会晚点儿回家，她要把东区的牧场工作全部打理好，因为唐马叔叔昨天晚上把天气预报的消息告诉了她，说今天晚上会有龙卷风出现。可这么明朗的夜空怎么会有龙卷风出现呢？

突然，一只黑影从他们身边跑过闯进小木屋内。托托似乎已经察觉到了，朝着黑影追了上去。桃乐丝也站了起来跑进屋内。

这段文字对背景与人物关系的交代写得简洁明确。在营造出温馨安宁的氛围之后情节马上发生突转，很能将孩子们的好奇心调动起来，从而进入下一情节的欣赏。

(三)趣味性

婴幼儿影视作为视听艺术，娱乐是必要的。而要娱乐婴幼儿，就一定得富有趣味性。无论是短小的动画片还是较长的故事片，婴幼儿影视的内容都必须讲究“趣”。这个“趣”绝不是靠单纯的扮鬼脸和讲无聊的笑话来实现，它是幽默和巧智的结晶，是精心提炼的童趣。正因为如此，婴幼儿影视文学需要在情节设计上花费心思，充分运用机智、夸张、幽默、倒错、误会、揶揄等手段使作品产生惊奇睿智、格调明快、轻松幽默的效果。国产经典动画片《没头脑和不高兴》(1962)就是这样一部作品。动画片讲述了两个孩子的故事，这两个孩子一个叫“没头脑”，一个叫“不高兴”。“没头脑”做起事来丢三落四，总要出些差错。“不高兴”总是别别扭扭，你要他往东，他偏往西。影片中有个情节：变成了大人的“没头脑”设计了一座九百九十九层的少年宫，结果粗心大意，把底层的喷水池设计到了天花板上，成了喷雨池；又忘记给大楼设计电梯，小朋友们要去顶楼剧院看戏的话，得带上铺盖卷和干粮，爬一个月的楼梯才能到剧场……该片把儿童常犯的缺点夸张到了一个极致，短短两分钟的幽默讽刺，让小朋友们在笑声中得到了深刻的启发。

婴幼儿影视的趣味性还可体现在角色的造型上。婴幼儿影视的角色造型通常可用“可爱”两字来概括。这里所说的“可爱”，主要是指角色的造型夸张。也就是说，影视可以运用丰富的想象力，在客观现实的基础上有目的地放大或缩小角色的特征，以增强表达效果。造型夸张可以体现为性格方面的夸张，比如唐老鸭的急躁滑稽、大雄的自作聪明、樱桃小丸子的傻里傻气、鼹鼠的天真稚气等。造型夸张也可以体现为表情的夸张，喜、怒、哀、乐等情绪的表达就可以用夸张的形式来处理，比如高兴得哈哈大笑，嘴巴可以放大到极致；尴尬时可以在后脑勺出现一滴汗或是眉际出现“川”；流泪时眼泪可以呈喷射状或涌泉状等。造型夸张还可以体现为外形上的夸张，比如矮胖浑圆(哆啦A梦)、稚拙柔软(花园宝宝)、肌肉灵活(功夫熊猫)、鲜艳小巧(小丑鱼尼莫)等。外观可爱的角色为婴幼儿影视的趣味性创造了语境，也让小朋友为之着迷。

(四)幻想性

幻想性是婴幼儿影视文学区别于成人影视文学的一个重要特征。幻想植根于生活，往往又对生活作夸张的叙述和描绘而达到一种升华的境界，幻想中的事物比真实状态下的更活跃，更富有色彩。幻想是婴幼儿影视文学的魅力所在，有了幻想，婴幼儿影视文学就能引起婴幼儿的惊奇感与兴奋感。因此，一方面，婴幼儿影视文学可以利用具有幻想性的文学作品作为创作的底本，诸如童话、民间传说、科幻故事、魔幻小说等，以熟悉事物唤起孩子们的情感共鸣，像《灰姑娘》《夏洛的网》《大闹天宫》《龙子太郎》《霹雳贝贝》《爱丽丝梦游仙境》《哈利·波特》等都是成功的案例；另一方面，婴幼儿影视文学可以运用影视的技巧来表现幻想，如《小龙人》《金银岛》《龙猫》《海底总动员》等。现代科技手段的运用让婴幼儿影视的幻想性呈现得更加完美与巧妙，大大提升了婴幼儿影视的欣赏价值。

无论用哪种方式来完成幻想的表达，婴幼儿影视文学都需要考虑到婴幼儿接受的尺度，都需要给予婴幼儿合理的背景解释。幻想的基础是“假定”，在假定的情境中才能顺理成章地出现令人惊异和新奇的事件。电影《爱丽丝梦游仙境》就是巧妙运用了“兔子洞”这样一个连接现实与幻境的桥梁，构建了一个“现实—幻境”的二元世界。在进入兔子洞之前，爱丽丝是个纯真少女，她的身份、行为和生活环境都是真实的。但在进入了这个兔子洞以后，爱丽丝的所见所闻都呈现出奇幻的特性。这些奇幻的事物在现实世界中不可能发生，但在幻境中却是真实的。婴幼儿影视的幻想性让影视内容虽然不直接描绘现实生活本身，却借助幻想去塑造不存在于现实之中却又具有现实意义的形象，间接地反映生活，从而具有与童话类似的特质，引起孩子们的情感共鸣。近几年流行的魔幻类电影及文学作品，都是以这样的幻想特征而深受儿童的喜爱。

三、婴幼儿影视的特点

婴幼儿影视文学是语言的艺术，但是要转换为视觉的艺术，就需要导演、演员、摄影、美工、音乐、剪辑等多方面的合作，才能最终呈现于银屏。其间涉及许多影视制作的技巧问题，诸如蒙太奇、音乐和音响、光影与色彩、服装与道具等。但是，由于婴幼儿影视面对的是 1—6 岁婴幼儿，所以它又有着不同于其他影视的特点。

(一)节　奏

婴幼儿影视的叙事节奏要求“快”。这个“快”表现在两个方面：第一，“开门见山”的开头。影视艺术中冗长的镜头描写及大段的旁白并不适合婴幼儿的欣赏习惯。所以，婴幼儿影视在开头就要简明扼要地交代清楚时间、地点、人物，让孩子们在短时间内就能明白这个故事发生的背景及人物关系。第二，快速进入冲突。婴幼儿影视的高潮部分也就是冲突的部分，必须要在较短的时间内展示在孩子们的面前，激起孩子们观看的热情。当然对于早教的影视，冲突可能显得不那么重要，但全片的叙事也必须以明快生动的节奏来吸引孩子们的注意，这样才能让婴幼儿有兴趣看下去。譬如，早教动画片《花园宝宝》第 14 集“唔西·迪西爱亲吻”：唔西·迪西坐着叮叮车逛游花园，想亲遍花园里所有的东西——大树、野草、鲜花，甚至路过的比古·依古。正当唔西·迪西亲得高兴的时候，叮叮车突然不走了。原来，叮叮车也想让唔西·迪西亲一下。当唔西·迪西亲了叮叮车以后，叮叮车又开始快乐前进了。“叮叮车不走了”的冲突短暂但是清晰，很容易引起宝宝们的注意。

(二)情　节

婴幼儿影视的情节设置要求“单纯”，这一点与婴幼儿影视文学单纯性特点相对应。首先，影视呈现的线索不能多而杂，一般以单条线索为主，按起因→发展→高潮→结局来直陈叙述；其次，人物的塑造不能过于复杂，不宜过多地对人物内心世界进行静态渲染和表现，而是通过人物的动作和个性化的语言去刻画人物；最后，人物的对话不能过于繁复，不能设计过多的潜台词，而是要简洁明了，精彩传神。当然，婴幼儿影视的情节讲究单纯却不能平淡，它需要运用动作性的叙述语言和表现方法来勾画出新奇有趣的情节。只有这样，才能让情节、人物和故事构成有机的整体，使得影视情节单纯而不单薄。例如，伊朗电影《谁能带我回家》讲的是一年级的小女孩米娜因为放学了妈妈没有来接她，只好自己坐车从学校回家这件简单的事。故事线索单纯，没有绚丽的镜头，没有高水平的摄影技术，甚至在很多时候，镜头只是定格在拥堵的公共汽车上。但由于导演的精心设计，影片形成了“戏中戏”的独特美感，将现实与虚构结合起来，成功地化平淡为神奇。影片也因此得到了许多殊荣。

(三)情　感

婴幼儿喜爱轻松愉悦的情感氛围，并且在认知上很喜欢用“好”和“坏”来区分对象。所以，婴幼儿影视的叙事情感也需要符合婴幼儿的审美需求，以大团圆的形式来结尾，并艺术化地处理“坏”，使影视作品呈现出一种和谐圆满的情感基调。例如，《小蝌蚪找妈妈》(1960)里一群稚嫩的蝌蚪宝宝为了找到妈妈，依次遇见了虾公公、金鱼、螃蟹、乌龟和鲶鱼，虽然其间颇费曲折，但最终还是找到了青蛙妈妈。这部动画片的成功除了得益于“水墨画”营创出的意境优美、气韵生动的画面，还有就是情节的处理很符合幼儿的欣赏习惯——大团圆的结尾与有惊无险的情节处理。一是青蛙妈妈在去找回蝌蚪宝宝的路上不小心被水草绊住了脚，螃蟹正好路过救了急；二是蝌蚪宝宝吵醒了正在午睡的大鲶鱼，大鲶鱼生气地向蝌蚪宝宝张牙舞爪，这时青蛙妈妈正好赶到，斥退了大鲶鱼。两个细节有惊无险，特别是凶猛的大鲶鱼，形象设计得虽然张狂却没有血腥气，气场做足，制造出紧张的效果。

婴幼儿影视是叙事的艺术，它从故事的结构创设到人物形象的塑造、人物语言的应用、影视画面的风格呈现，都为影视文学的视听转化而服务。由于婴幼儿影视的叙事元素渗透着婴幼儿的情感与审美品位，所以它具有不同于成人影视的独特艺术魅力。

四、婴幼儿影视的分类

婴幼儿影视由于主要是面对1—6岁的婴幼儿，受到观众年龄特殊性的影响，一般以动画片和幼儿故事片为主，内容可以贯穿生活、科学、艺术、人文等各个方面。

(一)动画片

动画片种类丰富。从动画制作技术分类，可分为手绘为主的传统动画、定格动画和电脑动画；从动画的创作角度分类，可分为商业动画和实验动画；从动作的表现形式分类，可分为接近自然动作的完善动画(动画电视)和采用简化、夸张的局限动画(幻灯片动画)；从空间的视觉效果分类，又可分为二维动画和三维动画；从播放效果分类，可以分为顺序动画(连续动作)和交互式动画(反复动作)；从每秒播放的幅数来分类，有全动画/逐帧动画(每秒24帧)和半动画(少于24帧)；从播放的类型来分类，可分为动画电影、电视动画、短片动画和OVA动画。

不同种类的动画片，画面的制作也各有讲究。最常见的是手绘在纸张或赛璐珞片上，其他还有黏土、模型、木偶、沙画和水墨画等。由于电脑科技的进步，现在有许多利用动画软件直接在电脑上制作出来的动画，或者是在动画制作过程中使用电脑进行加工的方式。由于动画片不需要真人实景来拍摄，所以它能广泛地选择题材，多样地反映生活和情感，再加上丰富多彩的制作形式，动画片受到了婴幼儿甚至成人的喜爱。

（二）婴幼儿故事片

婴幼儿故事片是儿童故事片的一个分支。它主要表现婴幼儿的生活，并且具有一般故事片的基本特征，即演员、情节、影视技术。同时，它还要符合婴幼儿的欣赏习惯，放映的时间不能过长，并且要与婴幼儿的艺术情趣、接受能力相适应，从而有利于婴幼儿的健康成长。婴幼儿故事片根据内容的不同，可分为喜剧片、生活片、童话片、惊险片、科幻片和魔幻片等，各有不同的屏幕呈现。

喜剧片侧重于喜剧的效果表达，讲究精巧的喜剧构思，将生活中的笑点转换为艺术的夸张，对婴幼儿身上的缺点进行善意的嘲讽，褒扬真善美，在笑声中娱乐和教育婴幼儿，如美国的《淘气的阿丹》、日本的《哆啦 A 梦》等。

惊险片是表现儿童在异常情况下经历各种现实或虚构的险情的故事片。它虽然情节紧张、悬念迭出，但是小主人公总能化险为夷，安然得胜，如美国的《小鬼当家》系列、《小飞侠》等。

生活片是以表现儿童的日常生活为主的故事片，它取材于现实，却又进行了艺术的加工，如伊朗的《白气球》、英国的《天线宝宝》等。

童话片是借助童话的思维来反映生活、娱乐儿童并给儿童以启发和教育的故事片。它侧重于幻想，所以剧中的小主人公除现实的人以外，还有大量具有超人体或拟人体的形象，如日本的《龙猫》、中国的《霹雳贝贝》等。

科幻片是以幻想的形式对未来世界和生活做出展望的故事片。它并不同于一般的科学教育片或纪录片，不重在普及科学知识，而是在现代科学概念下借助幻想的形式来讲述故事，如美国的《小王子》《博物馆奇妙夜》等。

魔幻片主要是围绕魔法、精灵和神巫等元素来展开故事。受近几年流行的魔幻小说的影响，魔幻片也逐渐成为全球风靡的影视类型。魔幻片立足于现实，但展示的却是变形的现实，并加入了神奇的内容。魔幻片主要是根据魔幻小说改编成影视。例如，《查理和巧克力工厂》改编自罗尔德·达尔的同名小说，《哈利·波特》改编自 J. K. 罗琳的同名作品，《纳尼亚传奇》改编自 C. S. 刘易斯的同名小说等。

在图像时代日益发达的今天，传统的文字阅读面临着巨大的挑战。婴幼儿影视与婴幼儿图画书迅速崛起，成为图像时代的儿童了解周围世界的主要方式。相较于传统的图书形式，影视具有信息量大、内容多样、传播范围广、传播速度快等优势。所以，从积极的方面讲，生动活泼的影视艺术很有利于婴幼儿拓展视野、增长知识，成为他们了解世界的“第二课堂”；而制作精良的婴幼儿影视作品，譬如反映婴幼儿生活的故事片和优秀的动画片，都能让婴幼儿在获得精神享受的同时培养起优秀的道德品质。当然，我们也必须注意影视存在的消极影响。影视虽然是孩子们接触社会、了解世界的一种方式，但如果让孩子们长期接触影视，不但会严重影响婴幼儿视力的发育，还会阻碍其阅读能力与思维能力的发展。同时，学前期婴幼儿受年龄特殊性的影响，在审美心理与欣赏习惯上也区别于成人。婴幼儿对影视中的暴力及色情等不良内容缺乏分辨是非的能力，而热爱模仿的天性让他们很容易受到误导。现在很多家长把孩子推给“电视机保姆”，这是非常不益于孩子身心健康发展及亲子关系和谐融洽的做法。所以，如何合理地运用影视为孩子的能力发展服务，是值得每一位家长及幼儿教育者深入思考的。

影视媒介在现代社会的大量普及宣告了图像时代的到来。无处不在的图像以它独特的形式，悄然而迅速地改变着人们的生活，影响着孩子们的成长及欣赏习惯。我们在认真考虑如何正确处理孩子与影视之间的关系的同时，还要考虑如何供给婴幼儿优质的影视节目以满足他们身心健康发展的需求。

第二节　动画片

受到年龄阶段的限制，婴幼儿的生理与心理发育还不成熟，注意力集中时间短暂，所以声像并茂、活泼短小的动画片最符合婴幼儿的欣赏兴趣并且最能获得他们的喜爱。无论是早教还是幼教的影视欣赏，动画片常常是首选。

一、动画的定义

“动画”一词起源于日本。在 20 世纪三四十年代，日本把用线条描绘的漫画式作品称为“动画”，20 世纪 50 年代以后，日本则用“动画”来总称包含偶动画、线绘动画等技巧制作出来的影视作品。近几年来，随着计算机技术的开发和运用，“动画”泛称所有不同制作类型的动画影片形态。英文“cartoon”(卡通)时常替代“动画”一词的使用，但实际上“cartoon”比“动画”的概念要狭窄得多。英文“cartoon”(卡通)主要是指采用赛璐珞或纸张绘图上色的传统动画，它强调夸张且简化的作品手法，属于“动画”家族的一位成员。中国早期称动画片为“美术片”，现在也常遵照国际惯例称其为“动画片”。

二、动画的分类

在婴幼儿影视里，动画片是主要表现形式。它通常是由许多帧静止而细节有微部变化的画面以一定的速度(每秒 16 帧或 24 帧)连续播放，由此人的肉眼因视觉残像产生画面活动错觉的作品。动画的分类因为标准不同而类别不同，但大体上都是依据制作技术和播放形式的不同来区分的。

(一)从制作技术上分类

从制作技术上，动画片大致可分为传统动画、定格动画和电脑动画三种。

1. 传统动画(traditional animation)

19 世纪至 20 世纪的大部分影视动画都是以传统动画的形式出现。它主要是以手工绘图在纸板或赛璐珞片上而制成的动画。所以它也被称为“经典动画”“赛璐珞动画”或者“手绘动画”。

(1)动作动画(full animation)。指精准而逼真地表现出各个动作的动画。全动作动画对动作、色彩和画面细节有着非常高的要求，它的每张画面制作要非常精确且不断地重复绘制背景，所以在早期赛璐珞技术还不成熟的时候，全动画制作非常费时费力，不过质量也很是过硬。迪士尼很多早期的动画作品都可作为动作动画的代表，如《米老鼠和唐老鸭》早期系列剧集。

(2)有限动画(limited animation)。有限动画也称限制动画，是一种有别于全动画的动画制作和表现形式。它较少追求细节和大量准确真实的动作，画风简洁，并加强卡通式的风格化，强调关键的动作，配上一些特殊的音效来吸引观众注意。有限动画开创了新的动画艺术表现形式。虽然它在制作上相对粗糙，但便于大规模制作，并将表现中心从画面移到讲故事上。该方法减少了动画原画张数，动画虽不够细腻，但强调以出色的故事情节来吸引读者，所以非常适合于制作电视动画。有限动画系列的代表公司是美国联合制片公司，代表作是《猫和老鼠》。

(3)转描机技术动画(rotoscoping animation)。转描机是马克思·弗雷克发明的一项技术。它用描红的方法把记录真人活动的胶片再现在透光纸或赛璐珞片上，从而省时省力地获得精准的动作。这个技术被广泛运用在早期的动画制作中，万氏兄弟制作的《铁扇公主》就用到过这种技术。

2. 定格动画(stop motion)

定格动画是运用摄影技术逐格拍摄现实的物品，然后再把单格的图像连接放映以形成动画，因此又称为“静格动画”或是“静止动画”。定格动画强调实物拍摄，所以必须不断地调整实物的拍摄状态，从而使得这些摄影画面在最后的连接放映时可以合理地呈现出连续性的动作。同时，因为是实物拍摄，定格动画有别于传统动画和电脑动画，具有非常真实的材质感。不过，单格摄影连接成像的制作方式，也让定格动画在画面的流畅性上稍有不足，而这也无形中成就了定格动画的特色。

根据物品使用的材质不同，定格动画可以分为直接绘制动画、黏土动画、木偶动画、模型动画、剪纸动画、图像动画、实体动画、真人动画、沙动画等。

(1)直接绘制动画(direct manipulation animation)。直接绘制动画在制作上采用边画边拍摄记录下的方式，主要表现为一个画面(或者是一个动作)绘制出来的过程。在这个过程中，因为没有绘画者出现在影像中，所以这个画面(或是动作)就好像是自己画出来的一样。直接绘制动画可以说是最早期的一种动画形式，代表作品有布雷克顿(J. Stuart Blackton)的《滑稽脸的幽默相》(1906)。这部作品就是用粉笔在黑板上绘图并拍摄而成的。它一开场是画家的才艺表演，接下来是活动起来的画，并使用了“剪纸”的手法，将人形的身躯和手臂分开处理，以节省逐格重画的工夫。

(2)黏土动画(clay animation)。这种类型的动画一般是利用黏土、橡皮泥等可塑性强的材料进行变化操作来达到动画效果。在材料中加上铁丝骨架，以便角色做出不同的造型姿势。黏土和橡皮泥质感柔软，用它们拍摄的定格动画画面纯朴稚拙，很受婴幼儿的喜爱，如阿德曼公司的《酷狗宝贝》。

(3)木偶动画(puppet animation)。顾名思义，木偶动画是使用木偶为拍摄主体而制作的定格动画。制作者可以在木偶内部设置能够调整动作的关节或支架，还可以用不同的模型替换部位来表现动画中的动作，比如将一张生气的脸替换成一张大笑的脸，然后再拍摄。木偶动画源于木偶戏，极容易为婴幼儿所接受。例如，上海美术电影制片厂的《神笔马良》(1957)就是木偶动画中的经典之作。

上海美术电影制片厂于1960年还拍摄了中国第一部折纸动画电影《聪明的鸭子》，其布景与材料全是用纸制作，连主角都是纸折做成的偶。该片的构思得益于传统的皮影戏、木偶戏和少儿手工折纸，在精彩的折纸艺术形式辅助下，把一个生动有趣的故事完美地展示了出来。时至今日，这部动画片仍具有经典的魅力。

(4)模型动画(model animation)。用无生命的物体通过动画模拟成现实世界中真人无法饰演的角色(诸如巨大的怪物或拟人化的物品)，使其产生不同的表情和动态的定格动画。模型动画里的角色的表现较为生动有变化，配合摄影技巧和特效，也能与真人进行互动。英国电视动画作品《托马斯和他的朋友们》里的角色就使用了这种动画技术。在最初的剧集里，除了车辆以外，其他的人或动物几乎都是静态的，并且每一集都由专人进行旁白叙事。

(5)实体动画(object animation)。实体动画是使用积木、玩具、娃娃等不可塑形的、固态的物品来制作的定格动画。实物动画在形象上通常不带有明显的人物或者是动物的特征，因此它不同于木偶动画或是模型动画这两种经常使用带明显角色特征的定格动画。实体动画由于制作便捷粗犷，所以常混合在其他类型的定格动画中，同时它也是早期的动画制作的主要形式之一。现在的《变形金刚》系列里的汽车人，就是用实体动画的效果做成的。《乐高积木拼装动画》也是属于实体动画。

(6)剪纸动画(cutout animation)。剪纸动画通常是用纸张作为材质，绘制好图样后剪下，加以装饰或镂空，并设置好活动的关节进行制作的定格动画，在视觉上表现为二维平面。剪纸动画的效果与皮影戏相似，所以也很受婴幼儿的青睐，如中国早期动画《猪八戒吃西瓜》《渔童》《济公斗蟋蟀》等经典剪纸动画作品。上海美术电影制作厂在剪纸艺术的基础上又研制出剪纸“拉毛”新工艺，拍出了水墨风格的剪纸片《鹬蚌相争》。该片荣获第十三届柏林国际短片电影节银熊奖、南斯拉夫第六届萨格勒布国际动画电影节特别奖、加拿大多伦多国际动画电影节特别奖和文化部1984年度优秀美术片奖。

此外，还有轮廓剪影动画(silhouette animation)。这种动画也借助了剪纸艺术的技巧，在影像上表现为背光并且只能看到黑色的轮廓剪影。作品的影像往往前景颜色较深，背景较浅。比较著名的作品有法国的《王子与公主》(2000)，它由六个充满诗意和幽默的寓言组成，颇有中国剪影的美学意蕴。

(7)图像动画(graphic animation)。图像动画是使用非绘画类型的平面图像制作的定格动画。材质可以是报纸、杂志上的各种图画、照片、剪报等。这种类型的动画经常被混合到其他的动画或者是电影中。在制作动画时，可以用拍摄一帧帧变化的图像来制作运动效果，也可以保持图像不动而移动摄像机来制作屏幕上的运动效果。这种类型的动画和传统动画以及纸绘动画在概念上有很大的联系，但在技术上仍然属于定格动画。例如，美国知名图画书作家艾瑞克·卡尔的作品《好饿好饿的毛毛虫》不但以染色的纸进行拼贴，而且还被以这种方式拍摄了同名的动画视频。

(8)真人电影动画(pixilation)。使用人作为动画角色，以逐格拍摄的方式，制造出类似机械动作节奏的一种定格动画。这种动画经常会配上一些无生命的物体，以达到一些超现实主义风格的效果。例如，人物突然消失或者出现在画面中，或者是使人看起来像是在路上滑行。早期的实验性电影中经常可以看到这种类型的动画。加拿大的诺曼·麦克来恩(Norman McLaren)早期制作的动画《邻居》(1952)、《椅子》(1957)以及他在加拿大电影局(NFBC)的部分实验短片就属于这种类型。后来迪士尼又进一步提高动画制作技术，推出了一系列优秀的真人电影动画，如《加菲猫》《蓝精灵》等。

3. 电脑动画

电脑动画是目前动画的主流，是借助计算机来完成制作的动画形式。电脑动画的原理与传统动画相似，但更加精确和便捷，只要给出适当的数据，电脑便会自动根据运算推出接下来的画面，实现无间断的流畅动作。计算机动画大致可分为二维动画和三维动画两种。

(1)二维动画(2D 动画)。二维动画是以平面绘画为主的动画方式。它在前期制作时通常将手绘好的稿本扫描至计算机，或者用数写板以点阵图或向量图的形式直接绘制作在计算机上(考虑到成本，大部分二维动画公司采用铅笔手绘)，随后用计算机对作品进行上色。上色过程借助了许多传统动画的制作技术，比如渐变、变形、洋葱皮技术、转描机等。至于特效、音效、渲染等后期制作，则几乎完全使用计算机来完成。所以，二维电影动画相较于之前的传统动画，在影像效果上有巨大的改进，制作时间上却大大缩短。迪士尼 20 世纪 90 年代开始使用计算机制作二维动画，并且把以前的作品重新用电脑进行了上色。近几年来的 Flash 动画就是 Adobe 公司推出的二维向量图形动画，代表作有国产动画片《喜羊羊与灰太狼》。

(2)三维动画(3D 动画)。三维动画利用电脑构图提供三维数字空间，建出合乎透视原理的立体模型，使之做出合乎物理原则动作的动态图形。三维动画主要的制作技术有建模、渲染、灯光阴影、纹理材质、动力学、粒子效果(部分 2D 软件也可以实现)、布料效果、毛发效果等。它通过计算机来实现各种不同的最终影像效果，包括逼真的图片效果以及二维动画的手绘效果，所以三维动画几乎完全依赖于电脑的运算能力。著名的 3D 动画工作室包括皮克斯、蓝天工作室、梦工厂等，代表作有《功夫熊猫》。

(二)从播放形式上分类

动画作品从播放形式上可以分为电影动画、电视动画、光盘动画三类，具体说明如下。

1. 动画电影

随着儿童影视市场的开拓，现在国内有很多的院线大量放映动画电影。国内早期的《小蝌蚪找妈妈》《大闹天宫》《哪吒闹海》，以及后来的《喜羊羊与灰太狼》系列、《魔比斯环》等；日本动画大师宫崎骏的《千与千寻》《悬崖上的金鱼姬》等；美国迪士尼的《白雪公主》《精灵鼠小弟》《海底总动员》《小海龟历险记》等，都有着不俗的票房成绩。电影动画除了在画面上追求精致，听觉上的表现也很丰富华丽。电影动画的大成本制作，综合了专业的电影配乐家对电影进行主题曲、插曲及片尾曲的设计，专业的动画设计师对作品的画面进行各种技术化的处理，所以整部动画影片显得很有气势。特别是近几年随着 3D、4D 特效技术的推广，动画电影作品也有不少采取了这样的播放形式。比如《冰河世纪 3》，当画面中出现狂风大作或大雨滂沱时，观众席座位下方和影院天花板中设定的机关就会随影片吹出大风，纸做的落叶随风飘落，雾气喷出，水滴洒落。

在如今的电影产业中，动画电影所占的票房比例呈快速增长的趋势，很多时候都老少皆宜。其一，它不需要人工费力地拍摄，许多由人的肢体无法完成的行动都可以通过动画来完成；其二，它凝聚了丰富的想象力，可以非常夸张地表达想法，能给制作者更多的发挥空间。这些正是动画电影的强大优势。

2. 电视动画

电视动画是婴幼儿最经常接触的动画，可以分为单元剧型和连续剧型两种。单元剧型整部剧架构在同一个背景上，每次以独立的开头和结尾为一集之特色，前后集之间没有绝对的联系或只有薄弱的关联，如《猫和老鼠》《哆啦 A 梦》《熊出没》等。

连续剧型则强调每一集之间在逻辑上的关联性，并由此串成一部长片，如《宇宙战舰大和号》《黑猫警长》等。

电视动画因为制作成本风险比较小，能广泛地通过电视这样的媒介来播放，并且能针对不同的年龄层进行制作，所以常见的电视动画可以比较清楚地显示出适合哪一个年龄层的观众欣赏。考虑到婴幼儿的年龄特点，电视动画播出的时间一般都控制在10—25 分钟，有的甚至更短，5 分钟左右就结束。

目前市场流行的电视动画以日本和美国两国制作为主，而且动画内容一般与漫画、游戏有关，21 世纪初以来很多电视动画都是由人气漫画、游戏改编。中国国内目前的电视动画制作还处于摸索阶段，好的作品相对较少，但是也在不断地努力，寻找着适合中国国情的动画制作方向。

3. OVA 动画

OVA 动画(Original Video Animation)，直接翻译是“原创动画录像带”，指未曾在电视播映过或电影院上映过就直接发行录像带或光盘的动画作品。随着家庭 LD、VCD 和 DVD 等播放格式的普及，许多动画作品制作成 OVA 的形式在市场发行，以方便观众在家观赏。OVA 动画制作比电视动画更精致，但是相对逊色于动画电影。它大多属于原创故事，也有少数是从知名的动漫书延伸而来。比如，国内流行的《巧虎·乐智小天地》系列就是配套读本、教具而发行的 OVA 动画。它根据孩子的年龄特点分为宝宝版(1—2 岁)、幼幼版(2—3 岁)、快乐版(3—4 岁)、成长版(4—5 岁)和学习版(5—6 岁)，内容活泼生动，欣赏起来也很方便。

三、动画片对婴幼儿能力发展的作用

在当今图像时代，动画片是发展最为迅速、最受儿童欢迎的儿童文学样式之一。它以富于时代气息及与儿童生活情趣相辉映的内容，活泼新颖、生动形象的艺术表现形式，进入生活的各个角落，成为孩子生活中的重要组成部分。对婴幼儿来讲，动画片既能娱乐，还能促进他们各方面能力的进步。特别是近几年来随着早期教育的大力提倡，动画片逐渐为教育者所青睐，已成为婴幼儿文学中不可忽视的重要体裁。它的作用具体表现为以下四点。

(一)有助于婴幼儿阅读能力的培养

松居直说过：“要增加婴幼儿的词汇量，培养婴幼儿的语言能力，最重要的就是让他们在成长的过程中听到丰富的语汇。事实上，建立婴幼儿阅读能力的基础，是从耳朵不断累积词汇开始，而不是让婴幼儿提早识字、看书。”此话虽然不是针对婴幼儿影视所说，但不妨看作图像时代对婴幼儿影视存在并且流行的一个最好注脚。婴幼儿天然喜欢新奇、动态变幻、形象丰富的事物，动画片恰因与婴幼儿的这一接受倾向相吻合而易为婴幼儿所接受。婴幼儿通过观看动画片，在心理与思想上与片中的人物、事件产生积极的情感与认知的互动，从而内化为自身的经验。特别是，当动画片与婴幼儿所观看的图书内容相仿或相同时，婴幼儿更会积极地在看完动画片后，再去看图书，从而自发地了解阅读的基本程序，掌握阅读的一般方法。婴幼儿会学习按顺序翻书，仔细观察图画细节，理解故事人物情节，并逐步自发地将听到的语句、词与书上的印刷符号对上号。婴幼儿通过自发的想象进行合理创造，养成了阅读的兴趣和习惯，并锻炼了初步独立阅读的技能。所以，在图像时代的早期阅读能力培养中，婴幼儿影视是不可忽视的一种儿童文学形式。

（二）有助于婴幼儿口头表达能力的培养

幼教实践证明，婴幼儿在接触动画片后，更愿意与同伴或长辈分享观看的印象和体验，从而有效地提高口头表达能力。许多孩子在观看了动画片之后，很愿意在语言活动区域进行模拟表演或者是口述，一般都能达到口头表达清晰、叙述故事较完整、动作性语言描写恰当、概括主题简洁等效果。虽然孩子们的语言还很稚嫩，但可以看出他们参与其中是非常快乐的。特别是当动画片活动延伸到语言区进行故事表演时，婴幼儿词汇量明显增多，不用教师灌输，他们就能充分发挥想象力和创造力，自由表达。婴幼儿通过观看不同文学体裁，诸如神话、寓言、传说、童话、生活故事等动画片作品，在语言区的表现更灵活、大胆。这些丰富的动画片作品里蕴藏了大量的词汇，婴幼儿可以在耳濡目染中学会各种词语的运用。例如，时间词“以前”“现在”“好久”等，描述自然现象的词语“电闪雷鸣”“风雨交加”“阳光明媚”等，形象表述的词语“垂头丧气”“洋洋得意”“黑不溜秋”等。动画片对婴幼儿口语表达能力的提高有着明显的促进作用。

（三）有助于婴幼儿倾听能力的培养

动画片是视听的艺术，可以通过生动的画面和丰富的声音，让婴幼儿在兴致勃勃观看时注意倾听动画片作品所传递的声音信息。而学会倾听，是人类语言交际能力的一个重要表现。要培养婴幼儿的倾听能力，就得调动婴幼儿的主观能动性，让他们愿意听、喜欢听。愿意听，是指向婴幼儿倾听信息的态度，当婴幼儿处于积极倾听的状态时，就可以最大限度地接收来自对象的信息；而喜欢听，则指向倾听内容的吸引力。如果倾听内容平淡无奇甚至枯燥无味，就无法调动婴幼儿倾听的主观能动性。基于以上两点，动画片作品恰好提供了婴幼儿倾听能力培养的条件。动画片富有趣味的画面能够紧紧抓住婴幼儿的注意力，让他们产生积极倾听的态度。而动画片作品的声音识别与再现可以促进婴幼儿倾听分辨能力的提升。早教时期的婴儿，适当地让其倾听不同的声音，能有效地促进其听觉能力的发育。例如，在《花园宝宝》里，对树上小鸟点头和张嘴的自然动作，动画片全用打击乐器的声音来进行配合，特别能让孩子体验乐感与节奏感。而学前期的婴幼儿，如果能在教师事先予以问题的前提下观看动画作品，那么孩子们就不仅仅停留在娱乐的层面上，他们会更注意倾听的结果，并给出自己的分析和评价。事实证明，有目的的听比无目的的听要更有助于孩子倾听能力的培养。

(四)有助于婴幼儿理解能力的培养

幼儿心理学研究表明，只有让宝宝的感性认识不断得到积累和发展，才能逐步建构起理解事物的思维品质。婴幼儿受年龄、生活经验等限制，对许多知识特别是涉及科学、自然现象方面的知识，常常不知所云。如果单靠指导者讲述或挂图欣赏，很难使婴幼儿理解并消化抽象的内容。所以，教师或父母要尽可能地为婴幼儿创造看、听、说、问、感受、体验的环境条件；而动画片正好可以顺利解决这个难题。动画片形象生动，用视觉艺术把深奥、抽象的物理、事理表现出来，深入浅出，通俗易懂。特别是许多童话、寓言、神话等不同形式的动画片，它们靠视觉的直接表达就能让婴幼儿马上理解其中的道理、寓意并概括讲述出来。动画片《我不是傻瓜》(1955)由一只叫杰明尼的蟋蟀充当教员向观众宣传科普道理，这只蟋蟀总是戴着礼帽，穿着礼服，手持一把雨伞，喜欢从图书馆找书或者直接在黑板上比画开讲。作品的第二部分由 8 部短片组成，主要向观众介绍人体构造，包括眼睛、耳朵、人脑等，此外还介绍了食物的汲取与转化以及人与动物的差异。这部作品通过精彩的动画制作向孩子们解释了抽象的道理，直到今天看来仍不失为一部经典的科普动画。

此外像日本动画片《咪姆》，西班牙动画片《小雨滴历险记》，中国动画片《海尔兄弟》《蓝猫淘气 3000 问》等都是寓教于乐的科普动画作品，它们把说教用讲故事的形式表现出来，甚至具有穿越色彩。而孩子们则为故事所吸引，参与到故事中，体验具象化的科学道理。动画片作品在讲故事的同时，完成了教育和科学知识的传播。

作品鉴赏

1. 迪士尼动画系列

迪士尼全称为“The Walt Disney Company”，由华特·迪士尼与兄长洛伊·迪士尼在 1923 年创立。华特·迪士尼是美国知名动画片作家、演出主持人和电影制片人，1901 年出生于美国芝加哥，1966 年逝世。迪士尼的成就不仅在于创作了大量的动画，而且还带动了动画相关产业的发展。时至今日，迪士尼已成为囊括影视、主题公园、玩具、图书、电子游戏和传媒网络等项目的影视帝国。

迪士尼以创作卡通人物米老鼠和唐老鸭闻名。1928 年迪士尼制作了世界第一部有声动画片《蒸汽船威利》(也译作《威利汽船》《威廉号汽艇》)，1938 年制作了动画长片《白雪公主》，广受好评。随着动画王国的开拓，迪士尼陆续推出了《小飞象》《小鹿斑比》《仙履奇缘》《小熊维尼》等经典作品，并且由此也找到了将童话改编为动画的长胜之道。在华特·迪士尼去世之后，迪士尼公司始终坚持这种动画创作方式，并以精良而绚丽的风格受到众多儿童甚至成人的欢迎。

2. 宫崎骏动画系列

日本动画电影导演宫崎骏生于 1941 年，大学期间热衷于漫画创作，毕业后就职于东映动画公司，并参加了动画电影《汪汪忠臣藏》的制作。1971 年他离开东映动画公司，1985 年创立吉卜力工作室。从此，宫崎骏带领一个独立专业的团队，制作了大量画工细腻、寓意深远、配乐精良的作品。

宫崎骏的动画电影充满怀旧与幻想的复合风格，内容大多涉及人与自然、和平及飞行主题，特别是对儿童心理及青春期躁动有着独特的描述，代表作有《幽灵公主》《千与千寻》《魔女宅急便》《龙猫》《天空之城》等。

3. 皮克斯系列

皮克斯动画工作室(以下简称皮克斯)的前身为乔治·卢卡斯的电影公司的电脑动画部。1991 年，皮克斯与迪士尼结为合作伙伴，后被迪士尼并购。

皮克斯是世界纯电脑动画的领航员，自身具有开发先进 3D 动画软件的能力。继世界上第一部全电脑 3D 动画《玩具总动员》之后，皮克斯也在每年陆续推出其他长篇 3D 电脑动画电影。由于皮克斯在电脑动画技术上不断创新，所以它始终保持着电脑动画界的领先地位。

皮克斯的作品深受孩子们的喜爱。除了长篇动画电影，它还制作了许多别出新意的短片动画。其中长篇动画电影代表作有《玩具总动员》系列、《怪兽电力公司》《海底总动员》《料理鼠王》《飞屋环游记》等，原创经典短片动画电影有《小台灯》《棋局》《鸟！鸟！鸟！》《跳跳羊》等。

4.《米老鼠和唐老鸭》

《米老鼠和唐老鸭》是迪士尼的经典动画。华特·迪士尼于 1928 年创作出米老鼠的动画形象，1934 年创造出唐老鸭的动画形象，从此这两个角色便成为迪士尼的代表形象。米老鼠亲和友善，团结朋友，鼓励弱者，危急关头总能凭机智和运气化险为夷。与米老鼠相比，唐老鸭急躁、易怒，容易与人发生争执。每次遇到状况，唐老鸭一开始总是雄心万丈，可他的投机取巧常常得到狼狈不堪的结局。《米老鼠和唐老鸭》以米老鼠、唐老鸭和大狗布鲁托的活动为主要线索，运用拟人的手法来表现主人公们片段式的滑稽遭遇。这些幽默的、令人捧腹的小品段落具有高度的艺术性，深受小朋友甚至成人的喜爱。

5.《猫和老鼠》

美国动画大师威廉·翰纳与瑟芬·芭芭拉共同创作了《猫和老鼠》。汤姆是一只可爱的猫，喜爱恶作剧；杰瑞是和汤姆生活在一起的小老鼠，机灵活泼。虽然现实生活中，猫和老鼠是天敌，但作品却颠覆了传统印象中猫和老鼠的形象，让杰瑞与汤姆相互为伴。两个好朋友虽然常常互相打闹，但却感情深厚。猫与老鼠妙趣横生的故事自搬上银屏后就深受大家的喜爱。作品以杰瑞与汤姆在一起闹出的麻烦和笑话为主要内容，由不相关联的系列故事串成，每个故事一般 5—6 分钟。这部动画片内容单纯，结局往往出人意料。但因为节奏较快，所以该作品比较适合 3 岁以上的小朋友欣赏。

6.《米奇妙妙屋》

《米奇妙妙屋》是迪士尼于 2010 年推出的专门针对 2—5 岁儿童的动画。动画的主角是深受孩子们喜欢的迪士尼卡通明星米奇、米妮、唐老鸭、黛丝、高飞与布鲁托等，节目的设计非常符合学前期儿童的心理特点，通过不同层面调动儿童的感官，经由肢体动作，让孩子们在快乐和互动中潜移默化地学习技能和知识。《米奇妙妙屋》和其他学龄儿童动画最与众不同的地方在于，它在讲故事的过程中，会与看故事的小朋友一起互动，通过简单的一问一答的方式，让小朋友亲历米奇的奇妙探险之旅，从而训练幼儿早期数学与逻辑分析能力，具体包括对形状、尺度、数字、关联等的认识。动画片色彩鲜艳明朗，内容生动有趣，为学龄前小朋友带来全新有趣的动画卡通及音乐。孩子们可以在欢乐的气氛中学习数字、形状及逻辑思考等基础能力，是一部寓教于乐、适合父母与孩子共同欣赏的卡通系列。

7.《鼹鼠的故事》

《鼹鼠的故事》是深具自由灵动的生命气息、散发着快乐幽默的童真和意趣的作品。它改编自捷克民间故事，并不断地在银幕上推出富有创意和温情的动画作品。作品承袭了捷克经典儿童文学的写实传统，同时兼具幽默、夸张和抒情的优雅风格，洋溢着快乐的生命意趣。圆头圆脑的小鼹鼠所演绎的既搞笑又充满温情的小故事，内容轻松，情节风趣，能让孩子和成人享受到极大的快乐和温暖。《鼹鼠的故事》是世界动画的瑰宝，也是影响了几代观众的经典动画。

8.《樱桃小丸子》

《樱桃小丸子》改编自日本漫画家樱桃子的同名漫画。《樱桃小丸子》1990—1992 年以电视动画的形式在日本富士电视台播出，成为自 1977 年以来日本纪录史上收视率最高的动画作品。1995 年，《樱桃小丸子》动画又推出了第二部。

作品以樱桃小丸子为核心，描写了她以及其家人和同学的生活。小丸子是小学二年级的女生，活泼好动，爱幻想，做事没恒心。她喜欢什么事情都拖到最后一刻才完成，并且经常和姐姐斗气。在小丸子的周围都是些有趣的人物，比如童心未泯的爷爷、爱讲大道理的爸爸、有点神经质的丸尾、文静可爱的小玉等，这些人每天都在演绎着生活的趣事，伴随着小丸子一天天长大。因为《樱桃小丸子》讲的都是关于孩子生活学习中的小事，场景也以家庭、学校居多，所以特别贴近孩子的生活经验。

9.《天线宝宝》

1997 年，英国广播公司针对 1—5 岁的儿童制作并推出了《天线宝宝》。作品里有四个可爱的天线宝宝：丁丁、迪西、拉拉和小波。他们和太阳宝宝共同生活在神奇岛上，一起玩乐，一起学习，一起享受乐趣。作品最有特色的地方，就是通过天线宝宝肚皮上的电视显示屏将幻想世界(神奇岛)与真实世界(孩子生活的纪实 DV)巧妙地联系在一起。故事内容简单、安全，主要呈现孩子们在游戏中学习、发展的有趣经验。

10.《花园宝宝》

花园宝宝是英国广播公司于 2009 年为 1—4 岁左右的孩子定制的电视节目。故事讲述了在夜的花园里，可爱的花园宝宝汤姆·布利柏、唔西·迪西、比古·依古、玛卡·巴卡和小点点们的有趣生活。

《花园宝宝》由《天线宝宝》原班团队打造，呈现出一个幻想的花园世界。鲜艳的色彩、温馨的音乐、逗趣的情节、可爱的人物及富有幻想的背景布置让许多幼儿为之着迷。《花园宝宝》与一般的低幼节目不同，它不在意教孩子们掌握什么知识，而是用单纯的情节、可爱人物的活动为 1—4 岁的低幼宝宝呈现一段好奇探索的欢乐时光。

11.《巧虎》

《巧虎》系列 1955 年源于日本，分为月龄版(1 岁以下)、宝宝版(1—2 岁)、幼幼版(2—3 岁)、快乐版(3—4 岁)等级别，并有针对性地推出了符合年龄和认知程度的学习及游戏的项目，包含书、读本、父母用书、DVD 影像教材和教具(玩具)等。《巧虎》在幼儿生活习惯培养和认知方面做得很细致，照顾到了幼儿不同成长阶段的发展需求。《巧虎》采用“连动学习＋多元游戏”模式，通过配套结合的各种教具(如布偶、玩具、图画书等)来达到联动的学习效果。《巧虎》内容丰富，形式活泼，注重互动学习，十分有利于激发孩子的兴趣。例如，它通常根据孩子们的兴趣，将智力培养、生活习惯、自然科学和社会性等内容串联起来，引发孩子的好奇心、好学心，通过快乐学习，从孩子的“我会做!”“我知道!”这种发自内心的满足感中，进一步引发他们挑战新事物的积极态度。

12.《葫芦兄弟》

《葫芦兄弟》是由上海美术电影制片厂于 1986 年创作的十三集系列剪纸动画片，已经成为中国动画经典。作品讲述了七只神奇的葫芦变幻出七个本领超群的兄弟，为救亲人而与妖精斗智斗勇大显奇能的故事。《葫芦兄弟》系列自 1986 年播出以来，一直深受广大观众，尤其是少年儿童的喜爱，曾获国内外众多荣誉。

13.《阿凡提的故事》

《阿凡提的故事》是上海美术电影制片厂于 1980 年推出的木偶动画电影。该片以民间传说中的人物阿凡提为主角，以十几个小故事串起人物的经历，趣味横生，充满机智。片中的阿凡提倒骑毛驴，其滑稽而幽默的形象和机智诙谐的性格深受儿童的喜爱。阿凡提代表了劳动人民勤劳、乐观、豁达向上的精神，富于智慧和正义感，因此也成为动画片中的经典人物。《阿凡提的故事》无论是在人物造型还是音乐背景上都洋溢着少数民族风情，孩子们在欣赏这部动画的时候也能了解维吾尔族文化的魅力。

14.《大头儿子和小头爸爸》

《大头儿子和小头爸爸》是于 1995 年推出的动画作品。它围绕着大头儿子和小头爸爸之间的父子亲情，用许多微小而有趣的故事串成剧集。大头儿子是个活泼可爱的大脑袋的小孩，小头爸爸是个关爱孩子、富有童心的成人。父子俩与围裙妈妈构成了三口之家。这是一个普通而又平凡的家庭，但又不同于任何一个家庭，因为它是由强烈的现实性与浓郁的幻想性构成的。换句话说，《大头儿子和小头爸爸》是中国现代家庭教育典型的缩影，内容贴近孩子的生活，台词幽默有趣。

思考与探索

1. 幼儿影视文学与幼儿影视有何联系与区别?

2. 欣赏一部幼儿影视片，并写一篇500字左右的影评。

3. 观看由儿童文学经典作品改编的动画片，结合动画片的艺术特点，分析讨论动画片深受幼儿喜爱的原因。

拓展学习书目

1. 蔡海波．儿童音乐电视的理论探索与创作实践．北京：中国广播电视出版社，2008.

2. 陈世明．图像时代的早期阅读．上海：复旦大学出版社，2008.

3. 陈舒平．儿童电视学．北京：北京广播学院出版社，2003.

4. 侯克明．再创儿童电影的新辉煌：第十届中国国际儿童电影节论坛文集．北京：中国电影出版社，2010.

5. 黄玉珊，余为政．动画电影探索．台北：远流出版事业股份有限公司，1997.

6.［美］卡尔弗特．信息时代的儿童发展．张莉，杨帆译．北京：商务印书馆，2007.

7. 马力．中国儿童电影三重奏：文化·艺术·商品．北京：北京师范大学出版社，2011.

8. 张之路．中国少年儿童电影史论．北京：中国电影出版社，2005.

9. 郑欢欢．儿童电影：儿童世界的影像表达．北京：中国电影出版社，2009.

参考文献

1. Lennifer Birckmayer 等．从摇篮曲到幼儿文学，零到三岁的孩子与故事．叶嘉青编译．北京：心理出版社，2010.

2. Mapy Renck Jalongo. 幼儿文学，零到八岁的孩子与绘本．叶嘉青编译．北京：心理出版社，2008.

3. [加]阿尔维托·曼古埃尔．阅读史．吴昌杰译．北京：商务印书馆，2002.

4. [加]佩里·诺德曼．儿童文学的乐趣(第三版)．陈中美译．上海：少年儿童出版社，2008.

5. [德]爱克曼．歌德谈话录．朱光潜译．北京：人民文学出版社，2008.

6. [美]杰洛德·布兰岱尔．儿童故事治疗．林瑞堂译．成都：四川大学出版社，2005.

7. [美]劳拉·贝尔克等．鹰架儿童的学习．谷瑞勉译．南京：南京师范大学出版社，2007.

8. [日]松居直．我的图画书论．季颖译．长沙：湖南少年儿童出版社，1997.

9. [日]松居直．幸福的种子．刘涤昭译．济南：明天出版社，2007.

10. 陈世明．图像时代的早期阅读．上海：复旦大学出版社，2008.

11. 方卫平，王昆建．儿童文学教程．北京：高等教育出版社，2009.

12. 黄玉珊，余为政．动画电影探索．台北：远流出版事业股份有限公司，1997.

13. 黄云生．儿童文学原理．北京：高等教育出版社，2004.

14. 蒋风．幼儿文学教程．南京：东南大学出版社，1999.

15. 康长运．幼儿图画故事书阅读过程研究．北京：教育科学出版社，2007.

16. 李莹，肖育林．学前儿童文学．上海：复旦大学出版社，2008.

17. 林文宝，陈正治等．婴幼儿文学．台北：五南图书出版股份有限公司，2010.

18. 楼必生，屠美如．学前儿童艺术综合教育研究．北京：北京师范大学出版社，1997.

19. 鲁迅．且介亭杂文二集．上海：三闲书屋，1937.

20. 彭懿．图画书：阅读与经典．北京：二十一世纪出版社，2008.

21. 王莉娅．幼儿语言教育活动指导．北京：北京师范大学出版社，2002.

22. 王泉根．儿童文学教程．北京：首都师范大学出版社，2008.

23. 韦苇．儿童文学基础知识卷/儿童文学创作实践卷．重庆：重庆出版社，2000.

24. 韦苇．世界童话史．福州：福建教育出版社，2002.

25. 韦苇．韦苇与儿童文学．合肥：安徽少年儿童出版社，2000.

26. 张晓华．创作性戏剧教学原理与实作．上海：上海书店出版社，2011.

27. 张之路．中国少年儿童电影史论．北京：中国电影出版社，2005.

28. 郑欢欢．儿童电影：儿童世界的影像表达．北京：中国电影出版社，2009.

29. 周作人．儿童文学小论．石家庄：河北教育出版社，2002.

30. 朱自强．儿童文学概论．北京：高等教育出版社，2009.